MACHINE GOD

DU MÊME AUTEUR

Romans

Dix petits hommes blancs, Montréal, Hurtubise, 2014.

Les Visages de l'Humanité, Lévis, Alire, 2012.

La Faim de la Terre, tome 2 (Les Gestionnaires de l'Apocalypse – 4), Lévis, Alire, 2009. Réédition grand format: Alire, 2011.

La Faim de la Terre, tome 1 (Les Gestionnaires de l'Apocalypse – 4), Lévis, Alire, 2009. Réédition grand format: Alire, 2011.

Le Bien des autres, tome 2 (Les Gestionnaires de l'Apocalypse – 3), Lévis, Alire, 2004. Réédition grand format: Alire, 2011.

Le Bien des autres, tome 1 (Les Gestionnaires de l'Apocalypse – 3), Lévis, Alire, 2003. Réédition grand format: Alire, 2011.

L'Argent du monde, tome 2 (Les Gestionnaires de l'Apocalypse – 2), Beauport, Alire, 2001. Réédition grand format: Alire, 2010.

L'Argent du monde, tome 1 (Les Gestionnaires de l'Apocalypse – 2), Beauport, Alire, 2001. Réédition grand format: Alire, 2010.

La Chair disparue (Les Gestionnaires de l'Apocalypse – 1), Beauport, Alire, 1998. Réédition grand format: Alire, 2010.

Blunt. Les Treize Derniers Jours, Québec, Alire, 1996.

La Femme trop tard, Montréal, Québec Amérique, 1994. Réédition remaniée: Alire, 2001.

L'Homme trafiqué, Longueuil, Le Préambule, 1987. Réédition remaniée: Alire, 2000.

Nouvelles

L'Assassiné de l'intérieur, Québec, L'instant même, 1997. (Réédition remaniée: Alire, 2011)

L'Homme à qui il poussait des bouches, Québec, L'instant même, 1994.

Essais

Questions d'écriture. Réponses à des lecteurs, Montréal, Hurtubise, 2014. (Édition revue et augmentée de *Écrire pour inquiéter et pour construire,* Trois-Pistoles, éditions des Trois-Pistoles, 2002.)

La Prison de l'urgence. Les émois de Néo-Narcisse, Montréal, Hurtubise, 2013.

La Fabrique de l'extrême. Les pratiques ordinaires de l'excès, Montréal, Hurtubise, 2012. Finaliste aux Prix du Gouverneur général 2013, catégorie «Essais».

Les Taupes frénétiques. La montée aux extrêmes, Montréal, Hurtubise, 2012.

Autres publications

La Gestion financière des caisses de retraite (en collaboration avec Marc Veilleux, Carmand Normand et Claude Lockhead), Montréal, Béliveau éditeur, 2008.

JEAN-JACQUES PELLETIER

MACHINE GOD

POLAR

Hurtubise

Catalogage avant publication de Bibliothèque et Archives nationales du Québec
et Bibliothèque et Archives Canada

Pelletier, Jean-Jacques

Machine God

Texte en français seulement.

ISBN 978-2-89723-698-4

I. Titre.

PS8581.E398M32 2015   C843'.54   C2015-941347-8
PS9581.E398M32 2015

Les Éditions Hurtubise bénéficient du soutien financier du gouvernement du Québec par
l'entremise du programme de crédit d'impôt pour l'édition de livres et de la Société de
développement des entreprises culturelles du Québec (SODEC). L'éditeur remercie également le Conseil des arts du Canada de l'aide accordée à son programme de publication.

Financé par le gouvernement du Canada
Funded by the Government of Canada | Canadä

Illustration de la couverture : Anna Bryukhanova, iStockphoto.com
Conception graphique de la couverture : René St-Amand
Maquette intérieure : Folio infographie
Mise en pages : Folio infographie

Copyright © 2015, Éditions Hurtubise inc.
ISBN 978-2-89723-698-4 (version imprimée)
ISBN 978-2-89723-699-1 (version numérique PDF)
ISBN 978-2-89723-700-4 (version numérique ePub)

Dépôt légal : 4e trimestre 2015
Bibliothèque et Archives nationales du Québec
Bibliothèque et Archives du Canada

Diffusion-distribution au Canada :   Diffusion-distribution en Europe :
Distribution HMH   Librairie du Québec/DNM
1815, avenue De Lorimier,   30, rue Gay-Lussac
Montréal (Qc) H2K 3W6   75005 Paris FRANCE
www.distributionhmm.com   www.librairieduquebec.fr

Imprimé au Canada
www.editionshurtubise.com

Absent gods and silent tyranny

Muse

AUX LECTEURS

Les lieux, les milieux, les institutions, les médias, les réseaux sociaux, les sites Internet et les personnages publics qui constituent le décor de ce roman ont été en partie empruntés à la réalité. Toutefois, les événements qui sont racontés, de même que les actions et les paroles prêtées aux personnages, sont entièrement imaginaires – tout comme le sont les messages qui apparaissent dans les médias, les sites Internet et les réseaux sociaux.

De la même manière, les intervenants apparaissant dans les médias, sites Internet et réseaux sociaux sont des personnages inventés; leurs propos ne sauraient être attribués à des personnes réelles.

Quant au format des extraits de médias sociaux et de sites Internet, il a été modifié (allégé et partiellement uniformisé) pour des fins de lisibilité.

QUI EST QUI?

PERSONNAGES PRINCIPAUX

Chase, Calvin
Lieutenant de police au NYPD. Dirige une unité spéciale des enquêtes criminelles.

Cioban, Valentin, surnommé « Le Barman »
Ex-directeur d'une école d'assassins d'État en Roumanie. Natalya y a été formée. Dirige un réseau d'agents clandestins composé d'anciens protégés, parmi lesquels Alex et Dolicho.

Circo, Natalya
Tueuse professionnelle connue sous l'initiale de N... Amie de Prose. Maintenant recyclée dans « l'humanitaire » : protège des victimes de « contrats » en tuant ceux qui veulent les faire tuer.

Delcourt, Alex (alias)
Agente de Cioban et ancienne élève de son école d'assassins.

Morane, Hilliard K.
Artiste milliardaire.

Prose, Victor
Écrivain disparu, ami de Théberge et de Natalya. Présumé enlevé par Morane.

Sam (Samuel Paige)
Ancien policier militaire recruté par Morane pour diriger les attentats de New York et Montréal.

PERSONNAGES SECONDAIRES

al-Shammari, Hussein
Imam de New York.

Dolicho
Agent de Cioban.

Duquai, Norbert
Agent de la DGSI, ami de Théberge et employé de Leclercq. Souffre de troubles obsessifs, tendance Asperger.

Eckstein, Silas
Rabbin de New York.

Ex
Personnes sauvées par Natalya. Elle a tué ceux qui avaient placé un contrat sur leur tête et leur a offert d'entretenir des rapports d'utilité réciproque.

Feelgood, Ignatius
Ex-archevêque de New York.

Leclercq, Gonzague
Directeur de la DGSI. Ami de Gonzague Théberge et protecteur de Natalya.

Meilleur, Ubald
Directeur du SPVM. Entretient des liens secrets « d'entraide » avec le premier ministre.

Paquin, Yvon
Directeur-adjoint au SPVM.

Roberts, Kenneth
Directeur du NYPD.

Théberge, Gonzague
Ancien inspecteur-chef à la retraite du SPVM. Ami de Prose et de Leclercq.

Turner, Scott
Maire de New York.

AUTRES PERSONNAGES

Aïsha
Chirurgienne plastique. Transforme entièrement les gens.

Alvarez, Diego
Directeur de l'ensemble des enquêtes criminelles au NYPD.

Ashley
Nièce de Sam. Top modèle et droguée.

Banks, Stafford
Gestionnaire de placements, propriétaire officiel de Banks Capital.

Cosby, Neal
Directeur de la NSA. Entretient une bonne relation avec Leclercq.

Dubuc, Camille
Directeur de l'escouade des crimes majeurs au SPVM.

Fils de Satan
Groupe qui revendique le meurtre de Feelgood dans les médias.

Freeman, Michael
Dirige les Patriots for Peace.

Garrett
Dealer et gérant de Ashley.

Lopez, Hector
Jeune prêtre travaillant à l'archevêché.

Patriots for Peace
Groupe survivaliste paramilitaire dirigé par Michael Freeman.

Pelshak, Milena
Jeune inspecteure du NYPD. Travaille pour Chase.

Reese, Damian
Livreur professionnel. Intermédiaire entre Banks et Sam.

Roth, Bill
Un des « ex » de Natalya. Occupe un poste important à la NSA.

Sarah
Agente de Cioban, mère de famille et spécialisée en informatique.

Shades, Demarkus
Propriétaire de Shedas Communication. Contrôle secrètement Banks Capital
et Stafford Banks.

Soldats du Christ
Groupe de chrétiens radicaux dirigé par Alexandro Vallini.

Tannehill
Inspecteur du NYPD. Travaille pour Chase.

Trahan, Jérôme
Premier ministre du Québec.

Tremblay-Tremblay (les)
Groupe politique québécois ultra nationaliste.

Tremblay, Tremblay
Homme politique québécois ultra nationaliste à la retraite.

Vallini, Alexandro
Chrétien extrémiste. Dirige les Soldats du Christ.

Paris / Hôtel du Cadran

Partout, je me suis toujours couché tard. Le plus tard possible.

À vrai dire, je ne me couche pas. Je m'écroule. Comme si le sommeil me terrifiait. Que je le repoussais autant que je peux. Que je ne voulais pas être seul avec lui dans la pièce.

Les chambres me font l'effet d'une prison. Surtout dans les hôtels. J'étouffe. L'espace me manque. Je n'ose pas fermer les yeux de peur que les murs en profitent pour se rapprocher. Pour m'enfermer dans un espace toujous plus restreint.

Au réveil, c'est encore le vide qui me frappe. Qu'il s'agisse d'une simple chambre ou d'une suite luxueuse. Quel que soit le nombre de pièces de la suite. Quel que soit le luxe de l'ameublement et de la décoration.

Le vide.

Aujourd'hui ne fait pas exception... La futilité des meubles, des objets. Les murs... La chaîne sur la porte. Les rideaux tirés... Toutes ces défenses contre l'extérieur drainent la chambre du peu d'espace qu'elle abrite encore.

Il n'en reste qu'un vide oppressant.

Heureusement, je n'y demeure jamais plus d'une nuit.

Bruxelles / Hôtel Métropole

Une nuit par chambre. C'est la règle.

Louer pour deux ou trois semaines. Parfois un mois. Payer à l'avance. Y dormir une nuit. Puis partir.

Ne rien y laisser.

Enfin, presque rien. Quelques traces. Des cheveux sur le comptoir de la salle de bains. Quelques empreintes digitales sur la vitre qui couvre la surface du bureau de travail.

Et, parfois, un objet.

Un téléphone portable qui se cache entre les coussins d'un fauteuil. Une brosse à cheveux sur le comptoir de la salle de bains. Un roman non terminé, acheté pour abolir le temps pendant un voyage en avion…

Vivre de chambre en chambre. Pratiquement sans bagages. Avec quelques objets banals dont le destin est d'être oubliés sans que cela tire à conséquence.

Montréal / Hôtel Bonaventure

Les jardins suspendus.
Plaisir paradoxal. Piégé.
Un véritable espace extérieur à l'intérieur de l'hôtel… Des arbres. Un ruisseau. Des poissons, des canards… Des fleurs. Des bosquets… On dirait un espace libre.
Y fuir.
Pour échapper au confinement de la chambre.
Mais y découvrir un autre espace clos. Enfermé par des murs, des rangées de fenêtres… Un spectacle de plus pour les clients, qui s'ajoute aux chaînes de la télé… Une chaîne de direct. De véritable direct. Interactive, même. À l'intérieur de laquelle on peut se promener. En suivant le programme que définit le sentier.
Parcours balisé. Espace qui enserre le projet de libre déambulation. Avec le ciel qui se referme au-dessus du spectacle. Comme un couvercle. Transparent le jour; constellé la nuit.
Un lieu avec rien d'autre que du temps. À ne plus savoir qu'en faire. Ne pouvoir y échapper. Être incapable de fuir dans l'espace.

New York / Manhattan at Times Square Hotel

Toujours la même sensation d'éparpillement. D'émiettement. Comme si je me délitais au ralenti. Que je me dispersais lentement dans chacune de ces chambres. De manière subliminale. Que j'y abandonnais d'infimes morceaux. Que chaque décor m'usait un peu.

Impression de devenir une sorte de Petit Poucet. De semer des indices tout au long de mon chemin. Involontairement. Sauf que ce ne sont pas des cailloux qui s'égrènent derrière moi, mais des résidus de ce que je suis.

New York / New York Palace

Ne plus être nulle part à force d'être partout.

Le vide qui m'entoure s'insinue en moi. Peu à peu. Une chambre à la fois. Dans un temps qui n'en finit pas de s'étirer. Qui me colle à la peau.

Lentement, inexorablement, je me réduis à une piste. Une simple trace qui s'allonge.

Ce parcours interminable me tue. Sans hâte. Sans douleur.

Une chambre à la fois.

CRUCIFIER

1

CRUCIFIER UN ARCHEVÊQUE

Un homme crucifié…

Le sang, la couronne d'épines, le corps dénudé, les pieds et les mains cloués sur la croix…

Un véritable crucifié.

Sur tous les écrans de Times Square.

Des images emportées dans une sorte de tourbillon. Fuyant d'un écran à l'autre.

Des gros plans sur le visage, sur les mains transpercées de clous, les pieds… Sur la mitre fixée par-dessus la couronne d'épines, qui restait bizarrement en place malgré la position inclinée de la tête, comme si elle défiait la gravité.

Le dos de la victime, exagérément cambré, épousait la courbure de la poutre principale de la croix. Des restes mauves et dorés d'habits sacerdotaux collaient à différentes parties du corps.

Et cette musique… Une version particulièrement énergique de *I Feel Good* interprétée par James Brown. La diffusion était assurée par des haut-parleurs installés sur le toit de plusieurs camionnettes.

On dirait la bande-annonce d'un film, songea Natalya. Des images de *Spiderman* lui revinrent à l'esprit. Un instant, elle se demanda quelle pub ou quel film oserait reprendre la même idée.

Mais ce n'était pas un film. Ni une pub. Cioban avait annoncé un crime à caractère religieux à Times Square. De là à penser que les images sur les écrans représentaient un crime réel…

Car elle avait beau détester Cioban, elle ne doutait pas de son efficacité. Ni de son intelligence. Il n'aurait pas essayé de la manipuler avec une fausse information.

C'était délirant, cette mise en scène. Délirant et monstrueux. Aussi fou que le meurtre des petits hommes blancs, à Paris. Et, d'après Cioban, c'était l'auteur de ces horreurs qui avait enlevé Prose… Comment savoir ce qu'il lui avait fait?

Autour d'elle, la foule se densifiait. C'était l'heure du dîner. Une bonne partie des gens jetaient un regard aux images qui crépitaient sur les écrans puis reprenaient leur chemin… Encore une pub! Ce n'était pas le premier spectacle à vouloir capter l'attention du public. Toutes ces outrances finissaient par créer un certain désabusement.

De nombreux piétons gardaient néanmoins le regard fixé sur les images pendant un moment, comme s'ils y reconnaissaient confusément quelque chose de familier. Plusieurs s'efforçaient de capturer l'action sur leurs téléphones.

Impressionnée malgré elle par la cruauté du crime et l'ampleur de la mise en scène, Natalya observa le spectacle jusqu'à la fin, s'efforçant d'enregistrer tout ce qu'elle pouvait sur son propre iPhone.

Au dernier moment, la musique s'arrêta et toutes les images furent remplacées par un gros plan sur le visage du crucifié.

Une phrase écrite en rouge barra ensuite tous les écrans:

Bientôt dans une église près de chez vous.

EXPLOIT NON SIGNÉ

Natalya n'était pas la seule à avoir été impressionnée par la performance de Times Square. Une heure plus tard, le lieutenant Calvin Chase partageait le même sentiment, mais pour d'autres raisons.

Chase dirigeait une unité spéciale, au département des enquêtes criminelles du NYPD. Après dix-neuf années de service, il voyait sa nomination à ce poste comme une sorte de préretraite.

Au cours de sa carrière, Chase avait vu la criminalité visible reculer et la criminalité invisible prospérer. Moins de meurtres dans les rues, moins de citoyens assaillis au grand jour, mais plus de disparitions jamais éclaircies, plus de victimes qui se taisaient, terrorisées par ce qui pouvait arriver à leurs proches si elles parlaient.

Les criminels se conduisaient désormais avec élégance. Les victimes se faisaient discrètes et disparaissaient sans laisser de traces. Elles avaient la décence de se faire agresser – et le cas échéant assassiner – dans des endroits peu voyants, souvent en dehors des limites de la ville.

Les statistiques officielles s'amélioraient et les politiciens étaient réélus.

L'unité que dirigeait Chase relevait directement du chef des enquêtes criminelles, Diego Alvarez. Son existence était un héritage de l'administration antérieure, dont les nouveaux dirigeants ne savaient trop que faire. Sans juridiction clairement définie, elle avait un nom en conséquence : Special Crimes Unit. Unité des crimes spéciaux.

En pratique, Alvarez y assignait les enquêtes dont les autres unités ne voulaient pas. Ou des crimes qui avaient peu de chances d'être résolus : meurtres de junkies, règlements de compte dans le milieu… À l'intérieur de l'organisation, on appelait le groupe de Chase : l'unité fourre-tout.

La nomination de Chase à la direction de cette unité avait été une sorte de désaveu. La hiérarchie en avait assez de sa tendance à faire des vagues, à défendre avec acharnement les mauvaises causes, à ignorer les avis lui enjoignant de faire preuve de retenue quand il interrogeait des gens haut placés. Sans compter qu'il s'entêtait souvent à poursuivre des enquêtes sans grande importance, mais qui lui tenaient à cœur, avec le mépris le plus complet pour les priorités de ses supérieurs.

Aussi Chase avait-il été surpris qu'on lui assigne l'enquête sur la crucifixion diffusée à Times Square – ce que son chef appelait pudiquement « l'affaire du piratage des tableaux électroniques ». Cette histoire risquait d'avoir une large couverture médiatique. Même si ce n'était probablement qu'une sorte de *stunt* publicitaire.

Difficile en effet de prendre l'affaire au sérieux. Une vidéo avec James Brown en fond musical, au pire, ce serait une sorte de satire… Et puis, il n'y avait même pas de corps. Si ça se trouvait, on avait embauché un acteur ayant une vague ressemblance avec un archevêque à la retraite et on l'avait mis en scène de façon percutante.

Quant à la menace, elle se réduisait à une phrase ambiguë à la fin de la vidéo, susceptible de toutes les interprétations.

Mais Chase avait ensuite compris les motifs de ses supérieurs : comme d'habitude, ils étaient en mode « protection de leurs fesses ». Si jamais il y avait une victime, et surtout s'il s'agissait de l'archevêque, les risques de dérapage médiatique seraient importants. Autant prévenir les coups en confiant l'affaire à une équipe qu'on pouvait sacrifier sans trop de problèmes…

Une heure plus tard, le responsable du département informatique lui confirmait que tous les écrans avaient été piratés simultanément.

— Les analystes sont catégoriques. Et ça ne vient pas de l'intérieur.

— Vous avez une piste ? demanda Chase.

— On y travaille.

L'instant d'après, une jeune femme en civil entrait précipitamment dans le bureau. Milena Pelshak. Une Irlandaise d'une trentaine d'années qui venait d'obtenir sa promotion au rang d'inspecteur. C'était la plus jeune membre de son équipe.

— C'est bien Feelgood, dit-elle.

— Ignatius Feelgood ? L'archevêque ?

— Oui. Celui qui a démissionné.

Les détails de l'affaire revinrent à l'esprit de Chase.

Feelgood s'était retiré de façon plus ou moins volontaire à la suite du scandale des prêtres pédophiles. À cause de sa gestion trop complaisante de l'affaire, pensait-on généralement. Il avait trop essayé de minimiser l'ampleur des crimes et de protéger la réputation de l'Église.

Chase, qui avait été mêlé à quelques-unes de ces enquêtes plusieurs années auparavant, savait que c'était plutôt en raison des leçons que Feelgood avait tirées de cette pénible histoire. Il s'était adressé personnellement au pape de l'époque pour lui proposer de reconnaître aux prêtres le droit à une vie sexuelle. C'était la meilleure manière de prévenir ce genre d'excès. Il avait même affirmé, disait-on, que la situation actuelle favorisait le recrutement de prêtres pédophiles.

Deux semaines plus tard, il démissionnait de son poste. On lui permettait cependant de continuer de résider à l'archevêché…

Chase s'aperçut que la jeune femme demeurait plantée devant son bureau.

— Autre chose, inspecteur Pelshak?

— Les images. Selon le technicien, c'est du beau boulot. Très professionnel.

— Les images, vous les avez prises où?

— Dans les réseaux sociaux. Il y a des dizaines d'extraits enregistrés à partir de téléphones portables. On a fait comme les médias.

— Ils ont pu reconstituer la vidéo?

— En grande partie.

La voix de Chase se fit impatiente.

— Et alors? C'est un trucage ou on a une vraie crucifixion sur les bras?

— Ce sont de vraies images, mais retravaillées.

— Ils sont certains de ça?

— Presque certains. Comme ils n'ont pas eu accès aux images originales…

— Je sais, ils ne veulent pas se mouiller.

— D'un point de vue scientifique…

Chase lui coupa la parole.

— D'accord, d'accord… Donc, il s'agit vraiment de Feelgood. Et il a vraiment été crucifié.

— Il y a de bonnes chances. Mais ça pourrait aussi être un acteur qui a été maquillé pour lui ressembler.

— Les programmes de reconnaissance faciale auraient fait la différence, non?

— Pas nécessairement. Tout dépend des moyens techniques dont disposaient ceux qui ont réalisé la vidéo. Ils peuvent avoir retouché le visage de la victime pour que les paramètres soient conformes à ceux du visage de l'archevêque. Mais j'ai l'intuition que c'est lui.

— L'intuition… Je vous remercie de partager votre intuition avec moi, inspecteur Pelshak. Vous pouvez disposer.

La policière n'avait pas encore refermé la porte que Chase regrettait le ton sur lequel il avait pris congé d'elle.

Il se passa la main sur l'estomac dans l'espoir d'apaiser la sensation de brûlure qui commençait à poindre.

MONSEIGNEUR IGNATIUS FEELGOOD

Natalya avait pris le temps de se promener longuement autour de Times Square, attentive à tout ce qui pourrait lui fournir un indice. Peine perdue.

Elle était alors retournée à l'hôtel.

Une fois dans sa chambre, elle transféra sur son ordinateur les extraits vidéo enregistrés sur son iPhone. Elle isola ensuite un gros plan du visage de la victime et l'envoya sur son site Internet, accompagné d'instructions pour activer à distance le logiciel de reconnaissance faciale.

Sept minutes plus tard, elle recevait une réponse. Il s'agissait de monseigneur Ignatius Feelgood. Un authentique archevêque.

Feelgood…

Natalya songea à la chanson de James Brown qui accompagnait la vidéo. C'était quoi, cet humour morbide ?

Elle tapa « Ignatius Feelgood » dans le logiciel de recherche de son ordinateur. En moins de dix minutes, elle avait un bon portrait de l'individu.

Malgré quelques prises de position récentes plus ouvertes, notamment sur l'homosexualité, le prélat demeurait l'une des références de l'aile conservatrice de l'Église catholique. Il s'était souvent affiché avec les figures les plus radicales du mouvement pro-vie. Il avait aussi défendu la priorité du droit canon sur le droit civil quand il s'agissait de juger des prêtres, notamment dans les cas de pédophilie.

Natalya se mit à réfléchir à ce qu'elle avait vu.

Sur le plan technique, il s'agissait d'un montage très professionnel. On était loin des images d'amateur pour revendiquer un enlèvement ou une décapitation. Encore que la qualité des films de décapitation s'était beaucoup améliorée, ces dernières années, l'État islamique ayant effectué une véritable professionnalisation du métier.

Par ailleurs, l'utilisation intégrée de tous les écrans requérait une compétence technique qui n'était pas à la portée du premier venu.

Peut-être y avait-il là une piste pour remonter jusqu'à l'organisateur de ces crimes. Et s'il s'agissait du mystérieux Phénix, comme le croyait Cioban, cela permettrait peut-être de retrouver Prose.

Deux ans plus tôt

OPÉRATION PROSE

Victor Prose était couché sur une table roulante en métal. Complètement nu.

Rester immobile ne lui était pas difficile: une aiguille était plantée dans le creux de son bras gauche. On lui avait injecté une substance paralysante par intraveineuse. Le liquide continuait de pénétrer goutte à goutte dans son organisme.

— Vous êtes prêt?

La voix appartenait à une femme. Prose avait aperçu brièvement son visage. Eurasienne. Des yeux noirs. Un visage lisse, sans âge véritable. La trentaine avancée, peut-être… La seule chose qu'il savait d'elle avec certitude, c'était son nom: Aïsha.

Depuis qu'il s'était réveillé sur la table, elle ne cessait de lui parler. Elle lui expliquait ce qu'elle faisait, lui posait des questions. Même s'il était incapable de lui répondre.

— Vous n'avez pas à vous inquiéter. Je suis une très bonne chirurgienne. J'ai beaucoup d'expérience.

Dans le miroir fixé au-dessus de lui, Prose pouvait voir que son corps était couvert de lignes, comme pour préciser le tracé des incisions. Toute la surface de sa peau était cartographiée. Visiblement, on le préparait pour une opération d'envergure.

Il pensa automatiquement à Nabil Saharabia, le propriétaire mégalomane de l'empire médiatique Saharabia Média. Alors que tout le monde le croyait disparu dans l'explosion de son yacht personnel, on avait retrouvé son corps, quelques années plus tard, entièrement transformé par chirurgie. Il était devenu Alatoff Payne, un des principaux responsables du meurtre des dix petits hommes blancs.

Les médecins qui avaient examiné son cadavre estimaient qu'il avait fallu plusieurs opérations pour le transformer, réparties sur une période d'au moins deux ans.

Était-ce cela qui l'attendait? Allait-on le transformer en quelqu'un d'autre?

Pour quelle raison son ravisseur se donnait-il tout ce mal? S'il voulait faire de lui le critique officiel de ses œuvres, comme il l'avait affirmé lors de leur rencontre, pourquoi cette transformation? Était-ce par plaisir? Par volonté de contrôle? Parce qu'il voulait avoir une maîtrise entière de lui? Même de ce qu'il était physiquement?

Si seulement il avait pu parler. Interroger Aïsha…

Au plafond, le miroir était ceinturé de réflecteurs. Heureusement, la plupart étaient éteints. Pour quelqu'un affecté de photophobie comme lui, cet éclairage aurait été un enfer.

— Depuis six ans, reprit Aïsha, je travaille uniquement pour l'homme qui vous a invité ici, au domaine.

Prose aurait voulu répliquer qu'il n'avait pas été invité, mais enlevé. Que la seule chose qu'il voulait, c'était mettre fin à ce cauchemar. Partir de cet endroit!

— Si vous le désirez, poursuivit la chirurgienne, je peux vous anesthésier très légèrement. De cette façon, vous allez demeurer conscient. Vous pourrez être témoin de toute l'opération. Voir tout ce que je fais…

C'était quoi, cette idée d'être opéré à froid? Il n'en était pas question. Sous aucun prétexte!

Prose n'avait pas à chercher loin pour imaginer la sensation de déchirement et de brûlure qui suivrait chacun des coups de bistouri. Il se souvenait trop bien de la douleur qu'il avait ressentie, en salle de réveil, après l'ablation de sa vésicule biliaire. Et du soulagement qui avait suivi la dose de Dilaudid.

— C'est sûr, il y a un peu de douleur. Mais ça varie beaucoup selon les gens.

Malgré ses efforts, Prose n'arrivait pas à parler. Ni même à secouer la tête. La communication était abolie entre ce qu'ordonnait son cerveau et les organes chargés d'exécuter ses ordres.

De son côté, Aïsha poursuivait ses explications sur un ton très technique. Comme si elle avait discuté des différents choix possibles pour réparer un appareil.

— Il y a aussi la vue du sang. Certaines personnes trouvent cela déplaisant. D'autres, par contre, sont fascinées par l'expérience. Parce que c'est une occasion unique de voir qui vous êtes vraiment à l'intérieur.

Le visage de la chirurgienne était maintenant penché au-dessus de Prose. Elle le regardait comme si elle s'efforçait de deviner ce qu'il pensait. Deux petites rides s'étaient creusées entre ses sourcils.

Elle secoua la tête.

— On ne peut pas dire que vous êtes très coopératif. Il faut vraiment que je fasse les questions et les réponses.

Après un moment, elle ajouta:

— Bien… Comme c'est moi qui dois décider…

Elle injecta un produit dans le cathéter fixé au bras de Prose.

Quand il reprit conscience dans la salle de réveil, Prose fut surpris de ne ressentir aucune douleur. Et de constater qu'il semblait n'avoir subi aucune altération.

Aïsha lui expliqua qu'on lui avait simplement fait un scan pour obtenir une reproduction 3-D de son corps. Comme dans les autopsies virtuelles. Les lignes n'étaient pas vraiment indispensables.

C'était pour l'aider à mieux se repérer quand elle analyserait les différentes images.

COURIR APRÈS UNE OMBRE

L'ombre fuyait Natalya. Elle sautait de mur en mur, d'une pièce à l'autre, dans une maison qui n'en finissait pas de s'agrandir, de donner naissance à de nouvelles pièces. Comme si l'ombre, dans sa fuite, créait un labyrinthe en expansion.

Bizarrement, tous les murs de chacune des pièces avaient des fenêtres. Et toutes donnaient sur l'extérieur.

L'ombre qu'elle poursuivait était celle de Victor Prose. Natalya en était intimement convaincue. C'était tout ce qu'il restait de lui. Et elle devait la récupérer. Parce que c'était la seule façon de le ramener à la vie.

Mais elle n'arrivait plus à suivre. Le souffle lui manquait. Et l'ombre glissait de plus en plus vite sur les murs.

Déjà, elle ne la voyait plus. Mais elle continuait de sentir sa présence. L'ombre était là, tout près, dans la pièce voisine. Puis dans la suivante. Un peu plus loin. Toujours un peu plus loin.

Natalya perdait du terrain. Malgré ses efforts pour courir plus vite, elle sentait de moins en moins la présence de l'ombre.

Rapidement, elle eut l'impression d'être seule. Irrémédiablement seule. Dans un dédale de pièces menant à d'autres pièces. Emportée par une force qui ne dépendait pas d'elle. De plus en plus rapidement. Comme si elle était devenue immatérielle. Qu'elle traversait littéralement les murs.

Le contour des pièces devenait flou. Comme ces décors filmés par une caméra en mouvement. Elle avait l'impression de les traverser sans bouger. À toute allure. Incapable de fixer son attention. Incapable de respirer. Aspirée dans une sorte de tourbillon qui faisait pression sur son corps, l'étouffait.

À l'instant où elle se réveilla, elle s'assit brusquement dans son lit.

À bout de souffle.

Épuisée…

Le sentiment de pression sur sa poitrine prit un moment à se dissiper. Tout comme les lambeaux d'images qui surnageaient dans son esprit.

Puis elle pensa à Prose.

Le même remords lui revint, qu'elle ressassait depuis sa disparition. Elle aurait dû rester avec lui. Au lieu de partir à la poursuite de ses fantômes, en Roumanie, elle aurait dû demeurer à Paris. Elle aurait pu le protéger.

Maintenant, il risquait de disparaître à jamais, emportant avec lui la chance qu'elle avait cru avoir de commencer une autre vie.

CRÉER À DEUX

Victor Prose regardait le visage de l'homme qui l'avait fait enlever. Plus exactement, il regardait le masque qu'il portait – si on pouvait appeler cela un masque, tellement la ressemblance avec le visage de Prose était fidèle.

Hilliard K. Morane…

C'était maintenant son nom. Il en changeait pour chacune de ses « œuvres », lui avait-il expliqué. Selon lui, un artiste devait se renouveler avant d'amorcer une nouvelle entreprise artistique. Changer d'identité, en quelque sorte. D'où l'utilité de marquer le coup en adoptant un nouveau nom, une nouvelle signature.

C'était la deuxième fois que Prose le rencontrait en personne. La fois précédente, c'était immédiatement après son enlèvement. Morane l'avait reçu dans son bureau. Il portait alors le même masque. Prose avait l'impression de se retrouver devant un miroir. C'était comme si son propre reflet s'était subitement animé pour faire la conversation avec lui.

Morane avait refusé de lui expliquer la nature de ce masque. Prose s'était demandé s'il avait un maître-maquilleur à sa disposition. Un expert comme il en existe pour le cinéma. Ou dans les services secrets. Quelqu'un capable de transformer complètement un visage à partir de silicone et de maquillage… Mais cela n'avait pas de sens! Morane ne pouvait quand même pas s'imposer une séance de transformation pour chacune de leurs rencontres!

Il reporta son attention sur la discussion.

— Bien sûr que Boko Haram a encore tué une centaine de personnes! disait Morane. Bien sûr que les Palestiniens continuent de mourir et de perdre leur pays, une colonie à la fois… Et bien sûr qu'il y a tous ces pauvres qui continuent de fabriquer des bébés destinés à mourir jeunes parce que des prêtres ont décrété que c'est la volonté de Dieu, que les femmes doivent d'abord et avant tout être des usines à bébés… Bien sûr, je sais tout ça. Mais ce sont des détails. L'essentiel est ailleurs.

Après une pause, il enchaîna sur un ton moins déclamatoire, mais avec autant d'intensité:

— Je crois avoir lu tout ce que vous avez écrit, mon cher Prose. Je suis persuadé que nous sommes faits pour nous entendre. Quand vous aurez compris le sens profond de ma démarche artistique, vous allez accepter mon offre de collaboration.

— Ça, j'en doute!

— Vous voyez? Vous doutez!

Morane semblait ravi.

— Vous ne croyez pas, s'exclama-t-il. Vous doutez!… Ce que je cherche, c'est un cerveau! Pas un croyant!

Il poursuivit sur un ton plus mesuré, mais non dénué d'enthousiasme.

— Bien sûr, je devrai faire l'effort de vous convaincre. Je m'y attends. Je ne vous demande pas une adhésion irrationnelle à mon projet. C'est de votre intelligence dont j'ai besoin… Des admirateurs serviles, je peux m'en payer autant que je veux. Mais quel est l'intérêt?

— Vous dites vouloir collaborer. Pour collaborer, il faut être deux. On ne dialogue pas avec quelqu'un de masqué.

— Très bon, très bon! Vous allez droit à l'essentiel… Ce masque n'a pas pour vocation de me dissimuler. Son but est de vous placer devant vous-même. C'est avec vous-même que vous allez discuter.

— Parce qu'en plus, vous vous prenez pour moi ? Vous croyez vraiment savoir ce que je pense ?

Le ton ironique signifiait clairement que ce n'était pas une question.

— Je représente votre côté sombre, répondit Morane. Celui que vous tentez maladroitement d'enterrer. Mais laissons cela. Voyez-moi simplement comme un accessoire commode si cela vous convient mieux. Comme un outil qui vous permet de prendre de la distance par rapport à vous-même. Ma seule fonction est de discuter avec vous. De relancer votre réflexion.

— Vous voulez discuter de quoi ? Des raisons de mon enlèvement ?

— De mes projets artistiques…

Morane s'interrompit brusquement, comme s'il avait réalisé, au moment même où il le disait, qu'il venait de proférer une bêtise.

— Qu'est-ce que je dis là ? Je veux parler de "nos" projets artistiques. "Nos" projets. Ce sera une création commune. Vous méritez mieux que d'être un simple commentateur.

— Si c'est le cas, j'imagine que je mérite aussi de savoir où je suis.

— Vous devez bien vous en douter… Non ?

Morane semblait déçu.

— Un lac, poursuivit-il. Des montagnes de l'autre côté, en arrière-fond… Un sommet plus élevé, en grande partie enneigé… Ne me dites pas que vous n'avez pas fait le lien !

— La Suisse…

— Vous voyez !

— Et d'après la position du mont Blanc, on est aux environs de Genève, je dirais.

— Magnifique ! Malgré le traumatisme de l'enlèvement, votre curiosité et votre esprit sont intacts. Nous allons faire de grandes choses !

Les jours suivants, leurs échanges prirent la forme d'une joute intellectuelle. Morane commença par lui donner à lire le document de travail qu'il lui avait montré lors de leur première rencontre, avant de le confier aux bons soins d'Aïsha. Il y exposait l'essentiel des œuvres qu'il entendait réaliser. Le titre s'étalait en lettres rouges sur une couverture cartonnée noire.

LA RELIGION TUE

— C'est une nouvelle version, dit Morane.

Prose lut le texte soigneusement. Puis, au fil de leurs rencontres, il s'appliqua à en souligner impitoyablement les faiblesses et les incohérences, notamment dans son réquisitoire contre les grandes religions.

Il commença par le titre.

— Ça peut aller pour une thèse, mais pas pour une œuvre d'art. C'est n'importe quoi, *La religion tue*!… Les dieux sont des machines à tuer, je veux bien. Mais ça prend un titre qui fait image. Je ne sais pas, moi. *The God Machine*. Ou mieux : *Machine God*. Le sens y est, mais de façon moins directe, moins prosaïque.

À la surprise de Prose, son ravisseur parut de nouveau ravi.

— Je savais que j'avais raison de vous choisir! Vous avez tout à fait le genre d'esprit critique dont j'ai besoin.

Un échange de courriels et de textos suivit. Presque tous leurs échanges se faisaient de manière électronique. Ou par vidéoconférence. Et, à chaque occasion, Morane portait le masque de Prose.

Pendant plusieurs semaines, ils discutèrent des différentes œuvres que Morane comptait réaliser. Des œuvres dont le principal matériau serait la mort. Parce que c'était le seul matériau capable de toucher tous les hommes. Le seul capable de solliciter leur imagination, quelle que soit leur culture, leur position sociale ou leur idéologie.

À chacun de leurs entretiens, Prose argumentait longuement, soulevant des objections, soulignant des incohérences, relevant des maladresses d'écriture. Chaque fois, Morane écoutait avec attention les objections de son interlocuteur.

Puis, un jour, Prose reçut une nouvelle version du projet. Une version nettement améliorée, où toutes ses remarques, tous ses commentaires avaient été pris en compte. Toutes ses critiques, intégrées.

Un mot écrit à la main, sur la première page, le remerciait de sa collaboration.

> J'avais raison de croire en vous. Sans votre collaboration, ce projet artistique n'aurait pas pu se déployer avec toute l'envergure qu'il mérite. Son argumentaire n'aurait pas été aussi percutant. Grâce à votre soutien, des œuvres magnifiques verront le jour.
>
> Maintenant que le cadre général est fixé, il ne reste plus qu'à tout reprendre étape par étape, œuvre par œuvre.

La veille

TOUS ROMANCIERS

Quand il releva les yeux de l'ordinateur, le regard de Prose rencontra celui de Théberge. Une photo géante de son visage était intégrée à la tapisserie du mur. Ses yeux donnaient l'impression de suivre ceux du spectateur.

C'était une des dispositions prises par Morane. Pour lui rappeler son ancienne vie, avait-il dit. Un être humain a besoin de racines. Même s'il n'en reste que des images…

Les murs de toutes les pièces étaient recouverts de ces photos géantes, en gros plan, des principaux amis de Prose. On aurait dit ces affiches, le long des routes, où l'image se perd quand on s'en approche à cause de la grosseur des points. Une croix filiforme était superposée au centre de chacun des visages, comme s'ils étaient vus à travers la mire d'un téléobjectif.

Depuis qu'il avait été enlevé, Prose vivait en permanence sous leur regard. Souvent, il se demandait s'ils le cherchaient encore.

Probablement…

Mais leur ardeur s'était sûrement atténuée. Après deux ans, l'idée qu'il puisse être mort avait dû faire son chemin dans leur esprit. Une certaine résignation avait dû les gagner.

C'était normal. On s'habitue à tout. Jusqu'à un certain point, du moins. Lui-même n'en était-il pas l'exemple ?

Vingt minutes plus tard, Prose était dans le bureau de Morane.

Il remarqua une bouteille de champagne dans un seau à glace, sur une petite table couverte d'une nappe, à gauche du bureau. Deux flûtes et un bouquet de fleurs complétaient l'arrangement.

Morane saisit son regard.

— Le grand jour approche, dit-il en guise d'explication. Deux ans d'association, ça se fête.

— Une association qui a commencé par un enlèvement suivi d'une séquestration.

— Vous me peinez, fit Morane. Moi qui ai toujours eu le plus grand respect pour vous !

— C'est la raison pour laquelle vous m'avez confié à votre amie Aïsha quand je suis arrivé ? répliqua Prose.

— Vous a-t-elle maltraité ?

— Physiquement ? Non.

Quand il voyait Morane en personne, l'esprit de Prose revenait à sa première rencontre avec lui, dans ce même bureau. Et à celle qui avait suivi, avec Aïsha. Il s'étonnait chaque fois de tous les détails dont il se souvenait.

Prose se rappelait l'odeur de médicament dans la salle de réveil. Puis les explications de la chirurgienne… Sans savoir pourquoi, il n'avait jamais été entièrement convaincu par ce qu'elle lui avait dit. Aujourd'hui encore, il se demandait ce qu'on lui avait vraiment fait…

La vivacité de ces souvenirs était sans doute un effet du choc qu'il avait eu de découvrir qu'il avait été enlevé par un individu qui portait son propre visage en guise de masque, puis d'apprendre que son ravisseur entendait le garder prisonnier pendant plusieurs années avant de l'envoyer en salle d'opération.

On aurait voulu le traumatiser qu'on ne s'y serait pas pris autrement.

Prose cligna des yeux. À travers la fenêtre, en face de lui, le soleil l'éclairait directement. Son interlocuteur, par contre, était à contre-jour. Prose devait plisser les yeux pour le regarder.

C'était une de leurs rares rencontres directes. Comme dans leurs discussions sur Skype, Morane portait un masque qui faisait de lui le sosie de son invité. Pour Prose, l'impression en était toujours aussi agaçante. Au cours des deux années, la plupart de leurs échanges s'étaient faits par courriel ou par texto. Parfois par vidéo.

—Je l'avoue, c'était sans doute une erreur, concéda Morane. J'avais cru utile de vous déstabiliser. Je sous-estimais votre ouverture d'esprit, votre respect de l'argumentation rationnelle. Mais soyez assuré que votre rôle n'a jamais été de souffrir. Il a toujours été de m'assister dans mes créations et de témoigner. Au début, j'ai permis à Aïsha de vous taquiner un peu, mais elle avait l'ordre de ne pas porter atteinte à votre intégrité corporelle. Et de ne pas vous faire souffrir.

—Pour quelle raison la gardez-vous?

—Aïsha? Sa spécialité est de faire disparaître les gens tout en les gardant vivants, à la vue de tous.

—Comme Saharabia?

—Si vous voulez… Bien sûr, ce n'est pas toujours suffisant. Parfois, il faut aussi modifier l'intérieur de la personne.

—Vous modifiez des organes?

Morane éclata de rire.

—Qu'allez-vous imaginer là? Vous avez vraiment un esprit malsain!

Son ton se fit plus sévère, presque sec.

—Ce sont là des bricolages que je laisse à mes collègues englués dans l'art organique. Vous devriez le savoir, depuis le temps. Tous ces amusements physiologiques sont un cul-de-sac. Ce dont je parle, c'est de l'effacement et de l'implantation de souvenirs. On n'y est pas encore tout à fait, mais on peut quand même effectuer d'assez bons bricolages. La science a fait d'énormes progrès au cours des dernières années.

— Vous vous rendez compte des implications de ce que vous dites ? Ça signifie qu'il va devenir impossible de se fier à son sentiment intérieur, à son intime conviction pour juger de la réalité de ses souvenirs.

— C'est déjà en bonne partie le cas. Il est maintenant établi que la mémoire "reconstruit" les souvenirs. Et qu'elle le fait sous l'influence de différents facteurs. L'intensité de certains sentiments, par exemple, le désir de se donner le beau rôle… ou simplement le besoin d'intégrer les événements dans une histoire cohérente.

Morane regardait Prose comme il aurait regardé une espèce animale inconnue sur laquelle il venait de tomber par hasard.

— Vous devriez être heureux ! reprit-il. C'est la confirmation du fait que tout le monde est romancier. Tout le monde se raconte des histoires !

— Trafiquer des souvenirs, ce n'est pas raconter des histoires : c'est envahir l'espace intérieur des gens.

— Décidément, vous avez un problème avec l'espace.

— Et vous, avec la réalité !

— Vous devriez relire Rimbaud. Il était encore plus visionnaire qu'on le croit généralement. Pensez à sa fameuse déclaration : "Je est un autre". On ne réalise toujours pas à quel point il avait raison… Le "je" est tout le temps en train de se fabriquer un « autre » qu'il s'empresse de prendre pour lui-même. Et presque toujours à son insu. La manipulation des souvenirs va simplement lui donner un coup de pouce… Mais il reste du travail à faire. Le triomphe de Rimbaud sur Proust n'est pas encore achevé.

— Que voulez-vous dire ?

— Il est encore possible, avec un minimum de mauvaise foi ou d'ignorance, de croire que le moi intérieur est le garant de la réalité. Que l'intensité de nos expériences peut nous permettre de récupérer par la mémoire le monde aboli. D'une certaine manière, nous avons en bonne partie réalisé le rêve de Proust : chacun est enfermé dans une série d'instants de plus en plus intenses. Mais cette immersion ne suscite aucune connaissance : elle est au contraire génératrice d'oubli. Nous ne savons plus où nous en sommes. En fait, nous ne savons même plus où nous sommes. Nos lieux sont des décors et nos décors sont interchangeables. Ils nous appartiennent de moins en moins. Nos maisons ne sont pas des lieux, mais des machines à habiter… En ce sens, vous avez raison, le vrai problème de notre époque, c'est l'espace.

Morane éclata de rire avant d'ajouter :

— Vous en êtes même la preuve par l'absurde : je vous offre d'avoir tout votre temps et vous n'en voulez pas. Vous dites que vous manquez d'espace.

— Vous jouez sur les mots.

— N'est-ce pas ce que nous faisons tous ? Mais laissons ces querelles de mots. J'ai une bonne nouvelle à vous annoncer.

FEU SANDRINE

Natalya avait loué une chambre à l'hôtel Bonaventure sous le nom d'Ingrid Meyer. Elle entendait profiter de la nuit qui venait pour effectuer une visite clandestine à la résidence de Prose.

Peut-être y trouverait-elle un indice de ce qu'il lui était arrivé ? Peut-être y avait-il séjourné récemment ? Elle ne pouvait s'empêcher d'espérer, même si elle n'y comptait pas trop. La véritable raison de cette équipée nocturne, si elle voulait être honnête, c'était de retrouver un peu de la présence de Prose à travers le lieu qu'il avait habité.

Cela faisait deux ans qu'elle le cherchait. Parce qu'elle se sentait responsable de ce qu'il lui était arrivé. Mais aussi pour des raisons plus troubles, auxquelles elle préférait ne pas trop penser.

Attablée au café de l'hôtel, où elle avait déjeuné, elle était en train de signer l'addition quand elle vit une femme lui tendre la main.

— Alex Delcourt, fit cette dernière.

La femme, que Natalya connaissait sous le nom de Sandrine Bijar, lui laissa le temps de l'observer.

Elle avait maintenant les cheveux bruns. Son costume deux pièces accentuait l'allure androgyne que lui donnait son maquillage. Ses yeux étaient désormais bruns avec des paillettes dorées.

Sandrine Bijar… Elle travaillait pour Valentin Cioban, l'homme qui avait fait de l'adolescence de Natalya un enfer. Ses agents l'appelaient tous « le barman ». Sauf en sa présence. Parce qu'il passait officiellement sa vie derrière un bar. C'était de là qu'il dirigeait ses opérations.

Quelques années plus tôt, elle avait réussi à le retrouver. Son but était de le tuer pour venger sa famille. Mais les choses ne s'étaient pas déroulées comme prévu. Le barman lui avait sauvé la vie. Puis il l'avait réexpédiée en vitesse à Paris après l'avoir prévenue que Prose était en danger.

Malheureusement, elle était arrivée trop tard. Prose avait disparu et il y avait maintenant deux ans qu'elle le cherchait. En vain…

— Vous retrouver n'a finalement pas été trop difficile, déclara la femme, une fois assise devant elle. Sachant quelle piste vous suivez…

— Vous avez découvert où il se trouve ?

— Prose ? Non. Mais nous avons obtenu la confirmation qu'il est en Europe. Et qu'il est bien traité… Une sorte de grande villa. Ultra luxueuse, paraît-il. Et ultra surveillée.

— Il est prisonnier de la personne qui envoyait ces curieux messages, j'imagine ? Phénix…

— C'est de lui que le barman veut vous parler.

— Me parler ? Si je retourne en Roumanie, ce ne sera pas seulement pour lui parler !

Natalya n'avait pu s'empêcher de durcir le ton.

— Qui vous parle d'aller en Roumanie ? répliqua la femme.

Elle prit un téléphone dans la poche de son veston, appuya sur quelques touches et tendit l'appareil à Natalya.

Assis derrière son bureau, Morane regardait Prose avec un air à la fois bienveillant et ironique.

—Je ne suis pas certain de comprendre, finit-il par dire.

—J'étouffe.

—Je vous ai libéré, dégagé de toutes les contraintes qui pèsent normalement sur la vie quotidienne. De quoi vous plaignez-vous? Vous avez tout le temps du monde. La plupart des gens n'ont pas une minute à eux.

Prose resta un moment sans répondre. Il regardait l'homme qui avait son propre visage. C'était toujours un peu déstabilisant de parler avec son sosie.

—Je manque d'espace, reprit-il.

—Vos appartements personnels comptent six pièces. Sans parler de la dizaine d'autres auxquelles vous avez accès. De la cour intérieure. Des jardins. De la piscine… Tous les services sont à votre disposition, vous n'avez qu'à demander.

—Je parle d'espace extérieur. Pour créer, il faut échapper au ronron de la rumination intérieure. Même Proust courait les salons! Moi, ma seule activité, c'est de durer.

—Considérant l'alternative, ce n'est pas si mal! l'interrompit Morane. Et puis, ce n'est pas vrai. Pensez à tous les textes que vous avez écrits à ma demande. À tous ceux que vous avez critiqués. Vous avez été un collaborateur exceptionnel.

Prose ignora l'interruption et poursuivit:

—C'est comme si tous mes instants s'accumulaient autour de moi. Toujours identiques. Qu'ils m'étouffaient. Me paralysaient. Je suis enfermé dans une sorte de durée stagnante dont je n'arrive pas à m'échapper.

—Combien de fois devrai-je vous le dire? Je ne suis pas votre geôlier. Je suis votre hôte… Un hôte un peu insistant, peut-être, mais un hôte. Qui a votre succès à cœur. Un hôte et un attaché de presse. Je vais faire de vous un des artistes les plus connus de la planète.

— Je ne veux pas être un artiste connu. Je veux seulement retrouver ma liberté. J'ai besoin d'échapper à ce décor, de voir des gens. Je n'ai même pas accès à Internet !

— Je vous ai promis, à votre arrivée, que votre réclusion serait temporaire. Je vous annonce maintenant qu'elle tire à sa fin. D'ici peu de temps, vous serez libre d'aller où bon vous semble. C'est la moindre des choses que je peux faire, pour un collaborateur de votre qualité. Mais quelque chose me dit que vous allez préférer demeurer ici.

Prose resta bouche bée. C'était la première fois que Morane faisait allusion à sa libération prochaine. Puis il se demanda si c'était une sorte de jeu. C'était quoi, cette allusion au fait qu'il pourrait choisir de demeurer reclus ?

Morane le tira de ses réflexions en se levant. Il se dirigea vers la petite table où reposait la bouteille de champagne.

— Lancer une exposition, déclara-t-il, c'est comme lancer un bateau : ça prend du champagne.

Il remplit les deux flûtes, en tendit une à Prose et porta un toast.

— À notre précieuse collaboration !

Il prit une petite gorgée. Prose l'imita.

— Vous avez très bien saisi l'objectif central de mon œuvre, poursuivit Morane. C'est dans son essence même que le christianisme est meurtrier. Au moment de sa fondation, son projet est déjà clair : tuer et se faire tuer. Ou plutôt, comme vous l'avez admirablement résumé dans la formule du martyr-inquisiteur : le croyant qui accepte de se faire tuer pour mieux se sentir justifié de tuer.

Il but une autre gorgée de champagne avant de continuer.

— Ce triptyque va donner le ton au reste de l'exposition : des œuvres percutantes, hautement symboliques, qui vont marquer les esprits un peu partout sur la planète.

— Et qui risquent de déchaîner les passions.

Prose reprenait l'argument qu'il avait maintes fois tenu à Morane. Ce dernier y répondit avec la même bienveillance condescendante.

— Bien sûr, bien sûr… Mais on ne sculpte pas dans l'humanité sans créer quelques remous. Pour marquer durablement les esprits, la violence est indispensable. Tout comme la mort. Et la destruction. Qui se souvient du nom des victimes de Jack l'Éventreur, à part quelques amateurs d'histoires morbides? Mais lui, on ne l'a pas oublié... Quand on évoque le nom de Néron, ce qui vient immédiatement à l'esprit, c'est qu'il a fait brûler une partie de Rome. Mais qui se souvient des principaux édifices qui ont été détruits? Qui se souvient du nom de ceux qui les ont construits?... Quand on évoque le nom de Napoléon, à quoi pense-t-on spontanément? À ses batailles. Celles qu'il a gagnées, celles qu'il a perdues. Autrement dit, on pense aux massacres qu'il a provoqués. Mais je vous mets au défi de me nommer le nom d'un seul des milliers de soldats qu'il a conduits à l'abattoir!

Il porta de nouveau le champagne à ses lèvres avant de conclure:

— Même ceux qui ne croient plus en Dieu continuent à croire au diable! Qu'est-ce que l'État islamique sinon une tentative pour installer le diable à la place de Dieu? Ces barbares sont dignes de l'époque la plus glorieuse de l'Inquisition!

— Le diable! Et puis quoi encore? C'est vraiment n'importe quoi!

— Si Dieu est partout, comme on l'enseigne, pourquoi pas le diable aussi? Si l'un existe à travers tout ce qui est bon dans l'univers, pourquoi l'autre n'existerait-il pas à travers tout ce qui est destructeur? Les exemples que je vous ai donnés...

Prose l'interrompit.

— Vos exemples ne sont que ça: des exemples. On pourrait en trouver qui montrent le contraire. Anne Frank, par exemple. Galilée. Ou la petite Malala.

— Des exceptions! Qui confirment la règle! Et cette règle, c'est qu'on enterre les victimes puis qu'on les oublie. Ensuite, parfois, on sort un exemple pour se donner bonne conscience, pour éviter d'avoir à affronter la réalité de notre indifférence. En fait, ce ne sont même plus des victimes, ce ne sont que des symboles.

— De quoi?

— Galilée, pour les victimes de l'obscurantisme chrétien. Anne Frank, pour celles des nazis. La petite Malala, pour les victimes de la barbarie des islamistes… Pensez-vous qu'on aurait besoin de symboles pour se souvenir des victimes, si la règle n'était pas de les oublier ?

— Comme toujours, vous exagérez.

— D'accord, je vous taquine. On ne peut sans doute pas généraliser aussi largement que je le fais. Mais Néron demeure un précurseur de l'art tel que je l'entends. Il avait parfaitement compris la nécessité de la dimension spectaculaire et du meurtre dans une œuvre. Il lui manquait seulement d'être capable d'ironie. Cela lui aurait permis de comprendre la portée de son œuvre et de l'expliciter. Au lieu de ça, il jouait du luth en regardant brûler la ville. Comme si cela pouvait ajouter à l'esthétique de la chose… Quel crétin !

Morane resta songeur quelques secondes comme s'il s'était laissé emporter par ses pensées et qu'il devait reprendre pied.

Puis il vida le reste de sa flûte.

— C'est très joli, tout ça, dit-il en la reposant sur la petite table, mais il nous reste encore du travail. J'aimerais que vous révisiez une dernière fois le résumé de notre discussion sur l'Islam.

OFFRE ACCEPTÉE

Pendant que Natalya écoutait la voix de Cioban, des souvenirs affluaient à sa mémoire. La mort de sa famille, ses années au camp où on l'avait entraînée à tuer, la terreur quotidienne…

Elle força son esprit à revenir aux explications du barman.

— L'individu qui a enlevé Prose est celui que je poursuis, disait-il. Mais cela, vous le savez déjà.

— Et alors ?

— Il va bientôt lancer une nouvelle opération.

— Quand ?

— Demain.

Natalya hésita avant de demander :

— Vous savez où ?

— New York. Trois meurtres spectaculaires. Qui risquent de provoquer une réaction en chaîne. Je parle de violences urbaines et de beaucoup de morts.

— Comment pouvez-vous savoir cela ?

— Une taupe dans son organisation.

— Vous avez une taupe et vous ne pouvez pas empêcher ces meurtres ?

— La personne infiltrée n'a accès qu'à une partie de l'information. Notre adversaire est prudent. Tout est très compartimenté.

— Cette taupe, elle est en rapport avec Phénix ?

— Probablement.

Natalya ne connaissait pas son véritable nom. Uniquement le pseudonyme sous lequel il avait correspondu avec Prose : Phénix. Il l'avait invité à plusieurs reprises à venir le rencontrer chez lui. Prose avait toujours refusé. C'était peut-être ces refus qui expliquaient sa disparition : son correspondant s'était impatienté et l'avait fait enlever.

C'était l'hypothèse la plus probable. Comme il était probable que cet homme soit Hadrian Killmore. Un milliardaire écoterroriste qui avait tenté de sauver la planète de la pollution en réduisant drastiquement la taille de l'humanité.

Natalya avait longuement parlé de lui avec Leclercq, le patron de la DGSI. Et avec Gonzague Théberge, un policier de Montréal à la retraite et ami de Prose. Les deux hommes avaient été mêlés de près à l'affaire. C'était la conclusion à laquelle ils étaient parvenus : Phénix était Killmore.

Il n'y avait qu'un problème. Killmore était mort depuis plusieurs années. Son bateau avait été entièrement détruit par une gigantesque explosion au milieu de l'océan. Qu'un être humain ait pu y survivre était proprement inconcevable…

La voix de Cioban la ramena à la réalité.

— Vous m'entendez toujours ?

— Vous n'avez qu'à faire parler votre source. Ce ne sont sûrement pas les moyens qui vous manquent !

— Pourquoi est-ce que je ferais une telle chose ?

— Pour mettre la main sur Phénix.

— Ce n'est pas lui qui m'intéresse. Enfin, pas d'abord lui. Je recherche depuis des années ceux à qui il est lié. Il est le maillon faible du groupe : je ne vais certainement pas leur faire la faveur de l'éliminer. Ou vous permettre de le faire.

— C'est pour me dire qu'il n'y a rien à faire que vous vouliez me parler ?

Cioban ignora la remarque.

— La grande force de ces gens, dit-il, est aussi leur faiblesse. Je parle du fait qu'ils s'entraident. Si on découvre à qui Phénix a fait appel pour le soutenir dans ses projets, on a des chances de pouvoir remonter jusqu'à certains d'entre eux.

— Donc, vous n'allez rien faire contre Phénix ?

— Seulement quand je n'aurai plus besoin de lui pour remonter la piste des douze autres. Si vous m'aidez, cela risque de se produire plus rapidement.

Bien qu'il lui ait sauvé la vie, et même à deux reprises si on incluait l'épisode de son enfance, Natalya se méfiait viscéralement de Cioban. Elle devait cependant reconnaître que son argumentation était rationnelle. Sauf que c'était sa spécialité de manipuler les gens avec des arguments ayant toutes les apparences de la rationalité.

Après tout, c'était l'homme qui lui avait affirmé avoir tué l'ensemble de sa famille parce que c'était la seule façon de lui sauver la vie.

— Qu'est-ce que vous proposez ? demanda-t-elle.

— Que vous partiez immédiatement pour New York. Le premier attentat se produira demain à Times Square, vers l'heure du dîner. Ce sera un meurtre à caractère religieux.

— Je ne peux pas abandonner tout ce que je fais et partir en catastrophe.

— Ce que vous faites, c'est chercher Prose. Je vous offre une piste pour remonter jusqu'à celui qui le retient prisonnier.

La proposition du barman lui fit penser à *Psycho*, une chanson du dernier album de Muse. Elle avait découvert l'album la semaine précédente et depuis, elle l'écoutait tous les jours.

Elle ne détestait pas la musique, mais c'était surtout les paroles qui la touchaient. La plupart des chansons s'appliquaient si bien à sa vie qu'elles auraient pu être écrites pour elle.

So come to me now
I could use someone like you
Someone who'll kill on my command

Elle fit un effort pour revenir à la conversation avec le barman.

— Travailler pour vous ? Vous êtes sérieux ?

Le ton de Natalya exprimait clairement ce qu'elle pensait d'une telle proposition.

— Pas "pour" moi. "Avec" moi. Avec mademoiselle Delcourt, en fait.

— Pour faire quoi ?

— En apprendre le plus possible sur le commanditaire de ces meurtres. Et, surtout, sur ceux qui lui viennent en aide, qui lui fournissent les moyens de réaliser ses projets. Avec un peu de chance, on pourra remonter jusqu'à un ou deux membres de la Liste XIII.

— Et pour les trois meurtres ?

— Vous pouvez toujours essayer de les empêcher, mais je serais étonné que ce soit possible.

— Pourquoi se donner tout ce mal, s'il n'y a rien à faire ?

— Parce que la priorité, c'est d'apprendre tout ce que vous pouvez sur celui qui organise ces meurtres. Et sur ses relations avec les autres membres de la Liste XIII. Selon les indices que nous avons, plusieurs d'entre eux demeurent aux États-Unis. Or, leur habitude de s'entraider est l'une des rares choses que nous connaissons d'eux. Il serait donc tout à fait logique que l'homme qui se faisait appeler Phénix ait recours aux services de l'un des autres membres. Qu'il lui demande une assistance technique pour la préparation des meurtres : du matériel, du personnel spécialisé, des informations sur les victimes…

Natalya hésitait à accepter l'offre de Cioban. Mais, comme il venait encore d'en faire la preuve, il constituait une source non négligeable d'informations.

Et puis, elle n'allait pas encore une fois faire passer ses obsessions avant le salut de Prose. Cioban avait raison : il lui offrait la meilleure piste pour le retrouver.

— D'accord, dit-elle. Mais à une condition : je travaille seule.

— Entendu. Mais il faut que vous puissiez nous joindre en cas de difficulté. Madame Delcourt vous laissera les coordonnées de son hôtel, à New York. Et un numéro où vous pourrez la joindre en tout temps.

— Si vous croyez que c'est utile.

— Et si nous avons besoin de vous transmettre des renseignements ?

— Je donnerai une adresse courriel à madame Delcourt. Vous pourrez y envoyer un message. Je serai immédiatement prévenue.

Aussitôt la conversation terminée, Alex Delcourt reprit le téléphone. Puis elle donna à Natalya le numéro de la chambre où la joindre, au Manhattan de Times Square, ainsi qu'un numéro de portable.

Elle prit ensuite en note l'adresse Internet que Natalya lui donna.

— Ne vous faites pas d'idées, l'avertit Natalya. C'est un site hébergé dans le *dark web*. Je l'utilise uniquement de manière sporadique pour recevoir des messages. Vous n'y trouverez rien d'autre qu'une boîte aux lettres.

Tout en regardant s'éloigner Alex Delcourt, Natalya se demandait comment elle pouvait accepter de travailler pour le barman, comment elle pouvait prendre sa défense. Elle aussi, elle faisait partie de ceux qu'il appelait ses enfants, les jeunes dont il disait avoir sauvé la vie en tuant leur famille.

Au lieu de partir, ainsi que Morane venait de l'inviter à le faire, Prose resta sur place, figé, comme s'il hésitait à parler.

— Vous avez un souci ? demanda Morane.

— C'est-à-dire…

— S'il vous manque quoi que ce soit…

— J'ai tout ce qu'il me faut.

— Encore votre manque d'espace ?

— Non…

Après une dernière hésitation, il demanda :

— Comment pouvez-vous être sûr qu'on ne remontera pas jusqu'à vous ? Toutes ces anagrammes de votre nom, avec lesquelles vous vous amusez… Chaque fois que vous communiquez avec les médias, chaque fois que vous leur donnez des informations, vous augmentez les risques d'être découvert.

— Pas avec les pare-feu que j'ai mis en place.

— Ce n'est pas seulement une question d'informatique. Un messager peut raconter de quelle manière il a été abordé pour livrer un message. Un technicien peut se vanter à ses amis du travail très particulier qu'il a effectué pour un client…

— Quand je parle de pare-feu, je ne pense pas seulement à des gadgets informatiques. Il peut aussi s'agir de personnes. Vous avez déjà rencontré l'une d'elles : mademoiselle Bijar. Évidemment, elle travaille désormais sous un autre nom. Si cela peut vous rassurer, sachez que tout passe par elle et par quelques autres individus qui ont une fonction semblable à la sienne. Il suffirait que ces gens disparaissent pour que je sois complètement coupé des opérations. On ne pourrait jamais remonter jusqu'à moi.

— On peut remonter à vous par votre ancienne identité. Je ne suis certainement pas le seul à avoir compris que vous étiez Killmore.

Morane éclata de rire.

— Vous vous êtes remis du choc ? Si vous aviez vu votre visage quand vous avez réalisé qui j'étais !

— Ce que je n'ai jamais compris, c'est comment vous avez pu vous en tirer. Après l'explosion, il n'est pratiquement rien resté de votre navire.

— Je vous expliquerai ça, un jour.

— Il y a aussi votre santé…

— Je sais, elle n'est pas brillante.

— Vous l'avez déjà dit vous-même, vous allez peut-être manquer de temps pour contempler l'achèvement de votre œuvre. Une fois mort, vous ne pourrez plus faire grand-chose.

— Et alors ?

— Normalement…

L'homme au masque lui coupa la parole.

— Est-ce que j'ai l'air de quelqu'un de normal ?

— Ça…

— Il n'existe aucun problème que la sous-traitance ne puisse régler. Avec des incitatifs financiers suffisants, on peut acheter les plus grandes loyautés. Même après sa mort. C'est une simple question de dispositifs financiers et administratifs, d'arrangements légaux… Croyez-moi, je n'ai pas de souci. Mes œuvres vont vivre de leur propre vie. Elles vont même naître sans mon aide, si je ne suis pas là ! Et vous, vous continuerez de les commenter. Tout est prévu. Vous allez devenir une célébrité mondiale !

— Comment pouvez-vous savoir que tout se déroulera comme prévu ?

— Parce que mon plan tient compte de l'imprévu.

— C'est impossible. Par définition, l'imprévu…

— J'ai des relations bien placées. À des endroits stratégiques. Je ne dis pas "haut" placées, bien que ce soit souvent le cas, mais "bien" placées. Un nombre restreint d'alliés bien choisis, disons douze, peuvent parer à tout ce qu'il n'est pas possible de prévoir.

— Des amis ?

— Tout de suite les grands mots ! fit Morane avec un sourire amusé… Je n'appellerais pas ça des amis. Plutôt des fonctions d'utilité. Des fonctions d'utilité merveilleusement complémentaires.

« Une douzaine d'amis », songea Prose. En y ajoutant Morane, cela faisait treize. Le moins qu'on puisse dire, c'était que Morane n'était pas particulièrement superstitieux. À moins que ce ne soit une sorte de superstition à l'envers.

— Je vais vous confier un secret, reprit Morane. La plus grande œuvre d'art, c'est de créer un artiste. Déceler des dons en friche chez quelqu'un et le pousser à les exploiter. Créer un créateur ! Vous n'imaginez pas le plaisir que cela constitue… Croyez-moi, l'art humanitaire n'est qu'à l'aube de son existence. Quand je ne serai plus là, d'autres suivront mes traces. Je serai la lumière qui les aspirera dans son sillage.

Puis, après avoir laissé échapper un petit rire, il ajouta :

— D'une certaine manière, c'est ce que nous nous efforçons tous deux de faire, non ? Libérer en vous le créateur qui peinait à émerger du magma que vous appelez vos principes et vos émotions.

Aujourd'hui

AFP

> … confirme que l'homme crucifié apparaissant sur la vidéo de Times Square est bien Mgr Ignatius Feelgood. Cette vidéo, qui fait présentement un *buzz* sur Internet, mettrait en scène une véritable crucifixion. Une source près du NYPD…

LA CHASSE À L'ARCHEVÊQUE

Calvin Chase était contrarié. Il regardait pour la deuxième fois la vidéo mise en ligne par l'agence française AFP.

> … habituellement associé au clan des conservateurs. Monseigneur Feelgood avait récemment été critiqué pour sa gestion du scandale des prêtres pédophiles. Bien qu'ayant dû renoncer à son poste d'archevêque de New York…

Que l'information devienne publique aussi rapidement compliquait l'enquête.

Bien sûr, il était inévitable qu'elle le devienne. Mais Chase aurait préféré avoir un répit de quelques heures avant que tous les médias se lancent à la poursuite de l'archevêque. Ne serait-ce que pour avoir le temps de retrouver le corps et de s'assurer de l'identité de la victime.

Et comme si ce n'était pas suffisant, il fallait que ce soient des Français qui viennent foutre le bordel dans son enquête ! D'où pouvaient-ils bien tenir leurs informations ?

Manifestement, ça ne venait pas d'une source à l'intérieur du NYPD ou du bureau du procureur. La vidéo était de meilleure qualité que les extraits qu'ils avaient récupérés dans les médias sociaux. De plus, elle comprenait des passages qu'ils n'avaient pas. Surtout au début de la vidéo.

La conclusion s'imposait : les auteurs du montage avaient envoyé eux-mêmes une copie à l'agence de presse.

> ... il devait bientôt recevoir la pourpre cardinale. Même s'il était associé à l'aile conservatrice de l'Église, il avait récemment fait preuve d'ouverture sur la question du célibat des prêtres et sur celle de l'homosexualité. S'inscrivant dans la démarche du nouveau pape, qui consiste à ne rien céder sur les principes, mais à ne pas condamner les pécheurs...

Chase fut interrompu par l'arrivée de l'inspecteur Tannehill, son principal adjoint.

— Vous avez réussi à le joindre ?

— Il est introuvable. Le porte-parole de l'archevêché a d'abord parlé de retraite dans un monastère, mais il vient de se raviser : Feelgood aurait récemment quitté ce lieu pour une destination inconnue.

— Autrement dit, ils ne savent pas comment gérer la chose ?

— Ça ressemble à ça.

— Et les églises ?

Chase avait délégué à Tannehill la tâche de coordonner les recherches dans l'ensemble des 368 paroisses de New York. Même si le message à la fin de la vidéo était ambigu, il ne voulait rien négliger. Le message pouvait faire référence au corps de Feelgood. C'était peut-être dans une église qu'on allait le trouver.

— Toujours rien, répondit Tannehill.

— Du côté de l'informatique ?

— Ils continuent d'examiner la vidéo. Ils espèrent que les hackers ont signé leur exploit.

— Signé de quelle manière ?

— Quelques lignes de code dissimulées quelque part. Dans une des images, peut-être…

Leur conversation fut interrompue par la sonnerie du portable de Chase. Il jeta un regard au numéro qu'affichait son appareil et répondit.

— Chase.

— Tu peux me donner quelque chose sur Feelgood ? fit la voix dans l'appareil.

Peter Mansfield… Un des rares journalistes qui avait son numéro personnel.

C'était un contact qui lui avait souvent été utile. Chase s'en était servi à plusieurs reprises pour couler des informations quand il essayait de débloquer une enquête. Mais il s'agissait d'une arme à double tranchant. Cette collaboration venait avec des contraintes. Par exemple, de ne pas pouvoir envoyer promener le journaliste trop ouvertement. Surtout qu'il travaillait pour l'influent *New York Times*.

— Un instant…

D'un geste, Chase signifia à Tannehill qu'il n'avait plus besoin de lui. Puis il attendit qu'il soit sorti de son bureau avant de répondre au journaliste.

— Il y a des chances que notre ancien archevêque se soit reconverti dans le cinéma, dit-il. Mais je ne peux pas encore te le confirmer.

— Tu penses pouvoir le faire quand ?

— Pas avant de l'avoir retrouvé, lui ou son corps.

— C'est vrai, ce qu'on raconte ?

— Ça dépend de ce qu'on raconte. Si c'est dans les médias, c'est probablement faux.

— Il s'agirait d'une secte satanique.

— Une secte satanique composée d'amateurs de James Brown et qui a pour hymne de ralliement *I Feel Good*? Si tu veux mon avis, il y a suffisamment de gens disjonctés dans la ville. Pas besoin d'aller chercher le diable.

— Sur les sites de paris en ligne, la cote pour que ce soit un vrai meurtre est de 5 contre 3.

— La cote… Tu veux dire que…?

— Une heure après la diffusion de la vidéo, on pouvait déjà faire des paris. Le site est débordé.

— Des paris sur la vidéo?

— Sur le fait que c'est un vrai meurtre ou un trucage. J'ai pensé que l'information t'intéresserait.

— La prochaine étape, c'est quoi? On va utiliser des sondages pour décider comment orienter l'enquête?

— Hé… C'est juste une information! T'en fais ce que tu veux.

— C'est gentil de ta part de me laisser le choix.

— D'accord, d'accord… Tu m'appelles si tu as quelque chose?

— Bien sûr. Tout le monde sait que le principal rôle de la police est d'être au service des médias.

ALIAS POUR UN ALIAS

Assise dans un café devant un double expresso, coupée de l'agitation environnante par la musique provenant de son iPhone, Natalya évaluait ses choix.

Le plus simple était de continuer d'observer les événements à distance. Pour cela, il lui suffisait de mobiliser son réseau de contacts, de suivre de loin le déroulement de l'enquête et d'attendre que les choses se précisent. C'était sans doute la solution la plus sage.

Elle pouvait aussi communiquer avec quelques-uns de ses ex et leur demander de voir ce qu'ils pouvaient découvrir sur cette affaire.

On the outside you're ablaze and alive
But you're dead inside!

Brusquement, Natalya se rendit compte qu'elle s'était laissé absorber par la musique de Muse et qu'elle avait oublié l'enquête.

Elle fit un effort pour s'arracher à cette fascination et reprendre l'inventaire des choix qui s'offraient à elle.

Une troisième possibilité consistait à s'infiltrer personnellement dans l'enquête. De la sorte, elle pourrait faire bouger les choses. Pour cela, elle devait se donner une couverture officielle qui justifie son implication.

Après avoir soupesé ses différentes possibilités, elle envoya un texto en apparence anodin à une amie parisienne.

> Il faut réellement qu'on se voie. Depuis le temps qu'on en parle. Une rencontre avec Ingrid? Ce serait bien, non?

Quelques secondes plus tard, la réponse lui parvenait.

> Bien d'accord. J'ai du temps libre les prochains jours. On pourrait aussi voir Laurence.

Dans les minutes qui suivirent, Ingrid Meyer, critique musicale pour une revue française, devint Laurence Parraud, une agente de la Direction générale de la sécurité intérieure, la DGSI.

Des comptes à son nouveau nom furent activés dans plusieurs banques, tous associés à des cartes bancaires. Des traces légales de son existence apparurent dans divers registres officiels.

Au même moment, la plupart des traces de l'existence récente d'Ingrid Meyer disparurent. Elle était décédée quelques années plus tôt. Un accident de voiture dans le Var…

Il restait maintenant à Natalya à trouver où s'infiltrer, ce qui était plus compliqué. Elle envoya un deuxième texto.

On dîne toujours ensemble la semaine prochaine? À 20 h 30?

« Dîner » signifiait une demande de communication. « La semaine prochaine » voulait dire « immédiatement ». « 20 h 30 » faisait référence au numéro de dossier que son contact devrait activer sur son site sécurisé : 2030.

Il fallut une vingtaine de minutes avant que le téléphone de la nouvelle madame Parraud se manifeste.

— Laurence Parraud.

— J'aime bien ce nom. Qu'est-ce que je peux faire pour toi ?

— J'avais envie d'entendre ta voix.

À l'autre bout du fil, l'homme se mit à rire doucement.

— Bien sûr.

Ces répliques, y compris le rire, confirmaient que chacun des deux interlocuteurs était bien qui il prétendait être et que la communication était sécurisée.

La voix de Natalya se fit professionnelle.

— Tu as vu la vidéo de crucifixion projetée sur les écrans de Times Square ?

— Tu sais bien que Dieu voit tout.

Faire des allusions ironiques à la toute-puissance supposée de la NSA, l'agence pour laquelle il travaillait, était une forme d'humour récurrente chez Bill Roth.

— Donc, tu sais qui s'occupe de ça.

— Le NYPD, j'imagine. Ou le FBI.

— Tu penses que je devrais contacter la personne responsable de l'enquête ?

— C'est sûrement une bonne idée.

Malgré le fait que leur conversation était encryptée et qu'elle transitait par un site du web profond, Bill Roth s'en tenait autant que possible à des banalités. Comment savoir ce que son agence serait en mesure de décoder, dans vingt ans, parmi tous les messages qu'elle accumulait ?

— D'accord, j'attends de tes nouvelles.

Natalya lui faisait confiance. Aussitôt qu'il aurait une réponse à sa question, il lui laisserait un mot sur un autre des sites sécurisés qu'elle entretenait.

Avant de sortir du café, la femme qui s'appelait désormais Laurence Parraud remplaça la carte SIM de son téléphone et jeta l'ancienne dans une poubelle, en même temps que le reste de son café. De toute façon, plus aucun appel ne lui parviendrait à ce numéro.

La prochaine personne qui la contacterait sur son site verrait s'afficher le numéro de la carte qu'elle venait d'introduire dans son portable.

#PedoPriestsKillers

Guilian Delaney@guide
Megabuzz. #Feelgoodkilled
Les victimes se vengent!
#PedoPriestsKillers

KILL BILL

Bill Roth n'eut besoin que d'un coup de fil et d'une brève recherche dans les banques de données de la NSA pour découvrir à qui était confiée l'enquête sur la vidéo de crucifixion.

À sa surprise, ce n'était pas le département des crimes informatiques qui en avait hérité, mais une unité spéciale de la section des homicides.

Le NYPD considérait donc qu'il s'agissait d'un véritable meurtre et non pas d'une simple affaire de piratage. Les rares éléments qu'il trouva dans la base de données interagences confirmèrent ses conclusions.

Il parcourut ensuite le dossier que la NSA avait sur Calvin Chase. Puis il contacta un site Internet hébergé dans le web profond. C'était le moyen le plus sûr de contacter la femme dont il aimait se souvenir sous le nom de Tiffany. Bien sûr, c'était un faux nom. Aussi faux que celui de Laurence Parraud, qu'elle venait d'utiliser. Mais comme Tiffany était le nom qu'elle employait lorsqu'elle lui avait sauvé la vie…

Cela remontait à plusieurs années. À l'époque, le neveu de Roth travaillait comme page au Congrès. Un sénateur ne cessait de le harceler sexuellement. Il avait même menacé de le faire renvoyer s'il ne cédait pas à ses avances. Bill avait confronté le sénateur, puis il avait aidé son neveu à entreprendre des poursuites contre lui.

Le politicien avait gagné son procès à coups de millions. Ensuite il avait entrepris à son tour des poursuites pour diffamation contre le neveu de Roth. Et il avait engagé un tueur à gages pour les éliminer, son neveu et lui.

Malheureusement pour le sénateur, la personne qu'il avait engagée était N, un mystérieux contractuel qui passait pour l'un des meilleurs de sa profession. Sa réputation n'était pas sans lien avec le fait que la CIA, qui voulait le retrouver pour l'engager, n'avait jamais réussi à l'identifier.

Un ami du sénateur, dont l'entreprise de bétonnage n'avait pas le choix d'entretenir des liens avec le crime organisé, lui avait procuré une adresse Internet où joindre le mystérieux tueur à gages. Il pouvait y laisser un message. Peut-être aurait-il une réponse, mais ce n'était pas sûr. L'individu était très sélectif dans le choix de ses contrats, disait la rumeur.

Hélas pour lui, le sénateur avait obtenu une réponse. Il ne savait pas qu'il venait de contacter une tueuse professionnelle avec des principes.

Deux semaines plus tard, Bill Roth avait reçu une confession écrite, signée par le sénateur, où ce dernier reconnaissait à la fois le harcèlement contre son neveu et l'engagement d'un tueur professionnel pour les éliminer.

Il avait tout annulé à la dernière minute. S'il avouait ses crimes à ses victimes, c'était pour faire la paix avec sa conscience.

Le lendemain, le corps du sénateur était retrouvé dans la suite d'un hôtel réputé pour accueillir régulièrement des escortes de luxe.

Un message à côté de son corps expliquait qu'il ne pouvait plus vivre avec ce qu'il était devenu. Il s'excusait auprès de toutes les personnes qu'il avait blessées. Il préférait en finir.

Roth n'avait jamais rencontré la personne qui lui avait sauvé la vie. Mais il lui avait parlé au téléphone. Il avait été étonné d'entendre une voix de femme. Encore qu'avec les appareils électroniques pour traiter la voix…

La femme lui avait simplement présenté un rapport factuel de ce qui était arrivé : le sénateur avait commandé un contrat, la personne contractuelle l'avait analysé, puis elle avait pris des dispositions pour corriger la situation de la manière qu'elle jugeait la plus acceptable.

Elle avait ensuite ajouté qu'elle ferait peut-être appel à lui plus tard pour obtenir des informations. Qu'il serait libre de collaborer ou non. Et qu'en cas de problèmes sérieux, il pourrait communiquer avec elle. Elle lui avait laissé l'adresse d'un site Internet dans le web profond. C'était une simple boîte aux lettres. Il pouvait y laisser un message au nom de Tiffany.

Depuis, il n'avait eu aucune communication avec elle. C'était la première fois qu'elle se manifestait.

Roth laissa donc un message sur le site de Tiffany. Il lui brossait un tableau succinct de ce que la police avait découvert et il identifiait Chase comme le principal responsable de l'enquête.

Il termina en lui promettant de poster un message sur son site aussitôt qu'il aurait d'autres informations.

SOLDATS DU CHRIST

Alexandro Vallini avait quitté l'ordre des jésuites en assez bons termes avec l'organisation.

Son départ n'avait rien à voir avec ses convictions religieuses ni avec des difficultés qu'aurait pu lui poser le célibat. Vallini continuait de voir dans le Christ la seule inspiration susceptible de civiliser un monde qui s'enfonçait chaque jour davantage dans la barbarie et la guerre de chacun contre tous.

La religion, et surtout le christianisme, était la seule force capable d'amener les hommes à vivre ensemble de façon civilisée. La seule capable de domestiquer la bête humaine, d'endiguer cette violence innée qui habite l'être humain et que la Bible avait stigmatisée sous le nom de péché originel.

Ce défaut fondamental de l'être humain, responsable de la plupart des massacres et des destructions, cette agressivité débridée dans l'affirmation de soi, l'époque les célébrait maintenant sous le nom d'épanouissement personnel. Du droit au plaisir sous toutes ses formes. De liberté d'agir sans aucune contrainte.

Vallini, lui, n'était pas dupe.

L'Église avait depuis longtemps saisi la vraie nature de cet individualisme délirant ; elle savait qu'il s'agissait de la plus grande des forces destructives. Du pire des cancers. Depuis des siècles, elle l'appelait orgueil.

Et maintenant, ce cancer moderne était en train de gagner l'Église elle-même. Les autorités religieuses devenaient complaisantes et cédaient aux séductions de l'époque. On n'osait plus défendre la doctrine. On faisait des accommodements. On se montrait raisonnable. On « comprenait l'altérité ». On dialoguait... Autant de beaux mots pour dire qu'on abdiquait. Même les meilleurs se laissaient contaminer... Des prêtres. Des évêques...

I Feel Good... C'était cet optimisme béat et aveugle au milieu de la catastrophe que la chanson voulait ridiculiser. C'était pour cette raison qu'il avait accepté qu'elle accompagne les images de la crucifixion.

Un rappel à l'ordre brutal s'imposait. Il fallait un exemple. Et, pour cela, il fallait que quelqu'un accepte de prendre ses responsabilités, si exigeantes, si ingrates puissent-elles être.

Dans l'esprit des chrétiens, l'époque n'était plus aux guerres de religion et à la lutte contre les infidèles. Leurs convictions religieuses étaient maintenant de l'ordre de la décoration intérieure – de la décoration de leur vie intérieure. Les jésuites étaient toujours l'armée du Christ, mais une armée sans cause, stérilisée par une tolérance qui était la négation même de la foi.

L'époque n'était plus aux batailles rangées ? Soit… Mais il restait la guérilla. C'était la raison pour laquelle Vallini avait quitté la compagnie de Jésus. Pour retrouver sa liberté d'action. Et pour assumer personnellement des gestes qui auraient pu embarrasser les autorités ecclésiastiques.

Après son départ, il avait rapidement joint l'Opus Dei. C'était le vivier où il pourrait le plus facilement recruter les chrétiens de choc dont il avait besoin pour mener ses projets à terme.

Au bout de trois ans, il avait réussi à constituer un réseau de groupes couvrant la plupart des grandes villes du pays. Ils avaient pour nom les Soldats du Christ. Vallini les encourageait à se concevoir comme l'aile militaire de l'Opus Dei.

Au début, leurs actions avaient une portée surtout symbolique : démonstration devant des cliniques d'avortement, organisation de veillées funéraires devant les domiciles des femmes avortées, infiltration des groupes pro-vie pour obtenir de l'information sur leurs activités, publication de photos des clientes des cliniques d'avortement sur les réseaux sociaux…

Des opérations plus musclées avaient suivi : sabotage de distributrices de condoms dans les écoles, agressions de médecins avorteurs, saccages de cliniques…

À travers ces actions, le groupe avait renforcé ses liens et radicalisé son idéologie. Quand Vallini avait estimé qu'ils étaient prêts à aller plus loin, il avait choisi parmi les membres ceux qu'il jugeait les plus fiables et il les avait réunis dans une cellule clandestine.

Ils n'étaient que six. À peine la moitié du nombre des apôtres. Mais ils étaient loin d'être des pécheurs recrutés au hasard des rencontres. Informaticien, financier, chef d'une entreprise de nettoyage, ancien militaire, juge et criminel repenti recruté par le juge… À eux six, ils avaient des contacts dans tous les milieux.

Le succès ne s'était pas fait attendre. Leur première opération s'affichait déjà à la une des médias.

Il était temps de préparer la suite.

Le lendemain, il dirait une messe pour le groupe, puis il expliquerait aux membres ce que serait la prochaine intervention. Trois jours après la crucifixion, les morts sortiraient de leurs tombeaux.

FILS DE SATAN

L'animateur regardait la caméra placée devant lui d'un air sérieux, mais engageant. Rien ne laissait deviner qu'il venait tout juste d'engueuler la coiffeuse de l'émission à cause d'une mèche de cheveux mal placée.

— Comme on le sait maintenant, la crucifixion présentée sur les écrans de Times Square était bien réelle. La victime est un archevêque à la retraite, Mgr Ignatius Feelgood.

L'homme fit pivoter son siège de manière à faire face à une autre caméra, située à sa gauche.

— Il y a quelques instants, nous avons reçu un message d'un groupe qui revendique la responsabilité de ce crime. Ils se nomment eux-mêmes : « Les Fils de Satan ». Nous tenons à vous prévenir que la vidéo que vous allez voir peut contenir des images et des propos offensants. La supervision des parents est suggérée.

L'écran mural placé à la gauche du présentateur s'éclaira. On pouvait y voir un montage des extraits vidéo qui étaient apparus sur les différents écrans de Times Square. Un texte se mit à défiler en superposition.

Une voix *off*, grave et posée, en faisait la lecture.

> Nous sommes les Fils de Satan et nous avons décidé de révéler la vérité au monde.
>
> Depuis toujours, le christianisme est une religion meurtrière. Il y a eu les croisades, l'Inquisition, les chasses aux sorcières. Il y a eu la destruction des populations et des cultures autochtones en Amérique. Partout, le crucifix a accompagné les expéditions de pillage et la colonisation.
>
> Aujourd'hui encore, l'Église tue. Mais plus lentement. De façon plus insidieuse. Elle détruit la vie de millions de femmes par

sa lutte contre l'avortement et le contrôle des naissances. La vie de centaines de milliers d'hommes est empoisonnée parce que des prêtres pédophiles les ont agressés quand ils étaient enfants…

OÙ EST CHARLIE ?

L'enveloppe avait été livrée par coursier à un poste de police dans le Queens, en début d'après-midi. Trois heures et vingt minutes plus tard, elle se retrouvait sur le bureau de Calvin Chase.

Sur l'enveloppe, le message était bref. Quelques mots griffonnés à la main.

Pour le responsable de l'enquête sur la crucifixion

Chase remarqua immédiatement qu'il n'était pas question de vidéo, mais de crucifixion.

À l'intérieur, il n'y avait qu'une clé USB. Par précaution, Chase demanda à l'unité des crimes informatiques de lui envoyer quelqu'un.

Quelques minutes plus tard, un des membres de l'équipe arrivait avec un ordinateur portable complètement isolé du réseau du NYPD.

La première chose qui apparut à l'écran, ce fut une réplique de la page couverture des albums *Où est Charlie ?* Mais le personnage avait la tête de Mgr Feelgood. Le titre était à l'avenant : *Où est l'archevêque ?*

Une phrase traversa ensuite l'écran :

Cliquez sur toutes les figures de l'archevêque dans chacun des tableaux pour trouver où il se cache.

— Encore un cinglé ! maugréa Chase, soupçonnant un canular.

— Il y a une façon simple de le savoir, répliqua l'expert en informatique.

Il se mit à la tâche. En une vingtaine de minutes, il réussit à traverser les sept tableaux.

Après le dernier clic, une adresse s'afficha à l'écran.

Vérification faite, il s'agissait d'une église en grande partie recyclée dans les activités sociales de soutien : local pour les AA, centre d'aide pour femmes victimes de violence, accueil d'itinérants, centre d'écoute pour les personnes au bord du suicide… Mais on y célébrait encore quelques messes chaque semaine. À cette fin, on avait isolé une partie de la nef, qui était affectée en exclusivité aux activités religieuses.

Chase demanda à Tannehill de réunir une équipe d'intervention.

http://blog.thedarkpapers.net/darthreader/letroupeausexcite

LE TROUPEAU S'EXCITE

La vidéo de la crucifixion a atteint son but. Faire parler. Comme d'habitude, personne ne sait de quoi il s'agit, mais tout le monde a son opinion. Le troupeau s'excite.

C'est un extrait du prochain clip de Marylin Manson ? Un hommage à James Brown ?… Non, c'est le *teaser* du prochain jeu vidéo de la Xbox, *Church of Death*… Non, vous vous trompez tous ! C'est la bande-annonce du prochain film des Monty Python sur le Vatican : *Gore City* !

Alors, crucifixion ? Pas crucifixion ? Effets spéciaux ? Pas effets spéciaux ?

J'attends vos avis. Argumentés, si possible. Même si je sais que c'est beaucoup vous demander !

UNE MITRE TENACE

La croix avait été fixée sur l'autel. Les yeux de la victime étaient ouverts. Du haut de la croix, ils semblaient scruter les arrivants.

Pendant que le médecin légiste procédait aux premières constatations, Chase observait la scène de crime. La relative étroitesse des lieux, conjuguée à la hauteur de la nef, produisait une impression d'écrasement.

Puis le regard de Chase revint au corps, toujours attaché sur la croix.

La position cambrée de la victime, dont le dos épousait la courbure de la poutre, paraissait encore plus exagérée que sur la vidéo. Il ne faisait pas de doute que cette simple position était déjà une forme de torture.

Des liens serrés aux poignets et aux chevilles servaient d'assurance, pour le cas où les clous n'auraient pas suffi à maintenir les membres en place.

Les auteurs du crime avaient poussé le souci de ressemblance jusqu'à lui infliger une blessure sur le flanc droit.

— *Post mortem*, précisa le médecin légiste.

On était résolument dans la mise en scène, songea Chase.

— La cause du décès ?

— Pour ça, il va falloir attendre l'autopsie.

Le médecin légiste monta sur un escabeau pour examiner de près la tête de la victime.

Chase le suivit du regard.

C'était sans doute la chose la plus incongrue : cette mitre fixée par-dessus la couronne d'épines et qui semblait s'y accrocher malgré la position de la tête, inclinée sur le côté.

— Collée, fit le médecin légiste.

Chase se tourna vers Tannehill, qui arrivait.

— Des témoins ?

— Personne n'est entré ici depuis trois jours. L'endroit n'est utilisé que deux fois par semaine. Un prêtre vient y célébrer la messe pour un petit groupe de réguliers. Principalement des personnes âgées.

— Vous avez trouvé des choses intéressantes ?

— C'est ce que je voulais vous montrer.

Il tenait un sac de plastique transparent qui protégeait une carte plastifiée avec une bande magnétique. Sur une des faces apparaissait le logo d'un hôtel. Le Manhattan at Times Square.

— Times Square…

— C'est ce que je me suis dit.

— Vous l'avez trouvée où ?

— Au fond d'une poubelle, près de l'entrée. Ça peut avoir été jeté là par n'importe qui venu assister à la messe.

— Quelqu'un serait descendu au Manhattan et serait venu à la messe dans ce trou ?

— Je sais. Mais ça peut aussi être le passe d'une personne qui travaille à l'hôtel.

— Il l'aurait jeté à la poubelle ?

— Peut-être qu'il l'a simplement perdu, que quelqu'un d'autre l'a trouvé par terre et mis à la poubelle. Ou c'est un itinérant qui l'a ramassé dans la rue… Est-ce que je sais, moi ?

— D'accord. Va voir à l'hôtel ce que tu peux trouver.

Tannehill tourna les talons et Chase secoua lentement la tête. De toute façon, il n'avait pas le choix : il fallait tout vérifier, suivre toutes les pistes. Même si, la plupart du temps, elles ne menaient à rien. On ne pouvait pas savoir à l'avance quel détail pourrait constituer un indice.

Chase regarda de nouveau la croix. Cet arc de cercle que dessinait la poutre principale et qui imposait à la victime une posture cambrée, à quoi ça pouvait bien rimer ?

MAIN BASSE SUR UN ATTENTAT

Alexandro Vallini regardait le message de revendication qui passait maintenant dans tous les médias électroniques.

Il avait fait une erreur de stratégie en laissant s'écouler autant de temps entre la projection de la vidéo, la découverte du cadavre et la publication de son message aux médias.

Quelqu'un les avait pris de vitesse et s'était approprié la responsabilité de l'attentat pour imposer son propre message.

> … parce que sa condamnation de l'homosexualité a servi de caution à toutes les violences homophobes.
>
> Il est temps que la tuerie cesse. Ceci est un avertissement. L'Église doit présenter ses excuses pour toutes les morts qu'elle a causées, toutes les violences qu'elle a cautionnées.

> Elle doit renoncer à son discours de mort, elle doit renoncer à cautionner le meurtre.
>
> Sinon, nous agirons de nouveau. Car nous sommes les Fils de Satan. Parmi les anges, il était le plus intelligent. Celui qui voulait penser par lui-même. C'est pourquoi Dieu l'a damné. Dieu préfère l'ignorance et la crédulité.
>
> Depuis des siècles, nous voyons les effets de cette crédulité. Elle a fait des millions de victimes. Il est temps de réhabiliter Lucifer, car son nom signifie : « Celui-ci qui porte la lumière ».
>
> Il faut maintenant en finir avec l'obscurantisme meurtrier. Peu importe le nombre de victimes qu'il faudra. Tous les prêtres, tous ceux qui fréquentent les églises doivent se considérer comme avertis.
>
> Les Fils de Satan

Ce message était à l'exact opposé de celui qu'Alexandro voulait transmettre. C'était un pur blasphème ! Mais, dans les médias et les esprits, ce serait maintenant la référence. Le *lead*. Tout le monde le reprendrait. Le martèlerait. Le commenterait.

Des experts seraient convoqués pour l'expliquer. Des hommes politiques seraient sommés de se prononcer. On exigerait qu'ils prennent des mesures pour corriger la situation.

Ainsi fonctionnait l'esprit humain. Ainsi fonctionnaient les médias.

Toute nouvelle opinion, tout nouveau fait seraient évalués à partir de l'interprétation dominante. Et si jamais des faits contradictoires se faisaient jour, ils seraient ignorés. Ou relégués en page 43, dans un entrefilet.

On ne tue pas une bonne histoire.

Pour changer la donne, pour qu'un autre message puisse s'imposer, il faudrait d'autres événements aussi spectaculaires que la crucifixion, et dont la portée établirait la crédibilité de celui qui les revendiquerait.

Vallini décida de devancer la deuxième intervention. Et, cette fois, son message serait publié au moment même de l'opération. S'il voulait imposer sa propre interprétation des événements et discréditer celle des Fils de Satan, c'était la seule solution.

La vérité triompherait.

Mais, pour l'instant, il ne servait à rien de ruminer sa frustration. Il devait préparer la chapelle.

Il rangea le pain, la carafe de vin, le calice et les coupes sur la table, à leur place habituelle.

Dans moins de quinze minutes, les six autres membres du groupe seraient arrivés. Vallini leur présenterait le plan qu'il avait conçu pour redresser la situation. L'opération ne prendrait que quelques heures. Le groupe reviendrait ensuite à la chapelle. Vallini y célèbrerait alors une messe pour le salut de l'âme de monseigneur Feelgood.

PAS D'AGGRAVATION

Sam, de son nom complet Samuel Paige, observait l'impact de la vidéo de crucifixion dans les médias et les réseaux sociaux. Toutes les grandes chaînes en avaient repris des extraits et les spéculations se multipliaient. L'opération était un succès.

Pour l'instant, les hypothèses allaient de la farce sinistre au coup d'éclat publicitaire, en passant par une dénonciation de la violence des religieux sur les enfants.

Dans les médias officiels, ils étaient encore nombreux à croire qu'il s'agissait d'une fabrication. Dans les réseaux sociaux, par contre, l'hypothèse d'un véritable meurtre était de loin la plus répandue.

Tout en écoutant distraitement un *talk-show* consacré à l'attentat, Sam faisait défiler une liste sur son iPhone. Les premiers items étaient cochés.

> SOLDATS DU CHRIST √
> CHAMBRE AU MANHATTAN HOTEL √
> CAMÉRAS ET ÉCLAIRAGE √
> CARTE MAGNÉTIQUE √
> PHOTO √

Les trois suivants ne l'étaient pas. Il les cocha.

Sam avait de la difficulté à demeurer concentré. Son esprit revenait sans cesse à sa nièce. Le matin même, il avait reçu un message en apparence rassurant. On lui annonçait qu'elle continuait d'aller bien.

Mais c'était aussi une façon de lui rappeler qu'une aggravation était toujours possible. Il suffisait que Sam cesse d'obéir aux ordres qu'il recevait pour que la situation de sa nièce se détériore brusquement.

Comme avait dit la femme qui lui transmettait ses instructions : « Une overdose est si vite arrivée ! »

Sam prit une profonde inspiration et se força à ramener son attention à la liste.

Il cocha deux autres items.

HOSTIES √
VIDÉO/ORDINATEUR √

À la télé, un expert expliquait à un animateur médusé la place qu'occupait la vidéo de la crucifixion de Feelgood dans l'histoire des vidéoclips.

http://facebook.com/donnasherry

Donna Sherry
Il y a une heure

Moi, ce qui me surprend, c'est qu'il y en ait seulement un. Et que ce ne soit pas arrivé avant ! Les curés, c'est tous des tapettes ! Depuis le temps qu'ils violent des enfants !

Afficher la suite

J'aime   Commenter   Partager

Shelley Duncan, Clyde McKay, Diane Ambrose et 83 autres personnes aiment ça.

Afficher 8 autres commentaires

Rob Glover   Ça n'a rien à voir. C'est juste un fou.

Il y a 57 minutes   J'aime

James Little   Et qu'est-ce qui l'a rendu fou ? Probablement de se faire violer par un prêtre quand il était jeune. *I Feel Good*, c'est parce que ça lui fait du bien de se venger.

Il y a 56 minutes   J'aime

Darth Reader   Ridicule. Une personne seule n'a pas pu monter un coup comme ça. Ça prend un groupe, une organisation.

Il y a 56 minutes   J'aime

James Little   C'est ce que je disais : c'est un groupe de personnes qui ont été victimes de prêtres pédophiles. Elles ont décidé de régler leurs comptes aux prédateurs sexuels en soutane !

Il y a 55 minutes   J'aime

Diane Bergen   Moi, je pense que c'est l'Opus Dei qui voulait le faire disparaître. Il devait savoir trop de choses.

Il y a 48 minutes   J'aime

Isabella Hernandez   L'Opus Dei ou des politiciens. Du moment qu'il savait trop de choses, il était cuit !

Il y a 46 minutes   J'aime

Darth Reader   Et pourquoi pas la mafia ? Ou les extraterrestres ? Non, mais… Vous n'avez aucun argument ! Vous êtes pathétiques !

Il y a 41 minutes   J'aime

Diane Bergen   C'est toi qui es pathétique de ne pas être capable d'accepter que les autres aient une opinion différente ! Toutes les opinions se valent !

Il y a 40 minutes   J'aime

Dotty O'Shaughnessy   Et si c'était l'IRA ? Feelgood, il est d'origine irlandaise, il me semble.

Il y a 32 minutes   J'aime

La partie la plus ingrate du travail avait été effectuée trois jours plus tôt. Il ne restait plus qu'à procéder à la livraison.

Les trois voitures étaient similaires. Des Chrysler 300 aux vitres opacifiées. Il ne fallait surtout pas que les passants ou les passagers d'autres voitures puissent voir les occupants du siège arrière.

Dans chacun des trois véhicules, le conducteur était accompagné d'un passager à l'avant. À deux, ils pouvaient procéder plus rapidement. Parce que le temps était un facteur crucial. Plus les choses se feraient vite, moins grands étaient les risques de se faire surprendre.

C'était pour la même raison que les deux hommes portaient déjà des gants de caoutchouc. Une fois sur place, ils ne gaspilleraient pas de précieuses secondes à les enfiler.

Les six lieux d'intervention avaient été choisis en fonction de leur valeur symbolique, mais aussi de leur relatif isolement. Encore un détail pour minimiser les risques d'être surpris.

La première livraison prit exactement 49 secondes. Ce fut le temps nécessaire pour que le chauffeur et son collègue sortent du véhicule, ouvrent une des deux portières arrière, s'emparent de l'un des deux sacs noirs déposés sur la banquette, le transportent sur le parvis de l'église, y vident son contenu, rapportent le sac dans la voiture, ferment la porte arrière et réintègrent leurs sièges respectifs.

Quarante-neuf secondes… Cela allait s'avérer leur meilleur temps. La deuxième livraison prendrait presque deux minutes.

Leur tâche terminée, les deux hommes se rendirent vers le lieu de rendez-vous. Ils avaient le sentiment du devoir accompli. Leur seule inquiétude concernait les autres livraisons. Ils avaient hâte de savoir si tout le monde avait rempli sa mission avec succès.

Mais leur inquiétude n'était pas grande. Juste un peu de nervosité. Car ils avaient confiance. Dieu était avec eux.

Dans quelques instants, Vallini allait les accueillir. Il les confesserait et dirait une messe pour eux.

#eglisepourrie

Normand Aldridge@normal
Marcinkus, loge P2, banque
Ambrosiano, banquier Calvi pendu
sous un pont… Les magouilles
continuent! #tousdesvoleurs!
#eglisepourrie

Rhonda Flowers@arhondflo
@normal Pas une affaire d'église,
mais d'organisation. Quand ils sont
au pouvoir, ils se servent. Comme les
#banditsacravate #WallStreet

Maybeline Beake@maybe
@arhondflo Ils ont déjà tué Jean-Paul
I. Pour le nouveau pape, ça va être
pareil. Trop du côté des pauvres.
Cc @normal

John Smith@john666
@normal @arhondflo @maybe Tous
des voleurs! Des violeurs aussi!
#pedesensoutanes

Norm Aldridge@normal
@arhondflo Wall Street n'a pas fait
tuer des millions de personnes.
@maybe @john666

Rhonda Flowers@arhondflo
@normal Et les compagnies qui
paient des politiciens pour
déclencher des guerres parce que
c'est payant? #banditsacravate
@maybe @john666

2

ITE MISSA EST

Vallini avait aménagé une pièce de son appartement en chapelle. Cela lui permettait de célébrer la messe tous les jours.

Une fois par semaine, ou lors d'occasions spéciales, il invitait le groupe pour une célébration. Ce moment intense de partage renforçait à la fois leurs convictions religieuses et leur détermination à témoigner de leur foi dans le monde.

Aujourd'hui était une de ces occasions spéciales. La deuxième opération venait de se terminer. Tous les membres du groupe étaient de retour. C'était une question d'heures avant qu'on découvre les corps qu'ils avaient déposés devant les églises des paroisses jugées les plus scandaleusement libérales.

Comme à l'habitude, Vallini les avait tous confessés avant la cérémonie. Puis il leur avait annoncé qu'ils auraient bientôt une nouvelle occasion de contribuer à la lutte pour purifier l'Église. La troisième opération allait aussi être devancée. Il leur donnerait les détails après la messe…

Tout cela était maintenant chose du passé.

Il ne restait plus que des corps autour de la table qui servait d'autel. Des corps inanimés qui ne seraient plus jamais en mesure de témoigner de leur foi. Ou de quoi que ce soit d'autre.

Vallini les regardait avec des sentiments ambigus. Un mélange de fierté pour ce qu'ils avaient réalisé ensemble et de tristesse d'avoir perdu ces compagnons auxquels il n'avait pu s'empêcher de s'attacher.

Ils ne sauraient jamais que leur mort jouerait un rôle majeur dans la lutte qui s'annonçait. Parce qu'ils étaient eux-mêmes la troisième opération. Ils étaient l'électrochoc dont les chrétiens avaient besoin pour achever de se réveiller…

Puis l'urgence des tâches qui restaient ramena Vallini à la réalité. Il fallait préparer les lieux pour l'arrivée des enquêteurs du NYPD.

Ensuite, il irait rencontrer son conseiller pour préparer la suite.

HYPOTHÈSES ÉPARPILLÉES

Natalya poursuivait ses recherches sur Internet. Des restes de nourriture achevaient de refroidir sur le plateau qu'elle avait posé sur le divan.

Aussitôt levée, elle avait appelé le service aux chambres pour commander un petit déjeuner. Elle était ensuite sortie acheter tous les quotidiens disponibles. Ils étaient maintenant éparpillés sur la table de la section salon de la suite.

Les grands titres multipliaient les hypothèses. Elle en avait photographié un certain nombre avec son iPhone et les avait regroupés dans un dossier. Puis elle en avait ajouté d'autres, repris sur des blogues ou des sites de médias.

Elle parcourait pour la deuxième fois la liste qu'elle avait constituée.

> C'EST LE CHRIST QU'ON ASSASSINE!
> SACRILÈGE INTOLÉRABLE
> QUAND SATAN SE FAIT DE LA PUB

Plusieurs éditorialistes s'interrogeaient sur les motifs d'une telle mise en scène. Et sur ses conséquences. Les blogueurs et leurs lecteurs reprenaient les mêmes thèmes. Quel était le but de ce groupe qui signait « Les Fils de Satan »? Était-ce vraiment le début d'une chasse aux prêtres, comme ils l'annonçaient dans leur message de revendication? Est-ce que tous les chrétiens devaient se sentir visés?

VENGEANCE D'UN PÉDOPHILE ?
À QUI PROFITE CE MEURTRE ?
VICTIME DES SECRETS DE L'ÉGLISE ?
Mgr FEELGOOD, UNE VICTIME CHOISIE AU HASARD ?

On discutait aussi des arguments du message… L'Église actuelle pouvait-elle être tenue responsable des crimes commis en son nom au cours des siècles ? Avait-elle, aujourd'hui encore, une influence aussi négative sur la vie des hommes et des femmes ?

Et, bien sûr, on se questionnait sur l'identité de ces Fils de Satan. Était-ce un nom choisi par pure dérision ? Est-ce que cela visait à brouiller les pistes ? Étaient-ils sérieux dans leur prétention de réhabiliter Lucifer ? S'agissait-il vraiment d'une secte satanique ?

L'IMITATION DE JÉSUS-CHRIST LIVE
QUI ÉTAIT RÉELLEMENT Mgr FEELGOOD ?
LE DIABLE JETTE LE MASQUE
LA CHASSE AUX CHRÉTIENS EST AMORCÉE

Un point d'exclamation bleu se mit brusquement à clignoter dans le coin gauche de l'écran. Natalya activa une version hautement personnalisée du logiciel Tor et accéda à un de ses sites Internet clandestins.

Un message de Roth l'y attendait.

Le logiciel de décryptage de son portable en assura automatiquement la mise au clair.

L'enquête a été confiée à une unité spéciale du NYPD. Le responsable est le lieutenant Calvin Chase. Le FBI et le Homeland Security suivent l'affaire, mais à distance. Pour l'instant, ils laissent le NYPD s'occuper du travail de terrain.

Tu peux faire confiance à Chase. Il n'est pas toujours facile à gérer, mais il est honnête. Trop pour son propre bien et l'avancement de sa carrière, semble-t-il. Du genre à mener une enquête en fonction de la gravité des crimes commis et non de la notoriété des suspects ou de la qualité des avocats qu'ils ont les moyens de se payer.

Pour ce qui est de l'enquête elle-même, ils n'ont pas encore trouvé grand-chose.

Le message n'était pas signé. Ce n'était pas nécessaire. C'était même une forme élémentaire de prudence. Si un programme de la NSA l'interceptait et réussissait à le déchiffrer, moins le texte contiendrait de références à l'expéditeur ou au destinataire, mieux ce serait.

Natalya détruisit le message et quitta le site. Puis elle éteignit son portable.

Elle savait maintenant comment attaquer le problème.

ENQUÊTE PIÉGÉE

En entrant dans le bureau du directeur des enquêtes criminelles, Chase sentit une chape de plomb lui tomber sur les épaules.

Franchir la porte de ce bureau équivalait à changer d'univers. On quittait le monde du travail policier pour entrer dans celui de la politique, des jeux de pouvoir et des intrigues.

Ils devraient installer une sorte de sas, songea Chase. Avec des paliers de décompression. Pour que le corps ait le temps de s'habituer à cette atmosphère à la fois écrasante et raréfiée où quelques mots suffisaient à détruire une carrière.

Chase s'efforça néanmoins de produire un sourire minimal et serra la main que lui tendait son supérieur.

— Je ne vous retiendrai pas longtemps, déclara d'emblée Alvarez. Je tenais juste à vous assurer que je suis entièrement derrière vous. Si vous avez besoin de quoi que ce soit : effectifs, équipement, temps supplémentaire…

— Merci. C'est apprécié.

— Je suis certain que vous comprenez l'importance de cette affaire.

— Bien sûr.

— Le directeur a reçu un appel de l'archevêque de New York et un autre du maire. Ils voulaient savoir s'il y avait eu des progrès dans l'enquête. On s'est entendu pour en dire le moins possible et donner le même message à tout le monde. Ce message, je voulais que vous le sachiez, est qu'on a confié l'affaire à nos meilleurs enquêteurs. Et que toutes les ressources dont ils peuvent avoir besoin sont à leur disposition. En clair, c'est un vote de confiance de la haute direction à votre endroit.

Ce que Chase comprenait surtout, c'était que cette marque de confiance était en réalité un piège. Au moindre dérapage, ou si l'enquête traînait trop au goût des médias et qu'ils mettaient en cause l'efficacité du NYPD, il serait sacrifié. Alvarez n'attendait qu'un prétexte pour le pousser vers la retraite. Il pourrait alors le remplacer à la direction de l'unité par son propre candidat, quelqu'un de plus réceptif aux préoccupations politiques de la direction.

— Bien, reprit Alvarez comme s'il venait de classer un dossier. Maintenant, dites-moi où vous en êtes.

— On a examiné l'agenda de la victime. Rien de suspect.

— Vous ne pensiez tout de même pas que les meurtriers avaient pris rendez-vous !

Malgré le ton humoristique de la remarque, elle traduisait un certain agacement. Cet entêté de Chase n'allait pas se mettre à enquêter sur tout le gratin que fréquentait l'ex-archevêque !

— À mon avis, c'est une sorte de malade, déclara Alvarez.

— Je dirais plutôt un groupe de malades. Ça demande trop d'organisation pour que ce soit l'œuvre d'une seule personne.

— Vous avez sans doute raison.

— On a découvert de drôles de choses dans l'ordinateur de Feelgood. Des échanges de courriels avec des promoteurs immobiliers, des gens de la mafia, un gestionnaire de *hedge fund* poursuivi pour fraude...

Chase savoura pendant quelques instants l'air catastrophé qui venait de se peindre sur le visage de son chef.

Puis il ajouta :

— D'après les cracks de l'informatique, il pourrait s'agir de dossiers plantés.

Alvarez sauta sur la bouée que lui jetait Chase.

— C'est sûrement ça. Ils veulent détruire sa réputation et justifier leur crime.

— C'est ce que je me suis dit. Surtout qu'on n'a découvert aucune trace de mouvements de fonds douteux dans ses comptes personnels.

— Vous pensiez vraiment en trouver ?

— J'ai simplement supposé que vous aimeriez pouvoir annoncer avec certitude qu'il est une victime innocente. Qu'il n'est pas mort parce qu'il a trempé dans des magouilles… Et surtout, que vous aimeriez pouvoir le faire sans craindre d'avoir à revenir plus tard sur vos déclarations.

Alvarez finit par concéder que Chase avait raison. On n'était jamais trop prudent.

— En plus, renchérit Chase, ça permet de démontrer qu'on aborde l'affaire en toute objectivité, sans préjugés.

— C'est bien pensé… Et la scène de crime ?

— Rien de significatif pour l'instant. Seulement deux détails incongrus. D'abord, une carte magnétique pour ouvrir une chambre d'hôtel. Au Manhattan, à Times Square.

— Vous pensez sérieusement qu'un client du Manhattan aurait assisté à une messe dans ce genre de chapelle de fortune ?

— C'est justement pourquoi j'ai parlé de détails incongrus. L'autre, c'est la photo d'un homme qu'on a trouvée dans la Bible de l'archevêque. On n'a encore aucune idée de qui il s'agit.

#tueurdechretiens

Normand Aldridge@normal
3 cadavres jetés devant des églises.
Tous les chrétiens visés. Pas juste les
curés. #tueurdechretiens

Maybelline Beake@maybe
@normal Maintenant 4. Devant 4
églises. C'est sur TOXX-News.

John Smith@john666
@normal @maybe C pas des victimes
des pédophiles qui se vengent.
C une #sectesatanique. Ils déterrent
des cadavres.

Normand Aldridge@normal
@john666 @maybe Ou ils veulent
faire croire à une #sectesatanique.

QUE LES MORTS SE LÈVENT

Chase eut à peine le temps de s'asseoir à son bureau que Tyler Hawkes, un lieutenant de la criminelle, faisait irruption dans la pièce.

— J'ai quelque chose pour toi, déclara le policier en s'asseyant devant Chase.

— Tu veux encore me refiler un de tes dossiers ?

— Six macchabées. Pour l'instant.

— Parce qu'il va y en avoir d'autres ?

— Peut-être.

— OK, qu'est-ce qu'ils ont fait, tes macchabées, pour que tu veuilles me les refiler ?

— Ils sont morts.

— Ça, j'avais compris.

— Je veux dire, ils sont morts depuis longtemps. On les a déterrés pour leur faire prendre l'air. À six endroits différents.

— Six… D'accord, ça sort de l'ordinaire. Mais je ne dirige pas le département des *cold cases*. En quoi ça devrait me concerner ?

— C'est toi qui t'occupes de l'affaire Feelgood, non ?

— Je ne vois pas…

— Les cadavres, ils ont été jetés devant des églises. Chacun une église différente… Je me suis dit qu'il y a probablement un cinglé qui a décidé de s'en prendre aux chrétiens.

Chase voyait pourquoi Hawkes désirait lui refiler l'affaire. À sa place, il aurait fait de même. Mais c'était la dernière chose dont il avait besoin. Si les médias associaient ça à la mort de Feelgood, l'enquête deviendrait un véritable cirque.

— Je t'ai fait envoyer le dossier par le réseau interne, dit Hawkes. Tu devrais l'avoir reçu.

— Sur les déterrés, tu as trouvé quelque chose ?

— Il y a eu deux cas de vandalisme, il y a trois jours. Deux cimetières différents. Trois tombes côte à côte au fond du cimetière. Un endroit retiré. À première vue, pas de liens entre les corps. Ils ont pris ceux qu'ils pouvaient déterrer avec le moins de risques. J'ai mis les références dans le dossier.

Dix-huit minutes plus tard, alors que Chase achevait de parcourir le dossier, il fut interrompu par le téléphone. C'était Barbara Donahue, la reine du *crime beat*. Elle couvrait les affaires criminelles pour Global News Channel et elle avait une chronique dans plusieurs journaux. Elle voulait sans doute une déclaration sur le meurtre de Feelgood.

— Je n'ai malheureusement rien pour toi, attaqua Chase. Pour tout ce qui concerne le meurtre de Feelgood, il faut contacter les relations publiques. Désolé.

— Ce n'est pas pour Feelgood.

Chase eut un mauvais pressentiment. Donahue ne faisait pas dans les chiens écrasés. Sa spécialité, c'était les crimes susceptibles d'avoir des répercussions politiques ou qui impliquaient des gens connus.

— Qu'est-ce que tu veux ? finit-il par demander.

— On a reçu un curieux message. Un groupe qui affirme avoir déposé des cadavres devant des églises. Ça te dit quelque chose ?

— Aucune idée, répondit Chase en s'efforçant de paraître aussi sincère qu'il le pouvait.

Mais il ne se faisait pas d'illusions. Le mieux qu'il pouvait espérer, c'était de retarder de quelques heures la sortie de l'information.

— À la criminelle, ils m'ont dit qu'ils t'avaient transféré le cas.

Chase maudit intérieurement Hawkes. Il aurait pu le prévenir.

— Je viens juste de les appeler, poursuivit Donahue. Tu n'as peut-être pas encore reçu ce qu'ils t'ont envoyé…

La journaliste lui offrait une voie de sortie pour sauver la face. Ça voulait dire qu'elle voulait négocier. Le message qu'elle avait reçu devait lui sembler suffisamment crédible pour qu'elle tienne à le documenter. Même si cela exigeait quelques compromis.

— Attends un instant, je regarde si j'ai reçu quelque chose.

Cinq minutes plus tard, il était parvenu à un accord avec la reporter. Elle lui envoyait une copie du message et elle lui donnait un délai d'une heure avant de le mettre en ondes, le temps qu'il puisse préparer une réponse officielle. En échange, il lui fournissait le nom des six églises devant lesquelles les corps avaient été jetés ainsi que les coordonnées des deux cimetières où ils avaient été déterrés.

Dans les minutes qui suivirent leur accord, il reçut la vidéo par courriel, accompagnée d'une transcription du message.

> Pourquoi des cadavres ont-ils été déposés devant six églises? Parce que ce sont des lieux où le corps de l'Église pourrit.
>
> L'Église court à sa perte. Les chrétiens ont honte d'affirmer leur foi. Même le clergé trahit le message chrétien. Ce qu'on appelle tolérance, c'est l'abdication devant le mal.
>
> Il est temps de rappeler à ces sépulcres blanchis la mission qui leur a été confiée par Notre-Seigneur Jésus-Christ. Cette mission, c'est d'évangéliser la Terre et de combattre sans relâche le Malin. Pas de composer avec lui. Pas de s'en accommoder. Et surtout pas de s'y soumettre.
>
> La crucifixion de Feelgood était un premier avertissement. Cette fois, dans un esprit de charité, nous nous en tenons à un avertissement symbolique.
>
> Que tous les faux prêtres qui trahissent la pensée du Christ soient avertis. Et que tous les fidèles qui les suivent aveuglément le sachent: ces faux pasteurs les conduisent vers l'abîme. S'ils poursuivent dans cette voie, ils périront avec eux.
>
> Les Soldats du Christ

Chase déposa le texte sur le bureau. Il n'avait pas le choix, il fallait qu'il retourne voir Alvarez.

GLOBAL NEWS CHANNEL

> — L'attaque contre les chrétiens se poursuit. Cette nuit, des cadavres fraîchement déterrés ont été déposés devant six églises catholiques. Pour nous en parler, j'ai avec moi en studio Barbara Donahue… Barbara, bonjour.

— Bonjour, Keith.

— C'est quand même une histoire incroyable, cette affaire !

— Incroyable, Keith, mais malheureusement bien réelle. J'ai obtenu la confirmation du NYPD que six cadavres ont effectivement été…

PROSE EN PHOTO

Au sortir de sa deuxième réunion avec Alvarez, Chase décida de s'accorder une pause. Il traversa la rue.

Pour échapper à la folie du travail et se remettre les idées en place, il n'y avait rien comme un café et une tarte aux pommes chez Angelo's. Ce n'était sans doute pas le genre de petit déjeuner que son médecin lui aurait recommandé, mais la journée s'annonçait pourrie. Ou plutôt, elle l'était déjà. Et ça menaçait d'empirer.

En s'assoyant, il prit discrètement un comprimé de Zantac avec le verre d'eau que la serveuse avait déposé devant lui.

L'histoire du bistro était pour le moins insolite. Quarante-sept ans plus tôt, l'édifice avait été vendu pour une bouchée de pain à une congrégation religieuse par le parrain de l'une des familles mafieuses de New York, Paolo di Pietro. Les religieux pouvaient utiliser l'édifice comme bon leur semblait : louer les locaux pour financer leurs œuvres de charité ; les transformer en logements à prix modique ; les prêter à un prix dérisoire à des organismes d'intervention sociale… tout ce qu'ils voulaient.

La seule condition était de céder gratuitement le rez-de-chaussée à Angelo di Pietro pour qu'il puisse y établir un restaurant.

Angelo était le plus jeune fils de la famille. Et il ne voulait rien savoir de la mafia. Il aspirait à exercer un métier honnête.

Une sorte de crise d'adolescence, selon son père. Mais qui se prolongeait… Pour ne pas couper les ponts avec son fils, le parrain avait imaginé cet arrangement. Après quelques années de travail ingrat et relativement peu payant, le fils prodigue entendrait sûrement raison. Il reviendrait au bercail s'occuper des affaires familiales.

De façon prévisible, Angelo avait nommé le restaurant Angelo's. Mais, contrairement à ce que son père avait espéré, il y était resté 40 ans. Puis il avait passé la main à son fils, Paolo. Nommé ainsi parce qu'Angelo voulait rappeler à son père qu'il ne rejetait pas pour autant sa famille biologique.

Au début, les policiers avaient maintenu l'établissement sous surveillance. Leur honneur l'exigeait. Que le fils d'un mafieux renommé ait le culot d'ouvrir un restaurant juste en face d'un poste de police, ce n'était pas rien.

Puis, avec le temps, ils avaient été forcés d'admettre que l'endroit était bien ce qu'il prétendait être : un peu plus qu'un snack-bar, mais un peu moins qu'un vrai resto. Et, surtout, on y servait un café qui goûtait le café.

À cette époque, la ville n'avait pas encore vu déferler la mode des cafés branchés et de ces autres repaires pour bourgeoisie moyenne aux ressources limitées. C'est pourquoi, avec le temps, la présence policière s'était accrue dans le bistro. Angelo's était tout près du poste de police, le café y était bon et les plats qu'on y servait allaient du *fast food* correct à une sorte de cuisine familiale sans prétention. Que demander de plus ?

Grâce au NYPD, le restaurant du fils du parrain était devenu une institution. Désormais, tous les employés du poste de police connaissaient Angelo. Bien que retraité, il passait tous ses après-midi dans son café, à discuter avec les clients, qu'il appelait tous ses amis.

Chase ne pouvait pas s'asseoir à une table sans être rejoint par Angelo, ce dont il ne se plaignait pas. Ses conversations avec l'ancien restaurateur lui permettaient d'oublier les magouilles de ses supérieurs.

Bizarrement, Angelo n'affichait pas sa bonhomie habituelle. Il paraissait soucieux.

— Quelqu'un te fait des misères ? demanda Chase.

— Non. C'est cette affaire de crucifixion... C'est mauvais pour le commerce. Mauvais pour la réputation de la ville.

— Tu penses que les touristes vont avoir peur de venir à New York ?

— Même les New-Yorkais vont sortir moins ! Il faut vraiment être malade…

Puis, après une pause, il ajouta sur un ton sans réplique :

— Au moins, ce n'est pas un Italien qui a fait ça.

Chase lui jeta un regard intrigué.

— Tu as un tuyau ?

— Non, pas un tuyau. C'est la musique qui jouait à Times Square !

— La musique…

— La musique, c'est fait pour rendre le monde heureux. Pas pour se moquer de ceux qu'il faut tuer. Tous les Italiens savent ça !

Angelo n'avait jamais trempé dans les affaires de la « famille », c'était connu, mais il semblait avoir intégré la façon dont elle voyait la vie. Un certain nombre de vérités s'imposaient à lui comme des évidences. Parmi elles, le fait qu'il y avait des gens qu'il fallait tuer.

Chase décida de le taquiner.

— Tu penses à qui ?

— À qui pour quoi ?

— Les gens qu'il faut tuer. Tu peux me donner des exemples ?

Angelo éclata de rire.

— Tu essaies encore de me faire marcher.

— Non, je te jure. J'aimerais vraiment savoir à qui tu penses.

Le visage d'Angelo se fit sérieux.

— Je pense aux psychopathes… À ceux qui violent et assassinent les enfants… Aux Arabes qui font des massacres et des décapitations un peu partout, qui brûlent des livres, qui détruisent des sculptures. Imagine ce que ça va donner s'ils commencent à faire la même chose dans nos musées… Quand tu t'en prends aux enfants, quand tu détruis ce qui est beau, t'es plus un être humain. Alors, c'est pas un meurtre !

Il éclata encore de rire. Puis il poursuivit :

— Qu'est-ce que j'ai à me plaindre ? Pour moi, c'est idéal. Plus il y a de crimes, plus les flics sont stressés. Et plus ils boivent de café !

Leur discussion fut interrompue par le téléphone du policier.

— Chase.

— Tannehill. On a une identification pour la photo.

— Quelle photo ?

— Celle qu'on a trouvée dans la Bible de l'archevêque.

— Oui. OK... Qui est-ce ?

— Victor Prose.

Tannehill s'était efforcé de prononcer le nom à la française.

— C'est un Français ?

— Canadien. Il vit au Québec. C'est un écrivain. Il a déjà été prof.

— Qu'est-ce que sa photo faisait dans la Bible de Feelgood ?

— Aucune idée. Le Canadien, il a déjà été mêlé à des enquêtes des services secrets français. Lui et un de ses amis, un policier de Montréal.

— Je veux que vous me trouviez ce Prose. Je veux lui parler demain.

— Personne ne sait où il est. Il a quitté le Québec il y a plus d'un an.

— Il est parti définitivement ?

— Il a encore une maison là-bas. C'est son ami policier qui s'occupe de l'entretien.

— J'arrive. On regarde ça ensemble.

Après avoir raccroché, Chase continua malgré lui à ressasser ces informations sans parvenir à la moindre conclusion.

Qu'est-ce qu'un écrivain québécois ayant des accointances avec les services secrets français pouvait bien avoir en commun avec un archevêque américain poussé à la retraite à cause de sa gestion complaisante des cas de pédophilie ?

Ce Victor Prose était-il un agent sous couverture ? Le policier québécois l'était-il lui aussi ?

Une seule chose paraissait relativement sûre : l'ex-archevêque devait considérer la photo comme importante. Sinon, il ne l'aurait pas mise dans sa Bible.

Décidément, toute cette histoire commençait à devenir aussi intéressante qu'elle était pourrie.

L'ex-inspecteur-chef Théberge rattrapait le temps perdu. Depuis qu'il avait pris sa retraite, il passait plus de temps avec sa femme. C'était une façon de compenser toutes ces années où son métier l'avait extrait du confort familial à toute heure du soir et de la nuit.

La santé de madame Théberge était relativement stable. Mais c'était au prix d'une ration quotidienne impressionnante de médicaments. Théberge s'interrogeait souvent sur les effets à long terme de toute cette médication.

Sa femme, pour sa part, ne cessait de lui répéter qu'il fallait vivre un jour à la fois. On ne pouvait jamais savoir. Malgré tous les problèmes de santé qu'elle avait, ce serait peut-être lui qui mourrait le premier. Victime de sa cave à vin, ajoutait-elle parfois, avec une pointe d'humour qui ne parvenait pas à dissimuler une préoccupation réelle.

Mais prévoir le pire était chez Théberge une habitude bien ancrée, renforcée par des années de travail au SPVM. Quand on est policier, c'est en quelque sorte une technique de survie.

Ce qui le tracassait également, c'était la maison. Ils y habitaient depuis leur mariage. Plus le temps passait, plus il comprenait la résistance des personnes âgées à déménager. Lui-même s'imaginait de plus en plus difficilement habiter ailleurs. Pour vivre, il faut habiter un lieu où l'espace nous parle, où les objets ont une façon de se situer par rapport à nous ; il en était persuadé… Il faut un lieu qui a une histoire, qui a eu le temps de s'imprégner de notre présence et nous de la sienne.

Mais, un jour, il n'aurait plus le choix. Avec son âge et la maladie de sa femme, avec les soins spécialisés dont elle aurait peut-être besoin, ils devraient déménager.

Ils risquaient alors de se retrouver dans un de ces endroits anonymes et transitoires, où il n'y a que des objets fonctionnels et de l'espace indifférencié. Une sorte de machine à habiter avec laquelle ils n'auraient ni la possibilité ni le goût d'établir de liens. Mais dont ils n'auraient pas le choix de s'accommoder. Pour un temps…

Profondément plongé dans ses pensées, Théberge mit un moment à réaliser que le bruit qui l'agressait était en fait la sonnerie du téléphone.

— Oui.

— Lieutenant Calvin Chase. NYPD.

Le NYPD... Qu'est-ce que le NYPD pouvait bien lui vouloir ?

La voix poursuivit dans un français presque sans accent.

— C'est possible de parler à l'ex-inspecteur-chef Gonzague Théberge ? Du SPVM ?

Ou bien le NYPD était vraiment sympathique d'avoir fait l'effort de dénicher quelqu'un qui parlait français, ou bien on avait réellement besoin de lui... Ou peut-être les deux.

— C'est moi.

— Monsieur l'inspecteur ! Je suis heureux d'avoir réussi à vous joindre.

— Je suppose que vous désirez des informations sur une ancienne affaire.

— En fait, c'est Victor Prose qui m'intéresse. Il est un de vos amis, m'a-t-on dit.

— Oui.

— Savez-vous comment je peux lui parler ?

Qu'est-ce qui pouvait bien amener le NYPD à s'intéresser à Prose, alors qu'il avait disparu depuis deux ans ?

— Quel est votre nom, déjà ?

— Chase. Calvin Chase. C'est le SPVM qui m'a donné votre numéro.

Quelques instants plus tard, Théberge raccrochait. Il avait noté le numéro de badge et le numéro de téléphone du poste de police où il pouvait joindre Chase.

Il allait d'abord téléphoner au SPVM pour vérifier son histoire.

Natalya était dans un taxi lorsque la vibration de son iPhone l'avertit qu'elle venait de recevoir un message. Il s'agissait d'un court texto.

> Ne pourrai pas dîner avec toi demain.

Cela signifiait qu'un message classé urgent venait de parvenir sur un de ses sites Internet hébergés dans le web profond. Elle fit arrêter le taxi en face d'un café et descendit.

Après avoir commandé un *latte*, elle se servit de son iPhone pour accéder à son site.

Le message venait de Bill Roth.

> Le NYPD recherche un individu dénommé Victor Prose en rapport avec le meurtre de Feelgood. Je ne sais pas s'il est considéré comme suspect ou simple témoin. Aucun avis de recherche officiel n'a été lancé pour l'instant. Mais ils nous ont demandé, je parle de la NSA, de les aider à découvrir où il se trouve.

Natalya resta figée un bon moment.

Victor Prose ? Recherché par le NYPD ?

Elle ressentit un mélange d'euphorie et d'inquiétude. Si le NYPD le recherchait, c'était forcément parce qu'ils avaient découvert un indice de sa présence. Ils avaient peut-être une piste qui permettrait de le retrouver.

En même temps, s'ils le recherchaient, ça voulait dire que, d'une façon ou d'une autre, il était mêlé à cette affaire ? Comment était-ce possible ?

Décidément, il devenait urgent qu'elle rencontre le lieutenant Calvin Chase.

TOXX-RADIO

— Vous écoutez TOXX-Radio, la chaîne qui traque tout ce qui intoxique l'Amérique… Une rumeur particulièrement choquante se propage depuis ce matin sur les réseaux sociaux. Mgr Feelgood n'aurait pas été assassiné par Les Fils de Satan, mais par un groupe de chrétiens ultra conservateurs, les Soldats du Christ. Rhonda Flowers a des révélations pour nous.

— Merci, Peter. Comme vous venez de le dire, ce serait effectivement un groupe chrétien radical qui aurait commis ce meurtre.

— Et non pas Les Fils de Satan?

— Leur message serait un canular.

— Vous avez remonté la piste de cette révélation?

— Oui, Peter. Elle est d'abord apparue sur un blogue. L'auteur cite trois sources différentes, qui ont toutes choisi de demeurer anonymes.

— Et selon ce que vous avez appris, Rhonda, pour quelle raison monseigneur Feelgood aurait-il été tué?

— Ce groupe ultra religieux reprocherait à l'ancien archevêque ses positions récentes sur l'homosexualité et le célibat des prêtres.

— Il n'a quand même pas défendu les droits des homosexuels!

— Non. Bien sûr que non. Mais il a adopté l'attitude du nouveau pape: ne rien céder sur la doctrine, mais ne pas condamner. Faire preuve de compassion et de tolérance envers ceux qui sont affligés de ces problèmes.

— À travers cet attentat, ce serait donc le pape qui serait visé? Qu'en pensent les autorités policières?

— Elles n'ont pas voulu émettre de commentaires.

— Pourquoi est-ce que je ne suis pas surpris?

— Ce serait également eux qui auraient jeté des cadavres devant des églises.

— Il y a une chose qui m'échappe, Rhonda: pour quelle raison des chrétiens jetteraient-ils des cadavres devant des églises?

— C'est un avertissement. Il est destiné aux prêtres et aux chrétiens qui trahissent, selon eux, la vraie doctrine du Christ.

Plus Chase avançait dans sa lecture, plus il était perplexe. Un contact à la CIA lui avait envoyé une copie du dossier qu'ils avaient sur Prose.

Pendant la plus grande partie de sa vie, il n'y avait rien d'intéressant sur le suspect. Il était un être normal avec un comportement normal. Un professeur ordinaire. Comme passe-temps, il écrivait des livres. Puis, un jour, sans qu'on sache pourquoi, lui et son ami Théberge avaient été impliqués dans des enquêtes des services secrets français.

Être mêlé à une enquête, ça pouvait être le fruit du hasard, Chase l'admettait. Même s'il n'aimait pas le hasard. Mais deux enquêtes? Surtout que Théberge avait maintenu des liens personnels avec un haut dirigeant de la DGSI.

Prose et son ami policier étaient-ils des informateurs pour les services de renseignements français? Ou des collaborateurs occasionnels? Des sortes d'agents semi-dormants?

À la suite du dossier, l'analyste avait joint un résumé de ce que l'agence avait réussi à reconstituer sur l'affaire des Dix petits hommes blancs. Curieusement, après cette histoire, il n'y avait plus aucune trace de Prose. Il semblait avoir disparu.

Travaillait-il maintenant sous couverture pour la DGSI? Si c'était le cas, il était probablement plus qu'un collaborateur occasionnel. Et alors, Théberge l'était peut-être aussi. Au téléphone, il avait senti le policier réticent… Enfin, on verrait bien.

Chase passa ensuite près d'une heure à expédier de la paperasse avant que Théberge le rappelle.

— Chase.

— Gonzague Théberge. Il semble que vous soyez bien lieutenant au NYPD.

— C'est ce qui est écrit sur la porte de mon bureau.

— Pour quelle raison vous intéressez-vous à Prose?

— Son nom est apparu au cours d'une enquête. Pour l'instant, je ne peux pas vous en dire plus. Peut-être était-il près de la scène de crime par hasard. Peut-être a-t-il été témoin des événements. Vous savez comment c'est. Au début, on ne sait jamais ce qui peut être important. On suit des pistes, on vérifie tout… Et parfois, on a de la chance.

— Si vous préférez, on peut continuer en anglais.

— Non. Mon épouse parlait français. Je suis heureux de pouvoir le pratiquer. Depuis que nous ne sommes plus ensemble, je n'en ai pas tellement l'occasion.

— Vous enquêtez sur quoi, exactement ?

— Pour le moment, je ne suis pas autorisé à vous le dire. Je comprends que ma réponse peut être frustrante, mais vous connaissez la procédure…

— Que voulez-vous savoir sur Prose ?

— En fait, ce que je veux surtout, c'est lui parler. Malheureusement, il semble introuvable.

— Désolé de vous décevoir, mais je n'ai aucune idée de l'endroit où il est.

— Vous êtes pourtant un bon ami de monsieur Prose, m'a-t-on affirmé.

Théberge hésitait à révéler au policier américain que Prose avait disparu depuis près de deux ans et qu'il avait probablement été enlevé. Cela l'aurait contraint à lui parler des affaires dans lesquelles Prose et lui avaient été impliqués.

— Vous avez raison, dit-il. C'est un bon ami. Mais j'ignore où il se trouve actuellement. Il est parti en voyage. Il avait besoin de se changer les idées. Il voulait visiter l'Europe rurale. Les petits villages… Je ne l'attends pas avant plusieurs mois.

UNE JUSTE RÉCOMPENSE

Hector Lopez marchait rapidement.

Rien dans son habillement, dans sa démarche, dans son visage de jeune premier ne trahissait sa véritable occupation. On aurait cru un jeune loup de Wall Street, habitué des gymnases, qui se hâtait vers un rendez-vous d'affaires.

Dans la rue, plusieurs femmes lui avaient jeté un regard inté-ressé. Elles ignoraient qu'elles n'avaient aucune chance. D'une part, il était prêtre. D'autre part, elles étaient beaucoup trop vieilles pour lui: la plupart avaient franchi le cap de la vingtaine et les autres étaient sur le point de le faire.

Et puis, il n'avait vraiment pas la tête à ça. Dans moins d'une heure, il serait libre. Ses angoisses des deux derniers mois seraient derrière lui. En échange du service qu'il avait accepté de rendre, on allait lui remettre les preuves qui pouvaient le faire condamner. Des photos de lui avec une jeune fille. Tabatha…

Il n'aurait jamais dû.

D'abord la jeune fille. Et puis les photos. Et, surtout, il n'aurait jamais dû conserver les photos.

Mais c'était plus fort que lui. Il vouait un culte à la Vierge Marie. Il voulait se rapprocher d'elle. S'imprégner de sa sainteté. Se purifier. Il voulait se fondre en elle. Dans ses prières, bien sûr. Mais aussi, physiquement. Or, ce qu'il y avait le plus près de la Vierge Marie, c'était une très jeune adolescente encore vierge… Comme il ne pou-vait pas être avec elle aussi souvent qu'il l'aurait voulu, il regardait les photos qu'il avait prises.

Il en possédait des centaines sur son ordinateur. Et même s'il ne les avait jamais mises en ligne, même s'il n'avait jamais fréquenté de sites pédophiles, même s'il n'avait jamais échangé de photos avec un autre internaute… l'impensable était arrivé.

Un message s'était brusquement affiché par-dessus l'article de théologie qu'il était en train de rédiger. Un article sur la femme comme l'incarnation symbolique du mal dans la culture populaire.

Ou bien vous me rendez un petit service, ou bien j'envoie des copies de vos photos sur des sites pédophiles et j'avertis ensuite la police.

Quelqu'un avait piraté son ordinateur. Dans son esprit, cela ne faisait pas l'ombre d'un doute.

S'il n'avait eu que des photos de la jeune fille, il lui aurait suffi reformater son disque dur. Les preuves permettant de le relier à elle auraient été supprimées. Mais il avait poussé l'inconscience jusqu'à se photographier avec elle.

Tabatha…

Il aurait pourtant dû être sur ses gardes. C'était un nom de jeune sorcière…

Heureusement, on lui avait proposé une façon peu onéreuse de se libérer du chantage. Peu exigeante. Comme il travaillait à l'archevêché, c'était un jeu d'enfant. Il lui suffisait de glisser une photo dans la Bible de monseigneur Feelgood. L'archevêque à la retraite disposait encore d'un appartement personnel dans l'édifice de l'archevêché.

Lopez n'avait pas hésité longtemps avant d'accepter le marché qu'on lui proposait. Quelqu'un voulait sans doute faire une mauvaise blague à Feelgood. Lui rappeler l'existence d'un ancien amant, peut-être. Ou d'une victime des pédophiles en soutane que Feelgood avait défendus…

C'est sans état d'âme que Lopez avait placé la photo dans la Bible. Il avait même regretté de ne pas être en mesure de voir la tête que Feelgood ferait en la découvrant. Dans l'esprit de Lopez, l'archevêque retraité était l'incarnation de ces vieux conservateurs qui empêchaient le renouvellement de l'Église.

Toutefois, maintenant que Lopez avait vu la vidéo de la crucifixion, l'affaire lui apparaissait sous un jour beaucoup plus inquiétant. Son geste, qu'il croyait anodin, risquait d'avoir des conséquences extrêmement sérieuses. Il était probable que la photo avait pour rôle d'attirer l'attention de la police sur quelqu'un. Si oui, il devenait complice d'un acte criminel.

Car c'était cela, le plus inquiétant : les gens à qui il avait affaire n'étaient probablement pas sans liens avec ceux qui avaient tué l'ex-archevêque.

Pour l'instant, la priorité était de récupérer les photos. Ensuite, il prétexterait un épuisement et il prendrait de longues vacances, le temps de laisser la poussière retomber.

Où ? Cela n'avait pas vraiment d'importance… pourvu que ce soit loin.

LES NOTES DE MILENA

Chase repassait dans sa tête la conversation qu'il avait eue avec le policier canadien. Tout au long de l'appel, il l'avait senti sincère, mais réticent. Pas une seule fois, l'inspecteur Théberge n'avait mentionné la collaboration de Prose avec les services secrets français.

Chase avait évité de l'interroger directement sur le sujet pour ne pas l'indisposer. Et aussi parce que ça lui ferait un prétexte pour le rappeler quand il aurait plus d'informations.

Il allait quitter son bureau quand Tannehill déposa un dossier sur son bureau.

— Un rabbin, dit-il.

— Ils n'ont pas crucifié un rabbin en plus ? s'exclama Chase.

— Il a disparu.

— Depuis combien de temps ?

— Trente-six heures. Mais c'est quelqu'un de connu dans la communauté…

— Qui ?

— Silas Eckstein.

— D'accord, mets quelqu'un là-dessus. Mais notre priorité reste l'archevêque crucifié.

— Entendu.

Officiellement, on ne pouvait pas déclarer une personne disparue avant 48 heures. Mais comme l'avait dit Tannehill, c'était quelqu'un de connu. Et membre de la communauté juive. Mieux valait un excès de prudence que courir le risque de se faire reprocher plus tard d'avoir tardé à réagir, si jamais quelque chose lui arrivait…

Chase fit une nouvelle tentative pour sortir de son bureau. Il fut arrêté par Milena Pelshak.

— Quelque chose pour vous, dit-elle. Ça vient de la NSA.

— Pour moi ? Depuis quand la NSA partage-t-elle ses informations ?

Que l'agence lui fasse parvenir des renseignements sur un suspect à la suite d'une requête, c'était une chose. Mais qu'elle prenne officiellement l'initiative de lui envoyer des informations sur une affaire en cours…

Cela cachait sûrement un piège. Ils devaient vouloir lui faire effectuer un sale boulot pour éviter de se salir les mains !

— Je leur ai envoyé une demande, expliqua Pelshak, comme si elle devait se justifier.

— Je vois…

— Ils ont retrouvé Prose. Il est à New York. Il est arrivé à La Guardia en provenance de Montréal.

Elle regarda le papier sur lequel elle avait pris des notes avant de poursuivre.

— Il est au Manhattan de Times Square… Il apparaît très peu sur les caméras des rues autour de l'hôtel. Et presque nulle part ailleurs en ville. Une ou deux apparitions dans le Queens…

Les morceaux commençaient lentement à s'agencer. Prose, dont la photo était dans la Bible de Feelgood, demeurait dans un hôtel à Times Square. Une carte magnétique de l'hôtel avait été trouvée sur la scène de crime… Il était impossible que l'écrivain ne soit pas impliqué. S'il n'était pas l'auteur du crime, il savait certainement des choses.

— Trouvez-le-moi !

— Je l'arrête ?

— On n'a rien d'assez solide pour obtenir un mandat. Je vous demande seulement de le trouver et de me l'amener.

— Et s'il ne veut pas ?

— Débrouillez-vous. Faites appel à sa bonne volonté.

— Sûr…

— Je pars dîner.

— Il est 15 heures.

— Même si je suis vieux, je suis encore capable de lire l'heure sur ma montre. À mon retour, vous me dites où vous en êtes.

En se rendant chez Angelo's, Chase souriait presque. L'affaire était peut-être moins pourrie qu'il n'y paraissait.

LE VISAGE DU TUEUR

Gonzague Leclercq lisait avec une perplexité croissante les articles et comptes rendus qu'il avait demandés sur les événements de New York. Autant par son horreur que par son extravagance, le meurtre de l'archevêque lui rappelait l'affaire des petits hommes blancs.

Par chance, les criminels responsables de ces meurtres avaient été arrêtés assez rapidement. Sa carrière avait été sauve. Les politiciens et le public avaient été satisfaits… Mais ils étaient quelques-uns à savoir que le cerveau qui avait conçu ces crimes n'avait jamais été retrouvé. Et qu'il y avait toutes les chances que ce soit lui qui ait enlevé Prose.

C'est pourquoi, lorsque Natalya lui avait annoncé les raisons de son départ pour New York, Leclercq avait entrepris de suivre personnellement l'affaire. Un de ses adjoints lui préparait chaque jour un dossier de ce qui paraissait dans les médias, autant les journaux et les médias électroniques que les réseaux sociaux.

Quand la photo de Prose apparut à l'écran, les yeux de Leclercq se plissèrent, comme s'il se concentrait pour ne laisser aucun détail lui échapper.

La photo coiffait un article du *New York Post* provenant du site du journal. Leclercq entreprit de le lire.

> LE VISAGE DU TUEUR ?
>
> La photo que vous regardez pourrait être celle de l'homme qui a orchestré le meurtre de son excellence l'archevêque à la retraite Ignatius Feelgood.
>
> Une source proche du NYPD n'a pas écarté l'hypothèse que ce crime soit le fait d'un psychopathe. L'implication de groupes terroristes, qui avait un moment été évoquée, n'est plus retenue, semble-t-il, par…

Il avait à peine lu quelques paragraphes quand sa secrétaire entra dans son bureau sans frapper.

— Ligne 3, dit-elle. Votre ami du Canada.

« Théberge », songea Leclercq. Ça ne pouvait pas être une coïncidence.

Après avoir évoqué leur prochain voyage de pêche, histoire de vérifier que Leclercq était toujours disponible cette semaine-là, Théberge lui parla du curieux coup de fil qu'il avait reçu du NYPD.

Leclercq mentionna pour sa part l'article qu'il venait de lire, où trônait la photo de Prose.

— Tu penses que c'est lui? demanda-t-il.

— Le meurtre de l'archevêque? Sûrement pas le Prose que je connais.

— Il a disparu depuis deux ans.

— Je sais…

En deux ans, une personne pouvait changer. Deux ans de pressions psychologiques, de conditionnement… de liens qui se tissent malgré soi avec les geôliers… Une personne pouvait effectivement changer. Ils le savaient tous les deux. Mais à ce point?

— Natalya est à New York, dit Leclercq.

— Ça ne m'étonne pas.

— Je veux dire qu'elle y était avant le meurtre de Feelgood. Elle avait été prévenue qu'il y aurait un attentat spectaculaire. Du type des Dix petits hommes blancs. Et que ça pouvait être une piste pour remonter jusqu'à Prose.

PATRIOTS FOR PEACE

Michael Freeman était prêt.

Il ne savait pas quand la catastrophe allait survenir, il ignorait quelle forme elle prendrait, il n'avait aucune idée de ce qui en serait le déclencheur… mais il était prêt.

Depuis plus de dix ans, les Patriots for Peace se préparaient en vue de ce moment. Ils étaient plus d'une centaine, répartis en commandos de trois à cinq individus. Tous dans une forme physique supérieure. Tous capables de survivre seuls en milieu hostile. Tous experts dans le maniement de plusieurs types d'armes.

Ils étaient prêts pour le jour où l'attaque surviendrait.

Au début, Freeman avait surtout craint de voir déferler des millions de migrants en provenance du Mexique. Ou d'assister au soulèvement des Noirs à la grandeur du pays pour « casser du Blanc ». Puis, avec les années, la menace chinoise s'était imposée : une attaque informatique massive avait le pouvoir de paralyser les infrastructures du pays et de le plonger dans le chaos.

Récemment, une autre menace avait émergé : l'Islam. Les islamistes ne s'en cachaient d'ailleurs pas. Ils avaient déjà déclaré la guerre à l'Occident. Le 11 septembre avait été un coup de semonce. Une façon d'annoncer la couleur.

La vraie bataille commencerait quand le djihad universel serait déclaré. Les musulmans s'attaqueraient alors directement à la population. Leur plan était de décapiter des gens au hasard, d'allumer des incendies, de faire sauter les centrales électriques, les ponts… Freeman avait lu un rapport des services de renseignement sur le sujet. Un rapport qui avait été tabletté parce que jugé trop alarmiste par les politiciens.

Heureusement, quelqu'un avait subtilisé le rapport et l'avait publié sur Internet. Il circulait maintenant depuis plus d'un an.

Quand les musulmans déclencheraient le djihad aux États-Unis, les Patriots for Peace seraient prêts. Pour vaincre la terreur, il n'y avait qu'une arme : une terreur plus grande encore. Il faudrait des actions fortes, symboliques, capables de dissuader l'ennemi.

En vue de ce jour, des plans avaient été élaborés, des caches d'armes et des refuges avaient été aménagés dans la plupart des grandes villes.

Or, ce jour venait d'arriver. La guerre était déclarée. Comme prévu, une attaque avait eu lieu sur le territoire américain. Une attaque hautement symbolique, qui soulignait le caractère religieux de la bataille qui s'engageait.

Moins d'une heure après l'apparition de l'image de l'archevêque crucifié sur les écrans de Times Square, Freeman avait reçu un appel de Sam. Il lui demandait de le rencontrer le jour même. Il voulait aussi une réunion d'urgence de leur cellule au plus tard le lendemain.

Sam était le membre le plus récent du groupe, mais il s'était rapidement imposé comme le second de Freeman, autant à cause de son expertise en stratégie militaire et de son expérience du combat que de ses contacts dans les services de renseignement.

C'était lui qui avait déniché le rapport sur la menace islamiste que les politiciens avaient voulu enterrer. Il en avait donné une copie à Freeman lors de leur première rencontre. C'était à cause de cela qu'il voulait joindre son groupe. Il voulait être en première ligne quand viendrait le temps de se battre pour son pays…

Freeman avait fixé la rencontre en début de soirée et la réunion du groupe au cours de la nuit. Il ne lui restait que quelques heures pour achever de mettre sa vie en ordre. Car il ne savait pas quand il reviendrait à son appartement. Ni même s'il y reviendrait un jour.

Pour l'instant, tout ce qu'il savait, c'était que la guerre était commencée et qu'il passait dans la clandestinité.

CODE 2401

Chase achevait de dîner. Une grande femme aux cheveux brun roux s'assit devant lui. Elle le regardait droit dans les yeux. Des yeux noirs qui ne cillaient pas. Tout le reste de son visage souriait.

Une prostituée ? Non. Trop sûre d'elle… À moins que ce soit une de ces professionnelles qui pratiquent des tarifs exorbitants et jouissent de hautes protections. Mais si c'était le cas, pour quelle raison s'intéressait-elle à lui ?

Une ancienne connaissance, peut-être ? Ils se seraient connus à l'occasion d'une enquête ?… Peu probable. Il n'aurait pas oublié une femme qui avait cette allure.

Une avocate alors, qui venait le relancer pour une affaire ?… C'était l'hypothèse la plus probable. Mais la femme n'avait pas exactement l'allure d'une avocate. À cause de son regard. Quelque chose de vaguement inquiétant brillait dans ses yeux.

C'était une déformation professionnelle. Chase observait toujours les yeux des gens. C'était souvent dans les yeux qu'on pouvait percevoir cette espèce de flottement qui précédait le moment où un prévenu basculait, le moment où il décidait de tirer ou d'attaquer.

— Laurence Parraud, dit-elle en lui tendant la main. Je travaille pour la DGSI.

Chase s'efforça de ne rien laisser paraître. La DGSI, c'était l'organisation qui avait pris la relève des anciens services de renseignement avec lesquels Théberge et Prose avaient collaboré. On était à des années-lumière d'une coïncidence.

— Lieutenant Calvin Chase, dit-il en acceptant la main tendue.

— Je sais. Et ceci est l'un de vos endroits préférés, ajouta-t-elle avec un geste pour désigner le café.

Le visage de Chase se fit méfiant. Avant qu'il puisse répondre, elle poursuivait :

— Je me suis rendue à votre bureau : on m'a dit que je vous trouverais ici.

— La DGSI… J'imagine que vous avez des documents d'identification ?

— Je suis ici sous couverture. Mais si vous appelez ce numéro, on pourra vous confirmer mon identité.

Tout en parlant, elle avait sorti un calepin de son sac. Elle inscrivit un numéro sur une feuille, la détacha et la donna à Chase.

— Et ce numéro, c'est… ? demanda-t-il en prenant la feuille.

— Celui de la DGSI à Paris. Mentionnez le code 2401 et demandez madame Langevin. Autrement, votre appel sera filtré. Vous n'atteindrez personne qui soit au courant de ma mission.

— Et qui est cette madame Langevin ?

— La secrétaire personnelle du directeur. Ce sont les deux seules personnes qui savent que je suis ici.

Chase consulta le papier et téléphona au NYPD, où il demanda à un collègue de lui procurer le numéro de téléphone de la DGSI à Paris.

— Tu penses à un changement de carrière ? lui demanda le collègue.

— Tu me vois vraiment avec un béret et une baguette sous le bras ?

— Comme tu parles déjà français…

Quelques minutes plus tard, Chase recevait le numéro qu'il avait demandé. C'était le même que celui inscrit par Natalya sur la page de calepin.

Il regarda un moment la femme assise devant lui. Son sourire s'était légèrement nuancé de moquerie.

— Allez, encore un coup de fil ! dit-elle. Ensuite, on va pouvoir passer aux choses sérieuses.

Chase composa le numéro de la DGSI. Dès qu'il mentionna le code 2401, le ton de la réceptionniste se fit déférent.

— Tout de suite, monsieur !

#islamickillers

Quinton Cobbs@Quinco
Regardez partout. Qui tue ?
Persécute ? Ridiculise des chrétiens ?
#islamickillers. http://blog.getreal.
quintoncobbs.org/who-killed-
feelgood/

LES VOIX PARALLÈLES

Après avoir coupé la communication, Chase remit l'appareil dans sa poche de veston et fixa son regard sur la femme en face de lui.

— Donc, vous appartenez à la DGSI…

Elle l'interrompit.

— Je n'appartiens pas à la DGSI : j'y travaille.

— Je suppose que la nuance est importante.

— Appartenez-vous au NYPD ?

— Souvent, je me le demande… Mais revenons à votre présence ici.

— J'ai des informations pour vous. J'étais à Times Square quand la vidéo a été projetée.

— Par hasard ?

— Pas exactement. Je savais que quelque chose se produirait, mais j'ignorais quoi.

— Vous aviez été prévenue ?

Malgré le ton, ce n'était pas vraiment une question.

— La DGSI l'avait été, mais la source n'était pas très fiable. Le directeur a choisi de m'envoyer en observation.

— La Direction générale de la sécurité intérieure envoie un agent à New York pour vérifier une rumeur… Je comprends que votre pays ait des difficultés budgétaires.

Chase avait lourdement mis l'accent sur le mot « intérieure ».

— L'information n'était pas confirmée, mais elle était de nature particulièrement inquiétante. Cet attentat est censé être le premier d'une série.

Chase la dévisagea un moment en silence.

— Le premier ? finit-il par dire.

— Si notre information est exacte, les autres ne tarderont pas.

— Ici ? À New York ?

— Pendant un certain temps. Ensuite, ça devrait se déplacer.

— En France ?

— Ce n'est pas impossible. On sait seulement que ce sera lié à la religion.

— On ne peut quand même pas protéger tous les curés et toutes les églises de New York.

— On sait aussi que Victor Prose est lié à cette affaire.

— C'est un de vos agents ?

La question fit sourire la femme.

— Non. Un collaborateur occasionnel. Son nom est probablement apparu au cours de votre enquête.

— Vous savez où on peut le joindre ?

— Il y a des mois qu'on le cherche.

Il ne s'était pas trompé. L'apparition quasi simultanée de Prose et de la DGSI dans cette histoire ne relevait pas de la coïncidence. La nature de leur lien le laissait cependant perplexe. Prose était-il un agent devenu renégat dont ils entendaient se débarrasser ? Un dissident dont ils voulaient s'assurer du silence par peur de ce qu'il pourrait révéler à d'autres agences ?

— Pour quelle raison le cherchez-vous ?

— Parce qu'il a subitement disparu sans raison, il y a bientôt deux ans. On a d'abord cru qu'il avait été assassiné. Puis, il y a quelques semaines, sa présence a été signalée à plusieurs endroits. Dans des aéroports, des restaurants, des hôtels…

– Vous l'avez suivi jusqu'ici ?

— Oui. Mais je n'ai jamais réussi à lui parler.

En apparence, il s'agissait d'un échange d'informations. D'une sorte de bilan en commun sur une affaire. Mais Chase n'était pas dupe. Il s'agissait en fait de deux monologues parallèles qui donnaient l'apparence de se rejoindre. Il se contentait de lui poser des questions et elle lui révélait ce qu'il fallait pour orienter la discussion et atteindre ses propres objectifs.

— Pourquoi tenez-vous à le trouver ? demanda-t-il.

— C'est un écrivain qui se prend pour un enquêteur. Mais il n'est pas dénué de talent. Ni de ressources. Nous pensons qu'il est tombé sur quelque chose dont il ne mesure pas l'ampleur.

— Est-ce qu'il aurait pu organiser sa propre disparition pour enquêter dans l'ombre ?

— C'est peu probable… mais pas impossible.

— Vous excluez donc qu'il soit mêlé à ces meurtres ?

— Dans le sens où il en serait l'auteur ? Totalement.

Prévisible, songea Chase. Elle défendait son collègue. Si seulement il avait eu un prétexte pour l'interroger…

Il décida néanmoins d'insister.

— Avec sa photo à la une des médias, les choses vont devenir compliquées pour lui.

— Ce qui m'étonne, répondit Natalya, c'est que les journalistes aient pu avoir sa photo. Et qu'ils aient fait le lien entre lui et l'attentat.

Ce n'était pas exactement une accusation, mais les implications étaient évidentes. Qui d'autre que le NYPD avait la possibilité de couler cette information? Qui d'autre avait intérêt à ce que le suspect s'inquiète et soit poussé à tenter quelque chose d'imprudent?

Mal à l'aise d'être subitement sur la défensive, Chase admit qu'il pouvait y avoir eu des fuites au NYPD. Les journalistes n'hésitaient pas à payer le gros prix pour des informations exclusives.

— Vous avez quelque chose de sérieux contre lui? demanda la femme.

— Uniquement des preuves circonstancielles.

— Vous avez trouvé une chambre d'hôtel enregistrée à son nom, je présume?

— Oui.

— Louée pour un mois, mais où il n'a pas été vu depuis qu'il l'a louée?

Chase n'eut pas besoin de répondre. Le mélange de surprise et de méfiance qui se peignit sur son visage y suffisait.

— Cela recoupe ce que nous savons, enchaîna Natalya comme si de rien n'était.

Mais comment tenait-elle ça? se demandait Chase. Est-ce que les services français avaient infiltré le NYPD? Avaient-ils une taupe à la NSA, laquelle avait accès à tous les dossiers de police du pays?

— La vraie question, reprit Natalya, c'est celle-ci: pourquoi quelqu'un louerait-il une chambre pour un mois et la quitterait-il le lendemain sans explication?

— Parce qu'il pense que sa couverture est brûlée. Qu'on l'a identifié...

— Mais pourquoi le ferait-il à répétition, dans plusieurs villes, à quelques jours d'intervalle?

— Dans plusieurs villes?

— Paris, Bruxelles, New York...

— Il se sent peut-être traqué. Il se peut que ce soient des refuges où se planquer en cas de coup dur. Ou alors, il cherche à brouiller les pistes.

— Qu'est-ce que vous avez sur le cadavre de la victime?

Le brusque changement de sujet réussit presque à surprendre Chase. Elle ne serait pas facile à faire parler, songea-t-il.

— L'archevêque Feelgood a été crucifié vivant. Par contre, il était sous sédation.

— Ça rend moins probable l'hypothèse d'un tueur sadique.

— Sauf s'il était seul et s'il avait besoin d'empêcher la victime de se débattre.

— C'est vrai que s'il était seul pour le crucifier…

— La victime est morte asphyxiée. La blessure sur le côté droit a probablement été faite avec un couteau militaire. Après sa mort.

— Par souci de reconstitution exacte, fit Natalya à voix basse, comme si elle ne parlait que pour elle-même.

— Possible.

— Que pensez-vous des deux messages de revendication?

— Un effort pour brouiller les pistes, probablement. Mais il est encore trop tôt pour le savoir avec certitude.

— Vous vous êtes sûrement intéressés à Feelgood…

— En quel sens?

— Est-ce que l'attentat le visait personnellement? Si oui, les messages de revendication peuvent effectivement être un effort pour brouiller les pistes.

— Et si ce n'est pas personnel?

— Alors, pourquoi un archevêque? Pourquoi pas un prêtre? Pourquoi pas un simple chrétien?… Vous avez découvert des indices?

Chase choisit de ne pas lui parler de la carte magnétique qu'ils avaient trouvée dans une poubelle, sur les lieux du crime.

— Rien pour l'instant, dit-il.

Il cherchait un moyen de maintenir le contact avec elle sans avoir l'air de vouloir la tenir à l'œil. Pour une agente de la DGSI, elle laissait échapper beaucoup d'informations. Il fallait qu'elle soit très expérimentée pour se permettre de paraître aussi ouverte. Ou bien qu'elle soit relativement nouvelle. Si c'était le cas, cela pouvait expliquer qu'on l'ait choisie pour vérifier une simple rumeur.

— Le prochain attentat, demanda-t-il, vous avez une idée de qui pourrait être la victime ?

— Aucune indication. Sauf que ce sera encore lié à la religion. Étant donné qu'ils ont choisi un archevêque comme première victime, on peut penser qu'il s'agira d'une personnalité religieuse.

— J'ai l'impression que nos enquêtes vont se recouper.

— Vous avez raison. Il faudrait qu'on puisse partager nos informations. À la limite, on pourrait même travailler ensemble. Je ne parle pas de joindre formellement votre équipe, mais on pourrait rester en contact… Nous rencontrer régulièrement pour faire le point.

Chase n'en revenait pas. Elle lui proposait ce qu'il désirait tout en lui offrant la possibilité de paraître celui qui lui faisait une faveur.

— Si vous croyez que c'est utile, se contenta-t-il de répondre.

De son côté, Natalya s'efforçait de masquer sa satisfaction. Non seulement avait-elle réussi à établir un contact régulier avec le responsable de l'enquête, mais elle pourrait limiter les interactions à celles qu'elle aurait avec Chase.

Elle lui donna un numéro de cellulaire où la joindre. Il fit de même.

— Excellent, se félicita Chase. Je crois que…

Il fut interrompu par la sonnerie de son téléphone.

Après avoir écouté un moment, il jeta un bref regard à Natalya et répondit par quelques mots.

— D'accord. Tout de suite.

http://www.huffingtonpost./…/crucifixion-dun-eveque-americain…

> CRUCIFIXION DE FEELGOOD : L'ARCHEVÊCHÉ DÉMENT LES RUMEURS
>
> Joint au téléphone, le porte-parole de l'archevêché a qualifié de ridicules les rumeurs voulant que monseigneur Feelgoodait été éliminé par l'Opus Dei à cause de ses liens compro-

mettants avec la mafia. «Il s'agit là d'affabulations inventées par un esprit malade», a-t-il déclaré.

Il a également jugé absurde que l'on fasse un lien entre la mort de l'archevêque à la retraite, Mgr Ignatius Feelgood, et son implication dans le dossier des actes pédophiles reprochés à certains prêtres.

«Il est particulièrement troublant, a-t-il précisé, que de telles rumeurs soient propagées dans les médias sociaux alors que Mgr Feelgood vient d'être la victime d'une violence inqualifiable...»

SIX DE SEPT

Chase éteignit son téléphone et regarda Natalya comme s'il hésitait devant un choix difficile.

— Vous êtes libre une heure ou deux?

— Je peux me libérer.

— Il y a eu des développements. Je vous expliquerai en chemin.

Dix-sept minutes plus tard, ils entraient dans la résidence de Vallini.

À l'intérieur de la pièce aménagée en chapelle, ils découvrirent six corps. Certains affalés sur leur chaise, les autres tombés à la renverse ou sur le côté. On aurait dit la fin d'une soûlerie figée à jamais dans son aboutissement, lorsque chacun cuve son alcool dans la position où il s'est écroulé.

Sauf qu'ils ne cesseraient jamais de cuver le peu de vin qu'ils avaient bu.

Des techniciens photographiaient les cadavres et s'affairaient autour d'eux en prenant soin de ne rien déplacer.

Il n'y avait aucune trace de sang ou de violence sur les corps. Sur la table, par contre, toutes les coupes plaquées or étaient renversées. L'une d'elles était même tombée par terre.

— Une messe, fit Natalya. Le lien est clair.

Un des policiers s'approcha de Chase puis, apercevant Natalya, il interrogea son supérieur du regard avant de ramener son attention vers Chase.

—Tu peux parler, fit ce dernier. Elle est de la police française. Ils sont sur la même piste que nous.

Rassuré, le policier fit son rapport.

—Il y a des crucifix dans toutes les pièces. Et des images de saints… Comme celle-là, ajouta-t-il en pointant vers le mur.

—Ça s'appelle une icône.

—Vraiment ? Les icônes, c'est pas des vedettes que tout le monde connaît ?

—Les recrues, soupira Chase en jetant un regard à Natalya comme s'il espérait y trouver un appui.

Les nouveaux policiers lui semblaient non seulement de plus en plus jeunes, mais ils provenaient d'un autre monde que le sien.

—Une icône, expliqua Chase, ça date souvent de plusieurs siècles et ça vaut plusieurs fois ton salaire. Ce sont des sortes de peintures religieuses qui représentent souvent des saints… Ils étaient les vedettes de l'époque. On les donnait comme modèles aux gens. C'est pour ça qu'aujourd'hui, les meilleurs dans leur domaine, on les appelle des icônes.

Le jeune policier ne semblait pas convaincu. Il s'approcha du tableau pour l'examiner.

—Et ça vaut plusieurs fois mon salaire… C'est à cause de l'or ?

Chase n'eut pas le courage de répondre que c'était aussi de l'art. Il préféra le ramener à l'enquête.

—Vous avez trouvé autre chose ?

Le jeune revint brusquement à la réalité.

—Euh, oui… oui… Dans le bureau. Il y a un plan de tous les écrans de Times Square sur les murs.

—*Fuck !*

—Des extrémistes chrétiens, dit Natalya pendant qu'ils se dirigeaient vers le bureau.

—Comme si on n'avait pas assez des islamistes, grogna Chase.

Sur les murs de la pièce, des panneaux de carton de différentes tailles reproduisaient l'environnement visuel de Times Square. Sur chacun des tableaux, il y avait une série d'indications d'heures suivies de quelques mots.

— L'identification et l'ordre des plans, se dépêcha d'expliquer le jeune policier. C'est le montage.

Cette fois, il ne s'était pas trompé. Il était dans son élément.

Chase lui demanda de s'assurer que tout soit minutieusement photographié puis expédié au laboratoire.

Natalya et lui retournèrent ensuite à la chapelle.

Après avoir examiné les coupes, Chase demanda à un technicien de les faire analyser.

— Avec un peu de chance, dit-il, on va trouver des traces de poison dans les résidus de vin.

Puis il ajouta en se tournant vers Natalya :

— Empoisonnés pendant la communion. Ils vont tous aller au ciel !

— Vous êtes croyant ?

— À votre avis ?

— Je ne sais pas.

— Vous pensez sérieusement qu'on peut faire ce métier pendant vingt ans et croire à l'existence d'un Dieu quelconque ?

Ce n'était pas vraiment une question.

Chase enchaîna, avec un geste qui englobait la pièce :

— Vous en pensez quoi ? Suicide collectif ?

— Non, je ne crois pas.

— Six cadavres, six coupes, six chaises…

— Sept chaises, l'interrompit Natalya.

D'un geste, elle lui en montrait une septième, identique aux six autres, adossée au mur, à l'autre bout de la pièce. Puis elle ajouta :

— Il reste des miettes de pain sur la nappe, à l'endroit où était la septième chaise. Et par terre.

Chase s'agenouilla pour examiner le sol.

— Vous avez raison, on dirait… On distingue encore la marque des pieds de la chaise sur le tapis.

Il se releva et se tourna vers Natalya.

— Si c'est un des membres qui les a tués, où est la septième coupe ? J'imagine mal qu'il n'ait pas communié comme les autres. Ça aurait été suspect.

— Il s'en est peut-être débarrassé.

Chase marmotta un acquiescement, puis il sortit son téléphone et appela Alvarez.

— On a un problème... Non, pas une bévue. Un vrai problème. J'ai six nouvelles victimes... Non, je ne parle pas des cadavres jetés devant les églises... Six de plus, oui... Ça, pour être connus, ils sont connus !

Une fois l'appel terminé, Chase jeta un regard amusé à Natalya.

— Je sais ce que vous pensez, dit-il. Vous vous demandez pourquoi je ne leur ai pas parlé de Vallini. Pourquoi je n'ai pas demandé un mandat d'arrêt contre lui.

— La réponse est évidente. Vous pensez qu'il est notre meilleure piste pour remonter jusqu'à Prose. Vous voulez lui laisser croire que son plan a réussi pour ne pas l'affoler.

— Pas mal.

— Et surtout, vous craignez de l'inquiéter. De le pousser à éliminer Vallini pour couper les pistes. Je me trompe ?

Chase se contenta de sourire et de secouer lentement la tête.

Décidément, elle n'était pas aussi naïve qu'elle pouvait le laisser paraître. Il faudrait qu'il se méfie davantage de ce qu'elle disait... et de ce qu'il lui disait.

http://blog.itsapoliticalworld.us/le-massacre-continue

Le massacre continue. Après les hommes petits blancs à Paris, les chrétiens à New York.

Ce sont des avertissements pour les gouvernements occidentaux. Les multinationales qui dirigent la planète font du chantage. Si les gouvernements ne votent pas les lois qu'elles désirent, les attentats vont se poursuivre, les autorités vont avoir l'air incompétentes et la population va les remplacer aux prochaines élections...

Chase passait en revue les indices que les équipes techniques avaient recueillis sur les cadavres déposés devant les églises – autrement dit, pas grand-chose – quand il reçut un appel de Kenneth Roberts, le directeur du NYPD. Roberts tenait à l'assurer de son soutien dans cette affaire difficile. Mais il voulait surtout savoir où en était l'enquête.

— Les cadavres devant les églises ?

— Déterrés dans deux cimetières. Des tombes dans des endroits retirés, faciles à creuser sans être vu.

— Des gens importants ?

— Ça dépend de ce qu'on entend par important. Si on demande à leur famille, je suppose que…

— Vous savez ce que je veux dire !

— Personne qui passerait dans les médias s'il était encore vivant.

— D'accord. Et l'appartement où vous avez trouvé les six cadavres ? À qui appartient-il ?

— Un prêtre. Alexandro Vallini.

— Il fait partie des victimes ?

— Non. Mais il a disparu.

— On va peut-être trouver son corps ailleurs.

— Possible.

Chase ne voulait pas révéler immédiatement que les victimes avaient probablement été tuées par Vallini. Il préférait garder cette hypothèse pour lui tant qu'elle ne serait pas confirmée. Mieux valait ne pas alimenter la machine à rumeurs… Et ne pas affoler le suspect.

— Vous avez identifié les six victimes ? demanda Roberts.

— Oui.

— Vous pouvez m'en parler ?

Chase sortit un calepin et se mit à énumérer lentement le nom des victimes, répondant au fur et à mesure aux questions ou aux remarques de son supérieur.

— Anthony Larsen… Le candidat du Tea Party, oui. Il était aussi directeur informatique chez Morganchild Capital… Non, je ne sais pas si cela a de l'importance. Le deuxième est Duane Garcia. Le propriétaire de Farscape Buildings… Numéro trois, Dejon Philips, le chef d'antenne à TOXX-TV… Oui, c'est probable qu'ils vont vouloir se mêler de l'enquête… Et faire la leur, oui… Le quatrième, vous le connaissez bien. C'est Derrick Stemke… Non, pas le sénateur. Derrick junior. Son fils. Celui qui a été impliqué dans le saccage d'une clinique d'avortement… Oui, je m'en doute un peu, que ça va être une affaire délicate… Il y a aussi Sergio Marquès… C'est normal que vous ne le connaissiez pas : c'est un simple colonel dans l'infanterie… Le dernier, par contre, Travis Boykin… Oui, ce Boykin-là… Je sais très bien qui est son père. Personne ne peut ignorer que Leo Boykin est un des plus grands philanthropes du pays. Il ne laisse personne l'oublier… Bien sûr que non ! Je ne ferai jamais ce type de commentaire en public.

Chase réalisa subitement que l'appel était d'abord une mise en garde. Sans formuler le moindre avertissement explicite, le directeur lui adressait un message clair : il n'était pas question de débarquer chez la famille des victimes sans prendre les précautions appropriées. Et, surtout, il fallait en dire le moins possible aux médias. Particulièrement si lesdites choses avaient la possibilité de se révéler embarrassantes pour la réputation des familles concernées.

Sans rien laisser paraître, Chase continua de répondre aux questions de Roberts.

— À mon avis, ce n'est pas un attentat terroriste. Enfin, pas au sens habituel. Ils font tous partie d'un groupe de chrétiens extrémistes… Oui, tous ceux que je vous ai nommés. Ils sont morts empoisonnés pendant une messe tenue dans la résidence de l'une des victimes… Une pièce de l'appartement est aménagée en chapelle. Non. Surtout pas. Ne faites aucune déclaration. Ne dites rien. À qui que ce soit… Pourquoi ? Parce que le vrai problème, ce n'est pas qu'on les ait tués :

c'est qu'ils ont probablement tué Feelgood. Et c'est peut-être pour couper les pistes qu'on les a éliminés.

Au bout du fil, une explosion de commentaires le força à se taire pendant un bon moment.

— Non, dit finalement Chase. Je ne suis pas sûr à 200 pour cent. Les analyses ne sont pas terminées. Mais tous les indices pointent dans cette direction.

THE NAME OF THE GAME

Alex regardait la télé.

Elle aurait pu se dispenser d'effectuer elle-même un échantillonnage de la couverture médiatique. Des entreprises se spécialisaient dans ce genre d'activité. Et des logiciels. Morane en utilisait d'ailleurs un. Mais elle tenait à regarder quotidiennement un certain nombre d'émissions et à suivre ce qui se disait dans les réseaux sociaux. Cela lui permettait de mieux mesurer l'impact de la stratégie sur la population.

L'émission s'appelait *The Name of the Game*. Le jeu de mots sur le double sens de «*game*» était un peu primaire, mais il décrivait bien l'émission: l'invité était un gibier et il était forcé de se soumettre aux exigences du jeu.

Parfois, le gibier était quelqu'un à qui les médias s'intéressaient; parfois il s'agissait d'une question sociale à laquelle la personne était liée.

Le décor ne variait pas. L'invité faisait face au public. Une photo géante de sa tête le surplombait, avec la croix d'une mire en superposition.

À sa droite, des experts interrogateurs prenaient place, debout, derrière une table en quart de cercle. L'animateur se tenait à sa gauche, derrière une table similaire.

Cette fois, le gibier était l'archevêque Feelgood. À titre posthume.

Pour la circonstance, on avait laissé la chaise centrale vide et l'animateur n'avait que deux experts en face de lui. Le réalisateur avait jugé préférable, compte tenu du sujet, de fonctionner en plateau réduit : cela permettrait de mieux camper l'opposition.

Un des deux experts accaparait le temps de parole avec la complicité bon enfant de l'animateur. Spécialiste du terrorisme, il expliquait que ce crime était le visage à venir de la terreur : des meurtres conçus pour les médias, qui s'attaqueraient à des civils qu'on ferait souffrir de plus en plus avant de les tuer en direct, pour que leur mort ait un impact émotif et symbolique plus grand.

Il prédisait qu'on verrait bientôt des massacres de familles ordinaires et des meurtres d'enfants. Le terrorisme cesserait de se limiter aux métropoles et s'étendrait aux petites villes. La seule solution était d'augmenter drastiquement les contrôles à la grandeur du pays.

L'autre invité, un activiste réputé pour son combat en faveur des libertés civiles, essaya tant bien que mal de défendre sa cause. Mais il se fit rapidement couper la parole par l'expert en terrorisme.

— Nous sommes en guerre. En temps de guerre, c'est la sécurité collective qui prime. Pour être libre, il faut d'abord être en vie.

Le public du studio salua la réplique d'une salve d'applaudissements.

Au même moment, un ping en provenance du téléphone d'Alex se fit entendre. Un texto de Sam.

Il ne comptait que quelques mots.

> La deuxième phase est amorcée.

La réponse d'Alex ne fut guère plus élaborée.

> Bien noté. Poursuivez comme prévu.

Sitôt cette réponse expédiée, Alex envoya un texto. Cette fois, il était adressé à l'homme qui se faisait appeler Hilliard K. Morane.

> Deuxième phase amorcée.

Morane ne lui répondit pas. C'était normal. Il le faisait rarement. Et quand il répondait, c'était généralement parce que les choses ne se déroulaient pas comme il le désirait.

HISTORY CHANNEL

> … ce crime barbare qui a ému tout le pays. Nous revenons ce soir sur un sujet que l'on tend à négliger : la persécution des chrétiens à travers le monde.
>
> Que ce soit au Moyen-Orient, en Chine, en Afrique ou dans les pays musulmans de l'Asie, partout les chrétiens sont les principales victimes des…

FAIRE POUR LE MIEUX

Après avoir attendu quelques minutes, pour s'assurer qu'elle ne recevrait aucune réponse de la part de Morane, Alex expédia un deuxième texto.

Cette fois, le destinataire était en Roumanie. Il s'agissait de Valentin Cioban. Un bref échange suivit :

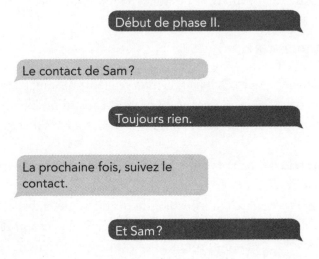

Début de phase II.

Le contact de Sam ?

Toujours rien.

La prochaine fois, suivez le contact.

Et Sam ?

Dolicho peut s'en occuper.

Et si Natalya me contacte?

Faites pour le mieux.

En éteignant son téléphone, Alex était perplexe. Elle se tourna vers Dolicho.

— On va devoir travailler en solo, lui annonça-t-elle.

— Quand?

— Aussitôt que le livreur contacte Sam, je file le livreur et tu t'occupes de Sam. Simple observation. Aucune initiative.

— Tu es sûre que c'est une bonne idée?

La consigne que venait de lui donner Alex allait à l'encontre de l'une des règles habituelles de leurs opérations : la double couverture. Qu'il s'agisse d'une simple filature ou de quoi que ce soit d'autre, un deuxième agent suivait toujours le premier à distance pour observer ce qui se passait. De la sorte, en cas de pépin, il pouvait l'aider. Et s'il ne le pouvait pas, il pouvait rapporter ce qu'il avait vu et entendu. L'enquête ne recommençait pas à zéro.

— Ordre du barman, se contenta de répondre Alex.

DE SOURCE SÛRE

Chaque fois que Michael Freeman rencontrait Sam, c'était dans un endroit différent. En général, un petit café ou un bar minable, parfois sur un banc de parc. Jamais au local. Même s'il était réputé sûr.

Sam refusait par principe que deux rencontres se tiennent au même endroit.

Pour Freeman, c'était normal de devoir se défendre contre la menace d'être observé, fiché, surveillé. C'était le prix à payer pour une opposition sans compromis à la caste des politiciens qui avaient kidnappé le pays, ces communistes à peine déguisés qui asservissaient la population au profit des grandes compagnies.

Des parasites, tous ces exploiteurs qui saignaient le peuple ! Des profiteurs. Mais rusés. Ils savaient d'instinct que les gens comme lui, de vrais patriotes, étaient leurs pires ennemis. C'était pourquoi ils le surveillaient. Et c'était la raison pour laquelle ils s'acharnaient autant à limiter la possession d'armes. Une population désarmée est une proie facile à intimider.

Tout au long des années, Freeman avait appris à tolérer cette persécution. Il ne s'en faisait pas trop. Mais l'homme qu'il allait voir, Sam, n'avait pas le choix d'être prudent : même s'il avait pris sa retraite de l'armée, il gardait des liens avec les services secrets. Si jamais ses contacts dans les milieux du renseignement étaient informés de leurs rencontres, ce serait catastrophique.

Pour Sam, d'abord : il risquait la prison pour trahison. Ou peut-être une balle dans la tête par un tireur inconnu : un accident est si vite arrivé… Mais ce serait encore pire pour le groupe, qui perdrait à la fois un expert en stratégie militaire et une source irremplaçable d'informations. On pouvait toujours compter sur Sam pour trouver des armes ou du matériel sophistiqué.

Freeman attendait depuis une vingtaine de minutes sur le banc, se laissant même aller à somnoler, quand Sam s'assit à côté de lui. Ils restèrent silencieux pendant un moment, histoire de bien vérifier qu'aucun promeneur ne s'incrustait à côté d'eux.

Puis Sam se mit à parler. Doucement. Sans presque bouger les lèvres. Sans regarder Freeman.

— L'archevêque crucifié, c'est plus compliqué qu'il y paraît… Ce n'est pas un tireur fou… Ni des chrétiens illuminés.

Entre chaque phrase, Sam faisait une pause, tournait lentement la tête pour vérifier que personne ne les observait.

— Ce sont des islamistes… Je le sais de source sûre.

Quand Sam mentionnait qu'il détenait une information «de source sûre», Freeman comprenait qu'il ne devait pas insister. Un bon agent de renseignement protège ses sources.

— Le gouvernement le sait, reprit Sam. Mais il n'ose pas intervenir… Officiellement, c'est pour ne pas créer de panique… Dans les faits, c'est à cause du lobby musulman.

— Je connaissais le lobby juif qui contrôle New York et Washington, mais pas le lobby musulman.

— Ça s'appelle des pétrolières. Washington ne veut pas indisposer ses amis arabes.

— Les Arabes, on n'en a plus besoin, de leur pétrole! Avec le gaz de schistes, les sables bitumineux du Canada…

— Je sais. Le pays pourrait s'en passer. Mais les propriétaires des pétrolières continuent à faire des milliards avec le pétrole arabe. Ils ne veulent pas sacrifier ça. Et ils ne sont pas les seuls.

Sam, qui avait progressivement accéléré son débit, fit une pause avant d'ajouter:

— La Russie a besoin que le pétrole se vende autour de cent dollars pour boucler son budget. L'Arabie Saoudite, pour accommoder les États-Unis, a fait chuter les prix. En plus, ça lui permet de créer des problèmes financiers à l'Iran. Mais tout ça coûte cher. Surtout que l'Arabie aussi aimerait bien un prix du pétrole plus élevé: avec toutes les promesses qu'elle a faites pour contrôler les printemps arabes, tous les milliards que lui coûte la promotion du salafisme sur l'ensemble de la planète… C'est pour ça que le Pentagone ne veut pas indisposer ses petits amis arabes. Même s'ils financent un attentat de temps en temps pour maintenir leur réputation auprès des islamistes… Du moment qu'il n'y en a pas trop, c'est parfait pour les zombies de Washington. Ça fait même leur affaire: ils en profitent pour faire voter des lois qui renforcent leur contrôle sur le pays. Ils ne voient pas que les nouveaux groupes terroristes planifient à long terme… Un jour, ça va leur éclater en pleine figure.

Freeman aimait que Sam lui explique ce genre de choses. Il se sentait alors dans le secret des dieux. Il se sentait privilégié. Il comprenait les véritables enjeux qui se cachaient dans ce que les gens appelaient «les actualités». Avec Sam, il voyait la réalité alors que les autres continuaient de vivre dans un rêve. C'était exactement comme dans *Matrix*.

—Les terroristes, c'est qui ? demanda-t-il. Al-Qaeda ? L'État islamique ?

—C'est plus compliqué que ça.

Après un moment de silence, Sam sortit une photo de la poche intérieure de son blouson et la tendit à Freeman.

Ce dernier y jeta un coup d'œil et la fit disparaître dans sa poche de chemise.

—Nassim al-Shammari, dit Sam. Il passe pour un des imams les plus modérés de New York. Il fait de beaux discours, appelle à la fraternisation de tous les croyants… Il organise des rencontres de dialogue avec la population. Il explique que le Coran est comme la Bible : quand on le comprend vraiment, il sert à apprendre à vivre, à libérer les gens… Mais, en réalité, Nassim al-Shammari est le chef d'un groupe clandestin qui a prononcé la *deya*. Il prépare une série d'attentats.

—La… quoi ?

—*Deya*. C'est un serment d'allégeance à l'État islamique et à son chef, Abu Bakr al-Bagdadi.

—Qu'est-ce qu'ils veulent faire sauter ?

—Rien. Ils envisagent un autre type d'action : des commandos suicides.

—Ici, à New York ?

—Ils ont recruté un groupe de djihadistes. Un jour donné, à divers endroits de la ville, ils vont se mêler à la foule. Et, exactement à la même heure, ils vont se mettre à tirer… Ils sont déjà plus d'une vingtaine.

—C'est monstrueux.

—Ils appliquent simplement leur doctrine. Au début d'une guerre, il faut se montrer impitoyable. Il faut terroriser l'adversaire pour le démoraliser. C'est écrit en toutes lettres dans le Coran. "Il n'est pas d'un Prophète de faire des prisonniers avant d'avoir prévalu sur le terrain."

— Tu es capable de citer le Coran de mémoire ?

— On ne connaît jamais trop son ennemi.

Freeman était préoccupé. Il finit par poser la question qui le tracassait.

— Comment est-ce qu'on peut les arrêter ? On ne peut pas être partout à la fois pour les neutraliser !

— Je sais. Mais j'ai un plan.

— Un plan pour quoi ?

— Pour reconquérir les États-Unis. Les opérations commandos, ce n'est pas réservé qu'aux islamistes.

— Tu es sûr qu'on peut réussir ?

— On n'a pas le choix. Pour vivre, un peuple a besoin d'un territoire qui lui appartient. Où rien ne le menace. Un territoire où il peut se sentir chez lui.

— On n'est quand même pas nombreux.

— Un petit nombre de patriotes déterminés peut faire une différence. Et surtout, nous ne sommes pas seuls. Dans toutes les villes, il y a des groupes comme nous. Leur exemple va amener la formation d'autres groupes… C'est ce qu'avaient compris les fondateurs de notre pays quand ils ont fait la révolution. Et c'est pour ça qu'ils ont toujours été contre le contrôle des armes par le gouvernement !

#RIPfeelgood

Guilian Delaney@guide
La vérité sur #RIPfeelgood. Tué par des ennemis de l'Église. Voir mon blogue : http://blog.christiansrising.us/guilian-delaney-Feelgood-martyr

Bradley Pittman@bradpitt
@guide Pas des chrétiens qui ont fait ça. Il a été crucifié comme le Christ. C'est un signe.

Shandy Maxwell@sham
@guide @bradpitt Toujours les chrétiens qu'on tue. À qui ça profite ?

On pose jamais la question :
pourquoi ? #wideeyesshot

Bradley Pittman@bradpitt
@sham Si on tuait autant de
musulmans ou de juifs, ils nous
auraient déclaré la guerre depuis
longtemps ! #enoughisenough
@guide

Gilbert Ross@gross
@guide #FeelgoodKilled voulait
légaliser les homos. Il a couru après !
@sham @bradpitt

Guilian Delaney@guide
@gross #FeelgoodKilled était pour
nous. Même s'il a déconné sur les
homos. @bradpitt @sham

NIÈCE EN DANGER SUSPENDU

Oncle Sam.

C'était toujours ainsi que sa nièce l'appelait. Même si son nom était Samuel. Quand elle était enfant, c'était affectueux. Maintenant, c'était par dérision.

Il y avait plusieurs années qu'il n'avait pas eu de contact avec elle. Elle ne voulait plus le voir. Ni même lui parler. Parce qu'il avait critiqué ses choix de vie. Mais il continuait de la protéger. À distance. Sans qu'elle le sache.

Elle lui reprochait son patriotisme stupide. Plus que stupide : criminel. En étant soldat, il était solidaire des meurtres que perpétrait son pays aux quatre coins de la planète.

Oncle Sam, pour elle, représentait tout ce qu'elle détestait. L'armée, la discipline aveugle, le refus du plaisir, la violence, l'exploitation… Elle lui avait jeté toutes ces vérités à la figure lors de leur dernière rencontre.

Sam pouvait comprendre plusieurs de ces critiques. Il avait servi 20 ans dans la police militaire. D'abord comme enquêteur, puis comme responsable de l'ensemble des enquêtes. Il savait bien que ni lui ni son pays n'étaient parfaits. À plusieurs reprises, il avait été témoin de ce que les autorités appelaient pudiquement des incidents. Ou des dérapages. Une partie de son travail consistait à les contenir, à trouver les coupables et à les arrêter le plus discrètement possible.

Mais il avait également vu la violence absurde à laquelle étaient confrontés les soldats, les massacres de civils auxquels ils devaient assister… souvent sans pouvoir intervenir. Parce que d'autres civils, dans des palaces climatisés, discutaient de tout ça. Qu'il ne fallait pas perturber leurs discussions avec des détails comme des exécutions de masse.

Là où sa nièce voyait tout en noir et blanc, il avait tendance à percevoir un mélange confondant de zones grises plus ou moins foncées. Pourtant, rien de ce qu'il avait fait, rien de ce qu'il avait vu ne l'avait préparé à ce qu'il devait accepter de faire pour la protéger.

Il n'avait cependant pas eu le choix. Non seulement était-elle sa nièce, mais elle était tout ce qu'il lui restait de famille. Il avait promis à sa sœur de s'en occuper comme si elle était sa fille. Ce qui était exactement ce qu'il ressentait pour elle.

Elle était la raison pour laquelle il avait accepté de superviser cette opération. Malgré sa répugnance pour le travail qu'on lui demandait.

Tant qu'il mènerait à bien les opérations qu'on lui confiait, sa nièce serait en sécurité. On le lui avait promis…

Pendant qu'il parlait dans son portable, le regard de Sam était fixé sur Manhattan, de l'autre côté de l'East River.

— Tout s'est bien déroulé, dit-il. Les autres groupes ne savent rien. Mais ils sont sûrs de défendre la véritable Église. Ils se perçoivent comme des martyrs. Leur témoignage sur leurs amis décédés sera sans équivoque.

— Et la suite? Les autres opérations?

— Tout est prêt. On n'aurait pas pu mieux choisir. Celui qui a recruté la main-d'œuvre a fait du bon boulot.

Quelques instants plus tard, Sam coupait la communication, retirait la carte SIM de son téléphone et la jetait dans l'eau.

Comme chaque fois qu'il parlait à sa mystérieuse correspondante, il ne pouvait faire autrement que penser à sa nièce. Et, par association d'idées, à sa sœur. Beverly. Elle était morte depuis des années. À l'époque, Ashley n'était encore qu'une enfant...

Il revoyait son visage aux traits accentués, mais adoucis par des cheveux brun pâle bouclés, ses yeux noirs, cette façon qu'elle avait de regarder les gens droit dans les yeux. Il revoyait son sourire amusé, toujours prêt à se transformer en un rire sans retenue.

Bizarrement, elle n'était pas sans ressemblance avec la femme à qui il venait de parler. Pas une ressemblance physique, mais de style. Une certaine assurance, peut-être...

Sa vie était coincée entre une femme morte, une femme qui se tuait au jour le jour et une autre qui lui demandait de planifier la mort d'une foule de gens !

Beverly, Ashley, Alex...

Enfin, il l'appelait Alex. C'était le nom qu'elle lui avait donné. Un nom court. Facile à retenir.

Et sûrement faux.

Presque toutes les instructions qu'il recevait passaient par elle. Et s'il avait une demande, c'était à elle qu'il s'adressait. À elle également qu'il rendait compte des différentes opérations dont il devait assurer la mise en œuvre.

3

UN CHRÉTIEN PARMI LES LIONS

Étonnamment, le corps était presque intact. Seuls le visage et un des bras avaient été attaqués par les lions. Mais ce n'était pas ce qui avait d'abord frappé Jordan Flynn. C'était la soutane. Qu'est-ce qu'un prêtre faisait là, dans l'espace des lions ?

Et puis, il y avait ce regard. Ces yeux ouverts, immobiles, qui regardaient fixement devant eux…

Les questions techniques déferlèrent dans son esprit… Comment le prêtre était-il entré dans le zoo pendant la nuit ? Pourrait-on suivre son parcours avec les caméras de surveillance ? S'était-il caché quelque part avant la fermeture du zoo ? Comment était-il parvenu jusqu'aux lions ? Pourquoi les alarmes ne s'étaient-elles pas déclenchées ?

Cela l'amena à des questions qui le concernaient plus personnellement : y avait-il eu négligence de sa part, la veille, quand il avait fait l'inspection de fermeture ? Pourrait-on lui reprocher quelque chose ? Allait-on faire de lui un bouc émissaire pour protéger l'administration du zoo ?

Abandonnant le cadavre, il se précipita à son bureau pour regarder les enregistrements des caméras de surveillance situées à proximité de l'endroit où il avait découvert le corps.

Sur l'écran, il eut vite fait de repérer un homme de forte stature, la tête dissimulée par une cagoule, qui transportait le corps sur une épaule. Il marchait d'un pas assuré. Dans sa main libre, il tenait un pistolet.

Il fallait prévenir la police, appeler l'équipe qui s'occupait des lions, avertir son supérieur…

Après avoir hésité un moment, il commença par alerter la police.

Quarante minutes plus tard, lorsque le médecin légiste arriva sur les lieux, accompagné de deux policiers, les lions étaient enfermés dans leur enclos intérieur. Il put examiner le corps.

Le diagnostic tomba rapidement : le jeune prêtre était probablement mort depuis plusieurs heures, au moment où on l'avait jeté là. Le médecin préférait néanmoins attendre les résultats de l'autopsie avant de l'affirmer avec certitude.

Dans le portefeuille de la victime, les policiers trouvèrent cent quarante-trois dollars et des papiers d'identité au nom de Hector Lopez.

UN POURBOIRE

En entrant dans le taxi, Alex avait tendu un billet de cent dollars au chauffeur en précisant que c'était seulement le pourboire.

— Je vais vous indiquer dans un instant dans quelle direction on va.

Le chauffeur empocha mécaniquement le billet. Puis, voyant qu'elle consultait son iPhone, il lui offrit de l'aider.

— Si vous cherchez une adresse…

— On va suivre une voiture.

— Vous êtes une espionne ?

Alex ne put s'empêcher de rire.

— Non, dit-elle, je ne suis pas une espionne. C'est mon mari qu'on va suivre.

Puis elle ajouta, avec suffisamment de rancœur dans la voix pour être convaincante :

— Cette ordure m'a épousée pour mon argent et maintenant il le dépense avec ses maîtresses.

— *Oh boy…*

Pour le chauffeur, l'explication était plausible. Après tout, on était à New York.

— C'est parti, répondit-il en faisant démarrer le taximètre.

Quelques minutes plus tard, ils suivaient Sam dans les rues de New York.

Par mesure de sécurité, Alex laissait plusieurs voitures entre le taxi qu'elle avait emprunté et le véhicule qu'elle suivait. De toute façon, il ne pouvait pas lui échapper. Sur l'écran de son iPhone, deux points clignotants se déplaçaient sur le plan du quartier. L'un représentait le véhicule de Sam. L'autre, le sien.

La filature les mena jusqu'à un bar. Après avoir demandé au taxi de l'attendre, Alex suivit Sam à l'intérieur. Comme elle ne portait pas le déguisement qu'elle avait utilisé au moment de leurs rares rencontres, il était peu probable qu'il la reconnaisse.

LE RETOUR DES *BOTS*

Chase avait invité Laurence Parraud à venir le rencontrer à son bureau. Officiellement, c'était pour faire le point sur cette histoire de crucifixion. En fait, il voulait surtout observer ses réactions. Voir comment elle réagirait à différents éléments de l'enquête. Aux informations sur Prose, notamment.

L'agente de la DGSI avait accepté. Bien qu'avec une certaine réticence, lui semblait-il. Et maintenant, en la voyant entrer, elle ne lui paraissait pas complètement à l'aise.

C'était quelque chose de subtil, mais qu'il avait souvent observé : l'espèce de malaise que provoquait chez beaucoup de visiteurs le fait d'entrer dans un poste de police. Chez elle, il trouvait cela un peu étonnant.

— Vous avez trouvé quelque chose ? demanda-t-il d'emblée.

— Le deuxième attentat est pour bientôt. Il sera aussi spectaculaire que le premier. L'information nous a été confirmée par une autre source.

— Votre confirmation arrive un peu en retard. Il a eu lieu hier, votre deuxième attentat. Il y en a même eu un troisième.

— Je parle d'attentat spectaculaire.

— Déposer six cadavres devant des églises, cela fait partie de la routine, en France ?

— Pas vraiment. Mais ils étaient tous morts depuis longtemps, si j'ai bien compris.

— Et le meurtre de six personnes pendant une messe ? Ce n'est pas assez spectaculaire ?

— Elles ont simplement été empoisonnées.

— Simplement…

— Je suis d'accord, il y a eu une certaine mise en scène. Et six victimes, ce n'est pas anodin. Les médias vont sûrement s'en donner à cœur joie. Mais comme spectacle, ça n'a pas le potentiel médiatique d'une crucifixion sur écran géant à Times Square.

— Qu'est-ce qu'il vous faut de plus ?

— Si j'ai raison, on ne va pas tarder à le savoir… Vous ? Quoi de neuf ?

— Les rapports de toxico viennent d'arriver. Les six victimes ont effectivement été empoisonnées.

— Le vin ?

— Non, les hosties.

— On aurait dû y penser. C'est plus facile de ne pas mettre de poison dans une seule hostie que de protéger une coupe de vin particulière.

Natalya reconstituait la scène dans sa tête.

— Ils ont donc pris les hosties, bu une gorgée de vin… puis ils ont été foudroyés.

— C'est ce pense le médecin légiste.

— Sur les raisons de leur élimination, vous avez trouvé quelque chose ?

— Il voulait probablement couper les pistes, comme vous l'avez suggéré. Dans l'ordinateur de Vallini, on a découvert la vidéo de la crucifixion et un logiciel de montage. C'est une version plus longue que celle montrée à Times Square. Plusieurs plans n'ont pas été utilisés dans le montage final.

La conclusion allait de soi. On leur fournissait les coupables et les preuves. Tous les coupables étaient morts. Enquête terminée.

— Si vous n'aviez pas découvert les traces d'une septième personne, reprit Chase, on aurait pu croire à un suicide collectif.

— Sans doute. Mais…

— Quelque chose qui cloche?

— Je ne comprends pas… Comment celui qui a monté une opération aussi sophistiquée peut-il devenir malhabile à ce point au moment d'effacer les traces de l'assassin sur la scène de crime?

— Même les meilleurs criminels font des erreurs, fit Chase sans guère de conviction.

— Peut-être…

— On a aussi découvert du matériel cinématographique. Deux caméras. Quelques spots… Selon les techniciens, c'est le type de matériel qui a servi au tournage de la vidéo.

— Vous avez retracé l'acheteur?

— J'ai quelqu'un qui s'en occupe.

Chase fut interrompu par l'arrivée de Pelshak.

— Ça va vous intéresser, dit-elle en lui tendant un dossier. Ça vient de l'informatique.

Chase ouvrit le dossier et le feuilleta rapidement. Il fit ensuite un signe de tête en direction de Pelshak pour lui signifier son congé. Puis il poursuivit sa lecture.

— Ils ont continué à examiner l'ordinateur de Vallini, dit-il finalement.

— Quelque chose d'intéressant?

— Dans les dossiers effacés, ils sont tombés sur du matériel de propagande religieuse. Tous les textes portent le logo d'un groupe qui s'appelle les Soldats du Christ. Les six victimes en faisaient partie.

— Il aurait été tué par les membres d'un groupuscule religieux?

— Je ne suis pas sûr qu'on peut appeler ça un groupuscule. Ils sont implantés dans la plupart des grandes villes du pays. On a la liste des membres.

— Vous allez les interroger ?

— On va commencer par en rencontrer quelques-uns. Discrètement.

Des points d'interrogation s'allumèrent dans les yeux de Natalya, mais elle se contenta d'attendre la suite.

— Ce sont tous des gens en vue, expliqua Chase. Des juges, des médecins, des hommes d'affaires, des politiciens... Il y a même un évêque.

— Un genre de société secrète ?

— Pas exactement secrète...

— J'imagine ce que ça donnerait dans les médias ! Un évêque qui appartient à un groupe soupçonné d'avoir tué un archevêque !

— Sans parler des autres membres... Il va falloir des preuves en béton. Surtout que c'est probablement juste un petit groupe d'illuminés qui s'est glissé dans leurs rangs.

Natalya prit acte de l'information par un bref signe de la tête. Il y avait des lois naturelles dont il ne sert à rien de contester l'existence. Les mécanismes de protection des élites en faisaient partie.

Elle orienta la discussion sur un autre aspect de l'enquête.

— Qu'est-ce que vous pensez des deux messages de revendication ? Normalement, quand un groupe fait de la propagande, il n'essaie pas de brouiller les pistes en envoyant des informations contradictoires... D'abord un message antireligieux, puis un autre qui a l'air de provenir d'un groupe ultra religieux.

— Vous pensez qu'il y a deux groupes ?

— Possible. Mais s'il y en a deux, on va savoir rapidement lequel est responsable de ce crime.

Après une pause, elle ajouta, comme s'il s'agissait d'une explication évidente :

— Leur message va faire un buzz dans les réseaux sociaux, puis dans les médias.

— Comment pouvez-vous savoir ça ?

— Ils vont utiliser des robots Internet pour multiplier les interventions sur les blogues, sur Twitter, sur Facebook… C'est leur mode d'action habituel.

— Vous les connaissez !

— Oui et non. On ne connaît pas leur identité. Il y a cependant de fortes chances que ce soient les mêmes qui étaient derrière l'assassinat des petits hommes blancs, à Paris.

Les petits hommes blancs, songea Chase. Une affaire dans laquelle Prose avait été impliqué avec la DGSI.

La veille, il avait fouillé Internet pour en savoir un peu plus sur eux.

Les deux Québécois avaient en quelque sorte fait figure de héros dans cette histoire. Du moins, s'il fallait en croire les médias français de l'époque… Pouvait-il s'agir d'une mise en scène ?

Et puis, pour quelle raison une agente de la DGSI lui offrait-elle spontanément autant d'informations ? Il était peu probable qu'une telle générosité soit désintéressée. À quoi jouait-elle ?

— Vous pensez qu'ils l'ont crucifié eux-mêmes ? demanda brusquement Natalya.

La question surprit Chase. Il mit un moment à répondre.

— Ce serait étonnant, finit-il par dire. Commanditer un meurtre, oui, si ce sont de vrais fanatiques religieux. Mais se salir les mains ? Des gens qui ont ce type de statut social ?… Non. Ce n'est pas leur style. Malgré le côté *gore*, ça ressemble à du travail de professionnel.

— Vous pensez à moi ?

Natalya avait posé la question en souriant, sur un ton où il y avait autant d'humour que de défi.

Chase devait admettre qu'il y avait pensé. Quelle meilleure façon de se protéger que de s'immiscer dans l'enquête ? Mais il aurait été beaucoup plus simple pour elle de quitter le pays au lieu de prendre l'initiative de le rencontrer.

— Je pensais plutôt à quelqu'un comme Prose.

Elle éclata de rire.

— Prose n'est pas quelqu'un de violent.

— Son rôle dans cette histoire est pourtant loin d'être clair. Pour quelle raison, exactement, le recherchez-vous ?

Elle avait déjà refusé de répondre à cette question, songea Chase. Mais il n'était pas interdit d'insister.

— Les raisons pour lesquelles on le recherche n'ont rien à voir avec quoi que ce soit qui ressemble à cet attentat, fit Natalya. C'est tout ce que je suis autorisée à vous dire.

COURSIER HAUT DE GAMME

Damian Reese avait un métier assez unique. Coursier.

En apparence, son travail était semblable à celui de ces jeunes et moins jeunes qui sillonnent la ville à vélo pour porter des lettres et livrer des colis. Comme à eux, on lui demandait d'acheminer des choses du point A au point B. Rapidement. De façon sûre.

Sauf que Reese travaillait en complet-veston, qu'il transportait généralement le courrier dans un attaché-case et qu'il ne se déplaçait qu'en limousine avec chauffeur.

Sa marque de commerce était la discrétion.

En plus de livrer du courrier qu'il aurait été imprudent de confier à la poste régulière ou à Internet, il lui arrivait aussi de déplacer des marchandises : des œuvres d'art au statut incertain, des armes hors commerce, des animaux qui n'étaient pas censés traverser les frontières... Il transportait aussi de l'argent. Et, parfois, des personnes en délicatesse avec la justice ou la mafia, et qui avaient besoin de disparaître discrètement du pays.

Pour l'instant, Reese n'avait qu'un seul client. Celui-ci avait exigé l'exclusivité. Pour le faire renoncer à cette clause, Reese avait fixé un prix ridiculement élevé. Le lendemain, le montant était apparu sur son compte.

Le contrat était d'une durée d'un an, renouvelable une autre année au gré du client. Moyennant une augmentation du tarif, bien entendu. Une augmentation considérable.

Au cours des derniers mois, tous les messages que Reese avait livrés pour son client étaient destinés à la même personne. Samuel Paige. Assez souvent, il lui arrivait de rapporter une réponse de Paige.

Vraisemblablement, il s'agissait de transactions financières destinées à demeurer secrètes. C'était l'hypothèse la plus probable. Le client le recevait toujours dans les locaux de Banks Capital. Au dernier étage de l'édifice. Son bureau occupait tout l'étage. Les murs extérieurs étaient entièrement vitrés.

La pièce était aménagée comme une immense salle de séjour, avec des îlots assignés à différentes fonctions : divans pour profiter de la vue, petit bar cuisine, écrans d'ordinateur sur lesquels défilaient inlassablement des cotes et des nouvelles financières… Quant au personnel, il était peu nombreux, exclusivement féminin et il paraissait sortir du même défilé de top modèles.

Le client ne s'était jamais nommé, mais Reese n'avait eu aucune difficulté à deviner son identité. Une brève recherche sur Internet avait confirmé son intuition : c'était l'homme dont on pouvait lire le nom sur l'édifice, Stafford Banks.

Mais, cette fois, ce n'était pas Banks que Reese allait rencontrer. C'était Samuel Paige.

Ces rencontres-là avaient un caractère entièrement différent. Quasi clandestin. Il s'agissait toujours de rendez-vous dans des bars ou des cafés. Les rencontres duraient rarement plus de quelques minutes.

Après être entré dans le café, Reese repéra Paige au comptoir, s'assit à deux places de lui sans le regarder, jeta un coup d'œil au journal que l'autre avait posé à sa droite et commanda un expresso.

REUTERS

SIX CHRÉTIENS EMPOISONNÉS PENDANT UNE MESSE
par Sebastian Taylor
Six personnalités connues de la communauté new-yorkaise ont été assassinées hier pendant qu'elles assistaient à une messe dans une chapelle privée.

> Bien que les autorités n'aient encore fait aucune décla-
> ration sur cette affaire, l'hypothèse du suicide collectif
> serait écartée. Contacté à ce sujet, le porte-parole du
> NYPD a refusé de confirmer l'existence d'un lien entre
> ces meurtres et l'assassinat de l'archevêque catholique à
> la retraite, Mgr Ignatius Feelgood…

TRAQUER UNE LIMOUSINE

Damian Reese…

Lors d'une rencontre précédente, Alex l'avait photographié en faisant mine de texter sur son iPhone. L'identifier n'avait pas été très compliqué. C'était un courrier de haut vol. Compte tenu des tarifs qu'il pratiquait, sa simple présence signifiait que l'opération en cours était d'envergure.

Aussitôt que l'expresso fut devant lui, Reese le but en deux gorgées, laissa de l'argent à côté de la tasse vide, récupéra le journal de Sam comme si c'était le sien, le mit dans son attaché-case et quitta les lieux.

Par réflexe, Alex mit la main dans sa poche de manteau pour une ultime vérification. Le pisteur y était toujours.

Quand Reese sortit, elle le suivit sur le trottoir.

Lorsqu'il entra dans la limousine, elle eut à peine le temps de se rendre derrière le véhicule et de lancer le pisteur aimanté du bout des doigts : il se colla sur le pare-chocs.

Une chance que certains véhicules utilisaient encore l'acier, songea Alex.

— On suit la limousine, dit-elle en entrant dans le taxi.

— On ne suit plus votre mari ?

— Les femmes ne lui suffisent pas ! Il faut en plus que cette ordure me trompe avec un autre homme !

— Je ne le perdrai pas !

— Aucun risque que ça arrive. Faites seulement ce que je vous dis.

Elle jeta un regard à la carte affichée sur son iPhone. Deux points s'y déplaçaient l'un devant l'autre, dans la même direction.

Tout en suivant à distance le véhicule de Reese, elle pensait à Sam. Il lui était difficile d'échapper à un sentiment d'étrangeté.

C'était elle qui lui transmettait ses ordres ; elle qui avait pour tâche de le superviser. C'était à elle de s'assurer qu'il respecte l'échéancier et que les événements se déroulent selon la séquence prévue. Morane lui avait explicitement confié la supervision globale des opérations.

Et pourtant, depuis des mois, elle le filait pour découvrir ce qu'il lui cachait. Tout cela parce que Morane était obsédé par le cloisonnement des informations. En ce qui avait trait à la mise en œuvre proprement dite des opérations, Sam avait accès à des ressources dont elle ignorait tout.

Par exemple, elle ne savait pas qui étaient les gens qu'il avait recrutés pour réaliser les attentats. Et elle n'avait aucune idée de la façon dont il avait pris contact avec eux. Était-ce par l'intermédiaire de ce courrier qu'il rencontrait clandestinement ? Ce courrier était-il employé par un des membres de la Liste XIII ? Le suivre permettrait-il de remonter la filière, comme l'espérait le « barman » ? Était-ce la raison de toutes les précautions que prenait Sam ?

ATTENDRE

Chase attendait.

Il s'était enfermé dans son bureau. La porte était close.

Il y avait des moments, dans une enquête, où il ne servait à rien de s'agiter. Il fallait attendre que les choses se développent. Que les analyses techniques et les recherches demandées soient terminées.

Chase comparait souvent son rôle à celui d'un chef d'orchestre : même s'il maîtrisait plusieurs instruments, ce n'était pas une raison pour jouer à la place des musiciens. Il fallait les laisser faire leur travail. Le sien consistait à diriger l'ensemble de façon cohérente, jusqu'à la résolution de la tension ; jusqu'au moment où toutes les lignes de recherche fusionnaient dans la révélation finale : l'arrestation de l'assassin...

À travers les multiples vitres de son bureau, que ses subordonnés appelaient derrière son dos « le bocal », il regardait l'agitation silencieuse dans les postes de travail à aire ouverte, tout autour.

Une télé suspendue au plafond était syntonisée en permanence sur CNN. Selon son habitude, Chase l'écoutait distraitement. Cela induisait chez lui un état de semi-rêverie qui l'empêchait de se laisser obséder par l'affaire en cours. C'était souvent dans cet état d'attention flottante qu'il avait trouvé l'idée lui permettant de débloquer une enquête.

C'était étrange, cette obsession de la technique dans les émissions policières. Et pas seulement à la télé, à bien y penser : chez plusieurs de ses collègues aussi.

Bien sûr, les preuves étaient importantes. Cruciales, même. Mais il fallait les découvrir, les preuves. Les chercher… « Des preuves de quoi ? », avait-il l'habitude de répéter aux jeunes qu'il supervisait. Pour trouver, il est parfois utile de savoir ce que l'on cherche…

Le contraire était également vrai. Être trop sûr de ce que l'on cherche pouvait empêcher de voir. D'où l'utilité de la télé : elle lui permettait de penser à autre chose, de laisser émerger des idées moins programmées par la routine de l'enquête.

Il arrivait également que les informations le ramènent brutalement à l'affaire en cours. Comme cette phrase qu'il venait d'entendre :

‖ Du nouveau dans l'affaire de la crucifixion de Mgr Feelgood.

Encore une fuite…

C'était une sorte de fatalité. Il n'y avait plus moyen de les empêcher. Pas avec les budgets que les médias y consacraient, malgré leurs dénégations. Et surtout pas avec le besoin de plus en plus répandu chez les policiers de se voir à la télé. Car les médias étaient reconnaissants. Une fin de carrière passée à leur donner des tuyaux était un bon moyen de s'assurer une semi-retraite confortable comme consultant à la télé. Surtout si on avait conservé des contacts dans l'organisation policière.

Selon une source proche du NYPD, un groupe de chrétiens extrémistes serait responsable de la crucifixion de Mgr Feelgood. La police retiendrait pour l'instant l'information à cause des pressions de l'archevêché et de la notoriété des personnes impliquées.

Le premier réflexe de Chase fut de se demander qui avait bien pu alerter les médias. Un membre de l'équipe technique ? Un de ses adjoints ? Son supérieur, Alvarez ?

Puis il songea à ce que lui avait dit l'agente de la DGSI. Que les véritables auteurs du crime mobiliseraient les réseaux sociaux et les médias pour imposer leur message. Était-ce cela qui était en train d'arriver ?

Chase fut interrompu dans ses réflexions par l'ouverture subite de la porte de son bureau.

— J'ai quelque chose qui va vous intéresser ! fit d'emblée Pelshak. Un autre prêtre vient d'être assassiné.

— Qui ?

— Hector Lopez.

— En quoi est-ce que ça devrait m'intéresser ?

— Il est mort au zoo du Bronx. Dans la fosse aux lions.

— Au zoo du Bronx ? Je pensais qu'ils gardaient les animaux dans un milieu naturel… Une sorte de savane…

— Quand je dis une fosse, c'est une manière de parler. Il était dans l'espace réservé aux lions.

Une pensée jaillit dans l'esprit de Chase : « Lions, 1. Chrétiens, 0. » Puis il songea que, s'il avait eu cette idée stupide, quelqu'un dans les médias l'aurait sûrement. Quelqu'un qui n'hésiterait pas à la diffuser !

— Il a été attaqué par des lions, vous dites ? répéta Chase.

— Il était déjà mort quand les lions l'ont… Enfin, vous comprenez ce que je veux dire. On l'a probablement jeté là pour le faire disparaître.

— Il était de quelle paroisse ?

— Il travaillait à l'archevêché.

Chase se passa une main dans le cou comme pour soulager une tension qui y serait subitement apparue.

Une crucifixion. Puis un chrétien dans la « fosse aux lions ».
Les médias ne pourraient pas résister à effectuer le rapprochement.

— Je veux une copie du dossier. Et tenez-moi au courant de cette affaire.

— Entendu.

Au moment où la policière allait refermer la porte, Chase la relança.

— Pelshak !

— Oui ?

— Vous avez le droit de frapper avant d'entrer dans mon bureau.

— Oui, lieutenant. Je ne pensais pas que…

— Vous êtes payée pour penser, Pelshak. C'est pour ça qu'on vous a nommée inspecteur. Allez, au boulot !

BANKS

Alex découvrit la limousine de Damian Reese garée près de l'entrée d'un gratte-ciel ultra moderne presque entièrement en verre. Fixées sur la façade, à la hauteur des derniers étages, d'immenses lettres bleues annonçaient la raison sociale d'une entreprise : Banks Capital.

De l'intérieur du taxi, la jeune femme vit Reese s'écarter de l'entrée principale et se diriger vers une petite porte à gauche de la façade. Il pianota un code sur un pavé numérique et la porte s'ouvrit.

Quelques instants plus tard, une cabine d'ascenseur s'élevait au-dessus de la porte et commençait à gravir la façade, séparée du vide uniquement par l'enveloppe transparente de l'édifice.

Debout au centre de la cabine, un attaché-case à la main, Reese semblait n'avoir rien d'autre à faire que de contempler la ville qui s'éloignait sous ses pieds.

Alex suivait son ascension avec des jumelles. Lorsque l'ascenseur s'immobilisa au sommet de l'édifice, elle sortit son iPhone et envoya un texto.

Elle naviga ensuite sur Internet.

Wikipédia lui apprit que Banks Capital était la propriété de Stafford Banks, un gestionnaire de *hedge fund* richissime qui ne travaillait que pour des investisseurs privés. Il exigeait un investissement minimal de cent millions pour accepter un client et il se réservait le droit de refuser n'importe quelle demande selon le jugement qu'il portait sur l'état du marché… ou sur son client.

Dans les archives du *Wall Street Journal*, Alex prit connaissance des multiples histoires qui circulaient au sujet de Banks. L'origine de sa fortune, semblait-il, remontait à 2008, alors que son entreprise avait traversé avec succès la crise financière. Plusieurs laissaient toutefois entendre que son entreprise n'avait pas « traversé » la crise avec succès, mais plutôt qu'elle en était née. Banks avait parié massivement sur l'écroulement du marché boursier quelques jours avant la chute de Lehman Brothers. On le soupçonnait d'avoir profité d'informations privilégiées sur la faillite imminente de l'institution.

Et puis, une question restait sans réponse : quelle était l'origine de son capital initial ? D'où venait l'argent qu'il avait alors investi ?

Quant à l'ampleur de sa fortune personnelle, elle faisait l'objet de nombreuses rumeurs. Des dizaines de millions ? Des centaines de millions ? Plusieurs milliards ?

Une chose était certaine : elle permettait à Banks de financer à coups de millions des comités d'actions politiques qui s'attaquaient aux candidats démocrates en saturant les médias de publicité négative.

La réponse à son texto interrompit ses recherches. Elle provenait de Roumanie.

> Banks est probablement un prête-nom. Sa fortune est apparue trop rapidement.

On fait quoi?

Assurez-vous que Banks est
bien le client de Reese.

LA SEPTIÈME COUPE

— Je suis heureux que vous ayez réussi à vous libérer aussi rapidement, dit Chase en voyant Natalya arriver dans le hall de l'hôtel Manhattan.

— Du nouveau?

— La carte électronique trouvée sur la scène de crime. La direction de l'hôtel a pu identifier la chambre. J'ai pensé que vous aimeriez inspecter les lieux avec moi.

Quelques minutes plus tard, ils entraient dans ce qui se révéla être une suite. Tannehill et deux membres de l'équipe technique les y avaient précédés.

— La location a été effectuée par un certain Melchior Proust, expliqua Tannehill. Pour un mois. Le type avait un faux passeport français. Personne ne l'a vu depuis le jour où il a loué la suite.

— Comment avez-vous découvert aussi rapidement que c'est un faux passeport? demanda Chase.

— Deux des employés ont reconnu sa photo, expliqua Tannehill.

Il sortit une photo de sa poche et la montra à Chase.

— Je vois, fit ce dernier après l'avoir regardée.

Il la montra à Natalya, attentif à sa réaction. C'était une photo de Victor Prose.

— Il faut examiner les bandes vidéo de l'hôtel, dit-elle, voir qui il a rencontré.

— C'est déjà en marche, répondit Tannehill.

Chase se tourna vers lui.

— Dites à l'équipe technique de ne rien négliger: empreintes, cheveux, brins de textile... Traces de sang, s'il y en a...

— D'accord.

Il revint ensuite à Natalya.

— Qu'est-ce que vous en pensez ?

— Il est urgent de le retrouver, déclara-t-elle avec une conviction qui surprit Chase.

Ce dernier soupçonnait toutefois que, derrière cette conviction, se cachaient des motifs très différents des siens.

— Je vais lancer un mandat de recherche, dit-il.

Natalya ne savait pas si elle devait s'inquiéter ou se réjouir de cette décision. Probablement les deux.

Si Prose était arrêté, il serait plus facile de le soustraire aux machinations dont elle le croyait victime. Par contre, le NYPD tenterait certainement de tout lui mettre sur le dos.

L'idéal aurait été de le trouver avant les policiers, mais Prose semblait particulièrement insaisissable, ce qui tendait à confirmer les allégations du barman, selon laquelle Prose était retenu prisonnier dans une villa, quelque part en Europe.

— J'aimerais que vous m'en appreniez davantage sur ce monsieur Prose, lui demanda Chase.

Avant que Natalya puisse répondre, un des membres de l'équipe technique s'approcha d'eux. Dans un sac de plastique, il tenait une coupe identique à celles de la scène de crime.

— Je pense que cela va vous intéresser.

— La septième coupe, dirent en même temps Natalya et Chase.

TOXX-RADIO

— Vous écoutez *Real People, Real Ideas*, sur les ondes de TOXX-Radio. Nous passons tout de suite à un premier appel. Monsieur Mulligan nous appelle de Brooklyn. Monsieur Mulligan, quelle idée voulez-vous partager avec nous ?

— Je veux parler de la guerre des musulmans contre les États-Unis.

— On vous écoute.

— C'est des musulmans qui ont crucifié l'archevêque Feelgood.

— La police n'a jamais évoqué cette hypothèse.

— C'est parce qu'ils ont une armée secrète infiltrée à l'intérieur des États-Unis. Des musulmans qui se font passer pour des Américains normaux. Même pour des chrétiens. Ils ont infiltré l'Église, vous savez...

— Ce que vous dites suppose une organisation, d'importants moyens financiers.

— Ce n'est pas ça qui leur manque, l'argent. Les pays arabes les subventionnent. Même nous, on leur envoie des millions chaque fois qu'ils prennent un otage.

— C'est également ce que mentionnait un autre de nos auditeurs...

— Quand ils vont déclencher le djihad, leur armée secrète va tout faire sauter : les hôpitaux, les raffineries, les ponts, les centrales électriques. Ils vont saccager les pistes des aéroports... Tout le pays va être paralysé, incapable de se défendre.

— D'accord. Je vous remercie d'avoir partagé votre point de vue avec nous. Vous écoutez *Real People, Real Ideas*, sur les ondes de TOXX-News. On revient immédiatement après la pub. Et n'oubliez pas la devise de la station : *Free Speech Kills the Toxx*.

DES EMMERDEMENTS

Chase fit redémarrer la séquence pour une troisième fois. On y voyait Victor Prose sortir de la chambre, emportant avec lui la petite valise qu'il tenait à la main à son arrivée.

— Il n'avait vraiment rien d'autre ? demanda Chase.

Le gérant de l'hôtel, debout à côté de lui, répéta la réponse qu'il avait déjà donnée.

— Les gens de l'entretien n'ont rien trouvé dans sa chambre. Aucun chasseur n'a été y porter ou y chercher quoi que ce soit.

— On ne loue pas une suite de ce genre pour un mois sans avoir de bagages, fit observer Natalya.

Le gérant s'empressa de la contredire.

— C'est assez courant. Des entreprises s'en servent comme lieu de réunion. Entre les rencontres, ils rendent les chambres disponibles pour leurs cadres en déplacement.

— Ça peut servir de refuge en cas de problèmes, ajouta Chase. Ou de lieu de rendez-vous.

Ils suivirent ensuite le trajet de Prose dans l'ascenseur et les corridors de l'hôtel jusqu'à sa sortie. Une fois à l'extérieur, il s'était engouffré dans un taxi.

— Vous avez retrouvé le chauffeur ? demanda Natalya.

— Pas encore.

— Et la caméra du taxi ?

— Elle est uniquement utilisée pour le cas où des clients s'attaqueraient au chauffeur. Les bandes s'effacent après six heures. On sait seulement que la course a duré vingt-deux minutes.

— Il n'y a pas de GPS dans la voiture ? La centrale pourrait nous dire où…

— Le sien était en panne.

Quatorze minutes après le départ de Prose, sur les bandes vidéo, on voyait un homme descendre d'une voiture, pénétrer dans l'hôtel, monter à la chambre de Prose, y entrer grâce à une clé, en sortir quelques instants plus tard avec une grande enveloppe blanche, redescendre et repartir dans la voiture qui l'attendait, à la sortie de l'hôtel.

— C'est Vallini, dit Chase. Celui chez qui le massacre a eu lieu… Ce que je ne comprends pas, c'est comment il pouvait avoir la clé. Il est arrivé avant que le taxi de Prose ait terminé sa course.

— Prose peut s'être arrêté pour la déposer quelque part où Vallini pouvait la récupérer, répondit Natalya comme si l'explication était évidente. Ou peut-être que les deux voitures se sont croisées et que Prose lui a remis directement la clé.

Chase la regarda avec agacement.

— Des pratiques standards chez vos agents, j'imagine…

Natalya ignora son mouvement d'humeur.

— Je vous rappelle que Prose n'est pas un agent de la DGSI, dit-elle en souriant. Et puis, on ne loue pas une suite pour un mois uniquement pour s'en servir comme boîte aux lettres.

— Sauf s'il compte s'en servir de nouveau.

— Je présume que vous avez placé la suite sous surveillance.

Chase fit signe que oui.

Un assez long silence suivit. Natalya semblait absorbée par ses pensées, comme si elle cherchait à résoudre un problème.

— Quelque chose vous tracasse ? finit par demander Chase.

— Je ne sais pas. C'est Prose… Il y a quelque chose de curieux.

— Je dirais que c'est un euphémisme.

— Je parle de sa démarche, de sa façon de bouger…

— C'est peut-être le stress.

— Peut-être… Je l'ai rencontré à plusieurs reprises. Il ne m'a jamais donné l'impression d'être aussi à l'aise. Habituellement, sa démarche est moins… fluide.

— Mais vous le reconnaissez ?

— Oui. Enfin… oui.

Le téléphone de Chase interrompit leur conversation.

L'appel fut bref. Pour l'essentiel, Chase se contenta d'acquiescer par monosyllabes à ce que lui disait son interlocuteur.

— Des nouvelles sur l'enquête ? demanda Natalya quand il eut rangé son téléphone.

— Des emmerdements, se contenta de répondre Chase.

UN SCOTCH CHEZ LE MAIRE

Assis derrière son bureau, Scott Turner, le maire de New York, écoutait Chase et Kenneth Roberts lui expliquer « l'affaire de Times Square ». Chacun avait un verre de scotch à la main. Selon Turner, c'était censé détendre l'atmosphère.

Malgré tout, la tension était palpable.

Cela remontait à plus d'un an. La haute direction du NYPD n'avait jamais pardonné au maire ce qui lui était apparu comme un manque de soutien. Deux policiers avaient poursuivi un voleur à l'étalage dans la rue, à une heure de grande affluence. Le voleur n'était pas armé. Au cours de la poursuite, un des policiers avait tiré à plusieurs reprises. Une passante avait été tuée par une balle perdue. Les tribunaux avaient exonéré le policier. Le maire s'était déclaré très étonné du verdict…

Dans un premier temps, Chase expliqua au magistrat où en était l'enquête sur cette « affaire de Times Square ». C'était le terme que Turner persistait à utiliser, comme si ne pas nommer la crucifixion de Feelgood lui permettait de tenir la réalité à distance.

Chase aurait préféré ne pas assister à la rencontre, mais Roberts avait insisté : il voulait que le maire entende les explications de la bouche même du responsable de l'enquête.

— Moins il y a d'intermédiaires, moins il y a de brouillage dans la communication, avait-il dit.

Mais Chase savait que la principale raison de sa présence était de servir de paratonnerre, au cas où le maire aurait besoin d'un bouc émissaire sur qui déverser sa mauvaise humeur.

— Donc, résuma le maire, vous voulez me faire croire que ce qui est colporté par les médias est vrai ? Ce serait un groupe de citoyens éminents, tous connus pour leurs fortes convictions religieuses, qui aurait assassiné Feelgood ?

— Les indices pointent dans cette direction, répondit Chase.

— Des indices, ce ne sont pas des preuves. Et même des preuves… Si jamais les médias laissent entendre qu'elles ont été fabriquées…

Un silence embarrassé suivit.

— Pour vous en prendre à d'honorables membres de la communauté, insista le maire, vous allez avoir besoin de preuves solides. Surtout que ces citoyens ont été victimes de meurtre, si j'ai bien compris. Et qu'ils ne peuvent plus se défendre… Comment pouvez-vous savoir que vos fameux « indices » n'ont pas été plantés dans l'appartement après leur mort ?

— Ce n'est pas impossible. Mais il y a aussi les textes découverts dans leur ordinateur. Ils s'en prennent nommément à Feelgood. Ils affirment que son appui aux récentes positions du pape est une véritable trahison.

— Un ordinateur aussi, ça peut se trafiquer, rétorqua sèchement le maire.

Il se tourna vers le chef du NYPD.

— Donc, si je résume, d'éminents représentants de la communauté chrétienne ont tué un archevêque pour protester contre le pape. C'est ça, votre théorie ? Vous voulez vraiment que ça se retrouve à la une des médias ?

— Non, bien sûr.

— Il m'apparaît évident que c'est un meurtre conçu et commis par un esprit malade.

Roberts ne put s'empêcher d'approuver :

— Vous avez raison. C'est sûrement un dément.

— Je veux un coupable pour les nouvelles de 18 heures ! Le public a besoin d'un coupable. Les médias ont besoin d'un coupable… Et vous aussi, tous les deux, vous avez besoin d'un coupable si vous tenez à vos carrières.

Roberts se contenta de soutenir le regard du maire, attendant stoïquement la suite.

— Et si ce n'est pas un coupable, poursuivit le premier magistrat, il me faut au moins un suspect.

Il se leva comme pour leur signifier leur congé. Roberts et Chase l'imitèrent.

Le maire vint se planter devant le directeur du NYPD.

— Vous me réglez ça au plus vite. Il y a des élections qui s'en viennent. Je n'ai pas envie de me mettre la hiérarchie catholique à dos. Tout à l'heure encore, j'ai eu un appel de l'archevêque !

— Nous ferons tout ce qui est nécessaire pour…

Turner ne le laissa pas terminer.

— Je vous préviens, s'il y a la moindre fuite sur cette… sur cette "théorie", je vous en tiendrai personnellement responsable.

Il avait hésité avant de terminer sa phrase, comme s'il n'arrivait pas à trouver un mot assez fort pour qualifier l'absurdité de l'hypothèse évoquée par les policiers.

— Bien entendu, approuva Roberts, avec juste assez d'ironie dans la voix pour que ce soit perceptible. C'est tout à fait normal.

Mais je vous signale que ça se discute déjà abondamment dans les médias et sur les réseaux sociaux.

— Je parle d'une confirmation qui viendrait de votre service ! Avec des preuves que la fuite vient de chez vous.

— Comme vous le disiez tout à l'heure, les preuves…

— Roberts, ne jouez pas au plus fin avec moi !

Le maire se mit à marcher de long en large dans le bureau. Puis il s'arrêta brusquement et tourna la tête vers le directeur du NYPD.

— C'est quoi, cette histoire de prêtre dans la fosse aux lions ?

— Une exagération des journalistes.

— Je me disais, aussi.

— Au zoo du Bronx, les lions ne sont pas dans une fosse. Ils ont un espace extérieur aménagé comme une savane africaine. Le corps a été retrouvé dans cette savane.

— Et c'est un prêtre ?

— Il portait une soutane.

— Est-ce que vous me prenez pour un imbécile ?

— Bien sûr que non.

— Vous commencez par me parler d'une exagération des journalistes, puis vous me confirmez que…

— Il n'a pas été jeté dans une fosse pour être dévoré par des lions. Et ce ne sont pas les lions qui l'ont tué. Il a seulement été retrouvé dans un espace naturel réservé aux lions. On ne sait pas comment il est arrivé là.

« Ni pourquoi on l'a tué avant de l'abandonner là », compléta mentalement Roberts. Mais il évita soigneusement de le préciser.

— Un archevêque crucifié ! explosa le maire. Des cadavres déterrés et jetés devant des églises ! Un prêtre jeté aux lions ! Des chrétiens empoisonnés !… Les gens vont faire des liens. Je vois déjà les titres ! "Lions, 1. Chrétiens, 0."

Il recommença à marcher de long en large.

Roberts se contenta de fermer les yeux, comme dans un effort inconscient pour faire disparaître la pièce et le maire. Lui non plus n'avait aucune difficulté à imaginer les titres dans les médias.

Chase, pour sa part, regardait fixement la pointe de ses souliers et attendait que la rencontre se termine.

#limamblanc

Normand Aldridge@normal
Des chrétiens n'auraient pas tué un évêque. #FeelgoodKilled #frameup

John Smith@john666
@normal Quand tu violes des enfants, tu peux faire n'importe quoi! #fuckthepriests

Normand Aldridge@normal
@john666 Le responsable, c'est #limamblanc. L'émir secret des États-Unis.

John Smith@john666
@normal Qui ça #limamblanc?

Normand Aldridge@normal
@john666 Un Américain converti à l'islam. Il dirige l'infiltration de djihadistes aux États-Unis.

Maybelline Beake@maybe
@john666 Et si leur prochaine cible était les églises pendant la messe? Ils le font déjà en Afrique! @normal

Normand Aldridge@normal
@maybe @john666 Ou des écoles de filles. Ils vont en enlever pour les marier.

John Smith@john666
Catholiques ou musulmans, ça reste des curés. #fuckthepriests

Depuis cinq ou six minutes, le maire avait alterné les questions et les promenades dans la pièce, les mains dans le dos. Les questions étaient posées sur un ton brusque, comme s'il s'agissait de briser les défenses d'un accusé. Roberts répondait calmement en évitant de donner au maire le moindre prétexte à une de ses légendaires explosions.

Chase se demandait maintenant si la véritable raison de sa présence n'était pas tant de servir de paratonnerre que de témoin : si le maire engueulait Roberts, celui-ci aurait quelqu'un pouvant affirmer qu'il n'y avait eu aucune provocation.

Turner revint se planter devant le directeur du NYPD. Un sourire était apparu sur ses lèvres. Ce fut sur un ton beaucoup plus calme qu'il reprit, presque chaleureux, comme s'il cherchait maintenant à établir une complicité avec lui.

— Entre nous, vous êtes sûr que ce ne sont pas des terroristes musulmans qui sont derrière tout ça ? On pourrait refiler le dossier au FBI.

— Dans l'état actuel de l'enquête, aucun indice ne permet de le penser.

— Dommage. Pourtant, sur les réseaux sociaux…

— C'est une fabrication, dit soudainement Chase. Des robots Internet qui répandent la rumeur sur Twitter, sur Facebook…

Le maire regarda le policier comme s'il venait d'évoquer l'existence d'extraterrestres.

— Des sortes de virus, se dépêcha d'expliquer Chase. Ils répandent des messages sur les blogues et dans les réseaux sociaux. Ils font ça pour propager des rumeurs. Pour faire croire que beaucoup de gens parlent d'un sujet. Ça crée un buzz.

Turner se tourna vers le directeur du NYPD et lui demanda, comme si Chase n'avait strictement rien dit :

— Vous êtes sûr que ce ne sont pas des musulmans ?

Roberts choisit soigneusement ses mots :

— Nous ne sommes sûrs de rien. Mais il n'y a pas le moindre indice impliquant des musulmans.

— Et le fait que les victimes soient des chrétiens?

— Au total, les musulmans tuent beaucoup plus de musulmans que de chrétiens.

— Je vois… Et le type dont les médias ont publié la photo? Ce Canadien que vous n'arrivez pas à trouver, comment s'appelle-t-il, déjà?

— Victor Prose.

— Il est recherché par les Français, vous m'avez dit?

— Oui.

— Il est évident que c'est un terroriste international.

— D'après la personne de la DGSI à qui j'ai parlé…

— Il est impossible de faire confiance à ces foutus mangeurs de grenouilles. Si ça se trouve, ce sont eux qui l'ont formé et ils essaient de le faire disparaître discrètement avant que ça se sache!

Chase dut admettre que c'était une des premières idées qui lui avait traversé l'esprit.

— Ça ferait un bon candidat, poursuivit le maire. Un *fucking Canadian*. J'imagine le *lead* : "Un terroriste français au service des islamistes. Il manipule un groupe religieux et les assassine."

— Jusqu'à maintenant, on n'a que des preuves circonstancielles.

— Qu'est-ce que vous attendez pour le trouver et l'interroger? À moins que ce soit une affaire qui dépasse vos compétences?

Roberts se sentit obligé de défendre son service.

— Je peux vous assurer que mes hommes sont parfaitement qualifiés pour…

Chase l'interrompit.

— Même la NSA ne sait pas où il est.

Turner et Roberts le regardèrent, aussi étonnés l'un que l'autre.

— Un ami qui travaille pour l'agence, expliqua Chase. De temps en temps, il me rend des services. Ça évite le *red tape*.

— Et vous, qu'est-ce que vous lui donnez en retour? demanda le chef du NYPD, soupçonneux.

— Je l'invite à dîner… De toute façon, la NSA n'a pas besoin d'aide pour savoir ce qu'on fait. Autant au NYPD qu'à la mairie.

Puis, pour dissiper un peu le malaise que sa déclaration avait provoqué, il ajouta :

— Les Français sont incapables de le retrouver, eux aussi. Une agente de la DGSI a pris contact avec moi. Pour l'instant, je n'ai pas encore réussi à savoir pour quelle raison ils le recherchent. C'est elle qui a attiré mon attention sur la campagne de propagande dans les réseaux sociaux au moyen de robots Internet. Elle s'y attendait.

— Si je comprends bien, récapitula Roberts, vous n'avez pas seulement communiqué avec les Français, vous avez rencontré une de leurs agentes. Ici, à New York.

— Oui.

— Je serais très curieux de la rencontrer.

— Elle a explicitement mentionné que c'était une démarche informelle. Elle ne désire aucun contact officiel. Pour vous répéter ses paroles : "Je n'ai pas de temps à perdre avec vos querelles bureaucratiques et les intérêts politiques de votre hiérarchie. La seule chose qui m'intéresse, c'est Prose."

Chase avait conscience de forcer un peu la note. L'agente de la DGSI avait été plus nuancée. Elle avait seulement dit qu'elle ne voulait pas être associée officiellement à l'enquête et qu'elle entendait limiter leur collaboration à un échange d'informations. Mais il n'avait pas résisté au plaisir d'en profiter pour exprimer ses frustrations.

— Je vais quand même voir ce que je peux faire, se dépêcha-t-il d'ajouter.

Le maire se tourna vers le directeur du NYPD.

— Pouvez-vous m'expliquer de quel droit une espionne française enquête chez nous ? Et comment elle peut le faire sans que vous en soyez averti ?

Turner et Roberts savaient aussi bien l'un que l'autre que la question était d'une absolue mauvaise foi. Tous les pays avaient des espions sur le territoire de tous les pays amis. C'était un secret de

Polichinelle. Mais, officiellement, tout le monde faisait semblant de l'ignorer. Ce qui permettait au maire de s'indigner.

— Elle cherche seulement à retrouver la trace d'un citoyen français, intervint Chase. Tant qu'elle n'exerce aucune fonction de police et qu'elle respecte les lois… Tout ce qu'elle a fait jusqu'à maintenant, c'est nous transmettre des informations.

Chase avait pris l'initiative de la réponse pour tirer son supérieur d'embarras. C'était une façon de marquer des points, car il appréhendait la discussion qu'il aurait avec lui, une fois terminée leur rencontre avec le maire.

— Ce que vous avez également fait, je suppose ? répliqua le maire.

— Fait quoi ?

— Lui donner des informations.

— Je ne lui ai rien dit qui n'est pas déjà dans les médias.

Dans la voiture qui emmenait Chase et le directeur aux bureaux du NYPD, Chase subit un véritable interrogatoire. Roberts voulait tout savoir sur cette espionne française.

À la fin, il autorisa Chase à la revoir, mais ce dernier devait lui soumettre un rapport après chacune de leurs rencontres.

LA PROSE DU MONDE

Natalya prit son iPhone et interrompit le signal d'alerte. Le logiciel de surveillance venait de lui signaler une nouvelle occurrence de l'expression « Prose du monde ».

C'était le nom de l'ancien blogue de Prose. Après plus d'un an et demi d'inactivité, il était tombé en désuétude. Il venait de renaître, semblait-il. Désormais, le nouvel auteur du blogue s'appelait Victor Morane. Un nouvel article venait d'y être publié. L'article était signé d'un simple prénom : Victor.

Le plus étrange était le sujet abordé. La crucifixion de l'archevêque Ignatius Feelgood. Cela ne pouvait pas être une coïncidence.

Natalya parcourut rapidement le texte. Puis, elle recommença, plus lentement.

> La religion tue. On a tendance à l'oublier. Particulièrement dans le cas du christianisme. Sans doute parce que cette religion s'est assoupie au cours du dernier siècle.
>
> Le christianisme a été inauguré par un meurtre. Celui de Dieu. Ce n'est pas rien. Et ça explique la suite. Une fois qu'on a tué Dieu (pour une noble cause, je le concède : le salut éternel de l'Humanité), tuer de simples êtres humains ne pose guère de problèmes, surtout si on a l'excuse, une fois encore, d'une bonne cause (sauver des âmes, faire triompher le Bien et la Vérité). Pourquoi on se gênerait ?

L'impression qu'elle avait eue se confirmait. Cette accumulation de phrases courtes, suivie d'une phrase qui s'étire, peuplée de parenthèses, c'était caractéristique du style de Prose.

Elle poursuivit sa lecture.

> Au début, les chrétiens ont marché dans les pas du Christ : ils se faisaient tuer allègrement. On aurait dit les Soviétiques se faisant massacrer par milliers devant Stalingrad. Un flot ininterrompu de martyrs.
>
> Puis, à force de se faire tuer, ils ont pris le pouvoir. Et là, toujours comme les Soviétiques, ils se sont mis à tuer à leur tour. Les croisades contre les infidèles, la chasse aux Albigeois et autres hérétiques, les sorcières sur les bûchers, le massacre des protestants, l'Inquisition, la traque des impies et des athées... Le crucifix suivait les conquistadors en Amérique. Les missionnaires bénissaient les colonisateurs en Afrique... Partout, la mort a accompagné les progrès de l'expansion chrétienne.
>
> On peut y ajouter des crimes moins sanglants, mais tout aussi mortels. Qu'on pense à la façon dont les croyances religieuses ont continuellement bridé la vie intellectuelle, étouffé la science. Pas besoin de remonter à Galilée, même s'il n'a été réhabilité qu'à la fin du XXe siècle. Aujourd'hui encore, des millions d'Américains nient la théorie de l'évolution : c'est Dieu qui a créé le monde, disent-ils. En sept jours. Il y a un peu plus de 4000 ans. Certains vous donneront même la date et l'heure de l'événement ! Et si on leur oppose l'existence des fossiles,

la réponse est toute trouvée : c'est Dieu qui a créé les fossiles. Il les a créés exactement comme ils sont aujourd'hui. À l'état de fossiles.

C'était vraiment le style de Prose. Les mêmes rapprochements incongrus, la même façon de mêler langage oral et langage soutenu, la même utilisation des questions rhétoriques.

À quoi tout cela rimait-il ?

Aujourd'hui, les choses peuvent paraître apaisées. Mais l'Église continue de tuer.

Par sa lutte contre l'avortement, elle pousse les femmes vers les cliniques clandestines, où elles se font massacrer par milliers. Par son opposition au contrôle des naissances, elle condamne des milliers d'enfants africains à mourir pendant les premières années de leur vie, après de longues souffrances.

Par sa règle du célibat, elle condamne des milliers de prêtres à la misère sexuelle. Elle augmente la probabilité d'agressions pédophiles. Combien de vies, aujourd'hui encore, continuent d'être détruites par ces agressions ?

Car on peut aussi tuer sans mettre à mort. On peut tuer la vie en la rendant invivable.

Mais peut-on attendre autre chose d'une religion dont le fondateur a affirmé : « Je ne suis pas venu apporter la paix sur la Terre, mais l'épée » ? D'un fondateur qui a déclaré : « Qui n'est pas avec moi est contre moi » ? Et qui était assuré d'être à la fois « la voie, la vérité et la vie » ?

Les certitudes tuent. Les certitudes chrétiennes ne sont pas en reste.

Pas de doute, c'était Prose. Elle reconnaissait non seulement son écriture, mais son point de vue sur les religions.

Bien sûr, il n'avait jamais formulé ses idées avec une telle virulence. Mais il avait toujours dénoncé les croyances de toutes sortes. Elles contribuaient à fermer les esprits, disait-il. En plus d'être une source d'obscurantisme et d'engendrer le fanatisme.

En esprit, Natalya était à Paris. Elle revoyait sa dernière rencontre avec Prose. Car c'était lui. Il n'y avait aucun doute. Une fois de plus, elle se demanda comment les choses se seraient déroulées si elle n'était pas partie…

Pour échapper à ses pensées, elle se força à revenir au contenu du blogue.

C'est à la lumière de ce contexte qu'il faut analyser la crucifixion de Mgr Feelgood. Il s'agit d'une œuvre symbolique, qui rappelle que le christianisme a un meurtre comme événement fondateur.

Et si la croix est aussi courbée, c'est sans doute pour connoter le côté originellement tordu de cette religion, qui vit de la mort.

Au sens propre, cette vidéo/événement est une œuvre d'art. Si vous cherchez son auteur, cherchez un artiste. Un artiste au sens le plus fou et le plus ambitieux du terme.

On n'a certainement pas fini d'entendre parler de lui. Oser produire une illustration aussi frappante du fait que le christianisme est une religion fondée sur l'assassinat, personne ne l'avait jamais fait!

Après avoir terminé sa lecture, Natalya resta un long moment immobile, à regarder l'écran de son ordinateur.

Ce qui la tracassait, ce n'était pas tant le contenu du texte que le fait de sa publication. Si Prose était prisonnier, comme elle le croyait, comment pouvait-il publier sur un blogue? Comment pouvait-il donner des indices permettant d'identifier l'auteur de cet attentat?

Car l'identité du responsable ne faisait aucun doute. Pour qui connaissait l'affaire des Dix petits hommes blancs, l'allusion était transparente. Cet «artiste au sens le plus fou et le plus ambitieux du terme», cela ne pouvait être que le mystérieux correspondant de Prose. Celui qui utilisait le pseudonyme de Phénix. L'homme qui avait conçu le meurtre des dix petits hommes blancs et qui avait probablement enlevé Prose.

Mais pourquoi signer Victor Morane? Pourquoi publier un texte sous pseudonyme et conserver son prénom? Pour que les gens qui le connaissaient sachent que le message venait de lui, mais sans trahir ouvertement son identité?

Et puis, pourquoi choisir Morane ? Ce nom avait-il été pris au hasard ? Était-ce au contraire un indice sur l'identité de celui qui le retenait prisonnier ?

Et si l'essentiel était d'attirer l'attention sur l'auteur du meurtre de l'archevêque, pourquoi Prose avait-il pris le temps de proposer une interprétation aussi détaillée de la mise en scène de Times Square ?

À moins que Prose n'ait publié l'article avec l'accord de son geôlier. Parce que celui-ci voulait s'assurer que l'on comprenne correctement son « œuvre »… Si c'était le cas, cela expliquait la longue exégèse de l'œuvre écrite par Prose, laquelle supposait une collaboration entre les deux hommes. Mais cela n'expliquait pas qu'il ait voulu attirer l'attention sur l'identité de son ravisseur.

Une autre hypothèse était que cette signature soit la revendication d'une nouvelle identité. Que Prose se soit rallié à son ravisseur… Avait-il été victime d'une sorte de syndrome de Stockholm ? Était-ce la raison pour laquelle on retrouvait des signes de sa présence à New York ? Pouvait-il avoir participé à cet attentat ? L'homme qu'elle s'efforçait de retrouver depuis deux ans était-il devenu un criminel ?

Dans une telle éventualité, la situation était pour le moins ironique : une tueuse professionnelle en mal de réhabilitation cherchait à protéger une présumée victime en passe de devenir un assassin.

RÉACTION EN CHAÎNE

Après sa rencontre avec les deux policiers, le maire s'était donné un peu de temps pour évaluer les options qui s'offraient à lui. Puis il avait décidé que le moins risqué était d'appeler son ami, Nick Trane, au Pentagone. Il avait un drôle de cas à lui soumettre. Une espionne de la DGSI qui se promenait à New York… Oui, la DGSI. Un truc des Français… Elle avait approché un inspecteur du NYPD. Est-ce que c'était légal ?

— Tout dépend, avait répondu Trane.

Aussitôt l'appel terminé, Trane en avait immédiatement référé à son supérieur, l'amiral Dexter. Était-il au courant de la présence de cette espionne sur le territoire américain ? Savait-il ce qu'elle faisait ? Il n'avait pas trouvé son nom dans le répertoire des espions supposés amis présents sur le sol des États-Unis ? Y avait-il une opération ultra secrète en cours avec les Français ?

Son chef, un des militaires les plus hauts gradés du Pentagone, lui avait dit d'oublier cette affaire : il allait s'en occuper.

À peine Trane était-il sorti de son bureau que Dexter appelait le directeur de la NSA, Neal Cosby. Il voulait un rapport sur une espionne française qui se trouvait sur le territoire américain. Son nom, sûrement un faux, était Laurence Parraud. Elle avait pris contact avec un inspecteur du NYPD. Calvin Chase. Était-ce pour le recruter ? Peut-être y avait-il moyen de la retourner ? d'en faire un agent double ?

Cosby promit de lui faire parvenir un rapport. Toutefois, il ne pouvait lui préciser le moment. Ces enquêtes-là, on ne savait jamais le temps que ça pouvait prendre.

Après avoir raccroché, plutôt que de déclencher immédiatement une opération de recherche, Cosby appela son vis-à-vis à la DGSI, Gonzague Leclercq. C'était un de ses rares collègues étrangers sur qui il savait pouvoir compter. Ils avaient souvent eu l'occasion de s'entraider.

Cosby tomba sur un répondeur qui lui promettait que son message serait traité en priorité. Après avoir hésité, il lui expliqua la situation en peu de mots.

— Salut, le mangeur de grenouilles ! Je pensais que la DGSI travaillait vingt-quatre heures sur vingt-quatre… Laurence Parraud, ça te dit quelque chose ? Elle a abordé un inspecteur du NYPD en se prétendant une agente de la DGSI. Le maire en a eu vent. C'est remonté jusqu'au Pentagone. Ils veulent que je fasse une enquête. J'ai pensé te prévenir. Je sais qu'on ne contrôle pas toujours les initiatives de ses subordonnés… Tu as douze heures. Ça te donne le temps de prendre les dispositions que tu juges appropriées. Et l'important, c'est que j'aie une explication convaincante… Voilà ! Je t'en devais une, c'est fait. Maintenant, on est quittes. Tu me rappelles dès que tu peux.

http://facebook.com/donnasherry

Donna Sherry

Il y a 23 minutes

Victor Prose a tué l'archevêque Feelgood. Tout le monde le sait. Sur les réseaux sociaux, c'est clair. Mais pas au NYPD, on dirait. Et ils refusent de donner le nom des fondamentalistes catho qui l'ont aidé. Pourquoi, vous pensez? Parce que c'est du monde important. Ces gens-là, ça se protège.

J'aime   Commenter   Partager

Rob Clover, Isabella Hernandez, James Little et 46 autres personnes aiment ça.

Afficher 6 autres commentaires

Darth Reader   Ridicule. Pourquoi des chrétiens fondamentalistes crucifieraient un archevêque conservateur?

Il y a 19 minutes   J'aime

Dotty O'Shaughnessy   Parce qu'il n'était pas assez conservateur à leur goût!

Il y a 18 minutes   J'aime

Shelley Duncan   Pourquoi Prose les aurait tués, s'ils étaient avec lui?

Il y a 18 minutes   J'aime

James Little   Pour les faire taire. Pour protéger les gens haut placés qui ont tout organisé. Même Prose, on ne le retrouvera pas. Ils vont le faire disparaître, lui aussi.

Il y a 17 minutes   J'aime

Diane Bergen   Pourquoi personne ne parle de la filière islamique? C'est de là que vient l'argent.

Il y a 17 minutes   J'aime

Darth Reader   Il y a une filière islamique, maintenant?

Il y a 17 minutes   J'aime

Diane Bergen C'est l'État islamique qui se cache derrière Prose. Ils se servent de lui pour financer les chrétiens fondamentalistes. Ils font faire leur sale travail par des chrétiens! Pourquoi personne n'en parle excepté TOXX-Radio?

Il y a 16 minutes   J'aime

Darth Reader La réponse est dans la question. Personne n'en parle excepté TOXX-Radio parce que c'est une idée complètement cinglée! C'est pathétique, raisonner comme ça!

Il y a 16 minutes   J'aime

Diane Bergen C'est toi qui es pathétique, monsieur le donneur de leçons! On est dans un pays libre. On a le droit de penser ce qu'on veut!

Il y a 15 minutes   J'aime

UNE GUERRE À GAGNER

Pour la première opération, Michael Freeman avait choisi les éléments les plus expérimentés de son groupe. Trois anciens militaires.

Celui sur qui il comptait le plus était Sam. À cause de son expérience d'enquêteur et de ses contacts dans les services secrets. Le deuxième avait connu Abou Graib et Guantanamo. Le troisième avait été affecté aux prisons américaines clandestines de Pologne et de Roumanie. Tous les trois étaient habitués aux horreurs de la guerre. Tous les trois savaient qu'il n'y avait pas de guerres élégantes, comme en rêvaient naïvement les civils et les hommes politiques. Et tous les trois étaient prêts à assumer leurs responsabilités.

La réunion se tenait dans une suite du New York Palace. La veille, Freeman y avait établi son centre opérationnel. Après avoir discuté avec Sam du plan que ce dernier lui avait proposé, ils avaient convenu que c'était Freeman qui le présenterait, puisque c'était lui le chef.

—C'est parti, se contenta de déclarer Freeman en guise d'introduction.

Il fit circuler une photo. On y voyait un Arabe en costume traditionnel.

— Le barbu, c'est l'imam Nassim al-Shammari. Officiellement, c'est la voix de la tolérance et du dialogue avec l'Occident. Les leaders juifs et chrétiens se bousculent pour lui faire la cour. Il est dans tous les médias bien-pensants.

Freeman sortit ensuite son iPhone.

— Voici maintenant à quoi ressemble la véritable voix de l'imam al-Shammari.

L'instant d'après, un prêche enflammé se faisait entendre dans la pièce. Deux des anciens militaires, qui connaissaient assez bien l'arabe, se regardèrent. Puis ils regardèrent Freeman.

— Enregistré clandestinement dans une mosquée, expliqua ce dernier. Il y a moins de trois semaines. À l'occasion de la décapitation des otages occidentaux. L'imam remercie Allah de cette vengeance et promet aux fidèles une plus grande vengeance encore, ici même, aux États-Unis.

Quelques minutes plus tard, les trois hommes confirmaient à Freeman qu'il pouvait compter sur eux. Ils étaient d'accord avec la riposte qu'il avait préparée et disposés à la mettre en œuvre le soir même. Ce n'étaient pas eux qui avaient déclaré cette guerre, mais c'étaient eux qui allaient la gagner.

DE L'HÔTEL À LA RUELLE

Deux hommes attendaient Natalya dans sa chambre d'hôtel. Deux armoires à glace dont l'habit de bonne coupe dissimulait en partie une musculature excessive.

Automatiquement, Natalya enregistrait les détails. Cheveux courts. Fin de la trentaine, début de la quarantaine. Un regard impassible et attentif… Visiblement des professionnels.

— L'inspecteur Chase désire vous rencontrer, l'informa un des deux. C'est urgent.

— Il n'avait qu'à me téléphoner. Ou à m'envoyer un courriel.

— Il y a eu des complications. Il préfère éviter de confier aux ondes publiques les détails de votre rendez-vous. Nous allons vous mener à lui.

— Vous travaillez pour lui ?

— D'une certaine manière.

— Les services de renseignement du NYPD ?

— L'inspecteur Chase vous expliquera.

— Vous ne pouvez vraiment pas me dire où nous allons ?

— Si vous vous sentez menacée, vous n'aurez qu'à utiliser votre pistolet. Celui qui est dans votre sac à main. Ou peut-être dans un petit harnais, sous votre jupe, à l'intérieur de votre cuisse.

La réponse désarçonna Natalya pendant quelques secondes.

Il avait deviné qu'elle portait une arme, il avait mentionné les deux endroits les plus probables où elle pouvait la dissimuler et il avait l'air de se foutre complètement qu'elle la conserve... Décidément des professionnels. Ils avaient confiance en leurs moyens et en leur habileté à juger les gens.

Elle afficha un large sourire. Elle ne voulait surtout pas paraître intimidée.

— Une limousine nous attend devant l'entrée de l'hôtel, précisa le plus jeune en lui ouvrant la porte de la suite.

Quelques minutes plus tard, elle regardait défiler les façades par les fenêtres de la voiture. Les deux hommes avaient pris place à l'avant, lui laissant tout l'arrière.

Au moment d'entrer dans un tunnel, elle entendit un claquement sec. Au même instant, les fenêtres s'opacifièrent et une cloison de métal obstrua la fenêtre intérieure qui lui permettait de voir les deux agents.

Une voix se fit aussitôt entendre à travers un haut-parleur :

— Ne vous inquiétez pas. C'est une simple précaution. De cette façon, si on vous interroge, vous ne pourrez pas révéler à quel endroit vous êtes allée.

Natalya vérifia les portières. Verrouillées, bien sûr. Elle s'était laissée prendre comme une débutante. Furieuse contre elle-même, elle sortit son pistolet de son sac à main. Autant être prête.

Après quelques secondes, la voix reprit :

— L'autre solution était de vous endormir avec un gaz inodore. L'inspecteur Chase a estimé que vous préféreriez celle-ci. Nous arriverons dans environ dix-sept minutes.

Cet inspecteur Chase était vraiment plein de surprises. Faisait-il partie des services secrets ? Son poste au NYPD était-il une couverture ? Ou alors, il était un flic corrompu… Mais, dans tous les cas de figure, quelle raison pouvait-il avoir de la faire enlever ?

Dix-sept minutes plus tard, la voix reprit.

— Il y aura un retard de quelques minutes. Des problèmes de circulation. Désolé de cet inconvénient.

C'était quoi, ces fiers-à-bras qui l'enlevaient et qui s'excusaient d'un retard de quelques minutes ? Sans savoir pourquoi, Natalya démarra le chronomètre de son iPhone.

Le délai fut de trois minutes trente-deux secondes.

Aussitôt la voiture immobilisée, les vitres des portières redevinrent transparentes et le panneau de métal qui la séparait de la partie avant de la limousine s'abaissa.

L'instant d'après, un des deux hommes descendait et ouvrait la portière arrière du côté droit. L'autre demeura derrière le volant.

Natalya sortit, pistolet au poing. Ils étaient dans une ruelle sombre parsemée de déchets.

— Maintenant, vous allez me dire où je suis !

L'homme ignora la question. D'un geste de la main, il lui désigna une porte.

— L'inspecteur Chase vous attend à l'intérieur. Vous n'avez qu'à suivre le couloir.

Puis, sans s'occuper d'elle ni de l'arme qu'elle pointait sur lui, il réintégra la limousine, qui repartit aussitôt la porte fermée.

SOURCES ANONYMES

Au sortir de la douche, Sam alluma la télé, la syntonisa sur TOXX-News, une chaîne d'information continue affiliée à

TOXX-TV. Il s'habilla ensuite rapidement et se prépara un café. Il n'y avait rien comme une heure de jogging pour s'éclaircir les idées.

Quelques instants plus tard, le bulletin d'informations commençait par une déclaration-choc du lecteur de nouvelles.

> Un terroriste français au service des islamistes. Il aurait manipulé un groupe de militants chrétiens pour ensuite les assassiner.

Une photo de Victor Prose envahit l'écran. Le présentateur poursuivit en voix *off*.

> C'est maintenant confirmé. L'individu que vous voyez à l'écran serait l'architecte du meurtre particulièrement barbare de l'archevêque à la retraite Ignatius Feelgood. C'est ce que nous a révélé, sous le sceau de la confidentialité, une source proche du NYPD.

Sam écoutait le commentaire avec des sentiments partagés. Pour le déroulement de l'opération, c'était une bonne nouvelle. Plus il y aurait de révélations et de commentaires, plus longtemps la vidéo de la crucifixion demeurerait dans les médias.

Par contre, quand il pensait à la facilité avec laquelle on pouvait faire dire aux médias à peu près n'importe quoi, il était déprimé. Il suffisait d'agiter sous leur nez une possibilité de cotes d'écoute substantielles et ils répétaient tout ce que la moindre source confidentielle pouvait déclarer. Seul prérequis : qu'il y ait du sang. Si possible au sens littéral. Mais ce n'était pas indispensable : l'assassinat symbolique avait également un bon potentiel de cotes d'écoute.

> Selon une source proche du NYPD, cet individu serait un terroriste d'origine française. Il servirait de façade à un groupe islamiste pour…

Toujours la même vieille recette. Première règle : attribuer les propos à une source anonyme. Ensuite, mettre les affirmations au conditionnel. Puis terminer en saupoudrant le texte de mots créateurs d'incertitude : « peut-être », « probablement », « il se peut que », « il n'est pas impossible que »…

De la sorte, on pouvait dire n'importe quoi sur n'importe qui sans jamais être poursuivi. Car on n'exprimait pas son opinion : on citait celle de quelqu'un d'autre. On ne spéculait pas, on rapportait les spéculations d'un tiers. Autrement dit, on relatait un fait : quelqu'un avait dit que… quelqu'un avait pensé possible que… quelqu'un avait cru pouvoir affirmer que…

L'opinion de qui ? On n'allait quand même pas vous le dire. Les sources ont le droit d'être protégées. Sinon, c'en était fini du droit à l'information. Ce serait le règne de la censure et de l'intimidation des témoins.

Sur le plan intellectuel, Sam n'était pas fondamentalement en désaccord avec cet argument. Mais il était bien placé pour voir toutes les dérives que ce droit des sources à l'anonymat pouvait occasionner.

> Il aurait manipulé une section locale d'une organisation religieuse, les Soldats du Christ, pour en faire à leur insu les complices d'un acte impensable : la crucifixion de l'archevêque Feelgood. Il aurait ensuite froidement assassiné tous les membres du groupe, sans doute pour éliminer des témoins gênants et couper les pistes.
> Sans être impliqués dans le meurtre lui-même, les membres du groupe auraient en effet collaboré sans le savoir à sa préparation.
> Toujours selon nos sources, cet individu serait également responsable de…

« La » source était devenue « les » sources, nota Sam. Était-ce un simple tour de passe-passe ? On glisse subrepticement du singulier au pluriel et, du coup, l'information paraît mieux fondée.

Quelles pouvaient bien être ces sources ? Des officiers du NYPD ? Des membres de l'entourage du maire ? Un employé du bureau du procureur ? Y en avait-il vraiment plusieurs ? Y en avait-il même une seule ?

Cela s'était déjà vu, des sources fictives. Ou même des informations entièrement fictives, que tous les médias reprenaient en chœur après leur publication initiale. Comme cette histoire totalement inventée du président Clinton qui avait supposément retardé le trafic aérien de l'aéroport de Los Angeles avec l'avion présidentiel, le temps de se payer une coupe de cheveux à deux cents dollars... Quinze ans plus tard, les médias continuaient de la ressasser. Même le prestigieux *New York Times* avait vu un de ses journalistes se faire prendre à ce piège en reprenant ce qui se répétait ailleurs.

C'était la beauté des réseaux sociaux. Il suffisait qu'une information y fasse un buzz pour que tous les médias se sentent obligés d'en parler, que des journalistes se mettent en quête de sources ou simplement de gens qui avaient une opinion sur le sujet. Et alors, d'hypothèses en témoignages, de suppositions en interrogations, un point de vue finissait par s'imposer comme un fait.

Sam n'avait aucune idée de l'identité de ces fameuses sources. Il ne connaissait pas davantage le journaliste qui avait rédigé la nouvelle; ce dernier ne faisait pas partie de ceux dont il s'était assuré la collaboration. Mais il lui épargnait du travail: parmi les tâches de Sam, une des principales était de maintenir l'attention des médias sur Prose. C'était maintenant chose faite. Pour un certain temps, du moins.

À la fin des informations, Sam baissa le volume de la télé et se dirigea vers le réfrigérateur. Avant toute chose, il allait manger. Non tant parce qu'il avait faim, mais parce qu'il le fallait. C'était essentiel pour demeurer parfaitement opérationnel et s'occuper avec efficacité de l'opération en cours.

La survie de sa nièce en dépendait.

RESTO RÉTRO RETIRÉ

On aurait dit un hôtel en décrépitude abandonné aux squatteurs. L'environnement était à l'avenant.

Au-dessus de la porte qu'on lui avait désignée, Natalya parvint à lire un numéro : 637. La peinture de la porte était écaillée et la vitre éclatée de la fenêtre tenait grâce à du *duct tape*.

Natalya l'ouvrit lentement pour ensuite traverser un long couloir étroit, sale et mal éclairé.

Pour quelle raison Chase lui avait-il donné rendez-vous dans un endroit aussi sordide ? Était-ce un piège ?

Le couloir aboutissait à une autre porte. Après une hésitation, Natalya l'ouvrit… et se retrouva dans un sympathique bistro italien, dont la décoration rétro n'aurait pas déparé les plus beaux quartiers de New York.

Les tables étaient éloignées les unes des autres et seules quelques-unes étaient occupées. Rien à voir avec ces endroits supposés chics où l'on entasse le plus de clients possible dans un local exigu.

À peine Natalya était-elle entrée qu'une hôtesse se dirigea vers elle en souriant.

— Madame Parraud, n'est-ce pas ? Monsieur Chase vous attend.

Elle la pria de la suivre.

— Ici, dit Chase en l'accueillant, il n'y a aucune chance de rencontrer quelqu'un du NYPD.

— Nous sommes où, exactement ?

— Un des endroits mythiques de New York. Le restaurant personnel de l'un des parrains de la mafia.

Voyant l'air étonné de Natalya, il se dépêcha d'ajouter :

— Rassurez-vous, je ne suis pas un flic corrompu. Il se trouve simplement que j'ai sauvé la vie de son fils pendant la guerre du Golfe. Nous étions tous les deux dans les marines. Une mission d'infiltration pour guider les bombardements qui a mal tourné.

— Et, pour vous remercier…

— J'ai d'abord refusé le chèque qu'il m'offrait. Il s'est senti insulté. Il fallait trouver un arrangement. Le compromis a été l'accès à ce resto. Depuis que j'y viens, c'est la troisième fois qu'il change d'emplacement. Toujours pour des raisons de sécurité. Chaque fois, il a été reconstruit à l'identique… Il arrive aussi que

Don Fabiano fasse en sorte que je reçoive des informations sur ses principaux concurrents. Surtout les gangs des pays de l'Est et les Jamaïcains. Des lettres anonymes envoyées à mon bureau, des indics qui tombent par hasard sur des informations... Mais lui, je ne l'ai jamais revu.

— Vous en avez parlé à quelqu'un au NYPD ?

— Notre entente implique que je n'en parle à personne. J'ai dû obtenir l'accord du gérant avant de vous inviter. Il a posé comme condition que vous ne puissiez pas identifier l'endroit où le restaurant est situé. Je me suis également engagé à ce que vous ne parliez pas de votre visite à qui que ce soit. Si jamais vous le faites, je devrai en supporter les conséquences.

— Vous aimez vivre dangereusement.

— Quand vous aurez entendu ce que j'ai à vous dire, vous serez probablement d'accord avec moi.

Chase l'informa de sa discussion avec le maire et le directeur du NYPD.

— Je dois maintenant faire un rapport de chacune de mes rencontres avec vous, conclut-il. Je tenais à vous en aviser sans avoir à faire de rapport. C'est la raison pour laquelle je vous ai donné rendez-vous ici.

— Et les hommes qui m'ont amenée à vous ?

— Le gérant a passé un coup de fil.

— Au début, j'ai cru que c'étaient des gens des services secrets.

— Sans doute parce que ce sont les services secrets qui les ont formés. Don Fabiano met un point d'honneur à n'engager que les meilleurs dans leur domaine. Si on mangeait...

http://www.nytimes.com...

Cover up ou persécutions

Joseph Yardley

13 : 46 AM ET

Un archevêque crucifié. Des cadavres jetés devant des églises. Six chrétiens assassinés pendant la messe. Un prêtre jeté en pâture aux lions. Ce sera quoi, la suite ? Les jeux du cirque ?

Un prêtre de l'Église catholique a été retrouvé mort ce matin dans la savane africaine reconstituée où vivent les lions du zoo du Bronx. La victime, Hector Lopez, était âgée de 29 ans et travaillait à l'archevêché de New York.

C'est également à cet endroit, dans une résidence appartenant à l'archidiocèse et située à l'arrière de la cathédrale Saint-Patrick, que résidait l'archevêque à la retraite, Mgr Ignatius Feelgood, qui a récemment trouvé la mort dans les circonstances tragiques que l'on sait.

Que se passe-t-il à l'archevêché ? Ces deux hommes d'Église étaient-ils sur le point de faire des révélations concernant le scandale des prêtres pédophiles, comme certains médias l'affirment ? Leur mort fait-elle partie d'un *cover up* pour empêcher des révélations embarrassantes ? Les circonstances atroces de leur mort ont-elles pour but d'égarer les soupçons ?

Une autre hypothèse est qu'ils aient été les premières victimes d'une vague de persécutions qui viserait l'Église catholique. Certains évoquent la possibilité d'une guerre de religion menée par des islamistes.

Dans cette perspective, faut-il faire un lien entre ces meurtres crapuleux et le récent assassinat de six personnalités new-yorkaises réputées pour leurs convictions religieuses ?

À travers toutes ces interrogations, certains constats peuvent être dégagés...

Une fois les entrées servies, des calmars frits pour Natalya et des *antipasti* pour Chase, ce dernier reporta la discussion sur l'enquête.

— Pour les réseaux sociaux, vous aviez raison. Notre département informatique a confirmé l'activité de nombreux *chatbots*. Mais c'est complètement éparpillé.

— Éparpillé ?

— Contrairement à ce que vous aviez prévu, ils ne soutiennent pas une thèse unique. Certains répandent des opinions comme quoi ce sont les Soldats du Christ qui sont responsables du meurtre de Feelgood. D'autres défendent l'idée qu'il s'agit d'un complot musulman. Et il y en a qui propagent la thèse selon laquelle ce sont les Fils de Satan qui sont les vrais responsables parce qu'ils ont envoyé le premier message de revendication.

— C'est assez étonnant que trois groupes se battent sur Internet avec les mêmes moyens. Je parle des *chatbots*… Vous ne trouvez pas ?

— Aujourd'hui, tout le monde est sur Internet, fit Chase avec mauvaise humeur. Mais vous pensez à quoi ?

— Il n'y a peut-être pas trois groupes.

— Je ne saisis pas.

— Pour garder un sujet dans l'actualité, il n'y a rien comme une controverse. Toutes les revendications peuvent venir du même groupe.

— Laquelle des interprétations est la bonne, alors ? Pour quelle raison Feelgood a-t-il été tué ?

Natalya pensa à ce qu'elle avait lu sur le blogue de Prose. Tout indiquait que le responsable du meurtre des petits hommes blancs avait entrepris une nouvelle série d'œuvres.

— Il se peut que j'aie une idée, dit-elle. Mais avant de vous en parler, je voudrais savoir ce que vous avez trouvé d'autre.

— On a commencé à interroger des membres d'autres cellules des Soldats du Christ. Remarquez, « interroger » est un grand mot. Disons que quelques-uns des membres ont accepté de nous rencontrer. Le département marche sur des œufs.

— Pourtant, les preuves…

— Surtout circonstancielles. Même la vidéo découverte dans l'ordinateur peut avoir été plantée par celui qui a tué les autres membres du groupe. Et en ce qui concerne les autres cellules, rien ne les relie vraiment à l'attentat. Tout ce qu'on peut leur reprocher, ce sont des marches pour le droit à la vie et des manifestations devant des cliniques d'avortement… Est-ce que ce sont des illuminés ? Probablement. Des meurtriers ? C'est loin d'être évident.

— Et le mystérieux septième membre du groupe ? Celui qui pourrait avoir tué les autres ?

— Vallini ? Rien pour l'instant. L'examen des caméras de surveillance de la rue et de celles des commerces des environs n'a rien donné.

Chase hésita un moment avant de poursuivre.

— Par contre, on a retrouvé celui qui a acheté le matériel qui a servi à enregistrer la vidéo.

Il n'eut pas besoin de terminer. Juste à l'expression de son visage, Natalya comprit. Elle posa sa fourchette.

— C'est Prose ?

— Un employé l'a reconnu sur la photo. Il a payé comptant. Pas de carte de crédit dont on pourrait suivre la trace.

Natalya ne pouvait que constater dans quelle direction pointait l'accumulation des indices. La culpabilité de Prose devenait une hypothèse de plus en plus probable.

D'un côté, elle était tentée de mettre Chase au courant de la nouvelle publication qu'elle avait découverte sur son blogue. Si elle le faisait, elle renforcerait la conviction du policier quant à la culpabilité de Prose. D'un autre côté, elle n'aimait pas cette mise en scène entourant leur rencontre ni l'aveu de Chase concernant ses rapports officieux avec la mafia.

Pouvait-elle lui faire confiance ?

Un extrait d'une chanson de Muse lui revint à l'esprit :

We live in a toxic jungle
Truth is suppressed to mumbles

Allait-elle ajouter à la confusion ? Allait-elle prendre le risque de lui dire la vérité ?

Finalement, elle se demanda ce qu'il serait préférable de faire, si elle se plaçait du point de vue de Prose.

Ou bien il était innocent, et alors il serait plus facile de le disculper s'il collaborait à l'enquête. Ou bien il s'était laissé embrigader, et alors il importait de l'arrêter au plus tôt, avant qu'il soit impliqué dans d'autres crimes. Plus son arrestation tardait, plus il y avait de risques que cela se termine par une confrontation violente, où il aurait peu de chances de sauver sa peau.

Pour avoir la possibilité de le sauver, il fallait qu'elle fasse partie de l'enquête.

— Moi aussi, dit-elle finalement, j'ai trouvé quelque chose.

VEILLÉE FUNÈBRE

La veillée funèbre avait été organisée par un regroupement d'associations catholiques conservatrices. Leurs membres avaient en commun une vision fondamentaliste de leur religion et la conviction qu'il était urgent de la défendre, partout où elle était attaquée.

Les causes qu'ils épousaient variaient d'une association à l'autre : lutte contre la contraception et l'avortement ; opposition au mariage entre homosexuels ; boycott d'émissions de télé et de films jugés immoraux ; promotion de la théorie du « dessein intelligent » ; intégration du blasphème dans la liste des crimes reconnus par l'ONU…

Le rassemblement avait lieu devant la cathédrale Saint-Patrick. Ils étaient près de six cents. De chaque côté de la scène improvisée, des caméras de télé avaient commencé à filmer avant même le début de la cérémonie : balayage sur la foule, gros plans de certains fidèles, aperçu des coulisses, où l'animateur de la soirée parcourait à la hâte une série de feuilles… Tout cela pourrait servir au montage.

Chacun des participants tenait à la main un cierge allumé. Plusieurs orateurs étaient déjà venus offrir un témoignage. Ils avaient tous connu monseigneur Feelgood. Ils avaient évoqué ses différents engagements, ses nombreuses prises de position, ses combats pour la défense de la foi. Sa vie constituait un modèle pour tous les chrétiens, ils étaient unanimes à le proclamer.

Sans surprise, aucun de ces « témoins » n'avait rappelé les récentes déclarations du défunt en faveur d'une Église plus tolérante ; aucun n'avait mentionné son appui à la position du nouveau pape, qui souhaitait moins de condamnations et plus d'accueil.

Entre les prestations des orateurs, la foule unissait sa voix à celle du guide de la prière qui animait la soirée, le temps d'un chant religieux.

On en était maintenant à l'invité principal, celui qui avait pour tâche de prononcer l'allocution de fermeture, monseigneur Sylvio O'Rourke. Évêque d'un diocèse du Midwest, il avait fait le voyage à New York spécialement pour venir clore cette cérémonie. Il était impatient de livrer le message qu'il avait préparé.

Sylvio O'Rourke n'était pas le genre de personne auquel l'auteur de l'*Apocalypse* pensait quand il avait écrit que Dieu vomirait les tièdes. Le sang qui coulait dans ses veines, se plaisait-il à penser, était celui des grands inquisiteurs – ceux de l'époque où l'Église n'avait pas honte d'être ce qu'elle était. Malgré une mère calabraise et un père irlandais, O'Rourke s'était toujours imaginé une secrète ascendance espagnole.

Inquisiteur… Il était fier de se définir par ce mot. C'était exactement ce qu'il était. Quelqu'un en quête de vérité. Aujourd'hui, les gens avaient oublié que c'était là le vrai sens du terme. Que c'était la passion de la vérité qui avait animé ces inquisiteurs, que l'on caricaturait aujourd'hui sous les traits de sadiques.

La vérité n'était pas un produit de consommation que l'on pouvait déguster en toute tranquillité, dans le confort abrutissant de son foyer. La vérité n'avait rien à voir avec tous ces spectacles, au mieux insipides, au pire immondes, dont les médias abreuvaient les gens.

La vérité avait des exigences. Elle requérait des âmes fortes, qui ne craignaient pas de s'engager. Elle réclamait qu'on se batte à mains nues contre l'erreur, contre la répugnante complaisance des victimes du démon, contre les séductions meurtrières que ce dernier avait répandues sur le monde. Il fallait des âmes qui ne craignaient pas d'affronter la Bête. De lui résister. Et de la tuer, si l'occasion s'en présentait. Quel que soit l'avatar dans lequel elle s'encornait.

C'est rempli de cette conviction que monseigneur O'Rourke saisit le micro que lui tendait le guide de la prière.

O'Rourke croyait à la prière. Mais, à ses yeux, la prière n'était pas un stérile soliloque dans la solitude d'une cellule d'ermitage. Elle était d'abord un acte. Elle prenait le monde à bras le corps pour l'arracher aux séductions de Satan et l'élever jusqu'à Dieu, quelle que puisse être la douleur causée par cet arrachement. Il y allait du salut des âmes enferrées dans les séductions du Malin.

> Chers frères, chères sœurs en Jésus-Christ. Aujourd'hui est un jour de deuil. Un de nos frères les plus remarquables, un de nos frères les plus dévoués au service du Christ, a été torturé. Humilié. Lâchement assassiné.
>
> Sur le plan humain, c'est une tragédie. Une tragédie sans nom.
>
> Sur le plan chrétien, par contre, il y a là motif à se réjouir, car il a rejoint la foule admirable des martyrs qui ont offert leur vie pour le Christ.
>
> Notre frère Ignatius, n'en doutons pas, est déjà auprès de Dieu, dans le premier cercle des élus. Sa félicité est infinie. Et je ne parle pas de ce bonheur petitement terrestre que l'on pouvait promettre à des Bédouins illettrés et crédules : des vierges, des banquets et des orgies! Non, chers frères, chères sœurs, je ne parle pas de cette illustration avant la lettre du paradis de la consommation…

www.bible-radio.com/feelgood/memorial-live…

> … Je parle de cette jouissance infinie, de la sérénité et de la béatitude que seul procure le repos éternel dans le sein de Dieu.
>
> Mais nous, nous ne sommes pas encore dans le sein de Dieu. Nous sommes encore sur cette Terre. Ici-bas, notre rôle n'est pas de nous reposer. Il est de témoigner. De faire de notre vie un combat pour le Christ.

Aujourd'hui, on veut nous faire croire que ce sont des chrétiens qui ont assassiné notre frère. Je vous le dis, c'est faux.

Regardez autour de vous. Dans tous les pays, ce sont toujours les chrétiens qu'on assassine. Regardez au Moyen-Orient: les églises sont brûlées. Les chrétiens y sont au mieux des citoyens de seconde zone, quand ils ne sont pas carrément persécutés.

Regardez en Afrique: Boko Haram y brûle les chrétiens par villages entiers, il enlève de jeunes chrétiennes pour les vendre comme esclaves sexuelles... Regardez en Chine... Regardez...

Partout, la minorité religieuse que l'on massacre le plus volontiers, ce sont les chrétiens. Partout.

Et quels sont les pays où les minorités religieuses sont le plus respectées? Dans quels pays ont-elles le droit de poursuivre ceux qui leur manquent de respect, ne serait-ce qu'en paroles? Les pays chrétiens, bien sûr.

Tout cela est fort généreux de notre part. Fort méritoire... Mais aussi, je le crains, fort stupide.

MONTAGE

Le travail avançait rondement.

Le but n'était pas de réaliser une œuvre d'art, mais d'accompagner en images le sermon du prédicateur. C'était le discours qui importait. La passion du discours. Et celle de la foule.

Un gros plan du visage crucifié de Feelgood accompagnait maintenant le discours en voix *off*.

Les ennemis de l'Église sont connus: les athées, les communistes, les islamistes... Autrement dit, l'Antéchrist sous tous ses masques!

La bataille finale approche, mes frères. Quand Israël régnera sur la Palestine, l'Antéchrist et Satan déclencheront la guerre. La bataille de l'Armageddon est imminente. L'Apocalypse est en marche. Nous verrons de nos yeux l'affrontement final entre le Bien et le Mal.

Le monteur remit à l'écran le visage curieusement froid de monseigneur O'Rourke. Toute sa passion semblait contenue dans sa voix. Et dans le feu de ses yeux.

Un lent traveling avant donnait l'impression que le prédicateur s'approchait du spectateur, qu'il empiétait sur son espace personnel.

> Nul ne peut dire avec certitude quand débutera cet affrontement final. Seul Dieu, dans sa sagesse infinie, le sait. Mais ce que nous savons, par contre, c'est que la guerre est commencée.
>
> Notre devoir, à chacun d'entre nous, est d'y participer. Il faut détruire les forces du Mal. De notre engagement dépend la victoire. Unis dans le Christ, nous vaincrons.

Le mot « vaincrons » était le *cue* du monteur. Dès qu'il l'entendit, il revint à l'image de la foule, en alternance rapide avec celle du prédicateur. Entre chacune des questions que posait O'Rourke, celui-ci laissait à la foule le temps de répondre un « non » qui allait s'intensifiant, d'une réponse à l'autre.

Questions-réponses, gros plans du prédicateur, balayages de foule... C'était primaire comme technique, mais cela plairait au client.

> Allons-nous demeurer dispersés dans le confort trompeur de nos petites satisfactions ? Allons-nous permettre au Malin de prolonger son règne pendant des millénaires encore ?

Pas de doute, l'orateur connaissait son métier. Avec ce type de performance, il était facile de travailler. Pas besoin d'un montage très élaboré.

Des gros plans du prédicateur pour générer de l'intensité, des images de la foule pour montrer sa communion avec lui, le retour régulier du visage du crucifié pour susciter l'émotion, quelques incrustations de symboles religieux... Cela suffirait amplement.

De toute façon, le budget ne permettait pas de faire mieux.

> Allons-nous le laisser arracher encore des millions d'âmes à Dieu? Allons-nous abandonner le combat que menait notre frère assassiné, Mgr Feelgood?
>
> Chères sœurs, chers frères, vous saurez vous montrer dignes de l'héritage qui nous échoit. L'héritage que nous lègue notre ami à tous, notre modèle, notre inspirateur, Mgr Ignatius Feelgood. Je sais que son martyre n'aura pas été vain.

C'était le moment décisif. Quelle image mettre sur les dernières phrases? Comment montrer la fusion de la foule et du prédicateur dans une passion commune?

Le monteur décida de terminer avec le visage *live* de l'orateur, en transparence, par-dessus un balayage de la foule.

> Pour lui, l'heure est venue du repos dans le Christ. Pour nous, l'urgence de l'engagement s'est accrue. Je sens votre espoir. Je sens votre détermination. Je sens en vous cette foi qui peut déplacer les montagnes.
>
> Vous ne reculerez pas. Je le sais. Parce que je sais que vous êtes conscients de la gravité de l'attaque que nous avons subie. Et je sais que vous saurez faire ce qu'exige la situation.
>
> Je vous regarde et vous voulez que je vous dise?... *It feels good.*

Le monteur sourit.

Pour le final, une idée farfelue venait de lui traverser l'esprit: enchaîner avec la musique de James Brown qui jouait à Times Square, au moment de la diffusion de la vidéo. Mais le directeur de la station n'aurait probablement pas apprécié. Ils payaient bien, ces chrétiens, mais quand il s'agissait de religion, ils n'avaient aucun humour.

Il décida de ne plus rien ajouter.

Ça, c'était de l'efficacité! Moins de trois heures après la fin du discours, il serait en ligne sur les ondes de God's News TV.

DÉCAPITER

4

DÉCAPITER UN IMAM

L'homme agenouillé était vêtu de la combinaison orange des prisonniers de Guantanamo. À sa façon de se tenir, on devinait que ses poignets étaient attachés derrière son dos.

Un militaire en uniforme de camouflage, la tête couverte d'une cagoule noire, était debout derrière lui. De la main gauche, il tenait la chevelure de l'homme agenouillé pour lui relever la tête et le forcer à regarder la caméra. Dans la main droite, il avait un couteau assez long, semblable à ceux utilisés pour égorger les animaux lors des fêtes religieuses.

Mais le plus étrange était le fond musical. Le *Miserere* d'Allegri. Les paroles défilaient au bas de l'écran.

> *Miserere mei, Deus:*
> *secundum magnam misericordiam tuam.*
> *Et secundum multitudinem miserationum tuarum...*

Les voix aériennes tissaient une atmosphère irréelle qui contrastait avec la brutalité des images.

> *dele iniquitatem meam.*
> *Amplius lava me ab iniquitate mea:*
> *et peccato meo munda me...*

Le visage du prisonnier exprimait un mélange paradoxal de peur et de détermination. Peau foncée, longue barbe en broussaille, yeux noirs brillants… Il aurait suffi de le coiffer d'un turban pour obtenir l'image d'un dignitaire musulman.

> *Quoniam iniquitatem meam ego cognosco :*
> *et peccatum meum contra me est semper.*
> *ibi soli peccavi,*
> *et malum coram te feci…*

Brusquement, la musique s'interrompit.

Après quelques secondes de silence, elle fut remplacée par une harangue en arabe prononcée sur un ton véhément.

Une traduction se mit à défiler au bas de l'écran.

> Que les mécréants demeurent pour vous un ennemi. Il faut combattre ceux qui ne croient pas en Allah, ceux qui traitent de mensonges nos enseignements, tous ceux qui n'interdisent pas ce qu'Allah et son messager ont interdit… Il faut les tuer. Il faut les combattre jusqu'à ce que la religion d'Allah soit la seule qui demeure. Les injustes doivent être punis… Et sachez qu'Allah est dur en punition. Où que vous trouviez vos ennemis, prenez-les et tuez-les impitoyablement. Ne faites pas de prisonniers tant qu'Allah n'aura pas prévalu sur la Terre. Le djihad est le devoir du croyant.

La voix s'interrompit aussi brusquement qu'elle avait commencé. Les dernières lignes de traduction achevèrent de défiler en silence au bas de l'écran. Puis le *Miserere* reprit :

> *Ut justificeris in sermonibus tuis,*
> *et vincas cum judicaris.*
> *Ecce enim in inquitatibus conceptus sum :*
> *et in peccatis concepit me mater mea.*

Quand la musique reprit, le soldat mit le couteau sacrificiel sur la gorge du prisonnier. Il commença par trancher aussi profondément qu'il le pouvait, dans un grand geste de la gauche vers la droite. Puis, pendant que le sang jaillissait des artères, il acheva de décapiter le prisonnier.

Il tendit ensuite la tête à bout de bras devant la caméra pendant que les voix éthérées continuaient de chanter le *Psaume 51*, indifférentes au carnage.

GLOBAL NEWS CHANNEL

> ... «*Does it Feelgood now?*»... Ce graffiti et d'autres du même genre ont fait leur apparition sur plusieurs mosquées au cours de la soirée. La référence à l'assassinat de Mgr Feelgood ne fait aucun doute. Il s'agit clairement de représailles. On peut craindre que cette vague de vandalisme soit le prélude d'une...

LA VOIX DE L'IMAM

La musique avait repris, dans une langue que Najib Behmanesh ne connaissait pas. Une musique très belle, curieusement.

> *Sacrificium Deo spiritus contribulatus:*
> *cor contritum, et humiliatum,*
> *Deus, non despicies...*

Najib n'arrivait pas à quitter l'écran des yeux. Dans son esprit, l'indignation et l'horreur le disputaient à l'incrédulité. Ce qu'il voyait était impensable. La tête que le bourreau présentait à la caméra était celle de l'imam Nassim al-Shammari.

On ne pouvait pas avoir tué l'imam al-Shammari. On ne pouvait pas l'avoir décapité comme un animal. Cela ne pouvait pas être vrai. C'était sûrement des effets spéciaux, comme dans les films.

La caméra s'approcha de la tête coupée jusqu'à ce qu'elle occupe tout l'écran. Un bref message apparut, en surimpression :

À SUIVRE...

Comment une telle abomination avait-elle pu trouver son chemin jusqu'à l'écran de son ordinateur ? Il avait pourtant cliqué sur le signet d'Americans Muslims for Peace, comme chaque jour...

Quelqu'un devait avoir piraté le site de l'organisme. C'était la seule explication. Mais pourquoi ? Qui pouvait vouloir commettre un tel blasphème ?

L'imam al-Shammari, le plus généreux des hommes ! Deux jours plus tôt, Najib avait assisté à la prière que l'imam avait dirigée... Personne ne pouvait songer à le tuer ! Il était la bonté même. C'était vers lui qu'on se tournait pour rétablir la paix dans une famille, pour régler un différend avec un voisin, pour aider les jeunes séduits par le discours des extrémistes... Combien de jeunes lui devaient d'avoir retrouvé le droit chemin ! Même le frère de Najib, Ahmad.

Et cette voix qu'on entendait au milieu de la vidéo ! On aurait presque dit la sienne. Celle de l'imam al-Shammari. Mais violente. Enragée. Lui qui était si doux ! C'était impensable, la rage avec laquelle cette voix récitait des versets du Coran en les déformant, en les regroupant n'importe comment pour leur faire dire n'importe quoi. Comme dans la prédication des pires extrémistes.

Puis une pensée surgit dans l'esprit de Najib. Terrifiante. Qui chassa toutes les autres... Et si c'était vrai ? Si l'imam avait vraiment été décapité ?

ÉCHANGES PEU DIPLOMATIQUES

Les deux rides qui plissaient le front de Neal Cosby s'étaient creusées. Et ce n'était pas seulement à cause de l'heure tardive. La discussion ne se passait pas comme il l'avait prévu.

Quand il avait pris l'appel de Leclercq, quelques instants plus tôt, le directeur de la NSA avait cru s'en tirer avec quelques remarques sarcastiques pour rabrouer son vis-à-vis français... De quel droit une agente de la DGSI enquêtait-elle dans une ville américaine ? Qu'est-ce qu'il lui prenait d'interférer dans une enquête du NYPD ? Et puis, en quoi la sécurité « intérieure » de la France était-elle menacée dans les rues de New York ? Parce que c'était bien de sécurité « intérieure » que s'occupait la Direction générale de la sécurité intérieure, n'est-ce pas ?

Normalement, le directeur de la DGSI se serait dit désolé de cette erreur. Il aurait prétexté une initiative malheureuse. Probablement une agente inexpérimentée. Il s'informerait. Et il veillerait à ce que cela ne se reproduise plus. L'agente responsable de cet incident serait sanctionnée.

En réponse, Cosby aurait fait semblant de croire à ces regrets. Et il aurait souligné de nouveau le côté inadmissible d'un tel comportement. Si des amis commençaient à espionner des amis…

Le directeur de la DGSI aurait alors approuvé. C'était effectivement inadmissible. Les deux hommes se seraient quittés en bons termes, chacun affirmant ses bonnes intentions et faisant mine de croire à celles de l'autre. On appelait cela de la diplomatie.

Entre gens qui se connaissaient bien et qui s'appréciaient, c'était la façon de faire.

Mais voilà, Leclercq ne s'était pas du tout comporté comme prévu. Il avait admis d'emblée être au courant de la présence de son agente à New York. Et elle n'était pas là pour faire du tourisme, avait-il précisé. Elle était en mission. La DGSI avait entendu parler d'un possible attentat.

— De quel attentat parles-tu ?

— Celui de Times Square.

— Tu n'as pas pensé nous prévenir ?

— On l'a fait la journée même où on l'a appris.

— Je n'ai rien vu.

— Il n'y avait qu'une seule source et elle n'était pas très fiable. Peut-être que votre analyste qui a traité l'information n'a pas jugé utile d'effectuer un suivi. Avec tout ce que vous recevez chaque jour…

— Et après l'attentat ?

— Je pensais que vous aviez reçu notre message. Ou qu'il remonterait rapidement la filière, une fois l'attentat commis.

— C'est la raison pour laquelle tu as décidé de venir faire le travail à notre place ?

— La situation est compliquée. Selon nos informations, l'homme qui est derrière l'attentat de New York est aussi celui qui a organisé le meurtre des dix petits hommes blancs, à Paris.

— Vous l'avez identifié ?

La voix de Cosby avait perdu toute trace de sarcasme.

— Non. Mais on pense avoir une idée générale de sa façon de fonctionner.

Le directeur de la DGSI expliqua alors à son vis-à-vis de quelle façon l'opération Dix petits hommes blancs avait été montée : les multiples intermédiaires pour brouiller les pistes, la campagne de publicité préalable pour conditionner l'opinion publique, l'utilisation de robots informatiques pour influencer les réseaux sociaux, la corruption et le chantage pour manipuler des journalistes...

— Il fait tout ça dans quel but ? demanda Cosby.

— On pense qu'il veut mettre en scène des espèces de spectacles. Grandeur nature.

— Comme la crucifixion de Feelgood ?

— Par exemple, oui.

— Et pourquoi New York ?

— Je suppose qu'il cherche la publicité. À New York, il est assuré d'avoir le plus grand retentissement dans les médias. *If you can make it there, you can make it anywhere!*

La réponse du Français arracha un mince sourire à Cosby.

— Sans doute...

Une sonnerie téléphonique interrompit Cosby. Il jeta un regard impatient à son téléphone portable. Qui pouvait bien l'appeler à une telle heure ? Puis son front se plissa davantage.

— Tu m'attends une seconde ? demanda-t-il à Leclercq. Il faut que je prenne un autre appel.

Moins de trente secondes plus tard, il revenait au directeur de la DGSI.

— Il y a eu un nouvel incident, dit-il d'emblée. Une décapitation.

Cosby raconta à Leclercq ce qu'il venait d'apprendre. Le meurtre de Feelgood n'était plus un événement isolé.

Ils convinrent assez vite que l'enquête se poursuivrait de la façon dont elle avait commencé : le NYPD, assisté par la NSA, travaillerait de son côté ; la DGSI, du sien. Ils échangeraient leurs informations, collaboreraient à l'occasion sur le terrain, mais leurs enquêtes demeureraient séparées. De cette façon, ils pourraient couvrir plus de terrain. Et comme il n'y aurait pas de collaboration officielle, cela limiterait la bureaucratie et les interventions politiques. En plus de réduire les risques de fuites.

Quant aux contacts, ils se feraient directement entre lui et Leclercq ; ou sur le terrain, entre Chase et quelqu'un de la DGSI. Il ne savait pas encore qui, mais ce ne serait pas mademoiselle Parraud. Compte tenu de son exposition médiatique, cette dernière allait être retirée de la circulation. La personne désignée prendrait elle-même contact avec Chase.

Après avoir coupé la communication, Cosby resta songeur un moment. Il se demandait de quelle façon présenter la situation au maire de New York et à Roberts, le directeur du NYPD.

BIBLE-TV/ *NIGHT WATCH*

> Le déclenchement des hostilités s'est produit au cours de la nuit.
>
> Tard hier soir, des actes de vandalisme ont été perpétrés contre plusieurs mosquées de la ville. De nombreux musulmans se sont par ailleurs plaints d'avoir été agressés verbalement et même rudoyés à cause de leur habillement traditionnel.
>
> C'est toutefois à une vidéo mise en ligne sur Internet que revient la palme de l'horreur. On y voit la décapitation d'une personne présentée comme un islamiste…

CECI N'EST PAS UNE TUTELLE

Le directeur du NYPD, Kenneth Roberts, avait fait venir Chase à son bureau. Il se foutait de l'heure, avait-il répliqué quand Chase avait protesté. Et non, ça ne pouvait pas attendre au lendemain matin.

En arrivant, Chase s'aperçut que son supérieur immédiat, Alvarez, avait également été convoqué.

Roberts était d'humeur massacrante.

— C'est quoi, cette nouvelle vidéo ? Après un archevêque, un imam ? Le plus respecté des imams de la ville ! Ce sera quoi, ensuite ? Le grand rabbin de New York ?

Debout derrière son bureau, le directeur s'arrêta subitement de parler, comme s'il réalisait ce qu'il venait de dire.

— Ce serait prudent de le faire protéger, suggéra Chase.

— Je m'en occupe, déclara aussitôt Alvarez en sortant son téléphone.

Dix minutes plus tard, les trois hommes avaient défini un plan d'action.

La priorité était de retrouver le corps de l'imam. Cette fois, les recherches allaient cependant être plus difficiles : le message, à la fin de la vidéo, ne contenait aucune indication pour les orienter. On commencerait par visiter les mosquées de New York. Ensuite, on verrait.

Sur l'identité des auteurs de la décapitation, il n'y avait pas non plus d'indications claires. Il pouvait tout aussi bien s'agir d'une riposte à la crucifixion de Feelgood que d'un deuxième attentat perpétré par d'autres membres du même groupe.

Déjà, la nuit précédente, un certain nombre de mosquées avaient fait l'objet de vandalisme : graffitis, vitres brisées… S'il fallait que des groupes islamistes radicaux interprètent l'événement comme le déclenchement d'une guerre contre les musulmans…

— On pourrait faire protéger les mosquées, suggéra Alvarez.

— Et si c'est une église qui est attaquée en réponse à l'attentat ? répliqua Roberts. Comment va-t-on expliquer qu'on a fait protéger uniquement les mosquées ?

— On peut les faire protéger aussi.

— Et les synagogues, tant qu'à faire ? Tu as une idée de la main-d'œuvre que ça prendrait ? De la facture de temps supplémentaire ? Tu ne veux quand même pas qu'on se déclare dépassés par la situation et qu'on demande au maire d'appeler la garde nationale ?

Chase proposa un compromis.

— Pourquoi ne pas protéger les lieux les plus importants de chaque religion ? Les cathédrales, les plus grandes mosquées…

Roberts trouva l'idée intéressante. Il allait prendre des dispositions en ce sens aussitôt la réunion terminée.

— Il y a aussi votre amie, dit Alvarez en s'adressant à Chase. L'agente de la DGSI. Elle vous a recontacté ?

— Aucune nouvelle.

— Je pense qu'il est urgent de la retrouver. Peut-être qu'elle n'est pas seulement sur la piste de Prose, mais qu'elle est sa complice.

Chase ne répondit pas. Malgré les doutes qu'il entretenait sur les véritables motivations de la Française, il avait tendance à lui faire confiance.

— Qu'est-ce que vous en pensez ? demanda Roberts.

Avant que Chase ait le temps de répondre, le portable du directeur du NYPD se manifesta.

Ce dernier y jeta un coup d'œil, amorça le geste de le remettre dans sa poche de veston, puis il se ravisa.

— Un instant, lança-t-il dans l'appareil après avoir établi la communication.

S'adressant aux deux autres, il ajouta :

— Vous pouvez me laisser seul quelques instants ?

Intrigués plus que froissés, les deux policiers se rendirent dans la salle d'attente du bureau du directeur.

Quatre minutes plus tard, Roberts venait les y retrouver. Il semblait préoccupé.

— Désolé de vous avoir fait attendre. Il y a eu de nouveaux développements.

— Un autre attentat ? s'inquiéta Chase.

— Non… Il y a d'abord cette agente de la DGSI, mademoiselle Parraud. Elle n'existe plus. Et même si elle existait, ce qu'elle fabrique ne concerne en aucune manière le NYPD.

Alvarez ne put s'empêcher de protester.

— C'est quoi, cette histoire ?

— La NSA.

— La NSA nous enlève l'enquête ?

— Pas du tout. Nous devons poursuivre l'enquête par tous les moyens que nous jugeons utiles. Nous pouvons même compter sur l'aide de nos "amis" de la NSA. Si on a besoin de quoi que ce soit, il suffit de les appeler.

Alvarez eut un rire de dérision.

— Vous y croyez ?

Roberts choisit d'ignorer la question.

— On ne s'occupe plus de mademoiselle Parraud, insista-t-il. Toute référence à cette personne doit disparaître de vos rapports.

Alvarez était hors de lui.

— J'aurai tout vu ! La NSA nous met en tutelle ! Nous censure ! Et vous, vous l'acceptez sans protester !

Le directeur du NYPD n'avait pas vraiment eu le choix.

Cosby n'avait fait aucune menace. Il avait seulement demandé à Roberts s'il fréquentait encore beaucoup les bars de jazz. Parce que lui aussi s'y intéressait. Avait-il une nouvelle boîte à lui conseiller ?

L'allusion était transparente…

Des années plus tôt, bien avant d'occuper le poste de directeur, Roberts avait travaillé sur une affaire sordide. Des meurtres d'enfants. La pression était forte pour obtenir des résultats. Un de ses collègues était tombé malade. Roberts avait accepté de le remplacer entre ses deux quarts de travail. Il avait passé 42 heures d'affilée sur l'enquête. Puis, au lieu d'aller se coucher, il était entré dans un bar.

Un type qu'il avait arrêté cinq ans plus tôt l'avait reconnu. Il venait de sortir de prison. Il s'était immédiatement dirigé vers Roberts pour le narguer.

Dans la bataille qui s'en était suivie, l'ex-tôlard avait subi plusieurs blessures sérieuses : côtes fracturées, lacérations du foie, mâchoire brisée… Un collègue les avait séparés et il avait ensuite conduit Roberts chez lui.

Ce dernier risquait des accusations criminelles. Sa carrière était en jeu. Heureusement, son supérieur de l'époque avait étouffé l'affaire. Mais l'incident n'avait pas échappé à la NSA. Un compte rendu était archivé dans une de leurs banques de données, celle qui permettait à l'organisation de faire pression sur des policiers ou des agents fédéraux quand le besoin s'en faisait sentir, qu'il s'agisse de faire avancer une enquête ou de protéger une source…

Roberts continuait de regarder Alvarez sans sourciller. Ce dernier n'avait décidément aucune idée de l'étendue de ce que la NSA connaissait. Particulièrement sur les personnes en situation de responsabilité dans les corps policiers.

Puis il sourit. En échange de sa collaboration avec Cosby, il lui demanderait une copie du dossier d'Alvarez.

— Ce n'est pas une tutelle, déclara finalement Roberts. C'est… une concertation.

— Concertation mon cul !

Chase essaya de faire diversion en s'adressant à Roberts.

— Cette femme qui n'existe pas, Parraud, vous pensez qu'elle travaille avec la NSA ?

— En cette matière, ce que je pense n'a aucune importance, semble-t-il, répondit le directeur du NYPD.

Puis il se tourna vers Alvarez.

— Et encore moins ce que vous pouvez penser. Vous ne vous occupez plus de cette enquête.

— Vous ne pouvez pas !

— Vous croyez ?

— Et lui ? demanda Alvarez.

D'un signe de tête, il désignait Chase.

— Lui ?… Lui, c'est différent. Il est désormais affecté exclusivement à cette affaire. Et il relève directement de moi. Vous pouvez maintenant vous retirer, j'ai deux mots à lui dire en privé.

Roberts suivit Alvarez des yeux jusqu'à ce que la porte se referme derrière lui. Puis son regard revint vers Chase.

— Je veux être informé de tout développement. Et s'il ne se produit rien, je veux aussi le savoir. Pour l'instant, il semble que vous bénéficiez d'appuis pour le moins… étonnants. Mais ce genre de situation peut changer très vite. Vous avez intérêt à vous en souvenir.

— D'accord.

— Vous allez être contacté sous peu par quelqu'un d'une agence européenne.

— Qui ? L'agente de la DGSI ?

— Aucune idée. Officiellement, il n'y a pas de collaboration entre nous. Chacun travaille de son côté. Mais j'ai cru comprendre qu'elle avait été déchargée de l'enquête. La personne qui la remplace va vous contacter. Vous êtes autorisé à partager vos informations et à travailler avec elle. L'important est que ces échanges demeurent confidentiels. Et que j'en sois informé.

Après le départ de Chase, Roberts se sentait fébrile. L'accord qu'il avait conclu avec Cosby était satisfaisant. Le directeur de la NSA ferait en sorte que l'enquête demeure le plus longtemps possible sous la juridiction du NYPD. Il utiliserait son influence pour empêcher que la Homeland Security ou le FBI ne se l'approprie.

Mais c'était quitte ou double. Il ne restait plus beaucoup de temps et les enjeux avaient augmenté. Le premier crime bénéficiait déjà d'une large couverture médiatique. Avec le deuxième, cela risquait de devenir la folie.

Si le NYPD réussissait à arrêter les responsables de ces deux meurtres, Roberts en retirerait un important capital politique, capital qu'il pourrait utiliser pour se présenter au Congrès. Mais s'il échouait…

NON À LA CENSURE

Chris Christian n'en croyait pas ses yeux.

Ce qu'il prévoyait depuis des années venait de se produire. C'était là, sur l'écran. Quelqu'un avait osé. Quelqu'un avait franchi la ligne. Quelqu'un avait décidé de riposter.

C'était sans doute inévitable.

Christian avait toujours trouvé étrange qu'un imam quelconque, à l'abri dans sa mosquée, puisse en toute impunité lancer une fatwa autorisant le meurtre de quelqu'un. Qu'il puisse le faire sans être vraiment inquiété par la justice de son pays. Sans qu'Interpol émette un mandat d'arrêt international contre lui.

Il avait toujours trouvé étonnant que l'on tolère pendant des années, au cœur des grandes villes occidentales – Londres, par exemple –, des imams qui prêchaient ouvertement le djihad. Des imams qui enseignaient aux jeunes le devoir de tuer, au sens littéral du terme, tous ceux qui s'opposaient au règne absolu de l'islam.

Ils en faisaient un commandement divin. Une obligation pour tous les musulmans. Leur devoir religieux, disaient-ils en s'appuyant sur le verset 193 de la sourate 2, était de lutter contre tous les infidèles, d'éliminer jusqu'aux derniers ceux qui refusaient la loi de l'islam.

Il était fatal que quelqu'un décide un jour d'appliquer aux extrémistes musulmans leur propre médecine.

Bien sûr, on pouvait le regretter. Il y aurait de nombreuses personnes pour s'en indigner. Pour dire qu'il ne fallait pas faire le jeu des islamistes. Qu'il fallait éviter les amalgames. Que c'était trahir les valeurs de l'Occident. Qu'il fallait plutôt discuter, s'attaquer à la complexité des causes.

Chris Christian lui-même était de cet avis.

Mais, devant l'obstination des hommes politiques à refuser ces discussions, devant le désintérêt paresseux de la population, de tels actes étaient sans doute un mal nécessaire. Un passage obligé. Il fallait d'abord que de telles abominations existent pour qu'ensuite les débats qui s'imposaient apparaissent comme un moindre mal.

Christian comprenait pourtant la résistance des gens. Car ces débats à venir seraient difficiles. Ils remettraient en cause des préjugés, obligeraient à prendre en compte des questions de justice sociale. Et, à terme, ils menaceraient les intérêts économiques d'entreprises et de gens puissants.

Pour que de vraies discussions puissent avoir lieu sur les causes de ce terrorisme et sur les moyens de lutter contre lui, il fallait malheureusement que cette vidéo soit vue par le plus grand nombre. Si répugnante fût-elle. Il fallait qu'elle provoque des réactions. Qu'elle oblige les gens à réfléchir. Qu'elle les amène à se demander si, en fin de compte, il n'était pas préférable de discuter.

Bien sûr, il faudrait sans doute bien des violences encore. Cette vidéo, à elle seule, ne suffirait pas à provoquer ce changement. Mais elle s'inscrivait dans un mouvement.

Aussi, malgré le dégoût que lui inspirait le visionnement de telles horreurs, Christian téléchargea la vidéo afin de la rediffuser sur Internet. Plus elle se répandrait, moins il y aurait de chances qu'elle disparaisse.

Cela fait, il commença à rédiger sa chronique. Comme toujours, il était en retard. Il ne lui restait que quelques heures avant de la lire sur les ondes de la station radio où il travaillait.

Tout ça pour deux petites minutes d'édito! Deux minutes coincées entre l'ouverture de l'émission par l'animatrice et la première série de pubs! Heureusement qu'il pourrait mettre en ligne, sur son blogue personnel, une version non coupée de son texte.

SABLES ÉMOUVANTS

Il y avait des heures que Natalya se débattait. Elle avait réussi à s'extraire une première fois d'une plaque de sables mouvants.

Elle s'était accrochée à une branche qu'elle avait attrapée à bout de bras. Elle avait ensuite tiré lentement. De façon soutenue. En évitant tout mouvement brusque. Pour ne pas s'épuiser. Pour ne pas être obligée, à cause de la douleur dans les bras, de relâcher brusquement la traction. Parce que le choc en retour de la succion l'aurait ramenée plus profondément encore dans la vase qui l'aspirait.

Et elle avait réussi…

Mais, cette fois, elle n'avait rien à quoi s'accrocher. Aucun moyen de s'en sortir. Tout ce qu'elle pouvait faire, c'était demeurer immobile.

Quand elle ne bougeait pas, le mouvement était imperceptible. Un équilibre semblait s'être établi. Enfin, presque. Elle avait encore plusieurs heures devant elle. Tout pouvait arriver. Quoi ? Elle n'en avait aucune idée. Mais elle pouvait être sauvée. Un miracle était toujours possible. Tant qu'elle était en vie…

Après un très long moment, le mouvement s'accéléra. D'abord de façon légère. Comme une sorte d'avertissement. Puis de plus en plus. Comme si, quelque part, un équilibre s'était rompu.

Natalya en avait maintenant jusqu'au menton. Dans sa poitrine, son cœur battait sans cesse plus vite. Dans sa tête, il y avait de l'affolement. De l'indignation… Le sentiment d'une effroyable injustice.

Mais, bizarrement, il y avait aussi cette image de cimetière qui l'attendait, au fond des sables mouvants… Des corps, beaucoup de corps, animaux petits et grands, proies et prédateurs, figés dans leurs derniers efforts pour vivre, et que la boue avait conservés, relativement à l'abri de la putréfaction à cause de l'absence d'oxygène.

Quand la vase atteignit ses lèvres, Natalya ferma instinctivement la bouche et jeta la tête en arrière.

Un archéologue allait-il un jour la retrouver, dans des dizaines de milliers d'années ? Allait-il spéculer sur les raisons de la présence commune de tous ces restes dans le sol ? Chercherait-il à comprendre ce qu'avait été sa vie à partir de ce qu'il subsisterait d'elle ?

En fait, cet enlisement dans la mort était l'histoire en raccourci de n'importe quelle vie… C'était pathétique. À la fois pathétique et émouvant. Toutes ces vies qui s'agitaient, qui faisaient des projets, qui espéraient, et qui apprenaient parfois à se calmer, pour retarder un peu l'échéance… Mais en vain. Et qui espéraient quand même. Jusqu'à la toute fin…

Quand Natalya sentit la vase lui obstruer les narines, elle se mit instinctivement à se débattre. Tous ses muscles semblaient soudain animés d'une vie autonome. Le déchaînement des réflexes avait pris la relève de sa volonté.

La lutte fut de courte durée.

L'instant d'après, la vase achevait de l'engloutir.

Tout en retenant son souffle, elle essayait frénétiquement d'enlever l'eau visqueuse qui s'était infiltrée sous ses paupières. Qui lui brûlait les yeux.

Ses poumons étaient sur le point d'exploser.

#guerredereligion

Chris Christian@Xtian
#guerredereligion. Combien de victimes encore avant qu'on s'occupe du problème? http://blog. bible-radio.us/

EXIT LAURENCE PARRAUD

Natalya se redressa brusquement dans son lit.

Elle aspira une longue gorgée d'air en émettant une espèce de râle. Puis, progressivement, sa respiration se calma. Les battements de son cœur s'atténuèrent.

Elle prit alors conscience de la sonnerie de son téléphone. Les premières notes de *La Marseillaise*.

Gonzague Leclercq. Le directeur de la DGSI…

Tout en prenant l'appel, Natalya sourit légérement. Elle se demandait quelle sonnerie elle pourrait bien attribuer à Chase. Le *Star-Spangled Banner*?

— Il semblerait que vous ayez été très occupée ces derniers jours, fit la voix de Leclercq.

Leclercq était en quelque sorte son employeur, mais sans tous les droits et privilèges que s'octroie généralement un employeur. Il faisait également partie de ses ex. Il était même un des plus anciens. Au lieu de l'abattre, comme le contrat qu'elle avait accepté l'exigeait, Natalya lui avait proposé un arrangement. Elle travaillerait pour lui à l'occasion et il la soulagerait de ses problèmes logistiques : armes, maisons sûres, matériel électronique, papiers d'identité. En gage de bonne volonté, elle avait éliminé celui qui avait placé un contrat sur sa tête…

Leclercq la laissait libre de choisir parmi les missions qu'il lui proposait et il était toujours là si elle avait besoin de quelque chose. Pour le taquiner, elle l'appelait souvent son « commanditaire ».

— Les choses ont commencé à bouger, répondit Natalya.

— C'est ce que j'ai cru comprendre. Nos amis américains s'inquiètent un peu de toute cette agitation.

— Vous savez que je ne peux pas laisser tomber.

— Je sais. C'est pourquoi j'ai pris certains arrangements. Tout d'abord, vous allez disparaître.

— Mais…

Leclercq lui coupa la parole et poursuivit sur un ton rassurant :

— Seulement en tant que Laurence Parraud, bien entendu.

— Je vais devoir activer une autre identité ?

— C'est déjà fait. Toutes les traces de Laurence Parraud devraient avoir disparu d'ici quelques heures. Y compris dans les dossiers des Américains.

— Comment avez-vous fait ?

— Disons que les circonstances m'ont un peu aidé. Avec ce nouvel attentat…

— Quel attentat ?

Leclercq lui apprit la publication de la deuxième vidéo. Sur Internet, cette fois.

Un imam.

Décapité.

Leclercq lui donna ensuite les détails de l'arrangement qu'il avait conclu avec les Américains.

— Vous faites votre possible pour demeurer sous leurs radars, résuma-t-il, et ils vont faire un effort pour ne pas vous repérer.

— Et j'ai l'autorisation de poursuivre mon enquête ?

— Tant qu'elle porte sur les responsables de ces deux meurtres, ils seront heureux de toute aide que vous pourrez leur apporter. Pour cette raison, vous êtes autorisée à maintenir des contacts discrets avec l'inspecteur Chase. Mais uniquement sous votre nouvelle identité de Véronique Mougins.

— Et si je trouve Prose ?

— J'ai confiance en vous. Je suis sûr que vous saurez vous montrer suffisamment créative.

— Comme si j'avais le choix !

La réponse de Natalya avait été lancée sur un ton faussement joyeux et assuré. Une question l'inquiétait pourtant de plus en plus : la possibilité que Prose soit réellement mêlé à cette histoire.

Chaque fois qu'elle y pensait, elle sentait un nœud au creux de l'estomac. Presque une sensation d'étouffement.

— L'important est de ne pas créer d'incident, insista Leclercq. Quelles que soient vos priorités personnelles. Si jamais la Homeland Security récupère l'enquête, je ne pourrai plus grand-chose pour vous.

DÉFI VIVANT AUX STATISTIQUES

Sam se promenait le long de l'Hudson River. Il ne se lassait pas de contempler la ville. C'était d'ailleurs pour cette raison, tout militaire qu'il était, qu'il avait un faible pour les films de Woody Allen. Particulièrement ceux qui mettaient en scène New York.

À bonne distance derrière Sam, Alex se promenait, elle aussi. En apparence, elle paraissait tout aussi absorbée que lui dans la contemplation du paysage urbain. En réalité, elle était surtout attentive à maintenir une distance appropriée entre Sam et elle. Ce qui n'était pas trop difficile, car elle pouvait le suivre sans même le voir.

Lors de leur première rencontre, elle lui avait procuré un téléphone portable sécurisé. Pour qu'elle puisse le joindre en tout temps, avait-elle dit. Un logiciel de cryptage était intégré à l'appareil, qui permettait de sécuriser leurs communications. Ce qu'elle ne lui avait pas mentionné, c'était qu'il incluait aussi un GPS. Il suffisait à Alex de consulter son propre iPhone pour avoir une idée précise de l'endroit où Sam se trouvait ainsi que de la direction dans laquelle il se déplaçait.

Ignorant tout de cette filature, Sam regardait l'eau noire de l'Hudson. Par association d'idées, il songea à tout ce qui était englouti dans les profondeurs de la rivière. À tout ce qui était mort, au fond de l'eau, et que des sédiments achevaient de faire disparaître.

La mort n'était pas seulement son métier, c'était aussi son milieu. Il vivait entouré de morts. Autour de lui, presque tous ses proches étaient morts. Cela défiait les statistiques.

Son père et sa mère étaient décédés dans un accident d'avion quand il était enfant. Un attentat. Cela avait décidé de sa carrière. Il irait dans l'armée pour combattre les terroristes.

À l'époque, le choix lui apparaissait clair. Par la suite, bien sûr, il s'était aperçu que les choses étaient un peu plus compliquées.

Il y avait d'abord les méchants terroristes, ceux qui tuaient des Américains. Il y en avait aussi d'autres, qui dérangeaient moins, qui tuaient uniquement des étrangers et qui les tuaient loin des États-Unis... Il y en avait même qui pouvaient servir les intérêts des États-Unis, et qui n'étaient donc pas exactement des terroristes... Et puis, tout ça pouvait changer au gré des alliances. De méchants terroristes pouvaient devenir des amis qu'il fallait défendre contre d'anciens bons terroristes devenus méchants...

Sam était un survivant. Son unique sœur était morte. Quant à son beau-frère, même s'il n'était pas techniquement décédé, Sam le considérait comme tel.

Sa sœur avait rendu l'âme au terme d'une maladie dégénérative. Environ un an avant qu'elle meure, son mari l'avait quittée.

Il était un créateur, disait-il. Il avait des responsabilités envers son art. Pas question de laisser une agonisante mettre ses futures œuvres en péril. Il choisissait la vie. Laissons les morts enterrer les morts... Pour se justifier, il avait donné à Sam l'exemple d'une écrivaine française connue : elle avait divorcé de son mari rescapé des camps de concentration pour des raisons similaires. Elle ne pouvait pas vivre avec quelqu'un dont le corps et les limitations lui rappelaient l'horreur des camps. Elle aussi, elle avait une carrière à laquelle elle devait songer...

Sam avait pris la relève. Il avait accompagné sa sœur dans la dernière étape de sa vie. Il l'avait aidée, non pas à accepter sa mort, mais à supporter l'angoisse dans laquelle celle-ci la plongeait. Elle avait encore tant à faire, disait-elle. Sa fille était à peine une adolescente.

Ashley…

Il avait promis à sa sœur de veiller sur elle. Même si, à l'époque, il n'avait aucune idée de ce à quoi cette promesse allait l'engager.

Sam se frotta le visage avec les mains, comme pour effacer de sa peau la moindre trace de ces pensées. Il sortit ensuite son téléphone portable et entreprit de rédiger un courriel.

Trois cents mètres derrière lui, le message s'inscrivit progressivement sur le iPhone d'Alex.

Vous cherchez un imam? Allez dans l'usine abandonnée de…

Sam fit une pause pour regarder autour de lui avant de poursuivre. Puis il compléta le message et expédia le courriel au NYPD. Il sortit ensuite la carte SIM de son téléphone, la remplaça par une neuve et se débarrassa de l'ancienne.

Procédure standard.

Cela ne compromettait en rien ses communications avec Alex. Une autre carte était intégrée au portable de Sam. Elle abritait le logiciel de cryptage. Comme elle ne servait pas aux communications, on ne pouvait pas s'en servir pour remonter jusqu'à lui.

Cette deuxième carte était aussi, à l'insu de Sam, une sorte de témoin. À intervalles réguliers, elle envoyait les coordonnées GPS de l'appareil et elle relayait à Alex tous les messages entrants et sortants.

Elle abritait également un dispositif qui transformait le téléphone en micro dès qu'une voix humaine se faisait entendre à proximité.

PEOPLE TALK, WE LISTEN

— … chers téléspectateurs. Bienvenue à votre émission préférée du matin sur TOXX-TV : *People Talk, We Listen*.

La caméra fixa en gros plan le visage de la présentatrice.

—Ici Kim Beyond. Comme toujours, nous irons aujourd'hui au-delà des discours officiels et de la langue de bois. Au-delà de ce que racontent les politiciens et leurs experts grassement payés. Nous allons nous intéresser à ce que vous, le public, vous pensez.

Comme chaque fois, à ce moment précis de l'émission, une salve d'applaudissements salua la déclaration. L'animatrice s'interrompit, le temps d'accueillir l'enthousiasme des spectateurs avec un large sourire, puis elle reprit :

— L'émission de ce matin est entièrement consacrée à la vidéo de décapitation apparue sur Internet au cours de la nuit. Elle montre l'exécution d'une personne que l'on pense être l'imam Nassim al-Shammari. L'imam al-Shammari dirige la prière dans une des plus grandes mosquées de New York. D'abord, quelques faits…

Une liste s'afficha sur l'immense écran situé à sa droite. Au fur et à mesure que l'animatrice les lisait, chacun des items apparaissait en surbrillance.

—Il y a 42 mosquées dans Brooklyn, 33 dans le Queens, 24 dans Manhattan, 9 dans le Bronx et 7 sur Staten Island. Elles desservent près d'un million de musulmans. Ces chiffres augmentent chaque année.

La caméra retourna brièvement sur l'animatrice, puis se dirigea vers un homme dans la quarantaine, chemise blanche, veston marine, cheveux courts. Il regardait la caméra avec le sourire confiant et assuré d'un politicien en campagne électorale.

—Je vous présente maintenant mon invité, Gordon Smythe. Monsieur Smythe est spécialiste du Moyen-Orient. Il est l'auteur du livre *Quand la guerre s'avance masquée*… Monsieur Smythe, vous avez une brève déclaration pour nos auditeurs avant que je leur cède la parole ?

Sur le visage de l'invité, le sourire se fit plus discret. Comme s'il anticipait la gravité des propos qu'il allait tenir.

—Je voudrais simplement rappeler un fait. Depuis le 11 septembre 2001, plusieurs mosquées de la ville ont été classées organisations terroristes et maintenues sous surveillance par les policiers.

Toutefois, depuis l'article du *New York Times* qui a dénoncé cette pratique comme discriminatoire, la surveillance a été fortement relâchée. La question que je me pose, c'est : est-ce que nous assistons maintenant aux conséquences de ce relâchement ?

— Très bien, voilà qui devrait alimenter les discussions. Je me tourne maintenant vers le piano à opinions.

L'animatrice se mit à appuyer sur différentes touches d'une sorte de clavier devant elle. À chacune des touches, un bref commentaire d'un auditeur se faisait entendre.

> — Moi, je suis sûr que c'est le vrai imam. Comme l'archevêque était un vrai archevêque.
>
> — C'est une sorte de tueur en série. Il vise toutes les religions. Le prochain, ça va être un rabbin.
>
> — C'est clair, c'est des chrétiens qui ont voulu venger Feelgood.
>
> — Et si c'était un coup monté des islamistes ? Ils tuent un imam pour égarer les soupçons. Puis ils continuent à tuer des Américains.
>
> — C'est un tueur fou, c'est évident.
>
> — C'est probablement un musulman. La décapitation, c'est leur spécialité.
>
> — C'est pas des islamistes. La preuve, le type qui égorge l'imam, on voit qu'il n'a pas l'habitude : il a de la difficulté à le faire.

La caméra quitta les mains de l'animatrice posées sur le clavier et remonta vers son visage en élargissant le champ pour englober l'ensemble du bureau surélevé derrière lequel elle était debout.

L'animatrice se tourna vers l'invité.

— Les gens ont parlé, dit-elle. Vous les avez entendus. Qu'est-ce que vous en pensez ?

— Visiblement, ils croient tous qu'il s'agit d'un véritable meurtre. Par contre, il n'y a pas d'accord sur l'identité des responsables.

— Vous dites "des" responsables…

— Il me semble évident qu'ils sont plusieurs. Un individu seul aurait difficilement pu organiser tout cela.

—Vous pensez à un groupe particulier?

—Il y a plusieurs candidats possibles. Mais je suis sensible à la remarque de l'un de vos auditeurs, celui qui a mentionné l'expertise des musulmans en matière de décapitation. Savez-vous qu'à La Mecque, il y a plusieurs décapitations publiques par semaine? Évidemment, la dernière personne qui a osé en filmer une a été arrêtée. Mais pas avant d'avoir pu la mettre en ligne. On y voit un mari décapiter son épouse avec un sabre. Tout autour, la police maintient l'ordre et assiste le mari.

—Comment peut-on être aussi barbare? Vous êtes sûr que ce n'est pas une légende urbaine?

—La vidéo est sur Internet.

—Cela donne froid dans le dos. Je pense qu'il est temps de retourner à nos auditeurs. Allons voir le mur des tweets.

Comme à son signal, un immense carré lumineux se découpa dans le mur, à sa droite. Des tweets se mirent lentement à défiler de haut en bas.

Lawrence Lester@lawlest
@PeopleTalk Une juste vengeance.
Pour une fois qu'ils subissent ce qu'ils
font aux autres!

Sydney Teal@steal
@PeopleTalk Il est temps qu'ils paient
pour leurs crimes!

Darth Reader@dread
@PeopleTalk Les premières victimes
de ce meurtre sont les musulmans.
Avec votre émission, vous alimentez
la haine.

Sydney Teal@steal
@PeopleTalk @dread La haine, c'est
les musulmans qui l'alimentent.
Partout. Il est temps que les citoyens
prennent les choses en main.

Pendant que les tweets continuaient de défiler, l'animatrice lisait un avertissement en voix *off*.

— Nous tenons à vous prévenir du caractère excessif de certains commentaires. Ils n'engagent que leurs auteurs. La station tient à s'en dissocier. Toutefois, nous estimons que ce n'est pas une raison pour faire de la censure et stériliser le débat. *People Talk, We Listen...* Et ensuite, chacun se fait une opinion. C'est ça, la démocratie. C'est ça, l'Amérique.

Sue Meredith@sueme
@PeopleTalk Pourquoi personne ne parle de Prose? Pourquoi la police ne l'arrête pas?

Willfrid Burnette@wilbur
@PeopleTalk C'est un complot juif pour faire massacrer les musulmans par les catholiques. Comme le 11 septembre.

UN MAIRE RÉCALCITRANT

Pour Scott Turner, être maire de New York n'était qu'une étape. Il se voyait bien, dans quelques années, devenir gouverneur de l'État. Et ensuite, qui pouvait savoir jusqu'où il irait?

C'est pourquoi la visite impromptue de Neal Cosby le mettait mal à l'aise. Plus que mal à l'aise, en fait. Furieux. Carrément furieux.

Cosby était arrivé alors que Turner en était encore à prendre son petit déjeuner. Il avait des choses à lui expliquer, disait-il. Notamment à propos de cette espionne de la DGSI.

— Pour quelle raison je cacherais cette information au public? fit le maire. Les gens ont le droit de savoir qu'une espionne française est à l'œuvre dans les rues de leur ville! Qu'elle mijote des choses dont nous n'avons aucune idée! De quoi j'aurai l'air, le jour où le public saura que j'étais au courant et que je n'ai rien dit?

— Je vais vous le dire, de quoi vous aurez l'air: vous aurez l'air moins fou que si vous parlez d'elle et que toutes les traces de son existence ont disparu.

Turner mit un moment à réaliser les implications de ce qu'affirmait Cosby.

— Vous vous rendez compte ? Vous m'impliquez malgré moi dans un *cover up* ! On a eu deux crimes atroces et vous me demandez de cacher à la population des informations essentielles !

— Pour ne pas nuire à l'enquête... Sans vous révéler les détails, je peux vous dire que ces deux meurtres sont liés à une affaire internationale.

— Feelgood et l'imam... l'imam...

Puis, comme il n'arrivait pas à trouver son nom, il conclut sa question en disant :

— ... l'imam musulman ?

En guise de réponse, le directeur de la NSA se contenta d'abord de hocher la tête. Puis il ajouta :

— Nous travaillons main dans la main avec les Français.

— Vous avez tort de faire confiance à ces mangeurs de grenouilles.

— Vous pouvez penser ce que vous voulez, mais vous ne dites rien. Pas un mot sur cette agente de la DGSI. Et pour ce qui est de l'enquête, la principale piste est un tueur fou.

— Mais... Vous venez de dire que...

— Officiellement, l'affaire continue de relever du NYPD. De cette façon, on peut poursuivre notre enquête discrètement, sans alerter les auteurs de ces meurtres.

— Vous ne pouvez pas !

Le maire ne savait plus quoi dire. Pour lui, c'était la catastrophe. Si le NYPD continuait d'être responsable de l'enquête, en cas de problèmes, il serait un des premiers à être éclaboussé...

Un instant, il avait pourtant cru s'en tirer.

Quand Cosby lui avait parlé de complot international, Turner avait immédiatement pensé que le FBI et la Homeland Security se chargeraient de l'affaire. Sa responsabilité serait automatiquement dégagée. Il pourrait alors prendre l'initiative du combat, protester que les résultats tardaient et se poser en défenseur des citoyens ! Par contre, si l'affaire relevait de la police de la ville...

— Je verrai ce que je peux faire, finit-il par dire.

— C'est tout vu. Si un seul mot de notre conversation se retrouve dans les médias, vous pouvez dire adieu à votre poste. Et à vos ambitions.

— Vous ne pouvez rien contre moi !

— Moi, non. Mais si certaines informations devenaient publiques… Et je ne parle pas de vos deux maîtresses. Personnellement, cela m'est indifférent. Pour vos appuis chez les fondamentalistes religieux, par contre, ça ferait un peu désordre… Non, je parle des actions que vous détenez dans All Products Anywhere, vous et votre fils.

Fidèle à son nom, cette entreprise acheminait partout sur la planète des produits américains frappés d'interdit d'exportation : armes, matériel technologique de pointe, matériaux rares…

Le maire blêmit.

— Je n'ai aucune action dans cette entreprise ! protesta-t-il.

Cosby ne jugea pas utile d'insister. Techniquement, Turner avait raison. Il ne possédait pas d'actions de cette entreprise. Mais il en contrôlait une autre qui, à travers un réseau supposé opaque de sociétés-écrans, possédait la totalité de All Products Anywhere.

Le directeur de la NSA tendit la main à son interlocuteur et conclut avec un sourire :

— Je sais que je peux compter sur vous.

EN QUÊTE DE RÉPONSES

Natalya venait de passer près d'une heure à envoyer des courriels et à donner des coups de fil. Elle avait joint huit membres du réseau des ex. Tous ceux qui étaient susceptibles de l'aider à retrouver Prose, en fait, ou qui pouvaient la mettre sur la piste des responsables des attentats.

Elle ne pouvait pas se résigner à l'idée que Prose soit l'auteur de ces meurtres. Ce n'était pas le Prose qu'elle connaissait. Malgré les indices qui s'accumulaient, elle était incapable d'imaginer qu'il puisse être mêlé volontairement à ces horreurs.

À la télé, l'émission *Pros & Cons* se poursuivait.

En revenant du restaurant de l'hôtel, où elle avait pris son petit déjeuner, Natalya avait allumé la télé, à la recherche d'une émission qui parlerait des événements en cours. Elle avait choisi les infos. Une fois les infos terminées, *Pros & Con* avait suivi.

Deux invités échangeaient des arguments. Jusque-là, rien de bien nouveau. Sauf que les invités étaient des comédiens et que leurs textes étaient écrits par des scripteurs. Le tout était monté dans un dialogue qui visait à présenter l'ensemble des arguments sous la forme d'un échange « vivant ».

Un peu étonnée par la formule de l'émission, Natalya l'avait écoutée de façon distraite tout en relançant ses ex par courriel.

> — La preuve est statistique. Il suffit de calculer le nombre de morts et d'attentats exécutés chaque année au nom de l'Islam. On pourrait aussi y ajouter, bien que ce soit moins quantifiable, la barbarie des châtiments : décapitation, lapidation, personnes brûlées vives, femmes vitriolées…
> — Il ne faut pas imputer à l'Islam ce que font des fanatiques en son nom. Il ne faut pas confondre musulman, intégriste et terroriste.

Une fois le dernier courriel envoyé, Natalya composa le numéro de Leclercq. Celui qui permettait de le joindre en tout temps.

— Qu'est-ce que je peux faire ? s'enquit d'emblée le directeur de la DGSI.

— De plus en plus d'indices incriminent Prose. Il y a des traces de sa présence sur toutes les scènes de crime.

— Tu penses qu'il est impliqué ?

— Je n'arrive pas à croire qu'il ait pu commettre ces meurtres.

Son ton disait cependant son manque de certitude. Il y avait une limite aux coïncidences ou à ce qu'on pouvait faire pour compromettre quelqu'un à son insu.

— Le NYPD semble persuadé qu'il est le principal suspect.

> — ... à La Mecque, on décapite chaque semaine sur la place publique. On lapide. On ampute. Dans quelle catégorie rangez-vous les autorités religieuses de ce pays : musulmans, intégristes ou terroristes ? Quand l'épouse du roi l'a quitté et s'est enfuie en Occident, le souverain a fait emprisonner ses quatre filles pour se venger. Elles étaient toujours en prison des années plus tard, quand il est mort...

— Il y a tellement d'indices, répondit Natalya. Je ne dirais pas qu'il est "impliqué". Mais manipulé ? Instrumentalisé ? Oui, c'est possible... À moins que ce soit un *frame-up*.

— Par qui ? Dans quel but ?

— Aucune idée.

> — On croirait entendre un intellectuel français défendant le régime stalinien. Quand ils accusaient Soljenitsyne d'être anti-travailleurs parce qu'il dénonçait les goulags !

— J'ai un service à vous demander, fit Natalya.

— Si je peux faire quelque chose...

— J'aimerais avoir un relevé de tous les endroits où Prose a été repéré par des caméras de surveillance au cours du dernier mois. Pour l'ensemble de l'Europe.

— Pourquoi pas sur toute la planète ? Tant qu'à faire...

— J'ai déjà quelqu'un qui s'occupe de l'Amérique du Nord.

— En se concentrant sur les aéroports, puis sur les hôtels près des aéroports, on a eu cinq occurrences. Et il a fallu plus d'une semaine de travail à trois analystes !

— Je sais. Mais je suis persuadée qu'il y a là quelque chose de louche.

Natalya connaissait bien Leclercq. Ses protestations n'étaient pas une rebuffade. Plutôt un mouvement d'humeur qui faisait suite à sa décision d'accepter sa demande.

> — Plus on prend une religion au sérieux, plus elle est meurtrière. Plus on est certain de détenir la vérité, plus il est facile de vouloir convaincre les autres à tout prix. Même si, pour cela, il faut tuer. Surtout quand notre religion nous ordonne de le faire. Lisez le Coran...

— Je vous revaudrai ça, promit Natalya.

— Bien sûr…

Après avoir raccroché, Natalya remonta le volume de la télé et s'intéressa un moment à l'émission en cours.

> — … plusieurs versets sont très durs pour les infidèles.
>
> — Il y a des passages équivalents dans la Bible.
>
> — Mais il n'y a pas autant de meurtres commis par les catholiques.
>
> — Plus aujourd'hui. Parce que l'innocuité vient avec l'avachissement des croyances. En Occident, la plupart des chrétiens ont adopté une version consommatrice de leur religion. Ils y prennent ce qu'ils aiment et ils oublient le reste. Souvent même, ils vont picorer dans plusieurs religions. Ce n'est plus de la religion, c'est du *counselling* psychologique…

Décidément, c'étaient toujours les mêmes arguments, toujours les mêmes réponses.

Elle éteignit la télé.

UN IMAM À L'USINE

Calvin Chase prenait un petit déjeuner tardif chez Angelo's. Autour de lui, les gens parlaient de la nouvelle vidéo.

Avec le bruit du service, les commandes des clients que répétaient les serveuses et le fond musical dans lequel baignait l'endroit, cela créait une sorte de trame sonore confuse d'où ressortaient des bouts de phrases.

> … c'est les musulmans, c'est certain… un réseau international de terroristes… l'imam, c'est pour mêler la police… Moi, je suis sûr que des chrétiens ne peuvent pas… C'est vrai que l'Opus Dei… parce que la police les protège… c'est ce type, Prose, qui est derrière eux… l'Armageddon! C'est le début de l'Armageddon!… Tu délires… encore un prétexte pour… Autrement, ils les auraient déjà arrêtés… des lois qui donnent plus de pouvoir à la police, c'est tout ce qu'ils veulent…

Chase releva brusquement la tête, comme s'il avait été alerté par une partie de son cerveau consacrée à la surveillance continue de son environnement.

Une femme était debout devant lui. Elle lui souriait.

Grande, les yeux bleus, des cheveux noirs mi-longs. Une frange au carré juste au-dessus des yeux... Il avait vaguement l'impression de la connaître. Mais il n'arrivait pas à mettre un nom sur ce visage.

— Je peux m'asseoir ou je reste debout pour vous parler?

C'est alors qu'il reconnut la voix.

— Laurence Parraud?

Il l'examina attentivement.

Les cheveux plus longs et noirs? Sans doute une perruque... L'impression qu'elle était plus grande? Ça pouvait être des semelles compensées et des talons hauts... Les yeux bleus? Des lentilles de contact.

Le maquillage aussi était particulier. Il faisait ressortir les arêtes du visage au lieu de les atténuer... Ses vêtements lui donnaient une allure de femme d'affaires.

Puis il réalisa qu'elle continuait d'attendre, debout, en le dévisageant avec un sourire amusé.

Il s'empressa de lui désigner la banquette libre devant lui.

— J'imagine que vous êtes au courant de la nouvelle vidéo, fit Natalya en s'assoyant.

— J'ai passé une partie de la nuit au poste... Mais ça?

D'un geste de la main, il désignait l'ensemble de ce qu'elle était devenue.

— Laurence Parraud n'existe plus.

— Pour quelqu'un qui n'existe plus, vous semblez vous porter remarquablement bien.

— Parce que je suis Véronique Mougins.

Natalya lui expliqua les tractations qui avaient eu lieu au cours de la nuit.

— Je me demandais pourquoi le directeur voulait me voir en fin d'avant-midi, fit Chase. Là, je comprends.

Il avait à peine terminé sa phrase que son téléphone vibrait contre sa cuisse.

Chase le récupéra au fond de sa poche et l'alluma avec impatience.

—Oui!

Il écouta pendant une vingtaine de secondes. Quand il répondit, sa voix avait adopté un ton strictement professionnel.

—Demandez qu'on envoie une équipe sécuriser les lieux. Faites aussi venir l'équipe technique. J'arrive aussitôt que je peux.

Il éteignit son téléphone.

—Le directeur, dit-il. On vient de recevoir un message. Ça commence par: "Si vous cherchez un imam…"

—Une indication de l'endroit où est le corps?

—Une usine désaffectée.

http://facebook.com/donnasherry

Donna Sherry

Il y a 19 minutes

Ils ont tué un archevêque. En réponse, on a tué un imam. Maintenant, c'est clair. C'est une guerre de religion.

J'aime   Commenter   Partager

Rob Clover, Isabella Hernandez, James Little et 26 autres personnes aiment ça.

Afficher 6 autres commentaires

Darth Reader   Ce n'est pas clair du tout. Ce n'est pas parce qu'un imbécile s'est senti visé comme catholique et qu'il a tué un imam que tous les catholiques étaient visés par ce meurtre.
Et c'est quoi, ce «on»? «On» n'a pas tué un imam; un imbécile l'a fait. Ou pire, quelqu'un de brillant qui espérait faire réagir les imbéciles, leur faire croire qu'on est dans une guerre de religion.

Il y a 11 minutes   J'aime

Dotty O'Shaughnessy   Encore tes théories du complot! Je préfère passer pour un imbécile plutôt que de croire à ces stupidités!
Il y a 10 minutes   J'aime

Darth Reader   Je n'ai pas de certitudes. Je me contente de dire que rien n'est prouvé. Ce qui est imbécile, c'est de croire sans preuve.
Il y a 8 minutes   J'aime

Norm Baker   Vous avez vu le nombre de mosquées qui ont été vandalisées au cours de la nuit? Des graffitis, des vitres cassées, des pots de peinture lancés sur les murs. Ça ne peut pas tous être des imbéciles qui ont fait ça! Les gens ont compris qui avait tué Feelgood.
Il y a 7 minutes   J'aime

Dotty O'Shaughnessy   Bien d'accord!
Il y a 7 minutes   J'aime

Norm Baker   TOXX-News a publié un sondage. Cinq New-Yorkais sur six n'excluent pas que ça puisse être des musulmans.
Il y a 5 minutes   J'aime

Darth Reader   C'est ça! Et la moitié des républicains n'excluent pas que Obama soit l'Antéchrist! Ça aussi, c'était dans un sondage.
Il y a 4 minutes   J'aime

LA TÊTE AILLEURS

Chase souleva le ruban jaune qui isolait la scène de crime pour laisser passer Natalya. Il eut à peine le temps de le franchir à son tour que Tannehill se précipitait vers lui.

—On a retrouvé le corps, dit-il.

Puis il prit conscience de la présence de Natalya et la regarda avec perplexité.

— Véronique Mougins, fit Chase. Interpol.

Tannehill serra la main que lui tendait Natalya.

— Vous me rappelez quelqu'un, dit-il. Mais je n'arrive pas à…

— Ne cherchez pas trop, répondit Natalya en riant. Toutes les femmes rêvent d'être uniques.

Tannehill rougit.

— Oui, bien sûr.

Chase s'empressa d'intervenir.

— Qu'est-ce qu'on a ?

— Comme je disais, on a le corps. Mais…

Tannehill hésitait. Il semblait mal à l'aise.

— Mais quoi ? s'impatienta Chase.

— C'est la tête…

— Qu'est-ce qu'elle a, la tête ?

— Elle n'est plus là.

— Il a été décapité. C'est normal.

— Je veux dire, elle n'est plus là… du tout. Venez voir.

Il les entraîna à l'intérieur de l'édifice.

Le corps gisait dans une flaque rouge au milieu d'une immense salle à peu près vide. Il était toujours vêtu de la combinaison orange. À voir la dimension de la flaque, le corps s'était complètement vidé de son sang.

— Il ne faut pas trop approcher, dit Tannehill en empêchant Chase de se rendre jusqu'au corps. L'équipe technique n'est pas encore arrivée.

— Quoi !

— Ils ont eu un problème. Leur fourgonnette a dû être remorquée. Ils sont retournés au poste chercher un autre véhicule.

Chase se tourna vers Natalya.

— Les coupures de budget, dit-il sur un ton qui évoquait une invasion de sauterelles ou une autre calamité du genre. De plus en plus de véhicules tombent en panne.

— Je croyais que votre secteur aurait été épargné. Tout le monde parle de lutte contre le terrorisme.

211

— Il y a la lutte contre le terrorisme dans les communiqués de presse, dans les discours… et il y a la lutte dans la réalité. Les Républicains sont partis en guerre. Ils ne parlent que de rigueur budgétaire.

Chase et Natalya se contentèrent d'examiner la scène à distance.

Juste à côté du corps, on pouvait apercevoir le long couteau qui avait servi à la décapitation. Il était encore maculé de sang.

L'équipement utilisé pour enregistrer la scène avait été laissé sur place. Caméras, trépieds, éclairage, ordinateur portable… Tous les appareils formaient une sorte de cercle éloigné autour du corps. Comme s'ils avaient été abandonnés à l'endroit où ils avaient été utilisés.

— Vous avez regardé dans les autres salles ? demanda Chase. Et dans les poubelles ?

— Rien jusqu'à maintenant, répondit Tannehill. J'ai deux hommes qui vérifient les alentours de l'édifice.

Natalya balaya lentement la scène du regard.

— Je pense que ce sont les mêmes que pour Feelgood.

Chase prit à son tour le temps d'examiner la scène avant de demander :

— À cause du matériel ?

— Je ne comprends pas pourquoi ils ont tout laissé sur place. S'ils prévoient d'autres meurtres…

— Surtout que ça multiplie les pistes qu'on peut suivre.

— À moins que ce soit justement pour ça.

Chase semblait passer l'ensemble des données en revue dans sa tête. Après un moment, il déclara, comme s'il venait de parvenir à une conclusion :

— Il y aurait donc plusieurs tueurs. Et non pas un tueur en série.

— Ou plusieurs équipes de tueurs.

— À moins qu'il s'agisse de représailles. Ce qui voudrait dire qu'on a un début de guerre de religion sur les bras.

— Vos supérieurs vont sûrement beaucoup aimer cette idée.

Chase eut un sourire désabusé. Il imaginait la réaction de Roberts et du maire.

— Ou alors, dit-il, on a un tueur unique qui engage des sous-traitants.

— Possible.

— Ça pourrait être quelqu'un qui fait une fixation sur les leaders religieux.

Natalya préférait ne pas prolonger la discussion sur le sujet.

— Je vous laisse avec vos collègues, dit-elle. De mon côté, je vais voir s'il y a de nouvelles informations que je pourrais vous communiquer.

En quittant les lieux, elle pensait à Prose. S'il fallait qu'on trouve des indices le reliant à ce nouveau crime… Puis elle se dit que c'était probable. Si c'était un *frame-up*, il y aurait encore forcément des indices qui l'incrimineraient.

ÉCOSYSTÈME MUNICIPAL

La politique municipale était un écosystème et Turner y régnait en maître depuis des années. La seule menace réelle à son pouvoir venait occasionnellement de l'extérieur. Comme ce Cosby, de la NSA, qui semblait avoir entrepris de démolir ses plans.

Ce que Turner aimait le plus, dans le fait d'être maire de New York, c'était qu'il n'y avait théoriquement personne au-dessus de lui, dans cette ville de vingt millions et plus d'habitants, pour lui dire quoi faire.

Dans son environnement proche, il y avait les innombrables anonymes, qui n'avaient d'autre choix que d'obéir. Venaient ensuite ceux, assez rares, à qui il devait prendre le temps de donner des explications pour ménager leur ego… et qui finissaient par obéir.

Finalement, il y avait les quelques-uns qu'il n'avait pas les moyens de contrôler. Mais, avec eux, il savait se rendre indispensable. De la sorte, ils finissaient eux aussi par faire ce qu'il voulait, mais sans se sentir contraints. C'étaient de simples échanges de services. Des négociations entre gens civilisés.

Turner pensait avoir bien manœuvré dans l'affaire Feelgood. S'il s'agissait d'un attentat terroriste, elle relevait du FBI et de la

Homeland Security. Le NYPD serait exclu de l'enquête. Les autorités municipales seraient hors de cause. Personne ne pourrait lui demander de rendre des comptes.

S'il y avait de la grogne, elle serait dirigée contre les autorités fédérales. Turner s'empresserait alors de joindre sa voix indignée à celle de la population. Son image de défenseur des droits des New-Yorkais en serait renforcée.

Tout était pour le mieux.

Mais il avait fallu que Cosby vienne tout bousiller. Qu'il impose la thèse du tueur fou. Et que Turner refuse de passer l'affaire au FBI. Cela voulait dire que les autorités municipales demeuraient responsables de l'affaire devant la population. C'était courir à la catastrophe.

Mais peut-être pas, à bien y penser…

Le maire prit son téléphone, sélectionna un numéro dans le répertoire et lança l'appel.

— Yardley.

— Un apéro, ça te va ? Tu as le temps ?

— Mon horaire est assez bousculé, mais je peux prendre un peu de temps. Notre place habituelle ?

— Pourquoi changer de bonnes habitudes ?

Turner raccrocha.

Puisque Cosby voulait jouer aux espions, il allait lui montrer que ça pouvait se jouer à deux, les coups fourrés.

Une demi-heure plus tard, le maire était attablé dans un café en face du journaliste. C'était loin d'être la première fois qu'ils se rencontraient de la sorte mais, pour Turner, les enjeux n'avaient jamais été aussi élevés.

— Encore un conseiller de l'opposition qui trompe sa femme ? demanda le journaliste, une fois que la serveuse eut apporté leurs deux cafés.

— C'est un peu plus sérieux.

— Une entreprise qui magouille pour se soustraire aux normes environnementales ? Un fonctionnaire corrompu que la mafia fait chanter ?

— Avant que je te dise quoi que ce soit, il faut que tu me promettes de te trouver d'autres sources que moi. Pour me couvrir.

— D'accord.

— C'est à propos du meurtre de Feelgood et de l'imam.

— C'est lié ?

— Plus que lié. Les meurtriers seraient les mêmes. La NSA pense que c'est un complot international. Il y a même une espionne française qui travaille sur l'enquête, ici même, à New York.

— Ce n'est pas un tueur fou ? J'avais entendu dire que la police pensait que…

— Ils n'auraient pas demandé l'aide des Français pour arrêter un tueur en série.

— Sauf si c'est un tueur qui se déplace d'un pays à l'autre.

— Si c'était le cas, ça relèverait du FBI. D'Interpol, à la limite. Mais ils tiennent à ce que ce soit le NYPD qui s'occupe de l'affaire. Probablement parce que ça leur permet de continuer leurs petites magouilles sans être importunés. Et s'il y a d'autres victimes, tant pis. Pas question d'avertir la population pour qu'elle se protège.

— Pourquoi veux-tu que je trouve d'autres sources ?

— Parce que j'ai été personnellement menacé par la NSA : si ça sort, ils vont tenir pour acquis que ça vient de moi et ils vont se venger.

Turner sortit une enveloppe de la poche intérieure de son veston.

— C'est la photo de l'espionne française qui travaille à New York. Il y a aussi le nom et le numéro matricule de l'officier du NYPD affecté à l'enquête. Ces deux-là feraient de bonnes sources.

— S'ils refusent de parler ?

— Tu as seulement à écrire qu'ils ont refusé de confirmer que… n'importe quoi ! Ce n'est pas à toi que je vais apprendre les trucs du métier.

— D'accord.

— Ce qui serait bien, aussi, c'est de planter que la NSA est une de tes sources.

— Ça, c'est plus compliqué.

— Pas nécessairement. En premier, tu fais couler par un autre journaliste qu'une de tes sources travaille à la NSA. Ensuite, tu démens l'information. Mais tu t'arranges pour avoir l'air mal à l'aise en le faisant. Tout le monde va comprendre.

— Et si on insiste pour savoir quelles sont mes sources ?

— Tu as seulement à dire que tes informateurs craignent des représailles. C'est ton devoir de protéger leur anonymat… Autre chose : il n'est pas exclu que des islamistes soient derrière ce complot.

— Même s'ils ont tué un imam ?

— Je ne vois pas le problème. Ils n'arrêtent pas de se tuer entre eux ! Un de plus, un de moins… En faisant passer le meurtre sur le dos des chrétiens, ils encouragent une guerre de religion. Plus il y aura d'incidents, plus il y aura de répression. Et plus il y aura de musulmans qui vont se radicaliser. Ça va leur attirer de la clientèle !

— Comme quand Bush faisait monter l'alerte terroriste avant les élections.

— Tu dis n'importe quoi.

www.ap.org/Content/Press-Release/imam-al-Shammari-dead

L'IMAM NASSIM AL-SHAMMARI EST BIEN MORT

C'est ce que vient de laisser entendre le porte-parole du NYPD. Le corps a été découvert dans un entrepôt désaffecté, vêtu de la même combinaison orange que dans la vidéo de décapitation récemment mise en ligne sur Internet.

Le NYPD, qui doit tenir une conférence de presse demain, a toutefois refusé de confirmer l'identité de la victime. De la même manière, le porte-parole de la police a refusé de commenter les rumeurs selon lesquelles la tête de l'imam n'aurait pas été retrouvée.

Ce refus de confirmer officiellement l'identité de la victime tend à accréditer l'hypothèse que…

Ashley était mannequin.

Pas top modèle, mais elle aurait pu aspirer à le devenir si elle n'avait pas eu 26 ans. Autrement dit, si elle n'avait pas été en voie de devenir une antiquité. Désormais, elle ne pouvait plus monter. Elle pouvait tout au plus ralentir sa chute.

Sa situation n'était pourtant pas désespérée. Bien des femmes, même plus jeunes qu'elle, auraient aimé posséder sa silhouette. Mais, dans l'univers compétitif de la mode, ce n'était pas suffisant. La descente était amorcée. Chaque jour qui passait la rapprochait de l'échéance.

Le début de la fin, ce serait quand elle serait obligée de réduire ses tarifs. Au point de manquer d'argent. De ne plus pouvoir se payer la drogue qui lui permettait de continuer. Ce serait alors la spirale… Elle était prête à tout pour ne pas y penser. Y compris augmenter peu à peu sa ration quotidienne de drogue.

Son rêve tenait en peu de mots : une cure de désintox et un riche mariage. Mais, pour cela, il lui fallait de l'argent. Beaucoup d'argent. Car la cure n'était pas donnée. Et il lui faudrait ensuite se reconstruire une vie sociale. Se monter une nouvelle garde-robe. Se mettre en marché…

Or, Ashley ne connaissait qu'une seule façon de gagner de l'argent : défiler. Et, pour continuer de défiler, elle avait besoin de drogue.

La situation était sans issue. Elle n'avait personne vers qui se tourner. Son agent s'empresserait de l'oublier et toute sa famille était morte. Sauf ce stupide oncle Sam. Un militaire !

Il représentait tout ce qu'elle détestait : la guerre, la grisaille, l'obéissance aveugle, la vie sans imagination, la discipline bête… Pendant six ans, elle avait dû subir son autorité. Pendant six ans, il s'était pris pour son père. Le jour de ses vingt et un ans, elle lui avait dit adieu. La seule chose dont elle était certaine, c'était qu'elle ne voulait plus jamais le revoir.

L'oncle Sam, comme elle l'appelait par dérision, était le contraire de tout ce qu'elle aimait : la joie, la fantaisie, l'humour, la spontanéité, la passion… Autrement dit, le contraire de Garrett.

Garrett… Une chance qu'elle l'avait rencontré.

Au début, elle l'aimait à la folie. Elle aurait fait n'importe quoi pour lui. Elle avait d'ailleurs fait n'importe quoi. Et s'il lui arrivait d'avoir des sautes d'humeur, c'était amplement compensé par les moments merveilleux qu'elle passait avec lui. Il était si vivant, si drôle. Il ne laissait pas les règles de la société l'empêcher de vivre.

Avec le temps, les choses avaient cependant évolué. Garrett avait cessé d'être un amoureux pour devenir une sorte de gérant. Il contrôlait l'ensemble de sa vie. C'était à lui qu'elle devait sa carrière. Pour elle, il avait réduit ses activités dans le milieu de la drogue et il s'était concentré sur celui de la mode.

Jamais elle ne pourrait lui revaloir tout ce qu'elle lui devait.

— Combien ? demanda-t-elle.

— Deux doses.

— Pourquoi tu ne me donnes pas les doses de la semaine ? Je te promets que je peux les gérer correctement.

— Il faut que tu te concentres sur ton métier. Laisse-moi m'occuper du reste.

— Tu es sûr que je ne peux pas t'aider ?

— Absolument sûr.

Ce que Garrett ne pouvait pas lui dire, c'étaient les raisons de cette certitude. Il n'avait pas à acheter la drogue d'Ashley dans la rue : chaque lundi, la ration hebdomadaire lui était livrée à son domicile. Dans une enveloppe scellée. En même temps que son salaire.

Le travail à plein temps de Garrett était de gérer Ashley. De s'occuper de sa carrière. Et de garder son accoutumance à la drogue dans des limites acceptables.

Pour cela, il était payé généreusement. Et si jamais Ashley avait vent de la véritable nature de son travail, Garrett perdrait le sien. Et peut-être perdrait-il beaucoup plus que son travail.

Natalya avait ramassé le tract par terre, devant l'hôtel.

Il y en avait des centaines. Les gens les avaient pris dans des présentoirs de carton plastifié, près de l'entrée. Des présentoirs noirs devant lesquels on pouvait lire, en lettres moulées :

UN IMAM POUR UN ARCHEVÊQUE

Les tracts reprenaient le même titre en lettres rouges. Suivait un assez long message.

Ils ont tué notre archevêque, Mgr Feelgood. Ils ont tué un prêtre qui travaillait à l'archevêché, Hector Lopez. Ils ont tué plusieurs chrétiens éminents. Et ils essaient de faire croire que c'est eux, les chrétiens qui ont tué monseigneur Feelgood.

Nous sommes attaqués. La guerre est déclarée. Il faut défendre notre pays contre les envahisseurs avant qu'il y ait des mosquées partout et que les femmes soient forcées de se voiler. Il faut se battre pour que les États-Unis restent une terre de liberté.

Après avoir lu les deux premiers paragraphes en marchant, Natalya s'arrêta pour parcourir plus lentement la suite. C'était un véritable appel à la guerre de religion.

Les autorités n'ont pas assez de couilles pour agir. Nos élus sont paralysés par la rectitude politique. Ils ont le cerveau englué dans la langue de bois. Alors, nous avons agi. Nous avons vengé Mgr Feelgood.

Un imam pour un archevêque.

Si les musulmans veulent vraiment la paix, qu'ils contrôlent leurs illuminés ! D'ici là, c'est la loi du talion. Ça ne devrait pas les étonner : c'est dans le Coran, la loi du talion !

C'était quoi, cette histoire ? Depuis quand les terroristes distribuaient-ils des tracts pour revendiquer un attentat ? Pourquoi ne profitaient-ils pas d'Internet et des réseaux sociaux ? Pourquoi ne les envoyaient-ils pas aux médias ?

Elle acheva sa lecture.

En gage de bonne volonté, nous oublions pour le moment le meurtre d'Hector Lopez et des six chrétiens qu'ils ont voulu faire passer pour des criminels.

Mais protéger la paix exige parfois d'éliminer ceux qui s'entêtent à nous faire la guerre. Si d'autres attentats antichrétiens ont lieu, nous sommes prêts. La guerre sera totale.

Nous sommes attaqués! Résistons! *God Bless America!*

Patriots for Peace

Encore un groupe d'illuminés.

Cette fois, par contre, malgré la teneur du message, le nom n'avait pas de connotation religieuse.

Natalya entra dans l'hôtel et monta rapidement à sa chambre. Après avoir relu le texte, elle entreprit de voir si l'information était aussi sur Internet. Comme elle le pensait, le tract était déjà largement commenté dans les réseaux sociaux. Certains médias traditionnels l'avaient même repris.

D'après ce qu'elle avait pu comprendre, des présentoirs avaient été déposés dans plusieurs endroits publics : trottoirs, entrées d'hôtels ou d'églises, parcs…

À quoi pouvait bien rimer ce changement de méthode ? L'auteur des crimes devenait-il plus prudent ? Voulait-il éviter de contacter directement les médias pour ne pas être repéré ?

Elle décida d'appeler Chase.

— Ils ont presque tous été installés en même temps, lui apprit ce dernier.

— Comment avez-vous découvert ça ?

— Par ceux qui les ont installés. Pour l'instant, on en a retrouvé une dizaine. Tous des gens sans histoire. Ils ont reçu un présentoir chez eux avec des instructions et un billet de cent dollars. On leur promettait deux autres billets s'ils obéissaient strictement aux consignes et s'ils ne parlaient des tracts à personne avant de s'être acquittés de leur travail.

Après quelques minutes de discussion, Natalya et Chase convinrent de se voir en début de soirée pour faire le point.

GLOBAL NEWS CHANNEL

... les témoignages de sympathie se sont multipliés. L'archevêque de New York a tenu à exprimer le sentiment d'horreur ainsi que la profonde tristesse qu'il a ressentis quand il a été informé de cet attentat.

«L'imam al-Shammari était un homme d'une profonde humanité, a-t-il déclaré. Un homme de prière, de dialogue et de générosité. Son exemple continuera d'être une source d'inspiration pour tous les hommes et toutes les femmes de bonne volonté.»

Dans les réseaux sociaux, c'est cependant une tout autre histoire. Selon les rumeurs qui y circulent, les Patriots for Peace seraient la façade d'un groupe terroriste islamiste. Leur but serait de provoquer une guerre de religion à l'intérieur des États-Unis.

Interrogé à ce sujet, le NYPD a refusé de confirmer que...

THÉ CHEZ ANGELO'S

Natalya prenait un thé chez Angelo's. En attendant l'arrivée de Chase, elle regardait son musée personnel sur son iPad et elle écoutait de la musique. Une *playlist* à dominante punk rock.

Elle y avait inclus des pièces de Muse, notamment de leur dernier album, malgré les critiques négatives que celui-ci avait reçues. Elle se reconnaissait dans le texte des chansons. Elles débordaient les unes sur les autres, donnant l'impression qu'il s'agissait moins d'un groupe de chansons bien définies que d'une obsession qui cherchait des prétextes pour se décliner de différentes manières, selon différents rythmes.

Men in cloaks always seem to run the show
Save me from the ghosts and shadows
Before they eat my soul...

Son attention revint au musée. Il comptait quarante et un tableaux. Tous des portraits. Tous peints dans un style hyperréaliste. Elle les avait réalisés elle-même.

L'ensemble était contenu dans un dossier qu'elle avait baptisé : 442. C'était le numéro du régiment le plus décoré des États-Unis. Il était composé d'Américains d'origine japonaise engagés dans l'armée en 1943. Ils voulaient prouver qu'ils étaient de vrais Américains et qu'ils n'étaient pas solidaires des horreurs commises par l'armée du Japon. Et cela, pendant que leurs propres familles étaient enfermées dans des camps de concentration aux États-Unis !

Natalya voyait dans leur volonté de se réhabiliter, eux et tous les citoyens américains japonais, une illustration de sa propre entreprise.

Quarante et un tableaux. Chacun représentait une personne à qui elle avait sauvé la vie. Une personne que l'on avait cherché à tuer en plaçant un contrat sur sa tête. Natalya avait éliminé ceux qui avaient payé pour les contrats. Une façon radicale de régler le problème à la source.

Chacun des tableaux avait exigé des semaines d'efforts. De travail patient. Minutieux.

Quand elle se plongeait dans la peinture, le monde s'abolissait autour d'elle. C'était une façon qu'elle avait trouvée de rétablir une sorte de paix intérieure, de sérénité. Presque une forme de méditation.

Un seul de ces portraits l'agaçait. Celui de Prose. Elle l'avait cru achevé. Manifestement, il ne pouvait pas l'être. Et le plus irritant, c'était qu'elle ne pouvait rien faire pour le moment. Ni le retoucher. Ni le reprendre entièrement. D'une part, tout son matériel était à Paris ; elle n'avait accès qu'à sa galerie virtuelle sur son site Internet. Mais, surtout, Prose n'était pas sauvé.

Natalya s'inquiétait de plus en plus pour lui. Le faisceau d'indices qui pointait dans sa direction n'était pas anodin.

L'arrivée de Chase interrompit ses réflexions. Ce dernier jeta un regard vers son thé et commanda un café.

—Désolé du retard, dit-il en s'assoyant.

Elle enleva ses écouteurs et s'empressa de fermer la fenêtre affichée sur l'écran de son iPad. Puis elle mit l'appareil en veille.

—Des nouvelles ? demanda-t-elle.

—On n'a toujours pas trouvé la tête de l'imam.

—Les distributeurs de tracts ?

—Dix-sept, pour l'instant. On en a découvert plusieurs dans les réseaux sociaux. Ils parlaient de leur aventure. Mais ils ne savent rien.

—Et les analyses techniques ?

—Pas grand-chose, sinon que l'équipement cinématographique est semblable à celui retrouvé au local des Soldats du Christ. Acheté au même endroit.

—Par la même personne ?

—Votre ami Prose... Et on a eu la confirmation qu'un autre meurtre va être commis.

—De quelle manière ?

—Il a acheté trois séries d'équipement. J'imagine que la troisième, c'est pour filmer un autre spectacle.

—Ce n'est pas parce qu'il a acheté du matériel qu'il a commis ces meurtres.

—Bien sûr. Mais il est forcément mêlé à cette histoire.

—Il reste à savoir de quelle manière.

—Le plus étrange, c'est qu'il a complètement cessé d'apparaître sur les écrans de la ville. Plus aucune trace de lui. C'est comme s'il avait disparu.

—Vous pensez qu'il a tout organisé pour ensuite aller se planquer dans un autre pays ?

—L'idée m'a effleuré l'esprit.

—Il est peut-être mort.

—C'est également possible.

Chase se demandait s'il s'agissait, entre elle et Prose, de simples relations de travail. Il connaissait bien cette forme particulière d'attachement qui se développe entre des coéquipiers de patrouille. Il était probable que des agents du renseignement travaillant ensemble en milieu hostile, sans pouvoir parler à personne d'autre de leurs préoccupations, développaient des liens du même type. Mais était-ce suffisant pour expliquer ce ton moins froid, moins strictement professionnel, qu'il détectait dans sa voix quand elle parlait de lui ?

— Écoutez, reprit-il, je sais que vous sentez le besoin de défendre votre collègue. C'est normal. Mais il est hors de question que je ferme les yeux sur quelque piste que ce soit. Pour l'instant, il est notre principal suspect.

— Je comprends.

— Si on le trouve, il va être interrogé.

— Et il fera la une des médias avant même d'être inculpé de quoi que ce soit, je sais.

— C'est ça ou une guerre de religion.

— Ça, quoi ?

— L'hypothèse du tueur fou. Tout le monde préfère cette hypothèse. Ça va permettre de calmer les esprits.

— Je pense également qu'il s'agit d'un tueur fou. Mais je suis loin d'être certaine que c'est celui que vous imaginez.

— Votre fameux artiste, vous n'avez pas songé que ça pouvait être Prose ?

— Pas vraiment. Car il a travaillé avec nous pour contrecarrer ses projets, à Paris.

— C'était peut-être une ruse.

— Écoutez, je suis prête à garder l'esprit ouvert. S'il est coupable, je ne ferai rien pour empêcher qu'il soit traduit en justice. Je vais même vous aider. Mais...

Natalya s'interrompit au milieu de sa phrase, comme si elle hésitait à poursuivre. Chase sentit son hésitation et ne dit rien.

— On a de bonnes raisons de croire que Prose a été enlevé par cet artiste fou. Celui qui est responsable du meurtre des petits hommes blancs, à Paris. C'est la raison pour laquelle je les cherche tous les deux depuis près de deux ans, lui et cet... artiste.

Chase prit le temps de digérer cette nouvelle information avant de répondre.

Était-ce vrai ? Était-ce une ruse ? Était-ce les deux ? Avec les services secrets, on ne pouvait jamais savoir si les informations qu'ils vous donnaient étaient la vérité. Ni, surtout, de quelle partie de la vérité il s'agissait.

— Moi aussi, dit-il, je suis prêt à garder l'esprit ouvert. Mais les gens pour qui je travaille fonctionnent en mode "urgence". Ça leur prend des résultats. Ils ont besoin de donner un os à gruger aux médias. Et il leur faut quelque chose pour calmer la population. Autrement dit, ça leur prend un coupable. Et si c'est un étranger, c'est encore mieux. Et si, en plus, c'est celui que désignent déjà les médias, c'est l'idéal. Parce que les médias détestent être obligés de se rétracter.

— Raison de plus pour ne pas le mettre à la une avant d'être sûr qu'il est coupable.

— Il y est déjà, à la une. Ce qui arrange le maire et la direction du NYPD, pour être honnête. Ça leur permet de discréditer les rumeurs de guerre de religion... Remarquez, ça ne les a pas empêchés de faire protéger les principales mosquées. Compte tenu de ce qui s'est passé la nuit dernière... Et pour ne pas paraître faire de discrimination, ils ont aussi fait protéger un certain nombre de synagogues.

— Comment les musulmans ont-ils réagi ?

— Les principaux leaders religieux se sont regroupés pour lancer un appel au calme.

— Si seulement ça pouvait faire baisser le délire dans les réseaux sociaux !

— Les musulmans font pression pour récupérer le corps de l'imam. Tout le corps. D'après leur religion, les morts doivent être enterrés rapidement.

Puis, après une pause, il conclut sur un ton moitié découragé, moitié désabusé :

— Moi, c'est toute cette foutue affaire que j'ai hâte d'enterrer.

Gayle Montenegro prit la clé USB et s'empressa de la faire disparaître dans son sac à main.

— Vous êtes certain que je ne risque rien ? demanda-t-elle.

L'homme assis en face d'elle la regarda un moment avant de répondre. Sa voix était à la fois douce et ferme.

— Vous l'insérez dans votre ordinateur pendant une minute. Vous n'avez rien à faire. Il suffit que votre ordinateur soit allumé. Le programme va s'installer de manière invisible. Vous remettez ensuite la clé dans son étui, puis l'étui dans votre sac à main.

— Et s'ils examinent mon ordinateur ?

— Il n'y a aucun danger. Une fois installé, le programme va aussitôt accéder au réseau, faire discrètement des copies de lui-même à différents endroits, puis il va s'effacer de votre ordinateur.

L'homme aurait pu lui préciser que le cheval de Troie allait s'installer à l'intérieur même du logiciel de sécurité qui surveillait en permanence le réseau. Que c'était une faille d'autant plus utile qu'elle était connue par très peu de gens. Mais il était préférable d'en rester à des explications simples.

— Et qu'est-ce que je fais ensuite de la clé ?

— Vous la laissez dans l'étui et vous jetez l'étui aux toilettes.

— Il n'y a pas de danger qu'elle reste bloquée ?

— La forme de l'étui a été étudiée pour qu'il soit facile de s'en débarrasser de cette façon.

L'homme passa lentement sa main sur le côté droit de son crâne, comme pour discipliner les rares cheveux qui y persistaient. Sa tête, allongée vers l'arrière, lui donnait une allure un peu étrange. De là lui venait son surnom, Dolicho.

Parmi les gens qu'il fréquentait, la plupart le connaissaient uniquement sous ce surnom. Gayle Montenegro, pour sa part, ne connaissait ni son nom ni son surnom. Il ne s'était jamais présenté à elle.

La première fois qu'elle l'avait aperçu, elle avait trouvé qu'il ressemblait un peu à un extraterrestre. Comme on en voit dans les films de science-fiction.

— D'autres questions ? demanda doucement Dolicho.

— Et si je suis fouillée pendant que je vais aux toilettes ?

— Il n'y aura plus rien sur la clé. Aussitôt après avoir été copié dans votre ordinateur, le programme est effacé de la clé.

— Et quand je vais entrer dans l'édifice ?

— Elle ne peut pas être détectée. Pas quand elle est dans son étui et que celui-ci est au fond du gobelet de café que vous apportez au travail tous les matins.

— Le café ne risque pas de détruire le programme sur la clé ?

— L'étui est hermétique. Une fois arrivée à votre bureau, il suffit de récupérer l'étui, de l'essuyer, de l'ouvrir, de prendre la clé USB et de l'insérer dans votre ordinateur. Puis, quand vous avez terminé, vous la remettez dans son étui et vous allez vous en débarrasser aux toilettes.

— Et si j'échappe mon café en me rendant au bureau ?

Dolicho se passa de nouveau la main sur le côté droit de son crâne. Il ne lui arrivait pas souvent d'avoir ce léger geste d'impatience à deux reprises, de façon aussi rapprochée.

— Avez-vous déjà échappé votre café en vous rendant à votre bureau ?

— Non...

— Vous voyez ! J'ai confiance en vous : il ne vous arrivera rien.

— Mais si jamais...

— Si vous êtes inquiète, prenez une petite tasse thermos au lieu d'un verre de carton ou de styromousse. Même si vous l'échappez, l'étui demeurera caché à l'intérieur. Ça ne fera pas de dégâts.

— Vous êtes sûr ?

— Absolument.

Maintenant, Dolicho souriait de façon rassurante.

Gayle avait peine à croire qu'une personne en apparence aussi douce, aussi tranquille, puisse exercer sur elle un tel chantage.

— Qu'est-ce qui me garantit que vous allez faire disparaître toutes les informations ? demanda-t-elle.

— Rien. Sinon le fait qu'elles seront devenues inutiles pour moi et pour la personne que je représente... Si j'étais un criminel à la petite semaine et que je cherchais uniquement à vous exploiter, est-ce que je vous aurais remis un premier versement de cinq mille dollars ? Est-ce que je vous aurais expliqué de quelle manière j'ai obtenu les informations que vous voulez récupérer ?

C'était ça le plus frustrant, songea Gayle. Elle avait fait affaire avec une entreprise de nettoyage Internet pour qu'ils fassent disparaître toute trace de son passé tumultueux : déclarations politiques radicales, images compromettantes, déclarations incendiaires, menaces à des institutions, aveu d'avoir pris de la drogue…

Si jamais ce passé remontait à la surface, au lieu d'avoir une promotion, elle perdrait son emploi. Pour elle, il ne serait plus question de travailler dans les milieux financiers. Adieu, le salaire à six chiffres…

L'entreprise de nettoyage avait tenu ses promesses. Elle avait fait disparaître l'ancienne Gilah Monserrato. Plus personne ne pourrait s'aviser de la ressemblance entre cette dernière et la nouvelle Gayle Montenegro… Mais un employé de l'entreprise avait conservé une copie de son dossier. L'homme qui se tenait devant elle servait d'intermédiaire. Il s'était engagé à lui remettre cette copie en échange d'un petit service.

Rien d'exigeant. Uniquement d'insérer une clé USB dans son ordinateur quand elle irait à son travail, chez Banks Capital, le lendemain.

CBS

> … ont lancé un appel au calme. Les dirigeants chrétiens et musulmans, auxquels s'étaient joints plusieurs rabbins, se sont réunis en début de soirée devant la mosquée de…

ANSCHLUSS PRIVÉ

Dolicho regardait la jeune femme s'éloigner avec la clé USB dans son sac à main. Tout en la suivant des yeux, il réfléchissait à l'utilisation généralisée du chantage que permettait l'exposition publique croissante de la vie privée.

Désormais, plus rien n'était protégé du regard public. Dans aucun domaine. La moindre photo, la moindre déclaration intempestive pouvait revenir hanter son auteur des années plus tard.

Pas surprenant que les gens soient de plus en plus portés à ces crises subites d'agressivité dans les endroits publics. À cette violence dans les réseaux sociaux.

Chacun à leur façon, ils réagissaient au manque d'espace personnel. D'espace vital. Et leur solution, c'était l'*anschluss*, l'invasion agressive de l'espace des autres. Ils se transformaient en nazis de la vie privée. Ils devenaient des prédateurs, à l'affût d'occasions d'étendre leur territoire aux dépens de celui des autres.

La vie était un écosystème de plus en plus rempli de prédateurs. C'était ce que leur avait appris le barman, à lui et à ses autres protégés. Pour survivre, il fallait savoir effacer ses traces. Et il fallait se trouver une niche. Un domaine où ses compétences particulières pouvaient prévaloir.

C'était ce que Dolicho avait trouvé en travaillant pour le barman. Une niche… Il excellait à repérer les surveillances, à les déjouer, à suivre les gens à leur insu, à débusquer leurs secrets et, au besoin… à les faire disparaître.

Discrètement. Sans laisser de traces.

Dolicho poussa un soupir, sortit son téléphone et envoya un bref texto.

> L'infection se propage.

Puis il éteignit l'appareil et le remit dans la poche de son blouson.

Il n'attendait pas de réponse avant le lendemain, quand il enverrait le message suivant.

RETRO PETE

Le décor était minimal. Un présentateur assis sur une chaise derrière une petite table. Un rideau de velours noir tenait lieu de fond de scène.

La prise de vue était également minimale : une caméra fixe devant le présentateur. Celui-ci y plantait son regard une grande partie du temps. Le spectateur avait alors l'impression qu'il le regardait droit dans les yeux.

Retro Pete…

C'était le nom de scène qu'il avait adopté. Très peu de gens connaissaient sa véritable identité. Cela faisait partie du concept de l'émission. « *The message is the message* », avait-il expliqué lors de la présentation initiale du vidéoblog. Des idées et rien d'autre pour distraire.

Pas de décor extravagant, pas d'invités pittoresques, pas d'animateur dont tout le monde suit les frasques ou les amours dans les médias, pas de coanimateurs qui étalent leurs états d'âme dans les réseaux sociaux. Pas de pub. Pas d'artistes qui viennent « ploguer » leurs spectacles. Pas de vêtements qui changent tous les jours, courtoisie de tel *designer* ou de telle boutique.

Juste des opinions. Sans fioritures. Sans détour. Formulées par un présentateur qui avait toujours la même moustache. Toujours la même coiffure. Toujours le même costume des années cinquante.

L'éditorial commençait systématiquement par un exposé de la thèse du jour.

> La façon dont je vois les choses, c'est la faute aux musulmans. À tous les musulmans. Laissez-moi vous expliquer.
>
> On tue un archevêque, on le crucifie et la police ne fait rien. Résultat : les chrétiens se sentent menacés. C'est normal. Ils sont indignés et ils veulent le faire savoir. C'est ce qui s'est passé hier soir.
>
> Après la soirée de prière à la mémoire de Mgr Feelgood, un groupe de fidèles se rend manifester devant une mosquée. Dans la foule, quelques personnes scandent des slogans antimusulmans. Quelques graffitis sont écrits sur les murs de la mosquée.
>
> Quand des musulmans sortent pour demander d'arrêter la manifestation, il y a de la bousculade. Les choses dégénèrent un peu. La police intervient. Il y a des arrestations. Uniquement des chrétiens.

Une question : pourquoi tout est-il toujours la faute des chrétiens ?

Certains disent même que ce sont des chrétiens qui ont crucifié Mgr Feelgood ! C'est comme quand des conspirationnistes accusaient la police d'avoir monté l'attentat contre *Charlie Hebdo*. Ou la CIA d'avoir organisé l'attaque du 11 septembre.

S'il y a une conspiration, elle vise les chrétiens. L'ensemble des chrétiens…

DES NOUVELLES D'ASHLEY

Sam aimait bien la sensation d'espace que donnait la pièce. On oubliait qu'il s'agissait d'un cube, enfermé à l'intérieur d'un amoncellement de cubes relativement semblables.

Les teintes claires de la décoration et l'immense fenêtre qui tenait lieu de mur extérieur donnaient plutôt l'impression qu'on était dans un lieu ouvert, au bord d'un précipice. Cela faisait un heureux contraste avec la sensation d'enfermement qu'il avait toujours ressentie à l'intérieur des villes.

Assis dans un fauteuil, il achevait lentement son verre de rhum ambré. L'âge avait donné au liquide le temps d'enrober de douceur l'agressivité de l'alcool.

Depuis plus d'une minute, le verre reposait sur la table de service, en face de lui, à côté de son pistolet.

Sans enlever ses gants de latex, il sortit son téléphone de la poche intérieure de son veston, fit apparaître une liste et tenta de cocher trois des éléments en tapant sur l'écran avec le bout de son index.

Sans succès.

Il ôta le gant de sa main droite et recommença l'opération. Des crochets apparurent à côté de trois items.

YARDLEY √
PATRIOTS √
AMERICAN AIRLINES √

Il examina ensuite les tâches qu'il lui restait à terminer avant de quitter New York. La plus importante se résumait en un mot : Gaza. Mais, sur ce sujet, il ne pouvait rien faire de plus pour le moment. Il fallait qu'il laisse aux événements le temps de se développer.

Il ferma la liste et fit jouer une vidéo qu'il avait reçue la veille par courrier électronique.

Il s'agissait d'une série de photos auxquelles se mêlaient de courts extraits vidéo. Des photos d'Ashley. Enregistrées à son insu par une sorte de caméra témoin. On la voyait prendre des poses pour une séance photo, défiler sur un *catwalk*. On la voyait également chez elle, en train de consommer de la drogue.

En voix *off*, un homme dressait le bilan de la situation de la jeune femme.

Sa consommation de drogue est stable et ne compromet pas ses performances professionnelles. Ce qu'elle consomme est toujours de la meilleure qualité et demeure abordable, compte tenu de ce qu'elle gagne avec ses contrats. Nous y veillons. Comme nous veillons à ce qu'elle ait juste assez de contrats pour satisfaire sa consommation.

Bien entendu, elle n'a toujours aucune idée de l'encadrement et de la protection que nous lui assurons. Ni de l'arrangement que nous avons avec vous.

Tant que vous continuerez de remplir votre part de l'entente, rien ne lui arrivera.

L'auteur du message avait eu la délicatesse de ne pas expliquer ce qui arriverait dans le cas contraire, mais Sam n'avait aucune difficulté à l'imaginer. Sans argent, obligée de payer sa drogue au prix du marché, elle n'aurait d'autre choix que de se rabattre sur les saloperies qui se vendent dans la rue. Et, assez rapidement, de se prostituer pour avoir les moyens de se la procurer.

Sachant à quel point le bien-être de cette personne vous est cher, je n'ai aucune crainte pour elle : je suis sûr que vous saurez faire ce qu'il faut pour vous assurer que tout se passe au mieux.

La dernière image montrait Ashley posant dans une robe blanche qui soulignait la délicatesse de ses formes. Son visage rayonnant parvenait presque à faire oublier le désarroi qu'il y avait dans son regard.

retropete.com/videoblog/the-way-i-see-it…

> Identifier les vrais responsables est pourtant simple : il suffit de se demander à qui le crime profite. Et la réponse est évidente : aux musulmans. Ils veulent nous intimider. Répandre la peur.
>
> J'entends déjà nos beaux esprits protester. « Tous les musulmans ne sont pas comme ça ! Faut pas généraliser ! C'est juste un petit groupe d'excités qui se réclament abusivement de l'islam. »
>
> À ces beaux esprits, je pose deux questions.
>
> D'abord, pourquoi, quand un fou furieux se réclame d'une religion pour justifier ses crimes, c'est presque toujours de l'islam ? Pourquoi ce n'est presque jamais d'une autre religion ? Est-ce un hasard ?
>
> Deuxième question : c'est quoi, cette religion qui n'est pas capable de contrôler les esprits délirants qui prétendent parler en son nom ? Qui ne lance jamais de fatwas contre les terroristes qui se réclament d'elle ? Seulement contre les caricaturistes et les écrivains ?
>
> C'est quoi, cette religion où tout le monde parle en direct à Dieu et où n'importe quel débile peut se servir de ce qu'il croit avoir entendu pour justifier n'importe quel massacre sans que personne n'ait rien à dire ?

DEUX SUR UN DIVAN

Sam éteignit son téléphone, le rangea dans la poche intérieure de son veston et remit le gant qu'il avait ôté : après toutes les précautions qu'il avait prises, il aurait été bête, juste au dernier moment, de laisser des traces de sa présence dans la suite.

Alors qu'il se penchait vers l'avant pour prendre son verre de rhum sur la petite table, son regard rencontra celui des deux hommes assis sur le divan, en face de lui.

Dans leur regard figé, il y avait encore de l'étonnement, lui semblait-il. Comme s'ils n'arrivaient toujours pas à réaliser qu'ils étaient morts. Comme si, après plus de vingt minutes, l'idée n'arrivait toujours pas à s'imposer à eux.

C'étaient des soldats. Une mort violente faisait partie de ce qui pouvait leur arriver. Cela, ils l'envisageaient depuis longtemps. Ils l'avaient accepté. Mais se faire tuer par celui qui commandait leur unité, c'était une autre histoire…

Les deux hommes l'attendaient dans le grand salon de la suite, au premier étage. Sam était entré par la porte de la chambre, à l'étage supérieur. Il était ensuite descendu sans bruit.

Parvenu au bas de l'escalier, il avait tourné le coin du petit corridor et tué les deux hommes sans attendre. Une balle dans le front du premier, qui n'avait rien vu venir. Puis, à cause du sursaut du deuxième, un tir groupé dans la région du cœur. Trois balles.

La deuxième victime avait eu un sursis de quelques secondes pour le regarder dans les yeux. Sam revoyait son regard incrédule. L'expérience avait été profondément désagréable. Il détestait ce genre de situation.

Il avait ensuite pensé à Ashley… Combien de cadavres faudrait-il encore? Combien de gens pouvait-on accepter de tuer pour protéger ceux que l'on aime?

Il se rappela une phrase qu'il avait lue un jour dans un recueil de citations. «Entre la justice et ma mère, je choisirai toujours ma mère.» Il ne se rappelait pas le nom de l'auteur, mais il était d'accord avec lui.

Il avait fait le même choix. Il avait choisi sa nièce. La famille, autrement dit. Mais il se demandait combien de temps encore il aurait la force de supporter ce choix.

Il ferma les yeux quelques secondes, se pinça la base du nez et tenta de s'éclaircir les idées. Son travail n'était pas terminé.

Quand il rouvrit les paupières, la première chose qu'il revit fut la tête coupée de l'imam al-Shammari, au centre de la table de conférence, derrière le divan où reposaient les deux corps.

Il ressentit le même malaise que lorsqu'il l'avait aperçue en arrivant au bas de l'escalier. L'espace d'une seconde, il avait figé. Puis il avait récupéré à temps pour liquider les deux membres des Patriots for Peace qui l'attendaient.

Il regarda sa montre et songea à Freeman, qui n'arrivait toujours pas…

THE WAY I SEE IT. THE WAY I SAY IT.

Au fur et à mesure de la diffusion du vidéoblog, le texte de l'éditorial défilait dans un rectangle de lecture, sous l'image. On pouvait choisir de lire en anglais, en français ou en espagnol.

Un chiffre indiquait en continu le nombre d'auditeurs branchés sur le site pendant la diffusion. Récemment, l'auditoire avait franchi le cap des trois cent mille.

> Quand les musulmans se sentent insultés par un chrétien, par un seul chrétien, ce sont tous les chrétiens qui écopent! Les musulmans, eux, ne se gênent pas pour exercer des représailles contre tous ceux qui leur tombent sous la main. Des foules en furie parcourent les quartiers chrétiens, agressent les ambassades, brûlent des églises, tuent ou enlèvent des individus.
>
> Il faut bien le constater, les musulmans sont incapables de s'occuper des musulmans.
>
> Reste la police. Elle n'est pas mieux. Elle est incapable d'empêcher les attentats. Elle est incapable d'arrêter les auteurs des attentats. Et quand les victimes manifestent leur exaspération, ce sont elles qu'on arrête!
>
> Sans approuver les moyens que prennent les manifestants, il me semble qu'on peut comprendre leur exaspération. Ce qu'il y a de vraiment surprenant, c'est qu'il n'y ait pas plus de manifestations. Et qu'elles ne soient pas plus violentes.
>
> *That's the way I see it. And that's the way I say it.*

Le visage de l'animateur regarda fixement l'objectif de la caméra. La lumière se tamisa jusqu'à disparaître.

Tous les éditoriaux se terminaient de la même façon.

L'écran resta noir pendant soixante secondes. Cela faisait également partie de l'émission. Retro Pete tenait à offrir, après chacune de ses prestations, une minute de réflexion à ses auditeurs.

Ce n'était qu'après ce délai que l'éditorial pouvait être téléchargé et que les commentaires des auditeurs pouvaient s'inscrire sur le site.

5

LE VER EST DANS LE FRUIT

Alex relut le message qu'elle venait de recevoir.

> 14,028632

Il ne contenait que ce nombre. Il s'agissait de secondes. C'était le temps que le programme-espion avait pris pour compléter son travail avant de lui envoyer le message de confirmation. Une éternité, en termes informatiques.

Pendant ces quatorze secondes et des poussières, le programme s'était installé à l'intérieur du système de Banks Capital et avait effacé le contenu de la clé informatique utilisée par Gayle Montenegro, n'y laissant que des fichiers musicaux anodins. Il avait aussi fait disparaître toute trace d'effraction dans l'ordinateur utilisé pour l'infiltration.

Quant au protocole d'accès clandestin à tous les éléments du site de l'entreprise, il avait été installé comme prévu.

Alex ferma toutes les fenêtres ouvertes sur son iPad. Puis elle envoya un texto.

> Le ver est dans le fruit.

Cela signifiait que Gayle Montenegro avait introduit avec succès le programme-espion dans le système de Banks Capital.

Quatorze secondes...

Le correspondant d'Alex prit à peu près le même temps pour lui répondre. Le message qui s'afficha sur le iPad n'était guère plus élaboré.

> Bon travail. Je m'occupe de la suite.

Bien sûr, le barman ne s'en occuperait pas lui-même. Il confierait le suivi de cette opération à un autre de ses « protégés ». Sarah, probablement. C'était la plus calée en informatique. Ce serait elle qui pourrait voir au mieux quel profit on pouvait tirer de toutes les informations contenues dans les serveurs de Banks Capital.

Ce serait à elle de suivre la piste, d'analyser les communications entrantes et sortantes de l'entreprise, de voir si on pouvait y découvrir des indices pour identifier la personne qui intriguait dans l'ombre, dissimulée derrière Stafford Banks. Car le but premier n'était pas de contrecarrer l'opération de Morane, mais plutôt de se servir de lui pour remonter jusqu'aux autres membres de la Liste XIII.

Un nouveau texto apparut.

> N?

Le barman désirait une mise à jour sur Natalya. Lui résumer en peu de mots les derniers développements n'était pas simple.

> Désormais Interpol. Véronique Mougins. Associée au NYPD. Chase.

Elle lui donnerait des précisions plus tard, sur une ligne mieux sécurisée.

> Peut-on lui faire confiance?

Bonne question... Natalya n'avait clairement pas, pour le barman, le même attachement que ses autres protégés. Toutefois, en dépit de ses griefs contre lui, elle n'irait sans doute pas jusqu'à lui nuire sans raison. Encore moins jusqu'à l'agresser.

Tant qu'elle verrait dans leur relation un moyen de faire avancer sa recherche de Prose, on pouvait lui faire confiance. Mais si jamais elle percevait le barman comme une menace plutôt que comme un allié…

> Tant qu'il y a de l'espoir pour Prose.

> Bien. Exposez-vous le moins possible.

Facile à dire, songea Alex. Elle devait à la fois servir de coupe-feu à Morane, lui faire rapport des progrès de l'opération, superviser Sam et « gérer » Natalya pour le barman.

Et tout cela, sans s'exposer, bien sûr.

GLOBAL NEWS CHANNEL

> … a déclaré qu'il n'excluait pas le recours à la garde nationale, si des événements comme ceux des dernières nuits se répétaient.
>
> Disant ne pas vouloir interférer dans le travail du NYPD, le gouverneur s'est refusé à tout commentaire sur la mort de l'imam al-Shammari.
>
> Au Congrès, le représentant de la majorité républicaine a pour sa part mis en cause la Maison-Blanche. Commentant la multiplication des incidents violents dans la plupart des grandes villes du pays, il a déclaré qu'une politique d'immigration suicidaire et le refus par l'administration en place de doter notre pays d'un véritable dispositif de sécurité étaient, et je cite « les vraies causes de ce désastre ».
>
> Ici Peter Winnicot, pour Global News Channel.

Calvin Chase en était au huitième. Depuis le début de la matinée, il voyait défiler le lot habituel de coupables autodéclarés. Ils venaient tous annoncer être le Soldat inconnu, comme l'appelaient les médias. Celui qui avait échappé au massacre des Soldats du Christ.

Le défilé avait commencé le jour même de l'annonce de la mort de Feelgood. La plupart d'entre eux revendiquaient à la fois la crucifixion de l'archevêque et le meurtre des autres membres du groupe. Depuis ce matin, ils y ajoutaient la décapitation de l'imam.

Chase en reconnaissait plusieurs. Ils revenaient après chaque meurtre le moindrement médiatisé. Les interroger était une perte de temps. Tout le monde le savait. Mais quand venait le moment de discuter du budget, c'était bon pour les statistiques. On pouvait alors revendiquer, à peu de frais, un nombre plus élevé de suspects interrogés. Et puis, on ne savait jamais…

En tant que responsable de l'unité, Chase aurait pu s'éviter cette corvée. Mais toutes les tâches étaient distribuées ; les *nerds* trituraient la vidéo, les policiers consultaient leurs indics, les profileurs tentaient de statuer sur la personnalité des auteurs du crime. Alors, tant qu'à attendre…

Et puis, cela le reposait. Cela lui permettait d'échapper un peu, ne serait-ce que de façon temporaire, au stress de son travail… Des interrogatoires sans véritable enjeu. Juste le plaisir de parler.

Avec le temps, plusieurs de ces habitués de l'autodénonciation étaient devenus, non pas des amis, mais d'assez bonnes connaissances. Plusieurs le saluaient quand ils le rencontraient dans la rue. Ils faisaient partie du décor humain que Chase s'était fabriqué, comme beaucoup de New-Yorkais, pour échapper à l'étouffement de l'anonymat… C'était un espace où respirer.

Méchoui faisait partie de ceux-là.

Un Juif arabe qui avait passé son enfance au Liban, selon le peu de souvenirs qu'il lui restait. Il avait émigré alors qu'il avait seize ans. Il avait d'abord vécu dans un squat, avec d'autres illégaux.

Puis, deux ans plus tard, il avait été retrouvé, à moitié mort, dans une cour, à côté de restes de méchoui.

C'était à peu près tout ce qu'on savait de lui.

Après son agression, Méchoui avait été incapable de parler pendant plusieurs jours. Le premier mot qu'il avait prononcé était Méchoui. Le nom lui était resté.

Quant au reste de sa mémoire, il semblait l'avoir en grande partie abandonné dans la cour où il avait été laissé pour mort.

Méchoui vivait maintenant dans la rue. Ses capacités intellectuelles étaient limitées, mais il avait trouvé le moyen de s'adapter, de survivre. Tout ce dont il se rappelait avec un sentiment de certitude, c'était que son père était juif, que sa mère était arabe et qu'ils avaient vécu ensemble à Beyrouth avant de venir aux États-Unis.

Beyrouth était d'ailleurs le deuxième mot qu'il avait prononcé. Dans le sac qu'il portait constamment en bandoulière, il conservait des dizaines de photos de cette ville, la plupart découpées dans des revues.

Chase pensait que c'était pour compenser le vide de sa mémoire que Méchoui passait son temps à revendiquer toutes sortes de crimes. À partir des meurtres, il se racontait des histoires dans lesquelles il avait enfin un rôle important, une existence dont les autres n'avaient pas le choix de tenir compte. Bref, il s'inventait une vie.

— Comme ça, tu les as tous tués ?

— Oui.

— Pourquoi tu as fait ça, Méchoui ?

— Parce qu'il fallait.

— Et pourquoi, il fallait ?

— Je sais pas.

— Tu comprends qu'il me faut des preuves, n'est-ce pas ?

— Oui. Dans les procès, il faut des preuves.

— Exactement. Tu as des preuves pour moi ?

— Je vais signer. Sur un papier… Des aveux.

— Est-ce que tu te souviens de la façon dont ça s'est passé ? Es-tu capable de décrire les endroits ?

Des larmes vinrent aux yeux de Méchoui.

— Ma mémoire, dit-il. Elle arrive pas à se souvenir.

— Je comprends.

— Tu me crois ?

— Oui, je te crois. Mais si je n'ai pas de preuves, je ne peux rien faire. Les gens vont dire que je ne fais pas mon travail correctement. Ou que je veux te nuire.

— Non… non…

Méchoui paraissait troublé par cette perspective.

— Je sais que tu ne penses pas ça, s'empressa de préciser Chase pour le rassurer. Mais si je t'arrête sans preuve, les autres…

— Sans preuve, je pourrai pas être à la télé ?

— Non. Mais si tu savais où tu as mis la tête de l'imam…

— Vous l'avez pas trouvée ?

— Non. Tu sais où elle est ?

Méchoui secoua la tête après avoir réfléchi un moment. Il semblait vraiment malheureux.

— Non. C'est pas dans ma tête.

— Écoute, je sais ce qu'on peut faire. Tu vas aller y penser. Et si tu trouves des preuves, tu reviens me voir demain. D'accord ?

Le visage de Méchoui s'illumina.

— OK. Je vais aller penser à des preuves.

En le regardant partir, Chase savait que Méchoui ne reviendrait pas le lendemain. Non seulement n'aurait-il pas trouvé de preuves, mais il aurait probablement commencé à se raconter une autre histoire, sur un autre meurtre.

Chase s'apprêtait à faire entrer le « suspect » suivant quand Milena Pelshak fit irruption dans la salle d'interrogatoire.

— C'est vraiment urgent ? demanda-t-il avec agacement.

— Un employé d'hôtel. Il parle d'une suite louée pour un mois. Il n'y a jamais personne. L'affiche NE PAS DÉRANGER est en permanence sur la porte.

— Vous savez combien il y a de suites louées par des entreprises, à New York, et qui sont inoccupées ? On est dans un pays libre.

Chacun est libre de gaspiller son argent et celui de ses actionnaires comme il veut.

— Il a reconnu l'homme qui a loué la suite. Il dit que c'est le terroriste dont la photo est partout dans les médias.

— Pourquoi vous ne le disiez pas ?

#priestkiller

Barbara Donahue examinait le rapport que le jeune stagiaire venait de lui remettre. Un bilan de ce qui circulait dans les réseaux sociaux sur le meurtre de l'archevêque Feelgood et de l'imam al-Shammari.

Au cours des douze dernières heures, le tweet le plus retweeté à New York avait pour hashtag #priestkiller. Il était accompagné de la photo de Prose.

Elle l'avait lu à plusieurs reprises, se demandant sous quel angle attaquer le sujet.

Chris Christian@Xtian
Un archevêque. Un imam.
Maintenant, qui va-t-il cibler ? Moine
bouddhiste ? Rabbin ? Évêque
orthodoxe ? #priestkiller

L'idée d'un tueur fou, qui s'en prenait à toutes les religions l'une après l'autre, avait un bon potentiel de cotes d'écoute. Et c'était probablement la thèse que défendraient les autorités : cela leur permettrait d'affirmer qu'il ne s'agissait pas d'une guerre de religion. Et, avec un peu de chance, cela calmerait les extrémistes des différentes communautés.

Par contre, autant sur Facebook que sur Twitter, il y avait une vague massive de commentaires tenant pour acquis que les meurtres étaient le fait de fanatiques religieux.

Pour le meurtre de l'archevêque Feelgood, les musulmans étaient les principaux coupables désignés, soit directement, soit par l'intermédiaire de Prose. La majorité ne croyait pas à la responsabilité des Soldats du Christ : ils y voyaient une histoire fabriquée pour couvrir quelqu'un.

Couvrir qui ? Sur ce point, les hypothèses foisonnaient : attentat islamiste, scandale de pédophilie, opération de services secrets étrangers, fraude impliquant le diocèse…

Quant au meurtre de l'imam al-Shammari, les avis étaient assez partagés. Une faible majorité était persuadée qu'il s'agissait d'une vengeance pour la crucifixion de Mgr Feelgood. Mais ils étaient nombreux à soupçonner un coup des musulmans visant à retourner l'opinion en leur faveur.

Une petite minorité voyait dans les deux attentats une opération clandestine du Mossad ayant pour but de radicaliser les États-Unis contre les musulmans.

Barbara Donahue referma le dossier.

Il fallait qu'elle prenne une décision. Il lui restait moins de deux heures avant la conférence de presse…

Quelle hypothèse était à même de générer le meilleur impact médiatique ? Et, par conséquent, quelle question convenait-il de poser pour tirer le meilleur profit de cet impact ?

UN MEURTRE HALAL

Dans la grande pièce d'entrée de la suite, tout était d'une propreté éclatante. Sauf les deux corps, sur le divan, et la tête de l'imam, au centre de la table.

C'était précisément ce qu'était en train de photographier un membre de l'équipe technique, au moment où Chase entra, suivi de Natalya.

L'homme baissa son appareil et se dirigea immédiatement vers Chase. Il semblait anxieux de lui parler.

— Lieutenant !

— Vous avez trouvé quelque chose ?

— Peut-être. Regardez la tête.

Chase jeta un regard en direction de la table.

— D'accord. Vous avez trouvé la tête de l'imam.

— Je veux dire : regardez sa position.

Chase examina la tête quelques secondes de plus. Elle était droite, comme si on l'avait posée sur un socle. À part le fait incongru d'avoir posé une tête coupée sur la table, il ne décelait rien de plus.

— Qu'est-ce que je devrais voir ?

— Voyez-vous dans quelle direction elle regarde ?

— Vers le mur. Qu'est-ce que vous en tirez comme conclusion ? Que son avenir est bouché ?

Le technicien ne se laissa pas démonter.

— Il faudrait vérifier, admit-il. Mais je suis certain qu'elle est orientée vers La Mecque. Ça m'a frappé pendant que je la photographiais.

— Et qu'est-ce que je devrais en conclure ?

— Ma famille est musulmane. Je ne suis pas pratiquant, mais j'ai été élevé par des parents très croyants. Quand j'ai photographié la scène de crime, hier, j'ai reconnu le couteau dont ils se sont servis. Il est utilisé dans les cérémonies religieuses traditionnelles pour sacrifier les animaux.

— Vous voulez dire qu'il a été décapité de manière religieuse ?

— Si on analyse la vidéo du meurtre et qu'on examine la position dans laquelle était le corps quand on l'a trouvé, on verra qu'il regardait en direction de La Mecque au moment où il a été tué. J'en suis presque sûr. Celui qui l'a décapité se tenait derrière lui et faisait aussi face à La Mecque. Et le cadavre a été complètement vidé de son sang… C'est une imitation de meurtre halal.

Comme il allait répondre, Chase s'aperçut que Natalya se dirigeait vers la table.

Elle posa son iPhone derrière la tête en prenant soin de ne pas toucher au liquide sanguinolent qui en avait coulé. Elle appuya ensuite à plusieurs reprises du bout de l'index sur l'écran tactile de l'appareil.

— Il a raison, déclara-t-elle finalement en relevant les yeux vers Chase. La tête fait face à La Mecque.

Puis, voyant le regard intrigué de Chase, elle ajouta :

—J'ai trouvé la direction du regard avec une application de boussole. Ensuite, j'ai pris notre position sur une carte géographique et j'ai tracé une ligne dans la direction du regard. Elle arrive tout près de La Mecque.

—D'accord, c'est un meurtre halal. En quoi ça nous avance ?

—Le premier meurtre avait un caractère religieux évident. Une crucifixion. La décapitation, c'était moins clair. Maintenant, avec le couteau, avec l'orientation dans la direction de La Mecque… Ce n'étaient pas des représailles. Ce meurtre a le même caractère symboliquement religieux que celui de Feelgood. À mon avis, il ne s'agit pas de guerre de religions, mais de guerre contre les religions.

D'un geste, elle désigna les deux cadavres sur le divan avant d'ajouter :

—Ce sont probablement eux qui ont procédé à l'exécution de l'imam.

—Et celui qui les a tués ?

—C'est comme pour le meurtre des Soldats du Christ : on a un cerveau qui scénarise des crimes, engage des gens pour les commettre, puis les élimine.

—On aurait donc affaire, malgré tout, à une sorte de tueur en série. Un cerveau qui imagine des meurtres et les fait exécuter par d'autres.

Il s'interrompit et regarda Natalya.

—Ce cerveau, dit-il, ça ne pourrait pas être celui qui planifie tout, qui s'occupe de la logistique ? Celui qui se procure le matériel, loue les chambres ?… Trouve la main-d'œuvre ?

—Vous pensez à Prose.

—Vous avez une autre explication ?

Le technicien interrompit leur échange.

—Vous voulez voir l'autre corps ?

Natalya et Chase se tournèrent vers lui.

—Quel autre corps ? demanda Chase.

—On l'a découvert après vous avoir appelé. Il est dans la chambre, au deuxième étage.

Le technicien les précéda dans l'escalier et leur ouvrit la porte de la chambre.

Freeman reposait sur le lit, les mains croisées sous la tache rouge qui maculait le haut de sa poitrine.

Tir groupé au cœur.

TOXX-RADIO

> … seraient à l'origine des attentats sanglants qui ont marqué la ville de New York.
>
> Par ailleurs, l'American Association for Muslims Rights a dénoncé le service de police de New York. Selon le porte-parole de l'AAMR, le NYPD ne prend pas suffisamment au sérieux le meurtre de l'imam al-Shammari. Refusant de reconnaître la nature islamophobe de ce crime…

LE PARI DE PASCAL

Chase avait insisté pour inviter Natalya à dîner. Il connaissait un petit restaurant italien à quelques rues du bureau. Maintenant qu'ils étaient autorisés à collaborer, il n'était plus indispensable de chercher des endroits discrets pour se rencontrer.

Officiellement, c'était pour discuter de l'affaire dans un climat plus détendu. Dans les faits, à l'étonnement de Natalya, la discussion avait surtout tourné autour de la vie de Chase.

Deux enfants. Une femme dont il était séparé depuis des années, qu'il aimait encore… et qui l'aimait bien. Ils avaient gardé de bons rapports. Et pas seulement à cause des enfants.

Un appartement dans un quartier en voie de gentrification, acheté à l'époque à 20 pour cent de sa valeur actuelle. Au moment de leur séparation, sa femme lui avait dit de le garder. Compte tenu de sa situation financière, elle pouvait facilement s'acheter un autre appartement à proximité. Et quand les enfants viendraient le voir, une fin de semaine sur deux, ils ne seraient pas dépaysés…

Pas de problème particulier avec les enfants. Juste l'habituelle crise d'adolescence, exaspérée par les gadgets maintenant à la disposition des jeunes.

— On leur demande de mettre leur vie sur *hold*, disait Chase. Pas de travail pour eux avant des années. Et seulement s'ils acceptent de rentrer dans le moule. De se soumettre à une formation qui s'éternise. Et pour laquelle ils doivent s'endetter.

Natalya s'efforçait de ne pas montrer trop d'étonnement. Un flic de New York qui se mettait à parler comme un sociologue, c'était pour le moins incongru.

— Quand ils sont enfin prêts à entrer sur le marché du travail, poursuivit Chase, on leur dit : "Désolé ! Les emplois sont rares. Il va falloir être patient !" En attendant, ils doivent accepter des jobs minables. À peu près pas payés. Dans des conditions de misère.

Ce n'était plus un sociologue qui parlait, c'était un travailleur social ! songea Natalya, perplexe. Qu'est-ce qui pouvait bien avoir provoqué un tel déballage de vie personnelle ?

De son côté, Chase poursuivait :

— Les premières années, j'étais chez les narcs. Au début, j'étais certain que les drogués et les vendeurs de drogue étaient tous des têtes brûlées. Un jour que j'interrogeais un jeune, il m'a regardé comme si j'étais un demeuré. Puis il m'a dit, en gros : "Dans mon quartier, le taux de chômage des jeunes est en haut de 60 pour cent. Ceux qui travaillent sont à peu près tous temporaires. Au salaire minimum quand ils sont chanceux. Même ceux qui ont étudié". Et il a conclu : "Si t'as le choix entre passer ta vie chômeur, dans un taudis, à toujours manquer de tout, à être méprisé… ou bien te faire tout de suite trois à quatre mille par semaine à vendre de la dope, qu'est-ce que tu fais ? C'est quoi, le choix rationnel ?"

— Qu'est-ce que vous lui avez répondu ?

— À l'époque, j'étais vraiment un bleu. Je croyais à toutes les réponses préfabriquées dont on m'avait bourré le crâne.

Chase rit pour lui-même avant d'ajouter :

— Je lui ai parlé de son espérance de vie. De la probabilité qu'il avait d'être mort dans deux ou trois ans s'il se lançait dans la vente de dope. Peut-être cinq. J'étais un vrai curé!… Lui, il s'est mis à rire en secouant la tête comme s'il était découragé. Puis il m'a dit, et ça, je me souviens exactement de ses mots: "Si tu as à choisir entre la certitude d'avoir une vie de merde et la chance, même faible, d'avoir une belle vie, de ne manquer de rien, qu'est-ce que tu choisis?… C'est le pari de Pascal, *man*!"… Pascal! Je n'avais aucune idée de qui c'était, à l'époque. Je me disais que ça devait être un de ses chums bookmakers!

— Qu'est-ce qu'il lui est arrivé?

— Il est mort deux ans plus tard. Un *deal* qui a mal tourné. Dans son appartement, il y avait des centaines de livres. J'ai retrouvé celui de Pascal. Ça s'appelle les *Pensées*. Je l'ai encore. Il avait gribouillé plein de notes, souligné des tas de phrases…

Toute cette histoire témoignait d'une sensibilité que pouvait expliquer la longue fréquentation de la misère humaine, qui est plus ou moins le lot de tout policier. Mais cela n'expliquait pas la tristesse, l'espèce de découragement qui perçait dans la voix de Chase.

Il devait y avoir autre chose. Mais il aurait été imprudent de trop insister. Natalya décida de changer de sujet.

— Votre épouse, qu'est-ce qu'elle fait?

Chase leva les yeux de son assiette et répondit sur un ton presque serein:

— Elle aide des gens à mourir.

http://blog.theteapost.com/… /hidden-truth

LA VÉRITÉ QU'ON NOUS CACHE

par Llyod Granger

Selon des sources dignes de foi, les différents crimes religieux commis au cours de la dernière semaine seraient en grande partie élucidés. Le NYPD aurait réussi à relier le terroriste français Victor Prose à chacun de ces crimes. Jusqu'à maintenant, la police n'avait que des preuves démontrant une certaine complicité : achat d'équipement, location de locaux… Désormais, on sait qu'il est l'auteur d'au moins un crime : on a relevé ses empreintes sur l'arme qui a servi à décapiter l'imam al-Shammari.

Le NYPD serait par ailleurs convaincu que Prose a fui les États-Unis.

Deux questions restent cependant sans réponse. Pour quelle raison le NYPD refuse-t-il de dire à la population où en est l'enquête ? Et pourquoi n'a-t-on pas lancé un mandat d'arrêt international contre Victor Prose ?

Comme toujours, je vous incite à laisser vos commentaires sur ce blogue. J'y répondrai demain matin, sur les ondes de POP-Radio, à compter de neuf heures cinq.

C'EST PROSE

Natalya ne savait pas trop quoi penser de ce que lui avait confié Chase.

Lors de leur première rencontre, elle l'avait plus ou moins classé dans la catégorie des policiers « pauvres types » que l'on retrouve souvent dans les polars.

Probablement divorcé, presque pas de droit de visite pour ses enfants, des problèmes de santé, minimalement alcoolo, caractère ombrageux. Ne dort presque jamais. Le travail lui sert d'exutoire et l'empêche de penser… Le jour, il réussit à donner le change en se retranchant derrière une carapace de cynisme. Le soir, il écoute du blues en buvant de la bière, il se soûle dans des bars ou il regarde de vieux films en noir et blanc à la maison en buvant du scotch…

Visiblement, Chase ne correspondait pas au stéréotype.

De son côté, le policier regardait Natalya avec intérêt. Il se demandait quelle serait sa réaction. Compte tenu de ce qu'il avait révélé sur lui, ferait-elle de même ?

C'était la réaction habituelle. Si on faisait des confidences à une personne, celle-ci se sentait habituellement obligée d'en faire elle aussi. Comme pour rétablir une sorte d'équilibre. Ne pas paraître refuser la communication.

Mais avant que Natalya ait le temps de répondre, Tannehill fit irruption dans le restaurant et se précipita à leur table.

— Il faut que vous veniez au poste, dit-il. Tout de suite.

— Pas un autre meurtre ? fit Chase en relevant brusquement la tête.

Il se demandait si un témoin ou un collègue avait été abattu. Si un nouvel attentat avait eu lieu.

— On a identifié les empreintes sur le couteau. C'est Prose.

QUESTIONS ORIENTÉES

La déclaration initiale du maire était un répertoire méticuleux de poncifs appropriés aux circonstances.

Un meurtre horrible, crapuleux, barbare, inexplicable… Le crime d'un fou, d'un esprit malade. Il était inconcevable qu'une telle ignominie ait lieu en Amérique. On allait tout mettre en œuvre pour neutraliser au plus vite ce dément… La population n'avait pas à s'inquiéter. Tout le monde devait conserver son calme.

À plusieurs reprises, pendant que la déclaration du maire s'étirait, Roberts jeta un regard intrigué dans sa direction. En temps de crise, on s'en tient habituellement à une brève description des faits, on s'efforce de rassurer la population, on affirme que tout sera fait pour régler rapidement le problème, on répond de façon laconique à quelques questions, puis on lève la séance. On n'allonge pas la sauce pour donner aux journalistes davantage d'occasions de poser des questions embarrassantes.

Turner finit par conclure en invitant les journalistes à poser toutes les questions qu'ils voulaient. La première vint de la représentante de GNC, Barbara Donahue.

— Vous dites que ce n'est pas un acte terroriste. Alors, de quoi s'agit-il ?

— Je vous remercie de votre question, Barbara. Comme toujours, elle va à l'essentiel. Le directeur du NYPD m'a assuré que la piste terroriste était à toutes fins pratiques écartée. Il s'agirait d'un tueur fou et non d'un groupe politique ou religieux.

Le maire se tourna vers sa droite avant d'ajouter :

— Le directeur du NYPD, mon bon ami Kenneth Roberts, pourra vous le confirmer.

L'intimé se contenta d'approuver de façon laconique :

— C'est exact.

La journaliste insista :

— Comment pouvez-vous être sûr que ce ne sont pas des islamistes ? Ou des chrétiens radicaux ? Ou même le Mossad, comme le prétend une rumeur qui circule dans les réseaux sociaux ?

— Je suis certain que le directeur du NYPD peut répondre beaucoup mieux que moi à cette question, fit Turner en se tournant de nouveau vers Roberts.

Ce dernier maudit intérieurement le maire. Il venait subitement de comprendre sa stratégie. S'il avait tout mis en œuvre pour faciliter les questions, c'était parce qu'il entendait les lui refiler. Ce seraient ses réponses à lui qui feraient la une des médias. Et ce serait vers lui que se tournerait l'attention si les choses tournaient mal.

Roberts ne laissa cependant rien paraître de sa contrariété. Il n'avait plus le choix, il fallait qu'il prenne le temps de répondre et de répondre assez longuement pour réussir à noyer le poisson.

— D'abord, une précision, dit-il. Il va de soi que de tels meurtres ont un côté terrorisant. C'est leur raison d'être : inspirer de la terreur. Horrifier. Et ceci, pour une raison simple : plus les crimes sont barbares, plus ils sont monstrueux, plus large est la couverture médiatique. Pour un délinquant, la monstruosité de son crime est le meilleur moyen d'obtenir votre collaboration.

— Est-ce que vous nous reprochez d'informer le public des dangers qui le menacent ?

La journaliste avait posé sa question sur un ton qui n'était pas sans agressivité. Roberts répondit avec la bonne volonté teintée d'exaspération d'un enseignant qui doit reprendre pour la cinquième fois une explication pourtant simple.

—Jamais il ne me viendrait à l'esprit de reprocher aux médias de faire leur travail. Ce que j'essaie d'expliquer, c'est qu'il s'agit d'une stratégie facilement utilisable par n'importe quel criminel soucieux de publicité. Terroriste ou non… Dans nos communications, par souci de clarté, nous réservons le terme « terroristes » à des groupes organisés qui justifient leurs massacres par une idéologie, qu'elle soit politique ou religieuse.

—Qu'est-ce qui vous permet de croire que ce ne sont pas des terroristes ?

—Des indices que je ne peux malheureusement pas vous révéler sans compromettre l'enquête. Mais je vous confirme que notre principale piste est celle d'un tueur fou.

Le maire accorda la question suivante à Joseph Yardley, du *New York Times*.

—Ce tueur fou, demanda le journaliste, est-ce le criminel français qui fait la une des médias, Victor Prose ? Est-ce que vous prévoyez l'arrêter bientôt ?

—Une fois de plus, répondit le maire, je vais laisser le soin de répondre au responsable de cette enquête.

Roberts s'efforça de nouveau de ne pas laisser paraître son agacement. Même si le maire venait de lui attribuer par avance, en termes à peine voilés, la responsabilité d'un éventuel échec de l'enquête.

—Je commencerai encore par une précision, fit Roberts. Ce monsieur Prose n'est pas français, mais canadien. Par ailleurs, il est vrai que nous nous intéressons à lui. Mais aucune accusation n'a encore été portée. Je peux seulement vous dire qu'il est considéré comme un témoin important et que nous le cherchons pour l'interroger.

—On dit qu'il aurait peut-être quitté le pays. Allez-vous lancer un avis de recherche international ?

—Si vous le permettez, Joseph, je n'entrerai pas dans les détails techniques de l'enquête.

— Pouvez-vous confirmer que ce monsieur Prose est relié à l'achat de matériel ayant servi dans ces meurtres? Pouvez-vous confirmer qu'il aurait loué des chambres d'hôtel utilisées par les criminels responsables de ces abominations? Et pouvez-vous confirmer que les empreintes digitales de monsieur Prose ont été relevées sur l'arme qui a servi à décapiter l'imam al-Shammari?

Roberts regarda le maire, puis le journaliste, puis le maire. Manifestement, quelqu'un renseignait le journaliste du *New York Times*. Avait-il une source à l'intérieur du NYPD? À moins que ce ne soit le maire lui-même…

Puis il se rappela l'avertissement du directeur de la NSA : il était probable que l'auteur des meurtres allait informer directement les médias.

Ce fut sur un ton presque bon enfant qu'il poursuivit :

— Joseph, croyez-moi, je comprends que votre travail vous oblige à ce genre de… spéculations. Mais, comme je viens de vous le dire, je ne peux pas entrer dans les détails techniques de l'enquête. Cela risquerait de porter préjudice au travail de toutes les équipes impliquées dans cette affaire.

http://facebook.com/tarikbokhari

Nadjib Bokhari

Il y a 19 minutes

Quand l'archevêque Feelgood a été tué, les gens ont tout de suite dit : « C'est un musulman qui a fait ça. » Et maintenant, avec l'imam al-Shammari, ils disent encore la même chose : « C'est un musulman. » Avec eux, c'est toujours la faute des musulmans. Tariq Ramadan a raison. Ils sont prêts à tout pour empêcher l'Islam de se développer en Occident. Même à déclencher une guerre contre nous…

Afficher la suite

J'aime   Commenter   Partager

Malik Azam, Omar Siddiqi, Akram Mourad,
et 17 autres personnes aiment ça.

Afficher 6 autres commentaires

Adil Aishat   Il faut voir à qui le crime profite.
L'industrie militaire a besoin d'attentats pour
faire augmenter ses ventes d'armes à l'armée.
Les Républicains ont besoin de l'Islam comme
épouvantail pour se faire élire sur notre dos.
C'est comme les autres attentats : c'est encore
un coup des services secrets.
Il y a 11 minutes
J'aime

Tarik Al-Jabri   Le vrai coupable, c'est
l'Occident au complet. Il a toujours exploité et
méprisé les peuples de l'Islam !
Il y a 10 minutes
J'aime

Adil Aishat   Il n'a pas de leçons à nous donner,
l'Occident. C'est un monde où les parents
laissent leurs filles se comporter en prostituées.
Où la drogue et l'alcool détruisent les familles.
Il y a 8 minutes
J'aime

Akram Mourad   Le vrai coupable, c'est la
laïcité. Voilà ce qui arrive dans un monde où on
interdit la religion.
Il y a 7 minutes
J'aime

Tarik al-Jabri   Seule la soumission à la parole
d'Allah peut sauver le monde.
Il y a 7 minutes
J'aime

Akram Mourad   Leur laïcité, c'est l'intolérance.
C'est un truc pour interdire notre religion et pas
la leur. C'est de l'islamophobie déguisée.
Il y a 5 minutes
J'aime

Le directeur du NYPD tourna son regard vers le maire.

— Prochaine question, dit celui-ci.

Il désigna un journaliste qui travaillait au *New York Post*, Archibald Shepp.

— Ma question s'adresse au directeur du NYPD, commença le journaliste. Monsieur Roberts, que pensez-vous des rumeurs selon lesquelles toute cette enquête serait tenue secrète parce que des agents de renseignement de pays amis seraient impliqués dans ces crimes?

Le maire s'empressa d'intervenir.

— Je ne permettrai pas ce type d'insinuations irresponsables. Je ne permettrai pas que l'on transforme cette conférence de presse en plate-forme pour lancer des rumeurs. Mesdames, messieurs, c'est tout pour aujourd'hui.

Pendant qu'ils récupéraient leurs papiers, le journaliste insista :

— Est-ce que vous démentez les rumeurs voulant que des espions de la France soient impliqués?

D'autres journalistes y allèrent aussitôt de leurs questions.

Cela produisait une sorte de bruit continu qui relança le maire et le directeur jusqu'à la sortie, dissimulée derrière le rideau de fond de scène.

« Après une crucifixion et une décapitation, à quoi faut-il s'attendre?… Est-ce que Prose est votre principal suspect?… Craignez-vous de nouvelles violences contre les musulmans?…Comment pouvez-vous être sûrs que ça ne dégénérera pas en guerre de religion?… La Ville va-t-elle augmenter la présence policière dans les rues? Quelles preuves avez-vous que… »

Le maire n'était pas peu fier de sa performance. D'une part, il avait pris publiquement la défense de Roberts, ce qui le rendait inattaquable; d'autre part, il avait interrompu la conférence de presse de façon dramatique juste au moment où la question la plus embarrassante pour Roberts venait d'être posée.

Il ne faisait aucun doute que les journalistes comprendraient le message : c'était là qu'il fallait creuser.

EMPREINTES DE DOUTE

Après avoir appris que les empreintes de Prose étaient sur l'arme du crime, Chase et Natalya avaient expédié le reste de leur repas en quelques minutes, puis ils s'étaient rendus ensemble au bureau de Chase. À la demande de Natalya, ils examinèrent la vidéo de la décapitation.

— Pouvez-vous estimer la taille de celui qui tient le couteau ? demanda Natalya à la technicienne qui les assistait.

Cette dernière figea l'image, fit apparaître un diagramme de la pièce en superposition et appuya sur toute une série de touches.

Des lignes de perspectives se mirent à quadriller l'image.

— Six pieds quatre, répondit finalement la technicienne.

— Et quelle est la taille de Prose ?

— Cinq pieds huit.

Chase se tourna vers Natalya.

— Comment avez-vous deviné ?

— Je connais Prose. Regardez la largeur de la main qui a laissé les empreintes et comparez avec celle qui tient le couteau sur la vidéo. C'est tout juste si elle a assez de place sur le manche. Tandis que les empreintes…

— Autrement dit…

— Elles ont été plantées.

— Reste à savoir par qui.

— Par celui qui veut faire accuser Prose. À force de vouloir multiplier les fausses preuves, il a fini par en échapper une.

— À moins que ce soit par Prose lui-même. La fausse preuve peut faire partie de son plan.

Natalya vit immédiatement où Chase voulait en venir. Mais elle se contenta de continuer à le regarder jusqu'à ce qu'il développe sa pensée.

— Il commence par attirer l'attention sur lui, reprit Chase. Puis il se disculpe en rendant le *frame-up* trop évident. Par exemple, en fabriquant une preuve qui ne tient pas. Comme cette empreinte.

— Vous êtes sérieux ?

— C'est seulement une hypothèse.

LE RETOUR DES EX

Natalya avait mis ses écouteurs. La *playlist* où elle avait inclus le dernier album de Muse continuait d'être une de ses préférées.

Il n'y était question que de tueurs programmés incapables d'échapper à leur destin, de vies préfabriquées, de mondes meilleurs dont l'avènement devenait impossible et d'amours improbables qui étaient pourtant la seule source d'espoir.

Peu lui importait que le groupe se soit éloigné de ses racines pour s'orienter vers un autre type de sensibilité musicale. Elle trouvait dans ses textes, dans l'agressivité de certains rythmes, des déclencheurs qui lui permettaient d'apercevoir des choses qui s'agitaient en elle.

> *Our freedom's just a loan*
> *Run by machines and drones*
> *They've got us locked into their sights*
> *Soon they'll control what's left inside...*

Un signal sonore émis par son ordinateur enterra brièvement la musique et la ramena à la réalité extérieure. C'était le troisième de ses ex à lui répondre. Malcolm Gilmour, cette fois. Il travaillait au MI5.

Il lui envoyait la vidéo où l'on avait enregistré la présence de Prose à Heathrow. Il y était en transit. Un vol de Bruxelles à New York.

Avant lui, Bill Roth et Leclercq s'étaient manifestés. Elle avait maintenant en main six vidéos qui témoignaient de l'activité aéroportuaire de Prose.

C'est au deuxième visionnement de la nouvelle vidéo qu'elle réalisa que quelque chose clochait.

Elle entreprit de les revoir toutes.

> … inadmissible que le maire de New York et le NYPD continuent de refuser de répondre aux questions légitimes de la population. Faudra-t-il un autre carnage pour qu'on se décide à arrêter les imams qui prêchent le djihad dans les mosquées ? Combien faudra-t-il laisser tuer de chrétiens avant que…?

SOSIES SUR VIDÉO

Chase avait demandé à Natalya de venir le rencontrer à son bureau. Il avait de nouvelles informations à partager.

À son arrivée, il avait placé une chaise à roulettes à côté de la sienne, derrière son bureau.

— Petite séance de cinéma, avait-il annoncé.

Pendant près de vingt minutes, il lui avait montré différents extraits de bandes vidéo où l'on voyait Prose acheter de l'équipement photo, des ordinateurs, un couteau semblable à celui utilisé pour décapiter l'imam.

— À lui seul, il a pratiquement tout acheté.

— N'empêche que les empreintes sur le couteau ont été plantées.

— C'est possible. Mais tout le reste… Il y a aussi cette autre vidéo que le département technique vient de m'envoyer.

On y voyait Prose acheter les présentoirs de carton plastifié ayant servi à la distribution des tracts.

— Ça commence à faire beaucoup, résuma Chase.

— Sur ce point, je suis d'accord avec vous. Ça fait même presque trop… Je peux revoir les extraits vidéo ?

Chase la regarda, intrigué.

— Vous avez remarqué quelque chose ?

— Peut-être.

Natalya nota le code temporel de chaque extrait, qui apparaissait au bas de l'image. Ils se répartissaient sur trois jours.

— Nous avons vérifié, fit Chase, quand elle eut terminé. Il a eu le temps de se déplacer pour aller à chacun des endroits.

— Mais en évitant soigneusement de se faire repérer par les caméras dans les rues, aux environs des lieux qu'il a visités.

Chase poussa un soupir.

— C'est vrai, admit-il.

— Moi aussi, j'ai quelque chose pour vous.

Elle sortit son iPad et lui montra l'extrait vidéo où l'on voyait Prose dans l'aéroport de Heathrow.

Chase regarda attentivement l'image puis releva la tête.

— Vous l'avez bien reconnu ? demanda Natalya. Vous êtes bien sûr que c'est lui ?

— J'en ai l'impression, répondit lentement Chase.

Une certaine méfiance s'était glissée dans sa voix.

— Regardez maintenant le code temporel.

Chase regarda de nouveau, puis releva brusquement la tête.

— C'est quoi, ce bordel ? Qui a fait cet enregistrement ?

— Il y en a six. Deux viennent de la DGSI ; un, du MI5 et trois de la NSA.

— La NSA ?

— Je les ai obtenus par l'intermédiaire de la DGSI.

Inutile de révéler à Chase qu'elle avait un contact à la NSA. Elle poursuivit :

— Chacun des extraits a été vérifié avec un logiciel de reconnaissance faciale, poursuivit-elle.

— Ça voudrait dire…

— Vous avez vu les codes temporels. Tous les extraits ont été enregistrés en Europe, les mêmes jours où Prose faisait ses achats à New York.

— Il aurait donc un jumeau ?

— Il n'a pas de jumeau.

— Un sosie ?

— Au moins deux. Deux des extraits européens ont été enregistrés à une heure d'intervalle : un à Londres, l'autre à Genève. Difficile d'avoir un alibi plus solide.

— Ou une preuve de préméditation plus forte. Il s'est fabriqué des alibis à l'avance pour tout ce qu'il a fait.

— C'est probablement ce qu'on cherche à nous faire croire.

Elle lui parla alors de Payne. De sa transformation. De son sosie, dont on avait découvert tardivement la présence.

— Dans le cas de Payne et des petits hommes blancs, conclut-elle, c'était la personne transformée qui était responsable de l'opération. J'ai tendance à croire que c'est encore le cas.

— Mais vous n'avez pas de preuves.

— Non. Et pour tout dire, je suis inquiète de ce qui est arrivé à Prose. Depuis le jour où la vidéo a été projetée à Times Square, il n'est apparu sur aucune caméra.

Elle éteignit son iPhone, le glissa dans la poche intérieure de son blouson de cuir et tira la fermeture éclair.

— On va lancer un mandat d'arrêt international, dit Chase. On n'a pas le choix. L'histoire des vidéos et des empreintes est sortie dans les médias.

— Je sais. Mais ça va alimenter toutes les théories du complot qui circulent.

— Ça va surtout concentrer l'attention des médias sur Prose, ce qui fait l'affaire des politiciens et du directeur. Ils espèrent que ça va calmer les extrémistes religieux et les ultralibertaires.

— Il n'y a rien comme un bouc émissaire...

— C'est toujours ce qui unit le mieux les populations. Regardez ce qui s'est passé en France après l'attentat contre *Charlie Hebdo*.

— Ça n'a pas duré.

— Mais il y a eu une trêve. L'escalade a été stoppée, puis ralentie quand elle a repris. Croyez-moi, même s'il n'est pas coupable, ce qui peut arriver de mieux à Prose, c'est d'être arrêté. Pour sa propre protection.

— Bien sûr. C'est ce qu'on a dû dire à Lee Harvey Oswald.

Le ton légèrement moqueur de Natalya démentait à peine le sérieux de ses préoccupations.

Lorsqu'il fallait tuer quelqu'un, Sarah était d'une compétence exceptionnelle. En partie à cause de son apparence.

Petite, encore l'allure d'une adolescente malgré une trentaine bien entamée, un visage tout en douceur, on ne se méfiait pas d'elle. Et on n'aurait jamais dit qu'elle était la mère de trois enfants.

Depuis presque huit ans, elle tuait cependant beaucoup moins. Presque plus, en fait. Quelques contrats ici et là quand personne d'autre n'était disponible. Car elle avait d'autres talents. Plus précieux.

Contrairement à la très grande majorité des mères de famille, Sarah en savait infiniment plus que ses enfants sur Internet et sur l'informatique en général.

Pour cette raison, le barman ne lui confiait pratiquement plus de missions de terrain, car il ne voulait pas courir le risque de perdre celle qui était en quelque sorte devenue sa recherchiste en chef.

Affectée en priorité à la traque d'informations de toutes sortes, elle pouvait travailler à domicile, ce qui était pour elle une bénédiction : ça lui permettait de demeurer près des enfants…

Autre avantage de l'orientation qu'avait prise sa carrière, elle pouvait habiter où elle le voulait sur la planète. Sa seule contrainte était d'avoir accès à une connexion Internet fiable à haut débit.

Sarah avait choisi Paris. Parce que c'était la France. Parce que c'était une des langues que l'on parlait chez elle, à la maison, quand elle était enfant. Parce que c'était le pays où ses parents rêvaient d'émigrer avant d'être assassinés… Et parce que c'était là que travaillait le père de ses enfants.

La nouvelle tâche que lui avait confiée le barman était stimulante : analyser l'ensemble de la comptabilité et des communications d'une entreprise de gestion financière. Le but : identifier son véritable propriétaire.

Ensuite, il faudrait trouver le moyen d'infiltrer les communications de ce propriétaire. Mais prudemment. Le barman avait insisté sur « prudemment ». Non seulement pour ne pas alerter la cible, mais parce que l'individu en question disposait presque certainement de moyens de rétorsion considérables. Surtout s'il était, comme le barman l'espérait, un membre de la Liste XIII.

Un premier examen avait permis à Sarah de dégager la structure générale de Banks Capital. L'organigramme des fournisseurs, des entreprises détenues et des détenteurs de parts était d'une complexité impressionnante. Cependant, une fois que l'on faisait abstraction des multiples couches de sociétés-écrans et des participations croisées, tout devenait relativement simple.

Elle entreprit de résumer ses découvertes dans un courriel au barman.

> Une vingtaine de fournisseurs de services (entretien, informatique, services de sécurité, administration…) accaparent environ 72 pour cent des revenus. Tout est sous-traité. Même la gestion financière. Banks ne fait que répartir les montants à gérer entre différents gestionnaires.
>
> Un autre 27 pour cent des revenus est redistribué à différents organismes de charité, à des comités d'action politique, à des fondations, à des organisations religieuses. Le point commun entre tous ces bénéficiaires est leur proximité avec le Tea Party et les groupes religieux les plus conservateurs.
>
> À cela s'ajoute un autre 15 pour cent qui disparaît à travers des sociétés-écrans pour se retrouver dans les comptes de groupes comme les Soldats du Christ, les Patriots for Peace et différents groupes libertaires ou survivalistes.
>
> L'entreprise distribue donc 114 pour cent de ses revenus. Et cela, c'est sans compter les 9 pour cent que s'attribue personnellement Banks, en supplément de son salaire. Cet argent transite par divers paradis fiscaux avant de se retrouver au Liechtenstein.
>
> En dépit de ce déficit d'opération annuel de 23 pour cent, l'entreprise déclare une marge bénéficiaire de 11 pour cent par année. L'argent manquant vient des détenteurs de parts, un groupe de sociétés-écrans dont je n'ai pas encore réussi à percer le voile. Elles procèdent annuellement à des injections de capitaux.
>
> Le plus étonnant est la stabilité de ces chiffres, année après année. Ce n'est pas loin d'une impossibilité statistique et

opérationnelle, particulièrement pour une entreprise dont la profitabilité est aussi dépendante du comportement des marchés financiers.

Voilà. Le plus facile est fait. J'ai eu la chance de trouver rapidement le document synthèse que Banks utilise comme aide-mémoire.

Pour aller plus loin, il va falloir creuser. J'ai lancé un programme d'analyse des communications internes et externes de l'entreprise : fréquences, régularités, anomalies. Demain, ma priorité est de tenter d'aller au-delà des sociétés-écrans pour identifier les détenteurs d'actions de l'entreprise, ceux qui y mettent de l'argent année après année.

Ça risque d'être assez long. Mais, pour l'instant, je vais faire le souper des enfants.

SRH

Après avoir expédié le courriel, Sarah se dirigea vers la cuisine, où la petite Sarah l'attendait.

C'était vraiment une enfant facile. Presque trop raisonnable pour son âge. Quand sa mère avait besoin de travailler dans le bureau, il suffisait qu'elle laisse la porte ouverte. La petite s'installait à la table de la cuisine pour jouer avec sa tablette électronique.

De là, elle pouvait apercevoir sa mère devant l'ordinateur.

De temps à autre, elle venait lui montrer ses dessins ou les jeux qu'elle avait réussis sur sa tablette. Puis elle retournait à la table de la cuisine.

Sarah se demandait souvent comme la petite réagirait si elle devait de nouveau partir en mission. Les deux garçons, plus vieux, avaient leurs amis, mais la petite Sarah était une enfant solitaire. Aller à la maternelle était pour elle une punition : on l'empêchait de jouer comme elle le voulait.

Difficile de ne pas reconnaître dans sa fille un portrait de ce qu'elle était elle-même, enfant. Du moins, avant que l'on décime sa famille.

LA JUSTICE ISLAMIQUE : TUER D'ABORD, JUGER ENSUITE
Michael Mufson

Jusqu'à maintenant deux fatwas ont été lancées contre Victor Prose. Aucun dignitaire musulman n'a protesté, aucun ne s'est indigné, aucun n'a condamné cette pratique. Sur ce sujet : silence radio.

Loin de moi l'idée de défendre Prose. S'il a organisé les meurtres de l'archevêque Feelgood et de l'imam al-Shammari, il mérite d'être exécuté. Mais, pour ça, il faut un procès. Il faut des preuves.

Ce qui nous distingue des musulmans, c'est qu'ils tuent sans procès. Voilà pourquoi on devrait interdire cette religion sur notre territoire. Elle est contraire aux valeurs américaines. Elle encourage la barbarie et les exécutions sommaires.

Si on est contre les lynchages que faisait le Ku Klux Klan, comment peut-on tolérer les fatwas ? Qu'est-ce que les autorités attendent pour lancer des mandats d'arrêt internationaux contre ceux qui les ont émises ? Ont-ils peur de froisser leurs petits amis pétromusulmans ?

DÉNOMINATEUR COMMUN

Natalya sortit de la douche, s'enveloppa dans une immense serviette et traversa la chambre.

Un verre de vin achèverait de la détendre. Elle voulait revoir à tête reposée ce qu'elle avait appris au cours de la journée.

En arrivant dans le salon de la suite, elle se retrouva devant Alex. Assise dans un fauteuil, la femme braquait un pistolet sur elle.

Le visage d'Alex s'éclaira d'un sourire et elle rangea son arme.

— On n'est jamais trop prudent, dit-elle. Je ne pouvais pas savoir que c'était bien toi, derrière la porte.

Inutile de lui demander comment elle était entrée, songea Natalya.

—Je suppose que tu as quelque chose d'important à me communiquer.

—Tu prends l'avion dans moins de deux heures.

—Vous avez décidé de me mettre à l'abri?

Le ton de Natalya était ironique.

Il était probable que l'enquête commençait à trop s'approcher de Prose. Ils préféraient l'éloigner.

—Un petit voyage à Montréal. C'est l'endroit où le prochain attentat aura lieu.

—Quand?

—Bientôt. Très bientôt.

—Vous tenez ça d'où?

—La même source qui nous avait prévenus de l'attentat de Times Square.

—Vous ne trouvez pas étrange que votre source pratique le goutte à goutte et qu'elle vous avertisse toujours à la dernière minute?

—La personne que nous poursuivons est extrêmement méfiante. Elle ne dévoile ses intentions qu'au dernier instant.

—Est-ce qu'on ne devrait pas surveiller toutes les villes dans lesquelles Prose ou un sosie de Prose a été aperçu?

Alex ne parut nullement étonnée. L'existence des sosies lui semblait connue.

—Quelqu'un suit déjà cette piste, se contenta-t-elle de répondre.

—Donc, vous le saviez. Vous le saviez et vous ne m'avez rien dit.

—Notre ami commun, à Bucarest, préférait ne pas vous distraire de votre enquête. Ces multiples apparitions sont d'ailleurs une des raisons pour lesquelles il n'est pas inquiet pour la vie de Prose. À son avis, il est probable que ce sont des sosies – enfin, surtout des sosies – qui ont été aperçus en train de louer des chambres et de prendre des avions, un peu partout sur la planète.

—À son "avis", est-ce que Prose est impliqué dans tous ces meurtres?

—De façon tangentielle. Probablement à son insu.

—Ou malgré lui.

— C'est possible… Qu'est-ce qui vous a fait penser à des sosies ?

— Le fait qu'il soit partout. Et que sa présence a toujours pris la forme de brèves apparitions. Jamais de présence continue… Je me suis souvenue de Payne.

— C'est une autre preuve que nous avons affaire au même individu qui était derrière le meurtre des dix petits hommes blancs.

Un élément troublait cependant Natalya, mais elle n'en parla pas : la réapparition du blogue de Prose.

Juste avant de prendre sa douche, elle avait parcouru sa nouvelle publication. Sur le meurtre de l'imam, cette fois.

PRIER ENSEMBLE

Chase était encore au bureau quand il reçut l'appel de Natalya. Elle lui annonçait qu'elle partait à Montréal. C'était là que le prochain attentat aurait lieu.

— Vous êtes sûre que c'est une bonne idée ?

— Ça vient de la même source qui nous avait annoncé les événements de Times Square.

— C'est quand même étrange, non ? Le responsable de ces meurtres se donne un mal de chien pour créer un climat de tension dans la ville. Il réussit à amorcer une escalade de violence qui est en train de se répandre dans la population. Et juste au moment où il est sur le point de réussir, il change de ville… Moi, je ne comprends pas.

— Moi non plus. Mais je n'ai pas vraiment le choix.

C'était vrai, songea Chase, elle pouvait difficilement prendre l'information à la légère. Surtout que ses priorités étaient différentes des siennes. Sa responsabilité première n'était pas envers les habitants de New York.

Et peut-être, après tout, avait-elle raison. L'auteur des deux meurtres pouvait estimer qu'un autre attentat à New York n'était pas indispensable. Avec des médias qui avaient intérêt à alimenter la paranoïa et des politiques qui ne demandaient pas mieux que de monter en épingle le moindre incident à des fins électoralistes, la violence pouvait s'alimenter elle-même.

— En début de soirée, dit-il, une veillée de prière a dû être annulée. Elle avait été convoquée conjointement par des chrétiens et des musulmans.

— Une alerte à la bombe ?

— Deux. Une revendiquée par un groupe de patriotes chrétiens, les Croisés de l'Armageddon. Une autre par un groupe islamiste, les Djihadistes du Califat américain.

— Vous avez trouvé quelque chose ?

— Rien. C'était peut-être seulement un étudiant qui s'ennuyait. Ou un pauvre type qui avait besoin d'exercer du pouvoir quelque part. Mais on ne pouvait pas prendre de risque.

— Et maintenant, même s'il n'y avait aucune menace réelle, l'annulation de la soirée va contribuer à alourdir le climat.

— Exactement. Il faut trouver au plus vite le responsable de cette folie !

Quelques instants plus tard, Natalya prenait congé de Chase.

— À Montréal, je vais demeurer à l'hôtel Bonaventure. Si jamais vous avez besoin de me joindre…

Ce n'était pas exactement une invitation, mais elle laissait la porte ouverte à la poursuite de leur collaboration.

THE TRUTH

Bill Straight prononça la formule rituelle par laquelle il commençait toujours son émission.

— *The truth. Nothing but the truth.*

Il se dirigea ensuite vers les deux invités et il leur présenta à tour de rôle la Bible qu'il tenait entre ses mains.

— Jurez-vous de dire la vérité, rien que la vérité, mais pas nécessairement toute la vérité.

Lors de la première émission, la formule avait suscité une foule de commentaires dans les réseaux sociaux et les médias traditionnels. Ce type de serment n'était-il pas une incitation à mentir par omission? À cacher une partie de la vérité?

Au début de l'émission suivante, l'animateur avait expliqué pourquoi il avait choisi cette formule d'assermentation.

— Une personne peut connaître une partie de la vérité, avait-il dit, mais nul ne peut prétendre la posséder entièrement. De là le choix de cette formule: ne dire que la vérité, ne pas dire de mensonges. Pour ne pas avoir à se censurer sous prétexte qu'on est conscient de ne pas tout savoir, qu'on risque de mentir par ignorance.

Il aurait pu donner cette explication dès le départ, mais l'équipe de marketing avait calculé que le côté provocateur de la formule avait des chances de faire un buzz. Ce qui s'était produit.

Chacun leur tour, les deux témoins experts posèrent la main sur la Bible et prononcèrent la formule d'usage.

— Je jure de dire uniquement ce que je sais être la vérité.

Cette formulation particulière introduisait une deuxième nuance. Les experts n'étaient pas tenus de dire la vérité, mais uniquement ce qu'ils «savaient» être la vérité. Après tout, on ne pouvait quand même pas demander à quelqu'un, fût-il expert, de dire ce qu'il ne savait pas.

Une autre raison avait également motivé le choix de cette formulation. Mais celle-là, on avait préféré ne pas l'expliquer au public: si on voulait obtenir de bonnes cotes d'écoute, il fallait qu'il y ait un vrai spectacle. Que le débat soit enflammé. Brutal. Et, pour cela, il était indispensable que les experts puissent ruser avec la vérité. Comme les avocats, il fallait qu'ils puissent choisir de ne pas voir ce qui ne les arrangeait pas. Il fallait que le mensonge par omission fasse partie de leur arsenal… Après tout, il s'agissait de vrais procès. La seule différence, c'était qu'au lieu de juger une personne, on jugeait une idée.

Ayant prêté serment, les experts se dirigèrent vers les deux lutrins qui les attendaient.

L'animateur en profita pour rappeler l'idée qui était en procès dans la présente émission.

— L'islam est une religion meurtrière.

— Il y a des passages extraordinaires dans le Coran. Sur l'amour et l'aide que l'on doit apporter aux autres, par exemple. Il y a un rêve de fraternité universelle. C'est le sens de l'*ouma*.

— Bien sûr. On aime les autres. Mais uniquement s'ils se soumettent à ce qu'on veut leur imposer. Sinon, on a le droit de les tuer. Belle fraternité !

— Comme tous les textes fondamentaux des religions, il faut savoir les lire. Savoir les interpréter.

— Et l'interprétation dominante, c'est celle qu'en ont faite des Bédouins illettrés du VIIe siècle ! Ils imposent leur lecture obscurantiste à coups de milliards, partout sur la planète !

— Il y a eu deux époques dans l'écriture du Coran. Certains textes ont été écrits dans un contexte de paix, d'autres dans un contexte de guerre.

— Pour un vrai musulman, est-ce que toutes les parties du Coran ne sont pas également sacrées ? Vous ne pouvez pas y choisir ce qui vous arrange. Ce n'est pas un bazar.

— Croire ne signifie pas perdre son esprit critique.

— Le problème avec les musulmans, c'est qu'ils se disent critiques en privé, mais qu'ils ne disent rien en public. Quelle partie du Coran sont-ils prêts à laisser tomber ? Quel verset ? Quel mot ? Et surtout : sont-ils prêts à le dire publiquement ? Comment peut-on se prétendre critique quand on accepte une vision du monde qui date du Moyen Âge ?

— Parce que les histoires de résurrection, de type qui marche sur l'eau et de poissons qui se multiplient dans les assiettes, ça fait plus sérieux ?

— Je suis bien d'accord, ce n'est pas plus brillant. Et puis, par le passé, les chrétiens ont souvent été aussi meurtriers. Je le concède volontiers.

— Vous voyez ! Nous ne sommes pas si différents. Nous avons un héritage historique à gérer. Un héritage qui ne tient pas à Allah, mais à ce que les hommes lui ont fait dire.

— Il existe quand même une différence de taille. Les chrétiens ont désavoué l'Inquisition et les pratiques du genre. Les musulmans n'ont pas renoncé à la charia. Tant qu'ils ne le feront pas, on ne pourra pas leur faire confiance. C'est une loi barbare qui autorise les pires atrocités, surtout envers les femmes.

— Il y a des centaines de millions de musulmans qui sont pacifistes, qui prennent dans la charia ce qu'elle a de bon, de tolérant. Vous ne pouvez pas le nier.

— Je le sais bien. Le problème, c'est qu'on ne les entend pas. On aimerait qu'ils s'indignent par millions et qu'ils manifestent dans les rues quand on commet des atrocités en leur nom. Pas seulement quand des caricatures les scandalisent.

— La violence est toujours plus visible que ceux qui la condamnent. Surtout si la condamnation est faite de façon non violente. L'amour et la compassion de millions et de millions de musulmans seront toujours moins médiatiques que la violence de quelques milliers d'esprits égarés.

AVANT LE DÉCOLLAGE

Natalya était dans l'avion. Un jet privé nolisé en catastrophe grâce aux innombrables contacts et relations du barman.

Il fallait lui reconnaître ça, au barman : il dirigeait une organisation efficace. Si on pouvait appeler ça une organisation. Il semblait plutôt à la tête d'un réseau relativement restreint, mais branché sur une multitude d'autres réseaux.

Le cœur de cette quasi-organisation, c'était le groupe d'agents qu'il avait protégés et recrutés pendant les dernières années du régime Ceausescu. Pour le reste, il s'agissait davantage de sous-contractants. Cela en faisait un groupe disposant de moyens respectables.

En attendant le décollage, Natalya parcourait les sites Internet pour prendre connaissance de ce qu'on disait sur Prose. Elle se demandait ce que ferait Chase.

Elle avait hésité avant de lui téléphoner. Mais elle avait finalement estimé ne pas avoir le choix ; elle devait demeurer en contact si elle voulait être informée des progrès que ferait le NYPD. Et puis, elle se sentait liée par une sorte de fair-play.

Un instant, elle avait même songé à offrir au policier new-yorkais de l'accompagner. Après tout, c'était aussi son enquête. Et puis, derrière lui, il y avait le poids du NYPD. En cas de problèmes avec le SPVM, sa présence aurait sûrement pu être utile.

En fin de compte, elle avait laissé la décision à Chase. S'il voulait la contacter, cela lui serait facile. Non seulement avait-il son numéro de portable, mais elle lui avait indiqué dans quel hôtel elle descendait.

Elle reporta son attention sur le iPad et termina la lecture de l'article du *New York Post*.

> Maintenant que l'imam al-Shammari a été tué, plusieurs musulmans vont se radicaliser. Surtout si les actes de violence contre les musulmans continuent, ce qui est prévisible. Plusieurs musulmans vont être tentés de répondre à la violence par la violence.
>
> L'objectif de ces attentats est de déclencher une guerre de religion. Si possible à la grandeur du pays.
>
> On pourrait croire que c'est une stratégie suicidaire de la part des musulmans. Que le reste du pays va faire bloc contre eux. Qu'ils sont voués à perdre cette guerre. Je vais vous expliquer demain pourquoi ce n'est pas le cas. Et pourquoi les autorités s'acharnent à concentrer l'attention des médias sur Prose.

Natalya était curieuse de lire la suite.

L'hypothèse du journaliste n'était pas si farfelue. Déclencher une guerre de religion était tout à fait dans la ligne des œuvres-événements que cet «artiste» pouvait imaginer.

Après avoir stigmatisé la petitesse et l'activité criminelle de la civilisation occidentale blanche avec Dix petits hommes blancs, il était dans sa logique de souligner le caractère meurtrier des religions en provoquant un véritable conflit religieux là où on l'attendait le moins : au cœur même de la capitale du monde occidental.

C'était d'ailleurs plus ou moins ce qu'écrivait Prose, dans son dernier commentaire sur son blogue.

Penser à Prose ramena Natalya à la question qui la taraudait depuis le début de la soirée. Était-ce vraiment lui qui avait repris son blogue ? Et, si oui, à quoi jouait-il ?

La caméra était revenue sur l'animateur. Elle le cadrait maintenant en plan américain.

— Je vous rappelle qu'il vous reste à peine deux minutes pour voter. Vous pouvez le faire sur notre page Facebook. Ou sur Twitter, sous le mot-clic *real truth POP-TV* en un mot. Vous pouvez également enregistrer votre vote sur le site de l'émission.

Puis, après une pause, il se tourna vers l'écran derrière lui. Un tableau y apparut.

— Passons au vote des spectateurs de la salle. Vous pouvez maintenant vous prononcer.

Les spectateurs prirent la manette fixée au bras de leur siège, comme dans les avions. Le choix n'était pas compliqué. Il n'y avait que deux boutons : OUI et NON.

Des chiffres se mirent à défiler sur l'écran, dans la case des « oui » et des « non », à mesure que les spectateurs votaient. Quand ils se stabilisèrent, il y avait 73 non et 324 oui.

— Près de 80 pour cent des spectateurs sont d'avis que l'islam est une religion meurtrière. Voyons maintenant ce qu'en pensent nos auditeurs.

Il se mit à lire des chiffres sur le moniteur incrusté dans sa table. Au fur et à mesure qu'il lisait, les chiffres s'inscrivaient sur le tableau, derrière lui.

THE TRUTH

L'ISLAM EST-IL UNE RELIGION MEURTRIÈRE ?

	Oui	Non
Spectateurs	324	73
Twitter	10 912	2 637
Facebook	22 807	4 359
Site	14 884	2 359
Total	**48 927**	**9 428**

Quand il eut terminé, l'animateur fit une pause avant de proclamer :

— L'islam est déclaré religion meurtrière selon la très grande majorité des voix exprimées. Près de 85 pour cent.

Après une nouvelle pause, il amorça ensuite la formule par laquelle il concluait invariablement l'émission :

— En terminant, je tiens à vous rappeler que cette émission n'est qu'un divertissement. Par conséquent, elle ne saurait prétendre à une vérité scientifique. Je suis Bill Straight et je vous attends la semaine prochaine pour une autre émission de *The Truth*.

http://blog.laprosedumonde.com/la-décapitation-comme…

LA DÉCAPITATION COMME ŒUVRE D'ART

La nature religieuse de la décapitation de l'imam al-Shammari n'aura échappé à personne. Décapitation avec un couteau sacrificiel, l'exécutant orienté vers La Mecque, exsanguination du corps de la victime…

Bien sûr, il s'agit d'une imitation grossière du rituel prescrit pour l'abattage halal. Volontairement grossière. Ironique. Qui est destinée à choquer. À provoquer. Après la crucifixion tordue, au sens le plus ironique du terme, une décapitation humoristiquement halal.

Clairement, l'artiste poursuit son œuvre. Après le christianisme, l'islam. Ce qui est logique. L'islam est une forme de christianisme décomplexé. Qui n'a pas honte de ses croyances. Et qui tue.

Soyons juste, l'islam tue d'abord des musulmans. Il a une longue tradition de violence. Le prophète lui-même était chef de guerre. Quant à la lutte fratricide que se livrent chiites et sunnites, elle dure depuis des siècles.

En ce sens, la décapitation de l'imam al-Shammari est une œuvre artistique forte. Une œuvre qui, à la fois, illustre la barbarie de son temps et la récuse, qui cristallise dans un événement-choc la cruauté et l'aveuglement que cette religion sert souvent à justifier.

En tout cela, l'islam ne se distingue pas fondamentalement des autres religions du Livre. S'il paraît plus virulent, c'est seulement qu'il est moins «fatigué», qu'il fait moins de compromis avec le monde. Il autorise ou tolère l'expression brutale de ce qui est désormais plus nuancé, plus intellectualisé dans le christianisme : la volonté d'asservir tous les êtres humains à ses dogmes et la décision d'utiliser tous les moyens pour y parvenir.

«Exterminons les opposants! Tuons tous les mauvais croyants! Torturons qui nous jugeons utile de torturer! Allah reconnaîtra les siens…» On croirait entendre les chrétiens d'une certaine époque! Et pas seulement d'une certaine époque, en y réfléchissant bien.

L'AUTRE SUITE

En entrant dans la suite, Natalya vérifia automatiquement le numéro pour s'assurer de l'avoir mémorisé. 2414.

Après avoir posé ses bagages par terre, elle se laissa tomber sur le divan. Elle y resta plusieurs minutes. La tentation était forte de ne pas défaire ses bagages, de ne même pas se déshabiller, de se laisser sombrer dans le sommeil.

Puis elle pensa aux cauchemars qui l'attendaient probablement.

Elle se releva et monta sa petite valise dans la chambre, au deuxième étage. Elle rangea ensuite ses vêtements et accessoires dans les tiroirs, puis elle étala ses produits de soins corporels sur le comptoir de la salle de bains.

Ces gestes simples lui redonnèrent un sentiment de maîtrise.

Elle redescendit dans la grande pièce d'entrée, prit son ordinateur dans son sac de voyage et l'installa sur le bureau, dans le coin «affaires» de la suite.

Elle commença par vérifier si elle avait reçu d'autres messages sur son site. Rien. Aucun autre de ses ex ne s'était manifesté. Elle pensa alors à Prose. Elle décida de relire la nouvelle publication qui était apparue sur son blogue.

Il lui suffit de quelques paragraphes pour que l'idée qu'elle avait eue lors de sa première lecture se confirme : celui qui avait écrit ce texte était non seulement très informé sur les différents meurtres, mais connaissait bien le délire de leur auteur, celui qui avait orchestré le meurtre des dix petits hommes blancs.

C'est avec un sentiment de malaise qu'elle poursuivit la lecture.

À la différence du christianisme actuel, l'islam ne sépare pas le monde spirituel, qui relève de la religion, et le monde social, qui relève de lois laïques. Pour un musulman, il est blasphématoire de prétendre que certains aspects de la réalité échappent à la juridiction du Coran. Ce serait équivalent à prétendre qu'il y a des domaines qui échappent au contrôle de la parole d'Allah.

Un autre lien entre l'islam et le christianisme, c'est que l'islamisme est en grande partie un produit de l'Occident. Les interventions de l'Occident sont largement responsables de sa version obscurantiste actuelle.

Bien sûr, interdire l'imprimé pendant des siècles n'était pas très brillant. L'effet a été de couper la population musulmane de l'évolution technique et scientifique qu'a connue l'Occident. Et cela, les musulmans se le sont imposé eux-mêmes.

Mais l'effet obscurantiste s'explique aussi par des interventions occidentales. Il y a les deux siècles de colonisation, qui ont enraciné dans la population le rejet de toutes les valeurs associées aux colonisateurs. Il y a nos multinationales, qui ont fait pleuvoir sur des potentats locaux, tout droit sortis du Moyen Âge, une manne financière qui leur a permis d'imposer une conception rétrograde et répressive de leur religion. Et cela, non seulement dans leur pays, mais à l'échelle de la planète, en dépensant des milliards en propagande, en construisant partout des mosquées à la condition de contrôler l'enseignement qui s'y donnerait!

Pourtant, des tentatives pour construire un État moderne ont eu lieu dans les pays musulmans. Qui donc en a orchestré l'échec, sous prétexte qu'ils mettaient en cause les profits de leurs entreprises? Les pays occidentaux.

Voilà, en bref, ce qu'évoquent ces deux premières œuvres, quand on les interprète à travers le dialogue qu'elles établissent entre elles.

La crucifixion de Mgr Feelgood et la décapitation de l'imam al-Shammari se répondent. Elles s'éclairent l'une l'autre. Ce sont des machines à broyer le ronron des préjugés et à forcer la réflexion.

Finalement, ce texte apportait la preuve de l'implication de Prose : on y trouvait à la fois son style et sa façon d'aborder les problèmes. Et non seulement était-il informé des événements, mais il avait eu le temps d'y réfléchir, d'en proposer une interprétation. Une interprétation argumentée… Même plongé dans le spectacle de l'horreur, il demeurait rationnel.

Son mécanisme de distanciation semblait capable d'absorber le spectacle de n'importe quelle monstruosité sans la moindre perturbation intérieure. Était-ce parce qu'il avait une sensibilité de psychopathe ? Était-ce la raison pour laquelle il pouvait analyser de manière aussi froide les implications esthétiques de ces meurtres ?

Et si c'était le cas, pouvait-il s'être laissé convaincre de s'impliquer dans ces meurtres ? Était-ce parce que la rationalité de leur justification l'avait touché ? Parce qu'il y voyait vraiment des œuvres d'art susceptibles d'éduquer l'humanité ?

L'homme qui se cachait derrière l'identité de Phénix avait-il réussi à faire de lui un disciple ? Un collaborateur ?

Dans son for intérieur, Natalya n'arrivait pas à croire que Prose puisse être un vrai psychopathe. Mais comment expliquer une analyse aussi froide, aussi détachée ?

Et puis, il y avait cette autre question qu'elle commençait à peine à laisser émerger dans sa conscience : était-ce pour cette raison qu'elle avait laissé Prose devenir aussi important dans sa vie ? Parce que, à sa manière, il était aussi psychopathe qu'elle ? Et que c'était le seul mode de relation qui lui était accessible, compte tenu de ce qu'elle était ?

INSOMNIE

Chase n'arrivait pas à dormir. Étendu sur son lit, il regardait la télé, allant d'une chaîne à l'autre, cherchant ce qui se disait sur les deux meurtres qui accaparaient son esprit.

À TOXX-TV, un animateur discutait avec deux invités de l'inefficacité de la police… Était-ce de la simple incompétence ? Était-ce voulu pour empêcher l'enquête d'aboutir ?

Chase écouta quelques commentaires et changea rapidement de chaîne.

À PBS, un expert en marketing discourait sur l'efficacité médiatique des deux meurtres. Après avoir expliqué brièvement les caractéristiques de l'abattage halal, et en quoi la décapitation de l'imam respectait ces caractéristiques, il entreprit de lire une traduction des paroles du *Miserere*, que l'on entendait en latin sur la vidéo de la décapitation.

Ô Dieu, aie pitié de moi
Dans ta bonté ; et selon ta grande miséricorde,
Efface mes transgressions ;
Lave-moi complètement de mon iniquité,
Et purifie-moi de mon péché.
Car je reconnais mon iniquité et mon péché est constamment devant moi.
J'ai péché contre toi seul et j'ai fait ce qui est mal à tes yeux...

À mesure que l'expert lisait le texte du psaume 51, qui avait été mis en musique par Allegri, les mots défilaient au bas de l'écran.

Puis l'expert commença à expliquer la signification du texte à l'animateur.

— C'est comme si on mettait ces paroles dans la bouche de la victime. On obtient l'équivalent de l'aveu d'un pécheur, qui appelle sur lui le châtiment divin pour être lavé de ses fautes.
— Mais les paroles de James Brown, dans la première vidéo, ne sont pas du tout religieuses !
— C'est vrai, mais on avait la même intention parodique. L'auteur s'attaquait alors à ce qu'on pourrait appeler le masochisme chrétien. Le christianisme est la seule religion qui valorise la souffrance. Au point même d'en faire un instrument de salut. Alors, mettre *I Feel Good* comme fond sonore à une crucifixion...

Chase changea de chaîne.

Il s'arrêta brièvement à TEA-TV, où un animateur soulevait ce qu'il appelait une question de fond. Le deuxième meurtre, la décapitation de l'imam, avait-il été commis par des musulmans ? Était-ce une façon d'égarer les soupçons ? De couvrir le meurtre de l'archevêque Feelgood ? D'empêcher de voir qu'il était la principale cible ?

Puis, du même souffle, sans y voir de contradiction, il enchaîna avec l'hypothèse que c'étaient des gens de Washington qui étaient responsables des deux meurtres. Que c'était un complot pour créer de l'insécurité. Le gouvernement allait utiliser les événements comme prétexte pour accaparer encore plus de pouvoir et limiter la vente d'armes.

À Global News Channel, deux experts argumentaient avec véhémence. La question était de savoir qui étaient les vraies victimes des attentats : les musulmans ? les chrétiens ? la liberté de parole ? la réputation de la ville ? les policiers, qui paraissaient de plus en plus impuissants ?

Chase nota qu'aucun des deux experts n'avait mentionné l'archevêque et l'imam. Ils avaient cessé d'être des victimes pour devenir des enjeux de discussion.

Découragé, il éteignit la télé. Il allait essayer de dormir.

Mais son esprit revenait sans cesse à l'enquête. Il pensait à sa dernière conversation avec l'agente de la DGSI.

Finalement, il se releva et téléphona à Roberts.

UNE CONVERSION FORCÉE

Morane semblait particulièrement en verve. Il avait passé près d'une demi-heure à commenter et critiquer le texte que lui avait soumis Prose.

— Je suis extrêmement satisfait de votre travail. Personne mieux que vous n'aurait pu expliquer mes œuvres.

— Je n'ai fait que mettre un peu d'ordre dans ce que vous avez dit.

— Ne minimisez pas votre contribution. Vous avez non seulement créé la forme de ces textes, mais vous avez éclairci plusieurs points que j'avais évoqués de manière brouillonne.

— Ils auraient pu être expliqués de façon plus précise encore.

— C'est vrai. Je suis conscient de vous avoir imposé une tâche difficile en vous demandant d'être suffisamment clair sans trop en dire.

— Si vous voulez être compris, pourquoi ne pas tout dire ? Et surtout, pourquoi répandre autant de fausses rumeurs sur le sens de vos œuvres ?

— Parce qu'il ne faut jamais formuler de façon trop explicite ce que l'on veut dire. Il faut que les gens aient l'impression de le découvrir. Il faut les faire travailler, leur donner le sentiment de s'être battus pour découvrir la vérité qu'on voulait leur cacher. C'est un secret qu'ont compris depuis longtemps les auteurs de romans policiers !

— Dans votre plan, c'est donc à ça que servent les fausses rumeurs : à forcer les gens à s'interroger, à réfléchir ?

— Elles servent aussi à créer un buzz. S'il y a plusieurs rumeurs, plus de gens vont être touchés. Et, à la fin, quand le vrai message va s'imposer, il va y avoir un plus grand auditoire… C'est la même chose pour les références littéraires, pour l'ironie. Plus on donne aux analystes de choses à déterrer, de détails sur lesquels spéculer, plus ils se prennent au jeu et plus ils en parlent.

— L'ironie est perçue par la plupart des gens comme de la simple moquerie. Ou de la méchanceté.

— Je sais, les âmes sensibles… Mais l'ironie est essentielle. Ça fait en sorte que l'œuvre ne se prend pas elle-même au sérieux. Je vous donne un exemple. Proposer de fonder une religion sur un meurtre, comme le fait le christianisme, c'est une idée tordue. Crucifier un évêque, c'est retourner la logique religieuse contre celui qui l'applique. Ça ressemble à une sorte de vengeance bête. Mais le faire sur une croix tordue, c'est déjà plus créatif. Et si on en fait un spectacle amusant, avec une chanson qui reprend le nom de la victime, on change de niveau… L'ironie crée de la dissonance cognitive, force à réfléchir. Elle permet de quitter l'ordre de la vengeance pour entrer dans le domaine de l'art.

— Il y a autre chose que je ne comprends toujours pas. Pour quelle raison vous en prenez-vous uniquement à la religion ? La religion, ce n'est pas seulement la religion ! Ce sont toutes les croyances qui...

— Vous avez tout à fait raison. L'univers des croyances est infiniment peuplé. Et elles fonctionnent toutes sur le modèle religieux. Mais il faut bien commencer quelque part. Ce triptyque n'est qu'un début.

— Mais, vous n'avez jamais parlé de...

— Je voulais vous faire la surprise. Mais surtout, je ne voulais pas vous distraire. J'avais besoin que toute votre attention soit concentrée sur les textes qui accompagnent ces premières œuvres. Compte tenu du résultat, je pense que j'avais raison.

— Vous allez donc produire d'autres œuvres-événements ?

— Bien sûr. Éduquer l'humanité est une tâche sans fin.

— Vous n'êtes pas éternel.

— Je ne le sais que trop. Mais comme je vous l'ai déjà dit, j'ai pris des mesures en conséquence. Il faudra encore de nombreuses œuvres.

— Pourquoi ?

— Parce que les masses en ont besoin. Et, pour éduquer les masses, les mots ne suffisent pas. Il faut des images. Des œuvres d'art. L'Église catholique l'avait bien compris. Les images saintes et les murs des cathédrales ont été les vrais éducateurs des foules, au Moyen Âge.

— Parce que presque personne ne lisait, à l'époque.

— Vous croyez que c'est très différent aujourd'hui ? La moitié de la population est composée d'illettrés fonctionnels et une grande partie du reste déteste lire quoi que ce soit qui n'est pas court et divertissant. La vraie différence, c'est qu'on vit maintenant dans une époque audiovisuelle : les images ne suffisent plus. Il faut désormais des spectacles. Des spectacles qui ont du punch. Je me souviens en avoir beaucoup discuté à l'époque. Mais mon point de vue a mis du temps à s'imposer. Il a fallu le fiasco que vous savez.

— Avec qui en discutiez-vous ?

Le visage de Morane se figea pendant quelques secondes. C'est ensuite avec une bonhomie un peu forcée qu'il répondit.

— Avec moi-même, bien sûr ! J'ai eu de longues discussions intérieures. J'hésitais à tout miser sur l'art. Il faut croire que ma réflexion n'était pas encore aboutie. Mais la réalité s'est chargée de me faire comprendre où était la vérité.

Prose avait l'impression qu'il y avait quelque chose de faux dans cette dérision de Morane à l'égard de lui-même. Le ton était un peu trop assuré. Presque désinvolte. Comme si la question n'avait pas vraiment d'importance.

— Allez, conclut Morane. Assez discuté. Il vous reste encore un texte à revoir. Il va vous parvenir dans quelques instants sur l'intranet.

http://www.Bible-TV.us/archives/myconviction/whythewar…

La guerre est inévitable…
Armageddon Bill

La guerre est inévitable… Parce que l'islam est une religion de guerre. L'histoire le prouve. L'islam s'est répandu par la guerre et il fait de la guerre contre les infidèles un devoir pour tous les musulmans. Le fameux djihad.

Parce que l'islam mène la guerre contre les femmes et contre les étrangers. C'est dans des pays où règne l'islam qu'on observe les pratiques sociales les plus rétrogrades : excision, enfermement des femmes au foyer ou sous une burka, travailleurs étrangers traités comme des esclaves, pouvoir absolu des dirigeants, interdiction de les critiquer sous peine de châtiments moyenâgeux…

Parce que c'est là que la justice est la plus barbare : coups de fouet, amputations, lapidations, égorgements, décapitations…

Parce que c'est actuellement la religion au nom de laquelle on tue le plus volontiers. De la façon la plus ouverte, la plus violente. Qu'on pense aux exploits de Boko Haram ou de l'État islamique : décapitations, exécutions d'otages, villes rasées avec leurs habitants, utilisation d'enfants pour des attentats suicides…

Parce que la guerre est commencée et que nous sommes les seuls à ne pas le savoir. Ou plutôt, à refuser de le voir.

Parce que la guerre, c'est aussi la ruse. Dans nos pays, la stratégie des islamistes en est encore à la première étape. D'abord s'implanter et se répandre en douceur. Puis, quand ils auront atteint une position dominante, ils vont s'imposer... Vous voulez savoir ce qui nous attend, si on laisse se propager l'islam? Regardez Erdogan. Regardez la réislamisation de la Turquie qu'il a entreprise. Regardez dans tous les pays qui ont été aidés par l'Arabie Saoudite.

Parce que la crucifixion de Mgr Feelgood risque de marquer le passage à la deuxième étape: les violences aveugles et le climat de terreur qui précèdent la vraie guerre.

Voilà pourquoi l'imam al-Shammari est mort. Parce qu'il faut arrêter ce processus pendant qu'il en est encore temps. Parce que certains l'ont compris et qu'ils ont décidé d'agir.

EXPLOSER

6

GAZA PQ

Roland Courtaud était intrigué. Il avait été alerté par un de ses fans qui le suivait sur Twitter.

Dominique Dompierre@domdom.
@RolandCourtaud Que penser de
Gaza PQ? Humour ou antisémitisme,
cette vidéo sur les aventures de
rabbi Schlomo?

Le premier réflexe de Courtaud avait été de trouver la question stupide. Qu'est-ce qui empêchait l'antisémitisme d'être drôle? Est-ce que le fait que Dieudonné puisse être drôle ne rendait pas ses sorties antisémites encore plus dangereuses? N'était-ce pas une raison supplémentaire pour laquelle certains voulaient les censurer?

Courtaud décida néanmoins d'aller voir.

Trouver la vidéo ne fut pas difficile. Elle avait été retirée de YouTube, mais de multiples blogues l'offraient en téléchargement.

Elle commençait par un court extrait du film *Rabbi Jacob*. Une dizaine de secondes. On y voyait Louis de Funès, déguisé en rabbin, danser sur une musique endiablée tout en faisant un mouvement de pompe, les deux mains collées l'une contre l'autre devant lui, comme s'il tentait de gonfler un pneu de bicyclette.

Le son cessa brusquement et l'image disparut. Quelques secondes plus tard, un titre et un sous-titre apparurent en lettres rouges sur fond noir.

Gaza PQ

- I -

Rabbi Schlomo ouvre une armoire

Un air de ragtime se fit ensuite entendre. Puis le spectacle démarra. Un film en noir et blanc, accéléré et saccadé comme au temps du muet.

Un rabbin en costume traditionnel se déplaçait avec précaution dans une cuisine. Il tendait la main pour ouvrir une porte d'armoire, la retirait au dernier moment, recommençait avec une autre porte…

Après plusieurs tentatives, toutes interrompues de la même façon, il finit par en ouvrir une. Lentement. À bout de bras. En s'efforçant d'en demeurer le plus éloigné possible. Comme s'il appréhendait un danger.

Rien ne se produisit.

Il attendit un moment, puis il prit une boîte de conserve sur une des tablettes, la posa sur le comptoir et referma la porte.

À l'instant où la porte achevait de se fermer, une explosion l'arracha de l'armoire et la projeta au visage du rabbin. Au même moment, un «BOOM» enfermé dans une bulle au pourtour dentelé envahit l'écran.

Quelques secondes plus tard, le texte disparaissait dans un nuage de fumée. Quand la fumée se dissipa, le rabbin était assis par terre. Il essuyait son visage taché de sang avec une serviette.

La caméra s'approcha de lui et fit un gros plan sur ses traits. Il n'avait finalement qu'une entaille au front.

L'image se figea.

En surimpression, un texte se mit à défiler. Simultanément, une voix d'enfant en faisait la lecture avec application, hésitant parfois sur un mot ou reprenant une faute de lecture.

Gaza PQ
Combien de temps rabbi Schlomo survivra-t-il avant d'être victime d'un accident mortel? Pour le savoir, suivez rabbi Schlomo et vivez l'expérience Gaza!

Vous ne savez jamais quand une bombe peut vous tuer, quand une rafale de mitrailleuse va traverser le salon, quand un débris volant va vous arracher une partie du visage.

Gaza PQ, un jeu grandeur nature, ici même, à Montréal.

Quand le message eut fini de défiler, la séquence de Rabbi Jacob reprit pour clore la vidéo.

Tout au long du visionnement, Roland Courtaud s'était contenté de regarder, bouche bée.

— C'est quoi, cette folie ? finit-il par marmonner.

La question de l'auteur du tweet lui revint à l'esprit. Était-ce de l'humour ou de l'antisémitisme ?

Il était incapable de le dire. Tout dépendait de la nature de cette vidéo... Était-ce une pub pour le lancement d'une télésérie ou d'un festival de films muets ? Un extrait de pièce de théâtre ? Une vidéo artistique ? Une amorce de clip pour une nouvelle pièce musicale ?

Courtaud n'avait aucune idée de quoi il s'agissait. Mais une chose était certaine : il tenait le sujet de son émission du soir.

nypost.com/...reconsidering-prose-the-engineering-of-a-religious-war

> *RECONSIDERING PROSE – The Engineering of a Religious War*
> Archibald Shepp
>
> Cet homme a-t-il vraiment crucifié un évêque et décapité un imam ?
>
> Si oui, que veut-il ? Est-il un simple tueur fou, comme on voudrait nous le faire croire ? À mon avis, c'est peu probable. Un homme seul n'aurait pas pu perpétrer ces deux attentats. Ce sont des crimes qui exigent des moyens, des contacts dans toutes sortes de milieux difficiles à pénétrer... Bref, cela demande une organisation.
>
> La vraie question, c'est donc : qui est derrière Prose ? Et que veulent ceux qui sont derrière lui ? Réponse la plus évidente : terroriser. Provoquer une réaction.

> Et pourquoi terroriser? Pourquoi provoquer une réaction?
> Parce que ça fait partie de leur stratégie. C'est la première
> étape. Ils veulent amorcer une guerre de religion. Et ça
> fonctionne: la violence contre les lieux de culte musulmans
> a explosé. On compte déjà plus de...

VIGILE

Israël Levy travaillait quinze heures par jour au restaurant qu'il avait mis sur pied avec son ami Kasim. Un restaurant à la fois kasher et halal. Une curiosité pour certains, une évidence pour les deux amis. Les membres des communautés juive et musulmane pouvaient s'y fréquenter dans une atmosphère festive.

Une partie du restaurant, isolée du reste, était même réservée aux clients qui avaient une interprétation plus libérale de leur religion: on pouvait y boire du vin en mangeant.

Un carrefour de tolérance.

Même si le travail était épuisant, Israël Levy se levait chaque matin deux heures plus tôt que l'exigeait son emploi pour œuvrer comme vigile bénévole. Il parcourait le Net, surtout les sites d'information et les blogues, à la recherche de contenu antisémite. Quand il en trouvait, il alertait son contact au B'nai Brith.

Au cours des dernières années, la situation s'était dégradée. Il y avait d'abord eu cette folie de la charte... Comme s'il pouvait exister des valeurs québécoises! Ou conservatrices, comme le claironnait absurdement le premier ministre du Canada!

Pour Levy, la situation était simple: des valeurs qui n'étaient pas universelles n'étaient pas des valeurs; elles relevaient de la propagande et de l'intolérance.

L'épisode des accommodements raisonnables avait aussi marqué un tournant.

Bien sûr, les Québécois étaient raisonnablement ouverts. Leur antisémitisme ne se distinguait pas de celui qui avait cours sur une bonne partie de la planète: larvé, civilisé, relativement délicat dans son expression... Malheureusement, il y avait une minorité chez qui ce fond antisémite s'exprimait de façon plus violente : cocktails Molotov dans des restaurants appartenant à des Juifs, insultes et agressions contre des gens vêtus du costume traditionnel, synagogues et cimetières vandalisés…

Levy trouvait de plus en plus difficile de ne pas céder au découragement. Même ses propres enfants le désespéraient parfois. Ils ne respectaient plus les traditions qui avaient permis à leur peuple de traverser les siècles et de survivre aux persécutions. Maintenant, les jeunes préféraient s'immerger dans le bruit, se laisser séduire par tous ces gadgets qui leur grugeaient, jour après jour, des heures de vie.

Était-ce à cause de la violence qui peuplait les jeux vidéo ? À cause de la pornographie à laquelle tous les adolescents avaient désormais accès ?

À la réflexion, l'exemple venait peut-être de plus haut. Car ce qui avait assuré la survie du peuple élu, c'était d'avoir eu un Dieu nomade. Présent dans l'Arche d'Alliance. On pouvait le transporter avec soi. L'Arche était plus qu'un symbole. Il transformait le territoire occupé en résidence du peuple élu. Quel que soit le territoire. Celui-ci n'avait pas d'importance. Seule comptait la présence divine qui lui donnait un centre et un sens, un lien avec un autre monde. Ainsi, à travers ses tribulations, le peuple élu conservait son identité.

Chaque fois que les Juifs avaient tentés de s'établir, chaque fois qu'ils avaient construit un temple, érigé des forteresses, dessiné des frontières… bref, chaque fois qu'ils avaient tenté de s'immobiliser, de se fixer quelque part, chaque fois qu'ils avaient tenté de transformer le royaume de Yahvé en royaume terrestre, les choses avaient mal tourné. Il était même arrivé que Yahvé lui-même intervienne pour punir son peuple. Qu'il l'envoie en exil. Pour lui apprendre à ne pas faire de son territoire une idole.

Il y avait là une leçon. Le peuple élu était le peuple de l'exil. La Terre était un lieu d'errance. La vraie Jérusalem était céleste. C'était à l'intérieur de chaque croyant que le temple était à reconstruire.

Le message de la Bible était clair : les peuples qui s'engluaient dans les plaisirs et les biens matériels, qui s'attachaient à un endroit et à des biens, connaissaient le sort de Sodome et Gomorrhe.

Combien de peuples, combien de civilisations avaient disparu pendant tous ces millénaires au cours desquels le peuple élu avait survécu ?

La promesse faite à Abraham au moment de l'Alliance ne concernait pas le royaume terrestre, mais celui de Yahvé. Il fallait vivre dans le monde sans s'y laisser aspirer. C'était folie que de remplacer la Bible par un territoire comme lieu de rassemblement de tous les Juifs. De remplacer le message de Dieu par des institutions humaines.

Israël Levy en était à ce point dans ses réflexions quand il tomba sur la vidéo *Gaza PQ*.

N'en croyant pas ses yeux, il la regarda deux fois.

Étrange vidéo… Ce n'était probablement qu'une sorte de montage, mais il s'empressa de lancer une alerte. Croire à la prédominance des enjeux spirituels sur les préoccupations temporelles n'impliquait pas de se résigner devant le mal. Lutter contre toutes les formes de discrimination, travailler à rendre le monde plus juste, c'était une façon de faire rayonner ici-bas le Royaume de Dieu.

Après s'être assuré que l'alerte avait bien été enregistrée, Israël Levy éteignit son ordinateur. Il en avait assez vu pour la journée.

Depuis quelques semaines, son bénévolat le laissait de plus en plus fatigué. Déprimé. Comme s'il n'arrivait plus à tout digérer. À se purger de toutes les horreurs qu'il voyait.

Mais le plus démoralisant, c'était de penser que des gens avaient imaginé toutes ces horreurs avant qu'elles existent. Et, pire encore, que certains allaient probablement prendre plaisir à les reproduire. À les diffuser.

C'est alors qu'une idée le frappa, lui coupant le souffle : s'il fallait que cette vidéo soit réelle…

DU SÉRIEUX!

Ubald Meilleur avait été nommé à la direction du SPVM avec un double mandat : rationaliser le fonctionnement du service et assainir ses finances, le premier objectif étant le moyen permettant de réaliser le second.

Meilleur avait effectué un premier ménage. Dans le mois suivant sa nomination, il avait éliminé toute trace du passage de Dallaire et Huntell. C'était la priorité. Un directeur qui termine sa carrière les menottes au poing, cela fait désordre.

Il s'était ensuite attaqué à ce qui restait des pratiques fantaisistes héritées de l'époque Crépeau et Théberge.

Terminées, les unités spéciales qui échappaient à la supervision hiérarchique normale ! Enfin, presque terminées. Il restait encore l'unité de Dufaux, mais elle était quand même mieux tenue que ce qu'on avait vu par le passé.

Terminés, aussi, les privilèges et les passe-droits ! Terminé, l'engagement de handicapés comportementaux pour faire socialement joli ! Ceux que l'on surnommait les Clones avaient été mis à la retraite.

Et surtout : terminé, les inspecteurs qui entretenaient des rapports avec des services secrets étrangers par-dessus la tête de la hiérarchie ! Le mot d'ordre était désormais : du sérieux !

Meilleur avait entrepris de mesurer et de standardiser le temps accordé à chaque activité des policiers. Il avait remis une proposition en ce sens au syndicat. Il ne croyait pas beaucoup à l'utilité de discuter avec ses représentants, mais c'était une étape qu'il fallait franchir. Quand tout serait bloqué et qu'il pourrait prétendre avoir effectué de vrais efforts pour obtenir un règlement négocié, une loi spéciale serait votée. Le premier ministre le lui avait promis.

Aussi, c'est avec un visage impassible qu'il écoutait le président du syndicat argumenter.

Marcel Tremblay était assis en face de lui, de l'autre côté de son bureau. Il venait de rejeter le document sur la table.

— Ça n'a aucun sens ! Donner une contravention, 3 minutes 30 ! Enregistrer une plainte : 4 minutes 20 ! Répondre à une alerte de violence domestique : 11 minutes… C'est de la folie !

Finalement, ce serait peut-être moins long qu'il le pensait, songea Meilleur. Tremblay lui faciliterait le travail. Aboutir à une impasse ne serait pas trop difficile.

— Je suis ouvert à en discuter, dit Meilleur. On peut revoir les temps.

— Je m'en fous, des temps ! C'est le principe même du minutage qui est stupide ! Il y a des chicanes domestiques qui se règlent en quelques minutes et d'autres qui prennent plusieurs heures.

— On parle de moyenne, Marcel ! De moyenne !

— Dans toute ma carrière, je n'ai jamais rencontré ça, une scène de ménage moyenne !

Ubald Meilleur se laissa aller à rire de bon cœur.

— Marcel… Marcel…

Puis il ajouta sur un ton redevenu sérieux :

— On l'a fait pour les infirmières dans un hôpital. On a calculé leur nombre moyen de pas entre deux patients, le temps pour donner tel ou tel soin… On peut sûrement faire la même chose pour les policiers.

— Si je t'ai bien compris, tu veux reproduire dans les postes de police le bordel qu'il y a dans les hôpitaux !

Meilleur n'eut pas le temps de répondre. Une porte s'ouvrit et une secrétaire s'encadra précipitamment dans l'ouverture.

— Un appel de New York, dit-elle.

— De qui ?

— Le directeur du NYPD.

#espionnefrançaise

Joseph Yardley@josyard
#RIPfeelgood. #espionnefrançaise
complice de Prose. Voir : http://www.
nytimes.com/…/josephyardley

Natalya avait eu le temps de prendre une douche, de descendre déjeuner au restaurant de l'hôtel, de parcourir les journaux et de remonter à sa chambre.

Une fois encore, un cauchemar l'avait forcée à se lever tôt. Elle marchait à travers un désert planté de croix. Quelle que soit la direction où elle regardait, les croix s'étendaient à l'infini. Et, sur chacune, il y avait Prose…

Elle regarda l'heure et se dit qu'elle pouvait maintenant se permettre d'appeler l'inspecteur Théberge, même s'il était encore un peu tôt.

Théberge répondit à la deuxième sonnerie. Il était levé depuis près de trois heures. Trop de vin la veille. Ça lui coupait le sommeil de la deuxième partie de la nuit.

Natalya lui demanda si elle pouvait passer le voir. Elle était à Montréal et elle voulait lui parler de Prose.

— C'est à cause de ces meurtres à New York ?

— Vous êtes au courant ?

— Difficile de ne pas l'être ! Vous pouvez me dire ce qui se passe ?

— Je peux vous dire ce que je sais.

— L'idée que Prose soit mêlé à ces crimes, c'est complètement délirant.

— À la fin de l'avant-midi, ça vous va ?

— Je vous attends.

Natalya avait à peine raccroché que l'on cognait à la porte. Elle regarda par l'œilleton.

Chase !

Il se tenait debout devant la porte, un verre de café dans chaque main. Elle le fit entrer.

Le policier se dirigea vers la table du salon pour y déposer les deux cafés. Puis il pivota sur lui-même et prit le temps d'examiner la pièce.

— Interpol a visiblement de meilleurs budgets que nous.

—J'ai eu droit à quelques extras.

—Toujours les mêmes qui ont tout!

—Quand je vous ai donné mes coordonnées, je m'attendais à un coup de fil. Pas nécessairement à une visite. En tout cas, pas dans les vingt-quatre heures.

Le ton amusé atténuait ce que la remarque aurait pu contenir de reproche.

—On ne défait pas une bonne équipe, répondit Chase.

—Vous avez peur que je laisse filer Prose si je suis seule?

La question avait été posée sur un ton moqueur, mais c'est très sérieusement que Chase répondit.

—Ce serait tout à fait normal. Je ferais la même chose pour n'importe quel collègue.

Puis il ajouta avec un sourire:

—Enfin, presque n'importe quel. Il y en a quelques-uns qui…

—C'est quand même étonnant! Le NYPD manque de travail au point d'envoyer un de ses enquêteurs en vacances à Montréal!

—J'ai convaincu le directeur que vous aviez raison, que le prochain attentat aurait lieu ici. Et qu'on avait plus de chances de coincer le meurtrier sur les lieux de son prochain crime.

—Ça ne vous pose pas quelques problèmes de juridiction?

—Roberts a contacté le directeur du SPVM. Il nous attend à 10 heures 30.

—Il "nous" attend?

—Je lui ai dit que je serais accompagné par une agente d'Interpol. J'ai donné votre nouveau nom. J'espère que vous n'en avez pas changé depuis hier.

—Et le but de cette rencontre?

—Le prévenir qu'il risque d'y avoir un attentat. Lui faire un topo de ce qui est arrivé à New York.

—Mais pourquoi moi?

—Vous nous avez prévenus des deux premiers meurtres.

—Je ne vous ai parlé que du premier, l'interrompit Natalya.

Chase écarta l'objection d'un geste de la main.

—Vous avez collaboré avec nous tout au long de l'enquête. Et puis, comme je disais, on ne défait pas une bonne équipe.

—Vous allez lui parler de Prose ?

—Difficile de faire autrement. Même si je commence à penser que vous avez peut-être raison.

—C'est-à-dire ?

—La piste qui mène à lui ressemble de plus en plus à une autoroute.

—Ce qui veut dire ?

—Je me suis demandé qui avait intérêt à entreprendre ces travaux routiers. Mais tant que les indices s'accumulent et que la culpabilité de Prose continue d'être la seule explication...

—Je comprends.

—Et ce troisième attentat ?

—Rien pour l'instant.

—Si jamais c'est une diversion, si jamais le prochain meurtre a lieu à New York...

Il ne termina pas sa phrase, comme s'il préférait ne même pas formuler ce qui risquait de survenir dans un tel cas.

—J'allais oublier, reprit-il. J'ai une bonne et une mauvaise nouvelle.

—La bonne ?

—On a retrouvé Vallini.

—La mauvaise, je suppose, c'est qu'il est mort ? Qu'on vient de perdre une autre piste ?

—Il a été découvert dans le confessionnal d'une église. Aucune mise en scène particulière. Deux balles dans la tête. Le contrat classique.

—Celui qui l'a tué a peut-être manqué de temps. Il voulait le faire disparaître et il a coupé au plus court.

—Si seulement vous pouviez avoir raison !

—Je ne comprends pas.

—Je déteste la situation dans laquelle nous place cette enquête. Depuis le début, on est réduit au rôle de spectateurs. On récupère les cadavres, on recueille des indices, on accumule des pièces dans le dossier de Prose… mais sans que ça change quoi que ce soit au déroulement des meurtres. On n'arrive pas à faire réagir celui qui est derrière tout ça, que ce soit Prose ou votre mystérieux artiste. On n'arrive pas à perturber ses projets. On est réduits à attendre le prochain meurtre… Alors, si celui de Vallini ne cadre pas tout à fait avec le reste, tant mieux. Ça veut dire qu'on commence peut-être à perturber ses plans.

— On a quand même trouvé son corps dans un confessionnal, l'interrompit Natalya.

— Oui. Mais on est loin de la décapitation et de la messe mortelle. Ou même du chrétien dans la fosse aux lions. Un confessionnal, ça n'a rien de spectaculaire… Un élément de décor ajouté pour que l'exécution paraisse avoir un rapport avec le religieux. Rien de plus.

— Et vous trouvez ça encourageant ?

— Déjà, avec les corps qu'on a trouvés dans un hôtel de New York, il avait brisé son *pattern*. Alors je me dis qu'on a peut-être réussi à le déranger, finalement. À l'obliger à faire les choses autrement qu'il avait prévu.

— Vous parlez de spectateurs… J'avais aussi ce sentiment pendant l'affaire des Dix petits hommes blancs. On aurait dit une pièce de théâtre parfaitement huilée qui se déroulait devant nos yeux. Comme une mécanique entraînée par son propre mouvement. Inexorablement. C'est entre autres pour cette raison que j'ai rapidement pensé qu'il pouvait s'agir du même "artiste". C'était comme s'il avait toujours un coup d'avance. Qu'on découvrait des indices ou des comparses seulement au moment où il l'avait décidé.

AL-JAZEERA

> Une nouvelle fatwa a été lancée aujourd'hui contre Victor Prose, le responsable présumé de la décapitation de l'imam al-Shammari. Elle émane de l'État islamique au Yémen, plus exactement de l'imam Mokhtar al-…

Ubald Meilleur avait été impressionné. Et flatté.

Au téléphone, le directeur du NYPD, Kenneth Roberts, s'était présenté à lui comme un « collègue de New York ».

Après avoir échangé quelques lieux communs sur les misères des policiers, l'Américain était allé droit au but. Deux crimes spectaculaires étaient survenus dans sa ville : la crucifixion de l'archevêque Feelgood et la décapitation de l'imam al-Shammari. Selon les informations dont il disposait, il y aurait bientôt un troisième crime de même envergure. Il aurait lieu à Montréal.

Pourquoi Montréal ? Il n'en savait rien. Mais l'information était solide. Dans un esprit de collaboration, Roberts lui envoyait le responsable des deux enquêtes à New York pour lui présenter la totalité du dossier. Il serait accompagné d'une agente d'Interpol qui les avait aidés. Qui sait, une collaboration de leurs effectifs permettrait peut-être de mettre un terme plus rapidement à cette série de crimes obscènes.

En terminant, le directeur du NYPD lui avait donné son numéro de portable personnel. Si Meilleur avait besoin de quoi que ce soit, il n'avait qu'à appeler.

Bien qu'alarmé par la perspective d'un attentat, le directeur du SPVM ressentait une certaine excitation : une collaboration avec le NYPD, ce n'était pas rien. Il libéra son agenda de l'avant-midi et il demanda à son adjoint de faire de même.

Meilleur accueillit Chase et Natalya en personne, à l'entrée de l'édifice, et il les emmena dans la salle de conférences la plus luxueuse du SPVM. Son adjoint les y attendait, l'assistant-directeur Yvon Paquin. Il était accompagné du directeur de l'escouade des crimes majeurs, Camille Dubuc.

En les apercevant, Natalya éprouva un certain soulagement : aucune des personnes présentes ne l'avait rencontrée, à l'époque où elle avait travaillé avec Théberge. Même si elle avait confiance en la protection que lui procurait sa nouvelle apparence, elle préférait ne pas avoir à la tester.

— Si vous le voulez bien, attaqua immédiatement Meilleur, allons à l'essentiel. Quelle mesure préventive faudrait-il mettre en place ?

Une ride plissa le front de Chase.

— Répondre à cette question n'est pas simple. Après avoir crucifié un archevêque et décapité un imam, qu'est-ce que le meurtrier va imaginer ? Un autre crime spectaculaire ? Probable. Un crime avec une dimension religieuse ? Sans doute. Mais va-t-il revenir au christianisme ? Poursuivre avec l'islam ? Attaquer une autre religion ? Si oui, laquelle ? Difficile à dire… La cible la plus probable, ce serait la religion juive. Si c'est le cas, vous pourriez faire protéger les rabbins les plus importants. Mais il peut aussi aller vers le bouddhisme. Faire brûler un bonze…

Pendant que Chase parlait, Dubuc, l'adjoint de Meilleur, prenait des notes avec un acharnement appliqué.

— C'est quand même curieux, ce déplacement de New York à Montréal, nota le directeur du SPVM.

— Dans cette affaire, rien n'est normal.

— Ce que je me demande, c'est à quel point votre information est fiable.

Chase jeta un regard vers Natalya avant de répondre.

— La même source nous avait prévenus qu'il y aurait un attentat à Times Square.

— Et vous n'avez rien pu faire ?

— Malheureusement, l'information n'est pas remontée à temps jusqu'aux personnes en position d'autorité. C'est la raison pour laquelle mon supérieur a jugé utile de communiquer directement avec vous. Pour éviter que cela vous arrive, à vous aussi.

Il se tourna vers Natalya.

— Madame Mougins a peut-être des précisions à ajouter…

— L'information vient de la DGSI, expliqua cette dernière. L'auteur de ces crimes est probablement le même qui a organisé l'assassinat des dix petits hommes blancs, à Paris. Il conçoit ses meurtres comme des performances artistiques, des sortes d'œuvres-événements destinées à faire réfléchir l'humanité. À la mettre devant ses aberrations.

— Un méchant illuminé ! s'exclama Meilleur.

— Qui dispose malheureusement de moyens à la mesure de son illumination.

— Dans les médias, sur les réseaux sociaux, on évoque de nombreuses hypothèses. On parle de guerre de religion, de complot du Mossad… Vous êtes sûrs que ce n'est pas un attentat islamiste suivi d'une réplique antimusulmane ?

Avant de poser la dernière question, Meilleur avait tourné son regard vers Chase. Ce fut néanmoins Natalya qui lui répondit.

— Attendez-vous à ce que ce soit la même chose ici. L'auteur de ces crimes prend plaisir à utiliser les réseaux sociaux et les médias pour créer un buzz autour de ses "œuvres", comme il les appelle.

— Il y a une chose que je comprends mal. Si l'information vient de la DGSI, pour quelle raison est-ce une personne d'Interpol qui… ?

Meilleur laissa le reste de la question en suspens.

Natalya prit un moment pour paraître réfléchir. Comme si elle évaluait jusqu'où elle pouvait aller dans ses révélations.

— Est-ce qu'on peut se parler quelques instants en privé ? dit-elle finalement.

— En privé ?

Natalya se contenta de regarder le directeur adjoint et le responsable de la brigade des homicides.

Meilleur les dévisagea à son tour, puis il fit un léger signe de la tête pour leur signifier de sortir.

Chase, pour sa part, ne quittait pas Natalya des yeux, visiblement intrigué. Il n'avait aucune idée de ce qu'elle allait faire.

http://facebook.com/lilianegermain

Liliane Germain

Il y a 21 minutes

Gaza PQ est une vidéo antisémite. Elle donne une image stéréotypée des Juifs. Elle banalise la violence qu'on leur fait subir. Le message de ce torchon est simple : la violence contre les Juifs est drôle. Le texte de la fin est presque une menace de mort.

Afficher la suite

J'aime   Commenter   Partager

Jean-Guy Lanzman, Joseph Baltazar, Ruth Miller et 26 autres personnes aiment ça.

Afficher 6 autres commentaires

Olivier Juneau   Ce n'est pas plus violent que les courts métrages où Chaplin s'amuse à frapper et à faire tomber toutes sortes de gens. Et ce n'est pas plus de l'antisémitisme que *Rabbi Jacob*. C'est de l'humour. C'est une sorte d'hommage ! On ne peut pas refaire sans arrêt *Nuit et Brouillard*. ;-))

Il y a 19 minutes   J'aime

Ruth Miller   Dans un pays où il y a chaque année des centaines d'actes antisémites, tout ce qui essaie de faire croire que ces comportements sont drôles est de l'antisémitisme. Cela a pour effet de banaliser ces agressions, de les rendre acceptables.

Il y a 18 minutes   J'aime

Élyse Arpin   Faut pas confondre antisémitisme et œuvre d'art. C'est une œuvre d'art qui a un message politique. L'auteur dénonce de façon décalée la situation que vivent les Palestiniens à Gaza.

Il y a 18 minutes   J'aime

Louis Tremblay Un message politique?
OK. Sûrement. De l'humour? Peut-être…
Mais pas très réussi. Je préfère le Charlot
original. C'est pas mal plus efficace que de
l'humour à la *Charlie Hebdo*.
Il y a 16 minutes   J'aime

LE RABBIN MANQUANT

— Je regrette de vous imposer cela, reprit Natalya après le départ des deux adjoints de Meilleur. Mais certaines informations sont par nature délicates.

— Je comprends.

Ce que Natalya comprenait, pour sa part, c'était que Meilleur se sentait flatté d'obtenir des informations privilégiées et qu'il se dépêcherait de les répéter à ses deux adjoints aussitôt qu'elle serait partie. Ils se sentiraient tous valorisés de détenir ces éléments d'information et cela faciliterait leur collaboration.

— Tout d'abord, commença Natalya, je n'appartiens pas à Interpol. Je suis une agente de la DGSI sous couverture. À la demande de la DGSI, Interpol a accepté de me couvrir parce qu'il est crucial que les informations dont je dispose, et que je vais vous communiquer, ne soient jamais reliées à la DGSI. La source qui nous les a transmises est très vulnérable. Comme elle a déjà été soupçonnée d'être en contact avec nous, la moindre allusion pourrait lui coûter la vie.

Chase écoutait Natalya et se demandait quelle était la part de vérité dans ce qu'elle racontait. Était-ce seulement une histoire pour embobiner le chef du SPVM? Probablement. Si cela avait été vrai, elle ne l'aurait sans doute pas confié à quelqu'un qu'elle rencontrait pour la première fois et dont, visiblement, elle se méfiait.

— C'est pour la même raison, poursuivit Natalya, que nous faisons affaire avec les autorités policières locales. Ça permet de limiter les risques de fuites que provoquent souvent les magouilles politiques et les guerres de territoire qui sévissent dans les organisations comme le SCRS et la GRC. Ou même la SQ.

— Cet attentat, vous n'avez pas d'indice de ce que ça pourrait être ?

— Notre source n'a qu'un accès partiel à l'information. L'organisation dans laquelle elle est infiltrée…

— Celle du criminel responsable de ces crimes ? l'interrompit Meilleur.

— Oui. Cette organisation fonctionne de manière extrêmement compartimentée.

— Votre artiste fou, ce ne serait pas ce Victor Prose dont parlent les médias ?

— Plusieurs indices le relient à cette affaire. Presque trop, en fait… Nous n'avons aucune idée de la nature exacte de son rôle.

— Vous savez sûrement qu'il habite Montréal ?

— Oui.

— Il possède une résidence où il n'a pas mis les pieds depuis près de deux ans. C'est un de mes ex-collègues qui s'occupe de son entretien. L'inspecteur à la retraite Gonzague Théberge.

— Nous pensions justement le rencontrer.

— Je ne suis pas sûr que ce soit une bonne idée. Théberge est quelqu'un de la vieille école. Avec des idées sur le travail policier, disons… un peu dépassées. Je suis encore en train de nettoyer le fouillis administratif que lui et ses acolytes de l'époque ont laissé.

— Vraiment ?

— Vous n'avez pas idée ! Non-respect des normes administratives, initiatives individuelles sans autorisation préalable par le supérieur désigné, ignorance d'ordres explicites, un don pour se mettre à dos les politiques dont nous dépendons. L'indiscipline érigée en système, quoi !

Plus Meilleur brossait le portrait de Théberge, plus Chase ressentait de sympathie pour l'inspecteur retraité. Maintenant, il était certain de vouloir le rencontrer.

— Et puis, conclut Meilleur, il y a le fait qu'il est lié à votre principal suspect.

— À mon tour de vous poser une question, fit Chase. Au cours des dernières vingt-quatre heures, y a-t-il eu des incidents visant des personnes de la communauté juive ?

— Non, je ne crois pas. Rien de spectaculaire, en tout cas.

— Je vous demande ça parce que, malgré toute l'incertitude dans laquelle baigne cette affaire, c'est la cible que nous estimons la plus probable.

— Pour vous répondre avec plus de précision, il faudrait que je consulte mon adjoint.

— Bien sûr.

Quelques instants plus tard, Paquin et Dubuc réintégraient la salle de conférences. Sur leur visage, l'ambiguïté de leurs sentiments était manifeste : frustration d'avoir été momentanément écartés, satisfaction d'avoir de nouveau accès aux discussions.

Pour répondre à la question de Natalya sur d'éventuels événements antisémites, Paquin consulta rapidement son iPhone.

— On ne nous a rien signalé, dit-il. Je vais aller sur le site du B'nai Brith… Ça y est. J'y suis… La seule chose qu'ils signalent, c'est une vidéo dans laquelle on se moque d'un rabbin.

— On peut la voir ? demanda Chase.

— Ça devrait pouvoir se faire.

Une dizaine de minutes plus tard, ils l'avaient regardée à deux reprises sur l'écran de la salle de conférences.

— Je suis presque certaine que c'est ce qu'on cherche, fit Natalya.

— Moi aussi, renchérit Chase.

Il semblait cependant songeur.

— Si j'ai raison, reprit Natalya, il va y avoir d'autres vidéos. Et il y aura une forme d'escalade. Il revient au procédé des Dix petits hommes blancs.

Elle se tourna vers Meilleur.

— Il faudrait mettre une équipe sur l'analyse de la vidéo. Si on pouvait découvrir où elle a été tournée…

Pour sa part, Chase semblait toujours préoccupé.

— Vous avez remarqué quelque chose ? lui demanda Meilleur.

— Peut-être… Mais je n'arrive pas à mettre le doigt dessus.

Soudain son visage s'éclaira.

— Ma collègue a raison. C'est bien le troisième crime. Je sais qui il est.

— Qui est qui ? demanda Meilleur.

— Le type sur la vidéo. C'est le rabbin Silas Eckstein. Il est de New York. Sa disparition a été signalée il y a environ une semaine.

UNE CHAMBRE INEXPLICABLE

Natalya arriva plus tard que prévu et s'en excusa.

— La rencontre au SPVM s'est étirée.

— Ce n'est rien, répondit Théberge. C'est toujours un plaisir de vous voir.

Il l'emmena au salon. En guise d'apéro, il lui offrit un verre de sancerre. Elle refusa, ce qui n'empêcha pas l'ex-policier de s'en servir un.

— Comment va votre épouse ? demanda Natalya.

— Aujourd'hui est une journée difficile. Présentement, elle se repose… J'imagine que, si vous êtes ici, c'est qu'il y a de nouveaux développements.

— On pense savoir qui sera la prochaine victime.

Elle lui raconta comment Chase avait reconnu le rabbin Silas Eckstein sur la vidéo.

— Un rabbin new-yorkais ! Et il serait venu se faire enlever à Montréal ?

— Il serait retenu prisonnier quelque part dans la région. C'est ce que laisse entendre le message, à la fin de la vidéo.

— Au SPVM, ils ont une idée de l'endroit où il est séquestré ?

— Aucune idée.

— C'est un excellent résumé de leur vie intellectuelle, grommela Théberge. Et je suppose que les médias vont encore mettre ça sur le dos de Prose !

— Vous avez suivi ce qu'ils racontent ?

— Assez pour savoir que c'est du délire. Au fait, quand l'avez-vous vu pour la dernière fois ?

— À Paris. Juste avant qu'il disparaisse. Vous ?

— À peu près à la même époque. Il m'avait parlé d'un projet qui l'intéressait.

— Son livre sur le Juskoboutistan ?

— En plus de son livre. Il voulait qu'on fonde une agence privée avec les Clones et mon ami Crépeau.

— Ça ne m'étonne pas. Il m'avait demandé ce que je pensais de l'idée.

— Il m'avait aussi parlé d'un autre projet…

Théberge s'interrompit, comme s'il avait brusquement été plongé dans ses pensées.

Bien qu'intriguée, Natalya s'abstint de l'interroger.

— Il voulait qu'on s'occupe de l'hôtel, reprit Théberge après un moment.

— L'hôtel ?

Un léger sourire apparut sur le visage de Théberge.

— Prose vous a sans doute dit que j'avais l'habitude de parler aux victimes des meurtres dont je m'occupais.

— Oui.

— Je discutais souvent avec elles pendant les enquêtes. C'est comme si je les entendais parler dans ma tête, mais sans le timbre particulier de leur voix. C'est assez curieux… Ça ressemble à quand on lit sans prononcer les mots. On dirait que les phrases arrivent directement, sans passer par le son… Mais il y a quand même certaines intonations… Je ne peux pas mieux l'expliquer. Ce qui est certain, par contre, c'est que les morts m'ont souvent aidé à comprendre comment on les avait assassinés.

— Mais l'hôtel ?

— Il y a, on dirait, une sorte d'espace réservé dans ma tête où résident ceux dont je n'ai pas réussi à élucider le meurtre. C'est ce que j'appelle l'hôtel… Avant de mourir, j'aurais aimé fermer l'hôtel de manière civilisée.

— Résoudre ces enquêtes…

— Ce n'est pas exactement ce que Prose avait imaginé. Il voulait qu'on fasse un livre ensemble. Il avait même un titre : *Hôtel Théberge*. Je lui raconterais l'histoire de chacun des clients de l'hôtel et il l'écrirait. De cette façon, ils auraient quelque part où habiter quand je ne serai plus là. Ils ne disparaîtraient pas complètement.

— Habiter à l'intérieur d'une histoire ! C'est tout à fait lui, ça. L'écriture comme moyen de salut.

— Il disait que les hôtels n'étaient pas des endroits pour les vivants. Et encore moins pour les morts. Il détestait les hôtels. En voyage, il essayait toujours de louer un appartement.

Natalya avait subitement cessé de l'écouter. Théberge s'en aperçut.

— Quelque chose a titillé vos neurones ?

— Vous avez raison, fit Natalya. Il détestait les hôtels. À Paris, même pour trois ou quatre jours, il louait un appartement…

Elle pensait aux chambres qu'il avait louées dans différentes villes. Parfois pour des périodes allant jusqu'à un mois… Ça ne pouvait pas être lui !

Théberge but une gorgée de sancerre.

— Parlant d'hôtel, dit-il, j'ai effectué la vérification que Leclercq m'a demandée. Prose a effectivement loué une chambre à l'hôtel Bonaventure. Au moment où on se parle, elle est encore louée à son nom d'emprunt. Melchior Proust.

— Ce nom a déjà été utilisé à New York… Comment avez-vous fait pour savoir que c'est bien lui ?

— Oui. J'ai montré sa photo à des employés. Mais il est resté seulement un jour ou deux. Ensuite, c'est comme s'il n'avait plus été là.

— Comme partout ailleurs.

— J'ai jeté un coup d'œil à sa chambre. Il n'y a laissé aucune affaire personnelle.

— Également typique.

— Ce que je ne comprends pas, c'est pourquoi il n'est pas allé chez lui. Et pourquoi il n'est pas venu me voir. Il ne m'a même pas téléphoné !

— Il ne voulait peut-être pas vous impliquer dans ses activités…
Ou ce n'était pas vraiment lui…

Natalya lui parla alors des apparitions quasi simultanées de
Prose dans différentes villes.

— Comme Payne.

— Exactement.

— Il y aurait donc un sosie de lui qui se promène ?

— Au moins deux.

Avant de partir, elle lui mentionna l'avertissement du nouveau
directeur du SPVM, qui leur avait déconseillé de le rencontrer.

Le visage de Théberge s'assombrit.

— Foutus bureaucrates ! Ils s'imaginent qu'ils vont tout régler
à coup de programmes d'ordinateurs, de simulations vidéo et de
formulaires en quatre exemplaires ! Si jamais vous avez besoin de
quelque chose et que vous voulez court-circuiter la bureaucratie, la
personne que je vous recommande, c'est Dufaux. Il est inspecteur
à la criminelle. Henri Dufaux.

— On peut lui faire confiance ?

— Oui. Dites-lui que vous venez de ma part. Je vais le prévenir.

— D'accord.

— Je vais vous donner ses coordonnées… Mais, au fait, j'ai
reçu un appel de New York, la semaine dernière. Un inspecteur du
NYPD. Je ne me souviens pas de son nom.

— Chase ?

— C'est ça. Chase.

— Je l'ai rencontré à New York. C'est lui qui s'occupe de l'affaire
de l'archevêque et de l'imam. Il est arrivé à Montréal hier soir.

— Vous lui faites confiance ?

— C'est un bon flic.

Puis elle ajouta avec un sourire :

— Il déteste les bureaucrates encore plus que vous.

Le visage de Théberge s'éclaira.

— Ça ne peut pas être une mauvaise personne.

http://bnaibrith.ca/...qui-annonce-les-pogroms/

> L'ANTISÉMITISME ORDINAIRE QUI ANNONCE LES POGROMS
>
> Au cours de la nuit, une vidéo antisémite dont on ne peut retrouver la source s'est répandue de façon massive sur Internet. *Gaza PQ*. On y voit un rabbin ouvrir une porte d'armoire qui lui explose à la figure. Il est vêtu d'un costume traditionnel usé et mal entretenu. À cause de la façon de filmer, il se comporte comme une sorte de pantin désarticulé.
>
> C'est ce genre de spectacle, en Europe, qui a préparé l'avènement du nazisme. La recette est connue. On commence par déshumaniser la victime, on s'en amuse, on lui enlève sa dignité, son caractère humain, et on peut ensuite la persécuter plus facilement. Voire la tuer.
>
> Un tel antisémitisme ne vient pas de nulle part. Il est la conséquence de l'intolérance propagée par les nationalistes radicaux. Ce qu'ils appellent la laïcité, c'est la liberté de persécuter les religions...

UNE IDÉE PROMETTEUSE

Camille Dubuc entra précipitamment dans le bureau de son patron, le directeur du SPVM.

—Vous avez trouvé l'endroit où est séquestré le rabbin ? demanda immédiatement Meilleur.

—Non. Mais Prose a loué une chambre à Montréal. À l'hôtel Bonaventure. Sous un nom d'emprunt.

—Vraiment ?

—C'est une suite. Elle est louée pour les deux prochaines semaines.

—Je veux que vous la mettiez sous surveillance. Vingt-quatre heures sur vingt-quatre.

—On est un peu à court de personnel en ce moment. J'ai demandé à la sécurité de l'hôtel de nous prévenir si...

—Trouvez un moyen. Cette surveillance est une priorité.

—D'accord.

—Avez-vous découvert autre chose ?

— On n'est pas les premiers à s'intéresser à Prose. Théberge nous a précédés.

— L'ex-inspecteur-chef Gonzague Théberge ? l'interrompit Meilleur.

— Lui-même.

— Tiens, tiens…

— Il leur a montré une photo. C'est comme ça que les gens de l'hôtel ont reconnu Prose malgré la fausse identité qu'il avait utilisée. Théberge voulait savoir dans quelle chambre il était, mais l'employé a refusé de le lui dire. Il a seulement appelé pour voir s'il était là. Il n'a pas eu de réponse. Théberge est parti… Mais, un peu plus tard, un autre employé l'a vu sortir de la suite de Prose.

— Donc, il avait la clé.

— C'est bizarre qu'il se soit informé de la chambre dans laquelle il était s'il avait la clé.

— Il avait peut-être seulement la clé.

— Peut-être…

— Vous ne trouvez pas ça curieux, que Prose prenne une suite à l'hôtel quand il a une maison à Montréal ?

— Il ne voulait pas qu'on sache qu'il était en ville, c'est clair. Ça explique aussi le nom d'emprunt.

— Et Théberge qui va le rencontrer dans cette chambre…

— Je pense que j'ai une idée.

Puis il ajouta sur un ton décidé :

— Allez me chercher Théberge. On va lui montrer ce que c'est, du vrai travail policier.

Puis, juste avant que Dubuc referme la porte du bureau, Meilleur lui cria :

— Mettez deux autres équipes sur la recherche de cette maison.

— Pas besoin, je sais où est la résidence de Prose.

— Je parle de celle où ce foutu rabbin est retenu prisonnier. Je veux que vous le trouviez avant qu'ils le fassent exploser.

Aussitôt qu'il fut seul, Meilleur appela son ami, le ministre de la Sécurité publique. En échange de sa nomination, le directeur du

SPVM s'était engagé à lui acheminer toute information susceptible de lui être utile politiquement.

Bien sûr, rien de tel n'avait été dit. Encore moins écrit. Mais il y avait une façon de faire allusion à des possibilités, de les confirmer à demi-mot.

Meilleur venait d'avoir une idée qu'il jugeait très prometteuse. Après l'avoir expliquée au ministre et avoir reçu son approbation, il appela le porte-parole du SPVM : ensemble, ils prépareraient une déclaration.

CAFÉ ET RESSASSEMENT

Après la rencontre avec le SPVM, Chase avait mangé au Cap Vert, un petit restaurant près de l'hôtel Bonaventure. Pour se simplifier la vie, il était descendu au même hôtel que Natalya. Mais, budget oblige, il s'était contenté d'une chambre simple.

Tout en étirant un café, il achevait un courriel destiné à Kenneth Roberts, le directeur du NYPD. Il y faisait état de sa rencontre avec les policiers de Montréal. La nouvelle importante était qu'il avait identifié la troisième victime. C'était le rabbin Silas Eckstein. Cela confirmait la thèse d'un tueur fou et discréditait les discours extrémistes sur une supposée guerre de religion déclenchée par les musulmans.

Quant aux policiers locaux, Chase mentionna qu'ils semblaient disposés à collaborer ; ils avaient d'ailleurs immédiatement entrepris des recherches pour localiser le rabbin. Il omit cependant de préciser qu'il avait une confiance limitée en la compétence des dirigeants, que c'étaient des civils sans aucune expérience de terrain... Ce n'était pas le genre de chose à inclure dans un rapport écrit.

Après avoir expédié le courriel à Roberts, Chase revint à son café.

Il y avait longtemps qu'il n'avait pas échappé au brouhaha du bureau et à la cascade d'urgences qui constituaient l'ordinaire de ses journées. Comme souvent, dans ces cas-là, son esprit revenait à sa femme, Jane.

Grande famille bourgeoise de la Nouvelle-Angleterre. Père financier ami avec des gens influents de New York. Mère qui gravite dans le milieu des arts et de la culture… Il l'avait rencontrée à l'urgence d'un hôpital. Elle y achevait un stage. Il avait une balle dans un bras. Rien de grave, pas d'os ni d'artère touchés…

Six mois plus tard, ils se mariaient. Malgré la désapprobation de la famille de Jane.

Au début, tout le monde s'était efforcé de faire bonne figure, de donner une chance au coureur. Après tout, les États-Unis étaient le pays où les deux principales formes d'enrichissement étaient l'héritage et le mariage. Peut-être y aurait-il moyen de faire quelqu'un de ce policier, fils de policier. De l'intégrer à peu près correctement dans le milieu qu'il était désormais appelé à fréquenter.

Malgré ces bonnes intentions, les choses s'étaient vite dégradées. Chase avait systématiquement écarté les offres de son beau-père, y compris celle d'un poste de représentant au Congrès.

Il n'avait pourtant qu'à dire oui. Son élection serait une formalité. Avec l'argent et les appuis dont il disposerait, ça ne pouvait pas rater. Son seul passage obligé serait de serrer des mains, d'embrasser des bébés, de se faire photographier avec des vieux et de réciter les formules qu'on lui aurait préparées.

Mais Chase tenait à demeurer policier.

De refus en refus, l'hostilité de sa belle-famille à son endroit n'avait fait que croître. Quant à Jane, elle encaissait de leur part des reproches de moins en moins voilés : « Comment tu fais pour vivre en ne sachant jamais si ton mari va se faire tuer pendant la journée ? Tu mérites mieux que ça, non ?… As-tu pensé à ta carrière ? Tu n'as pas l'impression d'être en train de gaspiller les plus belles années de ta vie ?… Je ne te comprends vraiment pas. Avec toutes les possibilités que tu as… »

Cette pression, conjuguée à la mauvaise humeur croissante de Chase quand il était question de voir la famille de sa femme, avait eu raison de la résistance de Jane. Elle avait proposé une séparation temporaire. Elle avait besoin de se retrouver, disait-elle. Elle l'aimait encore, mais elle n'en pouvait plus de ce perpétuel climat de tension et d'hostilité.

Puis, au fil de leurs brèves rencontres, la séparation était devenue définitive.

La famille de Jane avait accueilli la nouvelle avec une joie non dissimulée. Mais elle n'avait pas eu l'occasion de se réjouir très longtemps. Quelques jours plus tard, leur fille annonçait qu'elle renonçait à sa carrière de chirurgienne dans une des cliniques les plus huppées de New York. Désormais, elle allait se spécialiser dans les soins de fin de vie. Elle voulait accompagner les mourants dans les milieux pauvres de la ville.

Chase se demandait parfois s'il n'y avait pas, dissimulée dans ce choix, la véritable cause de leur séparation. Si l'idéaliste en elle, la catholique croyante et pratiquante, n'en était pas venue à ne plus pouvoir supporter le cynisme qu'il n'avait pu s'empêcher de développer à force de fréquenter ce que l'humanité pouvait produire de pire.

LCN

En visite au Québec et porté disparu depuis près d'une semaine, un rabbin vient d'être retrouvé. Sur une vidéo. Le rabbin Silas Eckstein apparaît en effet dans *Gaza PQ*, une vidéo qui fait actuellement un buzz dans les réseaux sociaux.

Le rabbin Eckstein, bien connu pour ses positions ultra orthodoxes, milite pour une redéfinition de l'antisémitisme. Selon lui, serait antisémite toute opinion critiquant le droit d'Israël à se défendre contre ses ennemis, par tout moyen qu'il juge approprié.

Alléguant le fait historique que c'est Dieu qui a donné cette terre à Israël, et que cette terre doit être gouvernée selon les lois de Dieu, il soutient qu'aucune loi humaine ne peut prétendre juger Israël, car cela constituerait un sacrilège.

Abonné aux controverses, le rabbin Eckstein aurait…

Chase fut tiré de ses pensées par le téléphone.

— Vous profitez bien de vos vacances, j'espère ?

Roberts !

— Vous avez reçu mon rapport ? demanda Chase.

— Moi aussi, j'ai des nouvelles pour vous. Votre madame Parraud fait la une des médias.

— Il y a peu de chances qu'ils la retrouvent, elle a changé d'identité.

— Je sais. Tannehill l'a reconnue sous son déguisement d'agente d'Interpol. Il a présumé que vous l'aviez reconnue, vous aussi. Que c'était pour remonter la filière que vous l'aviez suivie au Québec…

— Bien sûr. Mais rien ne presse…

Roberts ne lui laissa pas terminer sa phrase.

— Les médias nous accusent d'avoir étouffé l'enquête sur Feelgood parce que ça impliquait une espionne française. Il faut qu'on puisse leur montrer qu'on ne la protège pas.

— Elle n'est même pas aux États-Unis !

— Il y a une façon simple de régler le problème. Je demande aux Canadiens de l'arrêter, on les laisse l'interroger quelques heures pour la forme et vous la ramenez ici.

— On n'a rien contre elle !

— On trouvera bien quelque chose pour justifier de la garder un peu… L'important, c'est de casser la rumeur qu'on cherche à étouffer l'affaire Feelgood pour la protéger.

Chase fit une dernière tentative.

— Ici, elle est vraiment utile. Donnez-moi trois ou quatre jours.

— À la limite, je peux faire poireauter les médias vingt-quatre heures. Puis je leur promets une conférence de presse la journée suivante. Mais il me faut des résultats. Ou bien j'annonce qu'on a arrêté l'assassin, et alors on peut expliquer que l'espionne française nous a aidés ; ou bien j'annonce son arrestation. Il n'y a pas d'autre voie de sortie… Je peux compter sur vous ?

— Et si les Canadiens ne parviennent pas à l'arrêter ?

— Avec votre aide, ça m'étonnerait.

Roberts fit une pause avant d'ajouter :

— Je n'ai pas le choix. Il faut que je trouve un coupable à balancer aux médias. Si ce n'est pas elle, ce sera quelqu'un d'autre… Vous avez un nom à suggérer, peut-être ?

— D'accord. Je vais faire en sorte qu'ils réussissent.

— Vous avez 48 heures. Pas une de plus. Après, vous l'embarquez.

PLANTER LES SÉPARATISTES

Jérôme Trahan rayonnait. Contre toute espérance, il était devenu premier ministre à sa première tentative. Depuis l'annonce des résultats, le soir du vote, le sourire n'avait pas quitté son visage. Sauf lorsqu'il jugeait utile de paraître sérieux. Ou de prendre un air menaçant pour indiquer à quel point il était révolté par l'attitude des séparatistes.

Il y avait maintenant un an qu'il avait été élu. Le lendemain des élections, il avait entrepris sa campagne électorale pour les élections suivantes. Son thème principal était simple : son parti était le seul à pouvoir créer des emplois parce qu'il était le seul à ne pas être séparatiste. Et s'il ne réussissait pas autant qu'il l'avait annoncé, c'était à cause des séparatistes.

Le nationalisme était la maladie qui étouffait le Québec. La cause de tous ses maux. Et si les choses allaient aussi mal, c'était parce que tous les autres partis étaient infectés. Certains le proclamaient ouvertement ; d'autres le dissimulaient ; d'autres n'en étaient même pas conscients et se présentaient comme des partis normaux.

Et le pire, c'était que le mal semblait avoir infecté de façon chronique une grande partie de la population. D'où la première décision qu'il avait prise, au lendemain de son élection : il allait profiter de toutes les occasions pour éduquer les Québécois. Il allait leur montrer le côté sombre du nationalisme, les contraindre à prendre conscience que le fédéralisme était l'unique voie de salut.

Ce choix n'était pas seulement un choix idéologique. C'était aussi un choix de survie. À la prochaine élection, il ne pourrait pas compter sur l'autosabotage de ses adversaires pour être élu. Même chez eux, il y avait des limites à la bêtise. Ils finiraient probablement par réaliser que leur acharnement à se diviser était suicidaire. Et, s'ils ne le comprenaient pas, leurs électeurs le feraient pour eux; ils reporteraient majoritairement leur vote sur le même parti.

Survie pour son parti, donc.

Mais aussi, survie personnelle. Les hommes politiques et les entreprises qui avaient subventionné sa carrière ne toléreraient pas un échec. Il ne pouvait pas les décevoir. Il comptait sur eux pour s'enrichir, une fois son séjour en politique terminé.

C'était pourquoi il avait décrété que tous les dossiers portés par le gouvernement devaient avoir une dimension antinationaliste: soit en montrant que le problème à régler provenait du nationalisme québécois, soit en reliant au même nationalisme les obstacles à la mise en place de solutions. Il fallait le rappeler sur toutes les tribunes.

Il n'y avait là rien de bien neuf: le matraquage constituait depuis toujours l'arme absolue de la publicité et des vendeurs de propagande. Mais, ce qui était particulier, c'était que Trahan tenait une réunion spéciale dans son bureau, une fois par semaine, avec quelques-uns de ses principaux ministres. Souvent les mêmes. Ils examinaient les suggestions des autres ministres et des députés pour « enfoncer » les séparatistes.

Il s'agissait de faire le tri de toutes les propositions, d'évaluer les occasions qui s'offraient et d'élaborer des stratégies pour les exploiter.

Le premier à arriver fut Gaston Corbeil, le président du Conseil du trésor. Yvon Tassé arriva plusieurs minutes plus tard. Il dirigeait le ministère des Finances.

— Comité restreint, aujourd'hui, déclara Trahan, signalant ainsi le début de la réunion.

Autrement dit, ils étaient les deux seuls ministres à avoir été invités. Chacun ouvrit le dossier qui était devant lui.

— On tient notre ligne de presse pour demain matin, annonça le premier ministre. Ça vient du ministère de la Sécurité publique.

La ligne de presse, c'était le message qui serait transmis aux ministres à la réunion du lendemain. Il se résumerait à quelques formules que tous les ministres répèteraient, quelle que soit la question qui leur serait posée. Aucun ministre n'était autorisé à parler aux médias avant d'avoir pris connaissance de la ligne de presse.

— C'est quelque chose de juteux, poursuivit le premier ministre. Assez pour reléguer à la page 43 ceux qui s'obstinent à critiquer la cure minceur qu'on vient de décréter.

Et il ajouta, après une pause :

— On va planter les séparatistes dans les grandes largeurs. Vous avez suivi cette histoire d'archevêque crucifié et d'imam décapité ?

Trahan leur communiqua alors l'information que le ministre de la Sécurité publique avait reçue du SPVM. Cette information avait du potentiel. Convenablement traitée, elle pourrait générer un scandale qui se prolongerait pendant plusieurs semaines.

INTERROGATOIRE AMATEUR

Quand deux policiers du SPVM se présentèrent chez Théberge, il soupçonna que la visite avait un lien avec l'affaire dont Natalya lui avait parlé. Mais il était à des lieues d'imaginer qu'ils lui demanderaient de les accompagner aux locaux du SPVM pour être interrogé.

Une fois rendu, on le fit poireauter pendant près d'une heure dans une petite salle d'interrogatoire. Sans doute s'amusaient-ils à l'observer derrière le miroir sans tain.

Finalement, ce fut Camille Dubuc, le jeune directeur de l'escouade des crimes majeurs, qui le rejoignit dans la pièce. Il était accompagné du tout aussi jeune assistant-directeur du SPVM, Yvon Paquin. On aurait dit deux comptables ou deux avocats sortis de l'université depuis quelques années à peine. Aucun des deux n'avait jamais travaillé sur le terrain.

C'était la nouvelle mode. On bourrait la haute direction d'universitaires qui n'avaient aucune expérience du travail policier : ni avec les criminels ni avec les autres policiers. Cela garantissait une meilleure objectivité, prétendait-on. Et de meilleurs rapports avec les politiques et les médias : ils étaient moins tentés de défendre à tout prix leur personnel.

Dubuc s'assit devant lui. Paquin demeura debout, en retrait. Sans doute pour mieux l'observer pendant qu'il répondrait à son collègue, songea Théberge. Et Meilleur était probablement derrière la vitre sans tain.

Décidément, ils regardaient trop de séries policières à la télé.

— Alors, qu'est-ce que vous avez encore fait ? demanda Dubuc.

La question avait été posée sur un ton un peu las où se mêlait une note d'amusement. Comme quand on reprend un enfant qui n'a pas une mauvaise nature, mais qui n'en finit pas de faire des bêtises.

— Je peux savoir pourquoi je suis dans une salle d'interrogatoire ? protesta Théberge.

— Parce que nous avons des questions à vous poser, cela va de soi.

— Vous ne pouviez pas me les poser chez moi ?

— Compte tenu de la gravité de la situation, c'était impossible. Il faut respecter la procédure.

— Quelle situation ?

— Toute personne en relation avec des terroristes doit être traitée en conséquence. Autrement, nous aurions l'air de faire du favoritisme pour protéger un des nôtres. Il faut penser à la réputation de l'institution.

Théberge comprit immédiatement qu'ils parlaient de Prose. Mais il n'eut aucune difficulté à jouer celui qui tombait des nues.

— Quels terroristes ?

— Victor Prose. Un mandat d'arrêt international a été lancé contre lui. Tous ceux qui pourraient être ses complices…

Théberge explosa sans lui laisser le temps de terminer.

— Espèce de sombre crapaud décérébré ! Vous voulez dire que vous me soupçonnez d'être un terroriste ?

Dubuc s'efforça de conserver son calme. Dans un interrogatoire, c'était toujours celui qui se laissait déstabiliser qui perdait, les textes qu'il avait lus étaient unanimes sur ce point… Et c'était manifestement ce qui était en train d'arriver à Théberge.

— C'est une possibilité qui doit être envisagée, fit Dubuc sur un ton conciliant. La pire erreur, dans une enquête, c'est de conclure trop vite. D'exclure prématurément des hypothèses… Mais cela, vous le savez sûrement.

L'assistant-directeur crut bon d'intervenir.

— Les choses ont changé depuis votre départ.

— Vraiment ? Je n'aurais jamais cru.

Imperméable à l'ironie, Paquin poursuivit son explication.

— C'est fini, l'époque des cowboys. Désormais, on ne prend plus de libertés avec la loi. Les enquêtes sont menées de façon méthodique, rationnelle.

— Qu'est-ce qu'il y a de rationnel dans le fait de m'arrêter ?

— Prose est recherché pour terrorisme. Vous êtes un proche de Prose. Sans doute en contact avec lui, puisque vous entretenez sa maison. Il est donc logique que vous soyez suspect. Que pouvez-vous objecter à ce raisonnement ?

— Toute ma carrière de policier.

— On pourrait y voir la meilleure des couvertures. En plus, vous avez la réputation d'avoir souvent contourné les règles. Mettez-vous à notre place…

— C'est la dernière chose que je voudrais !

Le pire, songea Théberge, c'était que Paquin et son acolyte paraissaient sincères. Aucune trace de mauvaise foi. Il ne servait à rien de discuter avec eux.

Dans dix ans, quand leur réforme administrative et leurs beaux modèles théoriques auraient échoué, quand le taux de résolution des enquêtes aurait chuté de façon dramatique, quand les modifications apportées à la manière de comptabiliser les crimes ne suffiraient plus à améliorer les statistiques, on accepterait sans doute de mettre en question ces lubies.

Mais il y avait fort à parier que ce serait à des versions contemporaines de Paquin et Dubuc qu'on demanderait alors de tout revoir. Ces derniers pondraient une réforme pire que la précédente. Plus bureaucratique encore. Plus déconnectée du terrain. Fondée sur les nouvelles théories en vogue. Des théories qu'on ne pourrait pas mettre en question avant qu'elles aient fait un autre dix ans de dégâts... On appelait ça le progrès.

Parfois, Théberge se sentait devenir conspirationniste à son corps défendant. Il se demandait si, dans tous les secteurs de la société, il n'y avait pas une armée souterraine de réformateurs en tous genres chargés de saboter tout ce qui fonctionnait. Et si les réformes n'avaient pas pour but caché d'empirer les choses, de manière à créer de l'emploi à perpétuité pour tous les spécialistes en réformes. Une sorte de franc-maçonnerie de technocrates et bureaucrates en tous genres...

Voyant que le suspect semblait perdu dans ses pensées, Dubuc reprit la parole.

— D'après nos informations, vous entretenez la résidence de monsieur Prose. C'est exact?

— Oui.

— Vous payez les taxes, semble-t-il. Et l'Hydro... Vous faites faire du ménage de temps à autre...

— Et alors?

— Combien vous paie-t-il pour vous en occuper?

— Rien du tout.

— Où prenez-vous l'argent?

— J'ai gagné à la loto.

— Bien. Je vais faire examiner vos comptes bancaires. Si jamais il y a la moindre trace de...

— Vous le faites exprès, ou quoi? Vous êtes incapable de comprendre que c'est de l'ironie?

— Cela m'avait en effet échappé. Je n'imaginais pas que l'on puisse ironiser quand on parle de meurtres.

— C'est parce que vous n'avez jamais été sur le terrain. Les policiers, c'est comme les chirurgiens. À force de voir du sang et des tripes, ils ont besoin d'exutoires. Vous n'imaginez même pas ce qui peut se dire dans une salle d'opération quand ils découpent quelqu'un. Ou entre des flics, devant le cadavre de trop… Si ça passait dans les médias, le public serait scandalisé. Il protesterait. Ce cher public qui vomirait et demanderait un congé de maladie d'un an s'il voyait seulement un dixième de ce qu'on voit à la criminelle ! Des lois seraient sûrement votées pour qu'on enregistre en permanence tout ce qu'on dit… Et, sans exutoires, il y aurait encore plus de burn out, plus de violence domestique, plus de suicides. Mais les oreilles du public seraient sauves. Après tout, c'est ça l'important !

— Je vous remercie de partager si généreusement vos lumières, mais revenons à la question. Où prenez-vous l'argent ?

Théberge le dévisagea un moment en silence, comme s'il était à court de mots.

— Où voulez-vous que je le prenne ? finit-il par dire. Dans mon compte bancaire.

— Vraiment ?

Il y avait des traces d'incrédulité dans la voix de Dubuc.

— Prose est un ami, répliqua Théberge. Mais ça, je doute que vous puissiez le comprendre.

— Effectivement, fraterniser avec un terroriste…

— Ce n'est pas de ça que je parle.

— De quoi parlez-vous, alors ?

— D'avoir un ami.

— Entre l'amitié et la complicité, la frontière est parfois mince.

RDI

> … interrogé à la sortie de l'Assemblée nationale, le premier ministre a déclaré ne pas avoir vu la vidéo *Gaza PQ*, qui fait actuellement fureur dans les réseaux sociaux.
>
> Il s'est borné à condamner toute intervention qui banalise les souffrances du peuple juif ou qui peut laisser entendre que la situation des Québécois est semblable à celle des Palestiniens, comme le prétendent souvent les séparatistes…

Derrière le miroir sans tain, Ubald Meilleur s'impatientait. L'interrogatoire ne se déroulait pas comme il l'avait imaginé. Il résista cependant à l'envie d'intervenir. Il valait mieux rester à l'extérieur de la salle pour observer le suspect. Tous les manuels s'entendaient sur l'utilité d'un observateur détaché pour épier les gestes et les comportements qui pouvaient échapper aux interrogateurs.

Dans la salle d'interrogatoire, Dubuc insistait.

— Monsieur Théberge, vous vous entêtez en vain. Nous savons tout. Ce serait seulement un peu plus simple si vous confirmiez ce que nous savons.

— Confirmer quoi ?

— Que vous avez rencontré monsieur Prose récemment.

— Combien de fois va-t-il falloir que je vous le répète ? Je n'ai pas vu Prose depuis deux ans… Enfin, presque deux ans.

— Vous savez que mentir ne peut qu'aggraver votre cas. Ce n'est pas à vous que je vais apprendre ça.

— Non, mais… Pour qui vous prenez-vous, espèce de coléoptère rachitique de l'encéphale ?

— Quand on n'a pas d'argument, on insulte. Et les coléoptères n'ont pas d'encéphale.

Dubuc semblait très satisfait de sa réplique, qu'il avait assénée avec un mépris évident.

Paquin prit la relève.

— Écoutez, Théberge, nous savons que vous avez rencontré Prose la semaine dernière.

— Tout d'abord, pour vous, c'est "monsieur" Théberge. Nous n'avons pas élevé de phacochères ensemble, que je sache. Deuxièmement, je n'ai pas rencontré Prose.

— Alors, que faisiez-vous dans sa suite ? Nous y avons relevé vos empreintes.

Les deux policiers le regardaient avec un air de triomphe.

Ils ont voulu me piéger, comprit Théberge. Ces crétins pensent réellement que Prose est un terroriste et que je suis son complice.

Il poussa un soupir.

— Vous êtes prêt à avouer ? insista Bolduc.

— Si vous vouliez savoir si je suis allé dans la suite louée sous un faux nom, à l'hôtel Bonaventure, vous n'aviez qu'à le demander.

— Voilà ! Vous voyez que ce n'est pas si difficile… Donc, vous avez rencontré Prose. De quoi avez-vous parlé ?

— Je vous le répète, je n'ai pas rencontré Prose. Je suis allé dans la suite qu'il a louée, c'est vrai. Mais il n'était pas là. La suite était complètement vide. Il n'y avait aucune trace de Prose. L'endroit avait l'air inoccupé.

— Comment êtes-vous entré, alors ? Par effraction ?

— Une femme de chambre en sortait. Je lui ai demandé si elle avait terminé, si elle préférait que je revienne plus tard pour la laisser travailler. Elle a cru que j'étais l'occupant. Elle m'a dit qu'elle avait fini et elle m'a tenu la porte. Je suis entré.

— C'est l'équivalent d'une entrée par effraction.

— Je n'ai rien "effracté", j'ai exploité un quiproquo. Cette activité n'est pas interdite par le Code criminel. Et le quiproquo n'apparaît pas non plus sur la liste des espèces menacées !

— D'accord, admit Paquin. D'accord… Acceptons pour les fins de la discussion que vous n'ayez pas vu Prose… Est-ce que Prose avait laissé quelque chose pour vous dans la suite ?

— Je vous ai dit qu'elle était vide. Qu'est-ce que vous ne comprenez pas dans le concept de vide ? La notion devrait pourtant vous être familière !

— Si vous n'avez pas eu de contact avec Prose, comment avez-vous su qu'il avait loué une suite au Bonaventure ?

— Parce qu'un ami m'a demandé de vérifier si c'était le cas. J'ai accepté de lui rendre ce service. Et j'ai accepté d'autant plus volontiers que je me demandais ce que Prose était devenu.

— Si je vous comprends bien, quelqu'un savait que Prose avait loué une chambre au Bonaventure.

— Le savait ou le soupçonnait. Ça me paraît évident.

— Vous êtes donc en relation avec quelqu'un qui est en relation avec un terroriste !

Paquin triomphait.

— Il me faut ce nom, conclut-il.

Théberge sourit.

Un instant, il fut sur le point de lui donner le numéro de Gonzague Leclercq, au bureau de la DGSI. Juste pour le plaisir d'imaginer la tête que Paquin ferait quand la secrétaire lui répondrait.

— Je regrette, dit-il, mais vous n'avez pas une cote de sécurité assez élevée pour avoir accès à cette information.

D'abord éberlué par la réponse de Théberge, l'assistant-directeur retrouva rapidement son aplomb.

— Puisque vous vous comportez de manière hostile, vous ne me laissez pas le choix.

Il se tourna vers Dubuc.

— Mettez-le en cellule. Ça devrait l'aider à réfléchir, comme disent les policiers, dans leur jargon.

— Dans "leur" jargon ? ironisa Théberge. Parce que vous n'êtes pas vous-même un policier, peut-être ?

Paquin rougit légèrement.

Théberge ne lui laissa pas le temps de répliquer.

— Avant de vous couvrir de ridicule, téléphonez donc à l'inspecteur Chase, du NYPD.

Les deux hommes le regardèrent avec méfiance.

— Que savez-vous de l'inspecteur Chase ?

— Peu de choses. Sauf qu'il m'a téléphoné la semaine dernière. Je lui ai dit ce que je savais sur Prose.

Paquin hésita un moment avant de répondre.

— C'est bizarre, l'inspecteur Chase ne nous a pas parlé de vous.

— Sans doute parce qu'il savait à qui il avait affaire.

— Encore du persiflage !

— Pourquoi pensez-vous que l'agente d'Interpol a demandé que vous sortiez avant de communiquer certaines informations à Meilleur ? Elle et Chase savaient à quoi s'en tenir à votre sujet.

Cette fois, la réplique de Théberge les laissa muets. Les deux policiers se regardèrent. Dans leurs yeux, il y avait la même interrogation.

Comment pouvait-il savoir ? Avait-il vraiment des contacts avec Chase ? Ou peut-être avait-il un informateur au SPVM ? Qu'était-il encore en train de magouiller ?

Ils sortirent, laissant Théberge seul dans la pièce.

— Nous n'en avons pas fini avec vous, l'avertit Paquin avant de fermer la porte et de la verrouiller.

Théberge secoua la tête et se cala dans sa chaise pour attendre. Ce n'était même pas du sport. Ces clowns n'avaient aucune expérience de l'interrogatoire. N'importe quel criminel de bas étage, n'importe quel policier possédant la moindre expérience aurait pu les mener en bateau.

Paquin et Dubuc le laissèrent poireauter un bon moment. Sans doute étaient-ils partis consulter Meilleur. Théberge se demandait s'ils allaient vraiment appeler Chase et quelle serait la réaction du policier.

Quarante-trois minutes plus tard, il avait sa réponse. Chase se portait garant pour lui. Il était libéré. Mais avec ordre de ne plus mettre les pieds à la résidence de Prose. Et de prévenir immédiatement le SPVM si le terroriste le contactait.

LE BARMAN

Debout derrière son comptoir, Valentin Cioban observait l'agent de la Securitate. Il y avait plusieurs années qu'il traînait là tous les jours, au bout du bar, avec son allure de poivrot. Il était presque toujours accompagné du même ami, un véritable alcoolique celui-là, à qui il refilait en douce de l'argent pour qu'il ait les moyens de se payer à boire.

Cioban savait que l'agent de la Securitate était là pour le surveiller. Et ce dernier savait que l'autre savait. Au fil des ans, ils avaient établi une sorte de routine. Ils étaient presque devenus amis.

L'arrangement faisait l'affaire des deux. Cioban savait de quelles oreilles se méfier quand il recevait des appels ; l'homme de la Securitate était heureux de conserver un emploi qui ne lui demandait que de s'asseoir à un comptoir et de boire autant qu'il le voulait.

Avant d'arriver au bar, Cioban avait reçu un rapport d'Alex. Natalya était maintenant à Montréal. Elle avait été relancée par Chase au Bonaventure. Ils s'étaient rendus ensemble au SPVM. Elle avait ensuite rencontré Théberge.

Natalya, songea Cioban… Tant qu'elle aurait l'impression qu'il pouvait l'aider à retrouver Prose, il serait possible de la contrôler. Mais aussitôt que ce serait fait, il perdrait toute prise sur elle. Il fallait trouver un moyen de s'assurer sa collaboration à plus long terme.

Ses réflexions furent interrompues par la vibration de son téléphone contre sa cuisse. Il mit la main dans sa poche de pantalon et se rendit à l'autre extrémité du bar.

Tout en faisant mine de mettre à jour l'inventaire de la caisse enregistreuse, il prit connaissance du message.

Un texto de Sarah.

> BC –> $ –> SoC & PfP

Normalement, Sarah n'aurait pas utilisé ce type de code réservé aux communications en clair ou insuffisamment cryptées. Elle se serait fiée au logiciel de cryptage intégré à son téléphone portable.

Il devait s'agir d'informations particulièrement importantes.

Le barman entreprit de déchiffrer le message. C'était relativement facile pour une personne sachant de quoi il était question. Surtout que le message était simple : Banks Capital avait subventionné les Soldats du Christ et les Patriots for Peace.

On pouvait en déduire qu'il y avait probablement un lien entre Banks Capital et celui qui se faisait maintenant appeler Hilliard K. Morane. Et, avec un peu d'imagination, juste un peu, on pouvait penser que celui qui tirait les ficelles derrière Banks Capital faisait partie, tout comme Morane, de la Liste XIII. Il ne restait plus qu'à le trouver.

Un second texto entra.

> BC.com –> (S.E.)^n –> Shed.com
> (smlcap)

Sarah avait également découvert, en épluchant les communications de Banks Capital, que l'entreprise avait un lien avec une autre, dont le nom abrégé était Shed.com.

Sans doute une entreprise de communication de petite taille. Une *small cap*, comme on disait dans le jargon financier. Le lien entre Banks Capital et Shed.com se faisait à travers une série de sociétés-écrans. Le nombre n'en était pas précisé et il n'avait pas d'importance. Alex s'était contentée du symbole générique « n ».

Ce qui était important, par contre, c'était qu'il s'agissait d'une piste pour identifier un autre membre de la fameuse Liste XIII. Et c'était sans doute aussi la clé pour obtenir la collaboration de Natalya.

La réponse de Cioban fut brève.

> Priorité : ??? Shed

Autrement dit : tout savoir sur Shed.com.

Une brève recherche sur Internet apprit ensuite à Cioban que Shed.com avait probablement comme nom complet Shedas Communications.

Il y avait longtemps que le barman n'avait pas été aussi optimiste. Dans ses recherches pour découvrir un deuxième membre de la Liste XIII, il n'avait jamais tenu une piste aussi prometteuse.

C'est presque sans se forcer qu'il sourit. Il se rendit à l'autre bout du comptoir et servit un verre aux deux poivrots.

— Aux frais de la maison, dit-il.

— Une bonne nouvelle ? demanda l'homme de la Securitate.

— Mon comptable. Je vais avoir les moyens de garder l'établissement ouvert.

Les deux clients levèrent leur verre à l'unisson.

— Ça mérite qu'on boive à ça, fit l'agent de la Securitate, parfaitement sincère.

Une fermeture l'aurait obligé à accepter une mission beaucoup plus exigeante.

DUQUAI À L'AÉROPORT

Aussitôt que les policiers l'avaient laissé partir, Théberge s'était rendu à l'aéroport. Il était arrivé juste à temps pour accueillir son ami, Norbert Duquai, à la sortie des douanes.

Pendant qu'il le conduisait à l'appartement qu'il avait loué pour lui, il s'informa des conditions de son voyage.

—J'ai dormi presque tout le temps.

Puis il ajouta, avec un sourire :

—Clonazepam.

—Ah…

Théberge s'en doutait. Duquai était en proie à des comportements obsessifs ainsi qu'à une allergie aux changements similaire à ce qu'éprouvent les personnes atteintes du syndrome d'Asperger.

Mais, selon ses propres paroles, il s'efforçait de se soigner. Il expliqua à Théberge les précautions qu'il avait prises pour ne pas être victime de crises de panique pendant le trajet.

C'était son premier voyage en avion. C'était aussi la première fois qu'il quittait le continent européen. Avant son départ, il avait longuement discuté avec Théberge pour arrêter l'aménagement de l'appartement qu'il habiterait pendant deux mois.

C'était également la première fois qu'il prenait des vacances pour des raisons autres que médicales. Son médecin n'en revenait pas de ses progrès. Il l'avait toutefois mis en garde contre la tentation d'en faire trop, trop vite.

Duquai s'informa ensuite de la santé de la femme de Théberge.

—Parvenu à un certain stade, répondit ce dernier, il n'y a plus de réadaptation, seulement de l'adaptation à sa condition. Ce qui m'étonne toujours, c'est la sérénité qu'elle réussit à conserver à travers tout ça.

—Et Prose ? Des nouvelles ?

—Tu en sais probablement plus que moi.

—Gonzague m'en a touché un mot avant de partir.

—Comment va-t-il, mon ami Leclercq?

—Bien… Dans la mesure où c'est possible, pour un directeur de la DGSI, de bien aller. Avec le djihad en expansion, la crise économique, la montée de l'extrême droite et les magouilles électorales…

Théberge lui parla ensuite de sa conversation avec Natalya et lui raconta son interrogatoire au SPVM.

—Tu aurais pu leur dire que c'était Gonzague, fit Duquai.

—T'es fou? s'exclama Théberge.

Puis, voyant l'air troublé de Duquai, il s'empressa d'expliquer:

—Ce que je veux dire, c'est que ces trois-là ne sont même pas des politiques. Imagine! Même pas des politiques… Ils sont ce que l'université peut produire de pire: des bureaucrates diplômés en bureaucratie, sûrs de tout savoir et persuadés que la population est au mieux une plèbe ignorante!

Dans sa bouche, ça ressemblait au degré le plus bas de l'échelle sociale. Loin en dessous des exploiteurs en tous genres, des abrutisseurs d'enfants et des trafiquants d'êtres humains.

—Ils pensent qu'une enquête consiste à appliquer un manuel ou le dernier organigramme opérationnel en vogue, ronchonna Théberge. Crois-moi, moins ils en savent, mieux c'est. Ils seraient capables de lancer son nom dans les médias. Et de publier son numéro de téléphone!

www.huffingtonpost.ca/… /terrorisme-a-Montreal

> … dans cette nouvelle bande vidéo mise en ligne il y a moins d'une heure. On y voit le rabbin recevoir un choc électrique qui le projette par terre au moment où il saisit une poignée de porte.
>
> Selon des sources proches du SPVM, les deux vidéos mettant en scène rabbi Schlomo seraient liées aux meurtres spectaculaires de l'archevêque Feelgood et de l'imam al-Shammari.

Victor Prose, un résident de Montréal, serait le principal suspect dans cette affaire. Présumé en fuite, cet ancien professeur de cégep fait l'objet d'un mandat d'arrêt international.

Les policiers s'intéressent également à un ami de longue date du suspect, l'ex-inspecteur-chef Théberge. Célèbre pour son habitude de parler aux victimes mortes, l'ex-policier a résolu plusieurs affaires particulièrement délicates au cours de sa carrière, mais il a également fait l'objet d'allégations de favoritisme et de négligence dans l'application des règles professionnelles du SPVM.

Longuement interrogé par le SPVM cet après-midi, l'ex-policier a été remis en liberté. On lui aurait demandé de ne pas...

DOUBLE DÉPENDANCE

LCN avait coupé la partie de la vidéo montrant le rabbin se faire blesser. Le commentateur en avait simplement fait la description. Puis il avait montré la partie finale, dans laquelle l'on pouvait entendre le texte de revendication pendant qu'il se déroulait à l'écran.

C'était toujours la même voix d'enfant, à la fois hésitante et appliquée, qui en faisait la lecture.

Sam regardait le texte défiler.

Ne pas pouvoir partir. Ne pas pouvoir rester. Savoir qu'à tout moment, on peut se faire tuer. Ou perdre un membre. Ou devenir aveugle... La condition des Palestiniens est l'image à peine caricaturée de la condition humaine.

Le caricaturiste responsable de cette œuvre est le gouvernement israélien, soutenu par des extrémistes religieux. Et non par l'ensemble des Juifs, comme des fanatiques musulmans ou israéliens voudraient nous le faire croire. Ce n'est pas une question de race, c'est une question de religion.

C'était la cinquième chaîne que Sam voyait relayer le message. Seulement deux avaient présenté le message final en entier. Une seule avait diffusé la vidéo dans son intégralité.

Il se demandait si cette pudeur venait de la culture québécoise ou si elle était liée à cette cible particulière. À New York, quand il s'était agi d'un archevêque crucifié ou d'un imam décapité, aucun média n'avait songé à censurer quoi que ce soit…

Heureusement, il y avait Internet. De multiples versions et traductions du texte y circulaient.

> *Gaza PQ* est une vidéo qui illustre ce qui risque de se produire à l'échelle de l'humanité si on laisse les religions prendre le pouvoir. Car les religions, si bien intentionnés que soient la plupart de leurs adeptes, ne savent jamais se défendre contre les fanatiques qu'elles engendrent. Elles sont incapables de les contrôler. Surtout quand ces fanatiques sont instrumentalisés par cette variété de religieux laïcs que sont les idéologues politiques. Ou simplement par des gens assoiffés de pouvoir.

Sam expédia un bref rapport, dans lequel il rendait compte de la couverture médiatique ainsi que de l'ampleur de la réaction dans les réseaux sociaux. Il confirma ensuite que la troisième vidéo serait mise en ligne entre minuit et une heure du matin.

Puis il recommença à écouter les chaînes d'information continue. Mais distraitement. Il pensait à Ashley.

Si elle n'avait été que droguée, il y aurait probablement eu moyen de la sauver ; même si elle refusait de le rencontrer. Il aurait utilisé des intermédiaires. Elle n'en aurait jamais rien su.

Mais elle avait une double dépendance. À la drogue, mais aussi à son *dealer*. Garrett. Elle était avec lui aussi souvent qu'il le lui permettait. Elle était incapable d'imaginer vivre sans lui.

Un de ses revendeurs avait tenté de l'arnaquer, lui avait-il dit. Il ne pouvait pas laisser passer cet affront. Il fallait faire un exemple. Autrement, la rumeur circulerait qu'il était faible. Incapable de maintenir la discipline. Tout le monde croirait qu'on pouvait magouiller sans crainte contre lui. Bientôt, ce ne serait pas seulement son commerce qui serait en danger. Ce serait sa vie.

Ashley n'avait pas hésité. Elle avait donné à Garrett la preuve d'amour qu'il lui demandait. Elle avait pris le pistolet et tué le revendeur, qui était attaché sur une chaise devant elle.

Évidemment, l'épisode avait été filmé. Sam en avait reçu une copie.

C'était pour cette raison qu'il n'avait pas tenté de coup de force. Qu'il n'avait pas osé enlever Ashley et la faire désintoxiquer malgré elle. Il fallait d'abord qu'il récupère l'original et toutes les copies de cette vidéo.

Et c'était justement ce que lui avait promis celui qui l'avait recruté : toutes les copies existantes du document visuel prouvant qu'Ashley avait commis un meurtre seraient détruites.

En prime, le *dealer* serait neutralisé.

DUQUAI AU LARGE

Duquai était maintenant seul dans son appartement. Le véritable test commençait. Pouvait-il vivre ailleurs que dans le décor qu'il s'était construit à Paris ? Pouvait-il y demeurer sans que son esprit cesse d'être fonctionnel ?

Il voyait son séjour à Montréal comme une expérience de désensibilisation. Deux mois sans être chez lui. Deux mois sans son décor habituel, sans sa routine rassurante. Toute la question – et tout le défi –était de savoir comment il réussirait à composer avec son besoin obsessif de régularité et de stabilité.

Pour faciliter la transition, il avait demandé à Théberge de lui aménager un appartement qui ressemblait à celui qu'il habitait à Paris. Même orientation nord-sud avec la tête de son lit au nord. Même ameublement lourd, peu susceptible d'être déplacé par accident et de compromettre l'arrangement précis de la pièce. Même série d'horloges sur le mur de la salle à manger, faisant face à une fenêtre panoramique.

Dans la chambre, les lignes du couvre-lit rayé étaient exactement perpendiculaires aux murs de côté. Les deux commodes se faisaient face, de part et d'autre du lit.

Théberge s'était donné beaucoup de mal.

Duquai s'assit dans une chaise berçante. Il voulait réfléchir. C'était la première fois qu'il s'assoyait dans ce type de siège. Il n'en avait pas fait la demande, mais il ne l'avait pas exclu. Il en conclut que la chaise faisait partie de l'ameublement standard.

Comme il était venu pour expérimenter, autant le faire.

Malgré ses efforts, il fut incapable de penser. La chaise berçante lui semblait le comble de l'absurde. Une façon tout à la fois d'être et de ne pas être quelque part. L'instabilité chronique. Une manière inédite de tourner en rond. Bouger sans arrêt pour se retrouver toujours au même endroit. S'agiter pour n'aller nulle part… Que d'énergie perdue !

Mais cela produisait toutefois un curieux effet d'apaisement. Étrange…

Il eut une idée. Il proposerait à Théberge de travailler avec lui. Ce serait le meilleur moyen de voir si son esprit demeurait fonctionnel.

Ensemble, ils allaient retrouver Prose. Ils allaient l'aider à se sortir de cette situation dans laquelle il paraissait empêtré.

LE CLUB DE LECTURE

L'émission avait connu un succès suffisant pour justifier une saison supplémentaire. Le concept de base était d'une grande plasticité : moyennant une interprétation large de la notion de lecteur, tous les domaines de la réalité pouvaient faire l'objet d'une « lecture ».

Il y avait la lecture de la réalité politique, la lecture des arts, la lecture des faits divers, la lecture des médias, la lecture de l'économie, la lecture des réseaux sociaux, la lecture de la mode…

Pour effectuer cette lecture, on recrutait des lecteurs, de deux à quatre pour chacun des domaines. Au cours de l'émission, on passait d'un club de lecture à l'autre. Certains revenaient quotidiennement, d'autres n'avaient qu'une présence hebdomadaire.

Financièrement, l'émission était un succès. Le titre de lecteurs, auquel était associée une image de compétence spécialisée, désignait en fait un groupe de chroniqueurs sous-payés, employés à la pige, que l'on remplaçait au moindre signe de rébellion.

En tant qu'animateur, Roland Courtaud était le seul membre permanent de l'équipe et son maître absolu. Il s'était attribué le titre de lecteur universel et il participait aux débats de tous les clubs spécialisés.

Physiquement, Courtaud était une sorte de Depardieu sous-alimenté, grassouillet plutôt que rabelaisien, comme si son processus de transformation s'était arrêté en cours de route. Animateur était à ses yeux un travail de rêve. Parce que, selon lui, c'était le contraire du métier de comédien… Il s'y était essayé, pendant sa jeunesse, à faire l'acteur. Sans succès. Désormais, il n'avait plus à perdre son temps à prétendre être quelqu'un d'autre. Un seul rôle l'intéressait : le sien. Et c'était dorénavant son travail. Être lui-même. Être publiquement, le plus publiquement possible, lui-même. Cela l'enchantait.

Depuis une dizaine de minutes, les lecteurs du club discutaient de la nouvelle vidéo de rabbi Schlomo. Ils étaient d'avis que c'était probablement une mise en scène terroriste pour dramatiser la mise à mort.

Sans surprise, Courtaud adopta le point de vue contraire. L'occasion était trop belle d'y aller d'une envolée.

— Non, mais… je rêve ! C'est une pure fumisterie, ce truc ! Moi, je n'embarque pas. Pas une seconde. C'est aberrant, donner du temps d'antenne à ce type de cabotinage étudiant. Je suis de plus en plus allergique à ce genre de…

Il ne termina pas sa phrase. Ce n'était pas utile. Il avait prononcé le mot capital : allergique. L'allergie lui tenait lieu de grille d'analyse. Il y avait les choses auxquelles il était allergique et celles qui le faisaient triper.

En général, il était plus allergique que porté à triper ; cela lui permettait de meilleures envolées.

— Vous croyez vraiment que des terroristes feraient une mise en scène aussi élaborée ? poursuivit Courtaud. Qu'ils s'amuseraient à lui faire peur en le soumettant à l'improviste à de petits chocs électriques ? C'est ridicule. Moi, je ne suis pas capable… La preuve que c'est une farce étudiante, c'est le côté pitoyablement comique de tout ça. Même pas comique, en fait. Juste ridicule.

— Pourtant, objecta un des lecteurs, la brûlure dans la main…

— Un effet spécial, l'interrompit Courtaud. Un mauvais effet spécial! C'est brouillon, tout ça. Confus. Ça ne sait pas où ça s'en va… Vous vous y retrouvez, vous?

Une sirène l'interrompit.

— Notre discussion est terminée, trancha alors Courtaud.

Il se tourna vers la caméra.

— Je vais maintenant rejoindre nos lecteurs de l'actualité politique. Le sujet d'aujourd'hui est l'état du nationalisme québécois. S'agit-il d'une marotte inoffensive de boomers vieillissants ou d'une véritable force sociale, porteuse d'intolérance et de discrimination? Pour en discuter avec moi…

SPIN DOCTEUR

Comme d'habitude, la rencontre avait lieu au Club Saint-James, dans un salon privé.

Il n'était pas utile que les médias sachent que le premier ministre et le directeur du SPVM se voyaient régulièrement pour discuter de sujets susceptibles de faire avancer leurs carrières respectives.

Les deux hommes se connaissaient depuis l'époque de leurs études. Ils s'étaient rencontrés au collège Brébeuf, avaient sympathisé et ne s'étaient jamais perdus de vue.

Au cours des ans, ils avaient toujours pris soin de ne pas afficher trop publiquement leur amitié, d'abord en raison d'une obsession mutuellement partagée pour la protection de leur vie privée et, plus tard, à cause de la nature particulière de leurs carrières.

En entrant dans le salon privé, Meilleur vit que Trahan était arrivé. Leur repas les attendait sur une grande table roulante, dans un coin de la pièce.

Meilleur sortit un appareil de son porte-documents, le déposa sur un des bureaux qui ornaient la pièce et appuya sur un bouton.

Un voyant vert s'alluma.

— Pour s'assurer qu'on est vraiment seuls, dit-il.

La couleur verte signifiait qu'aucun dispositif d'écoute n'avait été détecté. Par mesure de sécurité, l'appareil continuerait à brouiller toute tentative de communication.

À chacune de leurs rencontres, Meilleur apportait l'appareil. Et, chaque fois, il se croyait obligé d'expliquer ce que c'était.

— Quoi de neuf ? demanda le premier ministre.

C'était toujours sa première question. Trahan voulait savoir si un de ses députés, ou un de ceux de l'opposition, s'était fait prendre à commettre des gestes illégaux. Dans les deux cas, il y aurait une opération médiatique à mettre sur pied.

— Rien dont tu aies à te préoccuper.

— Bien. Si on parlait de ta proposition. Vous en êtes où, dans cette affaire de rabbin ?

— Il y a eu une deuxième vidéo.

— J'ai vu ça. Et l'enquête ?

— On n'a toujours pas localisé l'endroit où ils le retiennent prisonnier. Pas de trace de Prose non plus.

— Je vais faire une déclaration officielle demain matin. Dans le sens de ce que tu suggères. Qu'est-ce que tu as sur Prose ?

— Des indices qui le relient à tous les meurtres.

— Son passé ?

— Aucune condamnation. Mais il y a des éléments… Présentés d'une certaine manière, ils pourraient…

— La dernière chose que je veux, c'est être obligé de me rétracter.

— Je sais, tu laisses ça à tes ministres !

— Il faut bien qu'ils servent à quelque chose ! Mais, sérieusement, tu penses que je pourrais devoir… ?

— Non. Pas tant que tu te contentes de citer des faits, de poser des questions… d'affirmer des principes… Les journalistes vont faire le reste. Ils vont broder pour rendre ça plus croustillant.

—En tout cas, ça ne pouvait pas mieux tomber. Ça va faire oublier l'accord sur le pipeline. En plus, s'afficher comme le défenseur de la communauté juive, ce n'est jamais mauvais !

—Ça va consolider ton vote dans l'ouest de l'île ! Tu aurais pu faire une carrière comme *spin* docteur !

—C'est l'essentiel de la politique, orienter les perceptions.

—Et ils vont oublier les histoires d'environnement !

—Si seulement je pouvais trouver un moyen de leur faire oublier Noreau !

—Qu'est-ce qu'il a encore fait ?

—Il a déclaré que c'est plus important de s'occuper des jeunes, parce qu'ils représentent l'avenir, que des vieux, dont la vie est derrière eux.

—C'est un peu vrai, non ?

—Pas avec la moyenne d'âge des électeurs qui augmente continuellement. C'est un vrai suicide électoral.

—Tu penses le sacrifier bientôt ?

—Disons qu'il ne s'aide pas.

www.bible-tv.com/news/edito...

> Toutes les religions du Livre sont menacées. Après un archevêque et un imam, c'est un rabbin qui est la victime de ce terroriste fou. Voilà la preuve que tous ces crimes sont inspirés par le Malin.
>
> Ce n'est pas non plus un hasard si cette troisième victime, le rabbin Silas Eckstein, est un autre New-Yorkais. C'est un avertissement.
>
> De même que Dieu a puni les habitants de Sodome et Gomorrhe, il va bientôt laisser le Malin détruire New York si nous continuons à tolérer que notre ville s'affiche comme la capitale du péché.
>
> Car les paroles du Seigneur sont claires. Quiconque se recueille peut les entendre distinctement dans son cœur. Dieu nous dit : « Repentez-vous ! » Dieu nous dit : « Si vous laissez le Malin étendre son empire sur votre ville, je cesserai de la protéger. Vous verrez alors ce qu'est une ville sous l'empire du Malin ! »

AU NOIR INC.

Ils avaient bien travaillé. Ce n'était d'ailleurs pas une surprise. Au Noir inc. n'employait que les meilleurs. Et les plus discrets.

L'entreprise était enregistrée dans le Delaware, ce qui lui permettait d'éviter à peu près toute forme d'impôt. Et, grâce à un réseau de filiales judicieusement distribuées dans des paradis fiscaux, elle était à l'abri de toute requête juridique.

Sa seule dépense assimilable à un impôt était le *pizzo*, qu'elle payait rubis sur l'ongle à l'une des familles américaines de la mafia. S'il était facile de ruser avec le fisc, il était déconseillé de tenter la même chose avec la mafia.

Les travailleurs s'étaient présentés au 395 du boulevard Saint-Joseph Ouest, dans le Mile-End, à l'heure indiquée sur le courriel de convocation. Ils allaient recevoir la dernière partie de leur salaire ainsi qu'un boni surprise pour avoir réalisé les travaux de construction dans les temps prévus.

Lorsqu'ils furent tous arrivés, Sam les pria de passer à la salle à manger. Un cocktail dînatoire les attendait.

Le luxe des plats sur la table contrastait avec le délabrement mal contenu des lieux. Un serveur distribua des coupes de champagne.

Sam leva la sienne.

— À votre santé, dit-il. Pour souligner un travail plus que bien fait.

Les travailleurs étaient habitués à des marques de reconnaissance de la part des clients. Autant pour leur expertise que pour leur discrétion. Il n'était pas rare que des producteurs viennent tourner à Montréal et désirent le faire sans attirer l'attention des médias.

Ils étaient souvent exigeants, mais ils savaient se montrer généreux. Toutefois, cette générosité se limitait habituellement à un boni. Il était peu fréquent qu'elle prenne une forme aussi festive.

Un des membres de l'équipe, avant de boire, lança un commentaire.

— J'ai reconnu le décor, dit-il. C'est cette histoire de rabbin.

Un autre enchaîna :

— Moi aussi.

Puis il se tourna vers Sam.

— C'est la bande-annonce d'un film ou c'est une pub à suivre ?

— Vous verrez bien, se contenta de répondre Sam.

— En tout cas, je n'aimerais pas être à la place des cascadeurs.

Il éclata de rire et vida sa coupe. Tout le monde s'empressa de l'imiter.

Deux minutes plus tard, Sam sentit la tension refluer dans son corps. Ils avaient tous bu et ils étaient tous morts. Le serveur n'avait pas eu besoin d'utiliser son pistolet. La mise en scène serait plus propre.

Après avoir demandé au serveur de s'assurer qu'ils étaient tous bien décédés, Sam fit le tour de l'appartement pour une ultime vérification.

Tout était en place.

On y relèverait suffisamment d'indices et de matériel de propagande pour accréditer le fait qu'ils étaient un groupe ultranationaliste.

Le tract qu'il laissa en évidence, sur la table du salon, était sans équivoque.

DÉFENDRE LE PAYS

Nous avons survécu à la trahison des Français et aux tentatives d'assimilation des Anglais. Nous avons survécu au vol de notre richesse quand le Bas-Canada a été uni au Haut-Canada pour que notre argent paie les dettes des Anglais. Nous avons survécu au rapport Durham, à l'incendie du parlement de Montréal par les Anglais, à la conscription… mais il se pourrait que nous ne survivions pas à l'attaque actuelle.

La nouvelle arme de destruction massive qui menace notre culture, c'est cette tolérance, que l'on présente comme accommodante et raisonnable.

Officiers de police en turban, niqabs, kirpans dans les écoles, mosquées envahissantes et prédicateurs du djihad, espaces de prière dans les universités et les édifices publics, groupes unisexes dans les piscines, vitres opacifiées dans les clubs d'entraînement…

Sam poussa un soupir.

C'était d'une tristesse, tout ça… Mais c'était son travail. Heureusement, il n'y en avait plus pour longtemps. Et quand ce serait terminé, Ashley serait libérée. D'abord de Garrett, son *dealer*. Ce serait le plus simple. Ensuite de la drogue, ce qui serait plus long. Sam en assumerait les frais. Mais sans se faire connaître d'Ashley : cela aurait été suffisant pour qu'elle se bute et replonge dans des substances encore plus dures.

Sam n'avait jamais compris la violence de la réaction de sa nièce à son endroit. À une époque, elle avait été une enfant insouciante, enjouée. Puis, du jour au lendemain, elle avait refusé de le voir. Sans jamais lui en fournir la raison.

Il reposa le tract sur la table. Il avait hâte de partir pour échapper à ses pensées. Mais avant, il devait régler un dernier détail.

Il se rendit trouver le serveur, dans la salle à manger.

#GazaPq

Laurence Giguère@laurgi
C'est pas seulement une vidéo.
#gazapq est réel. Les vraies
questions, c'est : qui ? pourquoi ?…
La suite sur https://www.over-blog.
com/user/2198648.html.

Roland Courtaud@rolco
@laurgi C'est trop bien produit. Ça
progresse comme dans un scénario.
Avec la musique, les extraits de
Rabbi Jacob… #gazapq est une pub.

Grégoire Laurendeau@grelau
@rolco @laurgi Une foutue bonne
pub ! On parle de #rabbischlomo
partout sur les réseaux.

Roland Courtaud@rolco
@lagig C'est trop professionnel pour
des terroristes. Ça sent le studio.
À plein nez.

Grégoire Laurendeau@grelau
@rolco @laurgi Les vidéos de l'État
islamique aussi sont super bien
produites. C'est une pub de
terroristes.

Henriette Massé@henmass
@lagig @rolco @grelau Pub ou pas,
c'est de l'antisémitisme grossier.

Maxime Weber@maxweb
@laurgi Sûrement du vrai terrorisme.
Le rabbin Eckstein n'aurait jamais
accepté de jouer dans une pub.
cc @grelau

Grégoire Laurendeau@lgrelau
@maxweb @laurgi Du terrorisme
efficace, en tout cas. Ils le
massacrent petit à petit et tout le
monde regarde.

ENCORE LA THÉORIE DE L'AUTOROUTE

Chase avait passé une bonne partie de la journée à faire des recherches sur Prose et Théberge. Il avait également suivi la couverture des médias sur l'affaire de la vidéo *Gaza PQ*.

Malgré le travail, le simple fait d'être à Montréal lui donnait l'impression d'être en vacances. Sans doute parce qu'il était subitement soustrait à toutes les urgences, à tous les imprévus qui constituaient la trame ordinaire de son quotidien.

Bizarrement, cette impression de vacances l'angoissait. Les vacances, c'était du temps. Et du temps, ça voulait dire des pensées qui s'agitaient dans sa tête, des souvenirs…

Chase n'aimait pas les souvenirs. Il n'en avait pas beaucoup de bons. Et les premiers à lui revenir étaient toujours ceux de Jane. De l'époque où ils vivaient encore ensemble. Mais, tout de suite après, suivaient ceux de leur séparation et des interminables années qui avaient suivi... Bien sûr, il l'avait revue de temps à autre, mais de moins en moins, quand même, à mesure que les enfants avaient grandi, qu'ils avaient eu leur propre vie...

Il jeta un coup d'œil à la télé. Elle était syntonisée sur un poste d'information continue. Deux experts meublaient l'absence d'informations nouvelles en discutant de la vidéo.

> — ... clairement un cas de terrorisme exporté. Une série d'attentats amorcée à New York se poursuit ici parce que ce serait trop dangereux de continuer là-bas.
>
> — Oui, mais le principal suspect est montréalais. Ce n'est sûrement pas un hasard s'il a décidé de poursuivre sa série de crimes au Québec.
>
> — Avec une victime qui est new-yorkaise!
>
> — La victime est peut-être américaine, mais le terroriste, lui, est québécois. Ce n'est pas du terrorisme importé, mais autochtone. En fait, c'est nous qui l'avons exporté à New York...

Chase se détourna de ce débat qu'il trouvait stérile et décida d'envoyer un rapport à Roberts sans attendre au lendemain matin.

Le chef du NYPD répondit à la deuxième sonnerie.

— Un appel en avance, ça ne vous ressemble pas, déclara le directeur du NYPD en guise de salutation. Il y a du nouveau?

— Une deuxième vidéo a été mise en ligne. Mais vous devez le savoir.

— Oui. Comment s'est passée la rencontre avec les Québécois?

— Ils n'ont fait aucune difficulté, mais on ne peut pas compter sur eux. Des têtes d'œuf qui se prennent pour des flics. Le type le plus intéressant, c'est le flic à la retraite.

— Celui que vous aviez appelé?

— Oui. Il y a pas mal de choses à son sujet sur Internet. Les médias en ont souvent parlé. Il a un des meilleurs dossiers du SPVM en termes d'affaires résolues. Mais il a souvent eu des problèmes avec la hiérarchie. Aujourd'hui encore, il est mal vu par la direction en place.

— Je comprends que vous le trouviez sympathique. Vous allez sûrement bien vous entendre !

— Ils l'avaient arrêté parce qu'ils le soupçonnaient d'être complice de Prose. Sans la moindre preuve. Je les ai convaincus de le libérer.

— Même s'ils avaient eu des preuves, la dernière chose à faire aurait été de l'arrêter.

— Des têtes d'œuf, je vous disais ! Ils n'ont pas pensé une seconde à le mettre sous surveillance au lieu de l'arrêter.

— Que savez-vous sur lui ?

— Au cours des ans, il a coopéré à plusieurs reprises avec les services de renseignement français. Enfin, pas de façon continue, mais il y a des choses intéressantes.

— Je sais. La NSA m'a envoyé ce qu'ils ont sur lui.

— Vous avez pensé à me faire suivre le dossier ?

— J'allais le faire demain matin. Qu'est-ce qui se passe avec les kidnappeurs ? Vous avez découvert quelque chose ?

— Les Canadiens s'en occupent.

— C'est censé me rassurer ?

— Difficile de les empêcher de contrôler l'enquête. Après tout, ils sont chez eux.

— Depuis quand est-ce un brevet de compétence ?

— Je sais.

Roberts enchaîna sans attendre sur un autre sujet.

— D'après ce que j'ai compris, Prose a été aussi impliqué que Théberge dans l'affaire des petits hommes blancs. C'est assez surprenant, non ? Vous n'avez pas peur que votre agente de la DGSI fasse tout pour empêcher qu'on l'arrête ?

— Si c'est un agent dormant de leurs services, c'est possible. C'est ça, ou bien elle va tenter de le liquider pour l'empêcher de parler.

— J'imagine que vous avez un plan pour éviter que ça se produise.

— Pas exactement un plan, mais…

— Comme c'est vous qui avez insisté pour qu'on ne l'arrête pas immédiatement…

— Je sais, je suis responsable de ce qui va arriver.

— Bien.

— Pour le rabbin, vous avez eu la confirmation ?

— Les techniciens qui ont analysé la vidéo sont formels. Il s'agit de Silas Eckstein.

— Ça confirme l'hypothèse que toutes les religions sont attaquées.

— Je sais. Le maire n'arrête pas de le claironner partout : ce n'est pas une guerre de religion ! C'est une attaque terroriste ! Un tueur fou s'en prend à des personnalités religieuses !

— Sur le terrain, ça doit quand même aider.

— Les actes antimusulmans ont diminué, mais il est encore trop tôt pour savoir ce que ça va donner. Tout dépend de la façon dont les médias décident de jouer l'information. S'ils jugent que c'est plus rentable de continuer à soutenir la thèse de la guerre de religion, on n'est pas sortis de ce merdier.

— C'est sûr.

— Vous pensez toujours que Prose est notre suspect le plus crédible ?

— C'est ce que croient les médias. Qui suis-je pour penser autrement ?

— Encore votre théorie de l'autoroute, je suppose ?

— Difficile de ne pas trouver un peu providentielle cette avalanche d'indices.

— Vous savez, il arrive que tous les indices mènent à un coupable parce qu'il est coupable.

— Sauf qu'ils mènent tous à un coupable introuvable. Aucun des indices ne permet de remonter à lui. C'est un bizarre de coupable, quelqu'un qui laisse des tas d'indices pour s'incriminer, mais aucun qui permet d'avoir une vraie piste. Vous ne trouvez pas ?

— C'est une idée qui vous vient de votre amie de la DGSI, je suppose ?

Chase hésita un peu avant de répondre.

— C'est sûrement une idée qui l'arrange, finit-il par dire. Mais il y a autre chose qui me tracasse. Les deux vidéos du rabbin n'ont pas encore été revendiquées. Il y a une sorte de message, à la fin, mais aucun groupe qui revendique l'attentat.

— Ils attendent peut-être que tout soit terminé.

— Possible. Mais c'est quand même curieux, ce changement de scénario.

Après avoir raccroché, Chase ne put s'empêcher de songer à cette étrange madame Mougins. Il y avait quelque chose en elle qui le rendait mal à l'aise. Même s'il était porté à la trouver sympathique et à lui faire confiance.

7

SOUS LE TIROIR

Natalya se dirigea vers la suite louée par Victor Prose.

On aurait dit une femme de plus de cinquante ans outrageuse-
ment maquillée. Son chapeau, qui dissimulait la presque totalité de
ses cheveux, avait été acheté le jour même dans une des boutiques
de Place Ville-Marie, tout comme son manteau mauve et ses bottes
de couleur assortie. Au bras, elle portait un sac de voyage grand
format qui provenait d'un commerce attenant à la gare ferroviaire.

Les corridors de l'hôtel étaient déserts. Les derniers clients
avaient regagné leurs chambres et les lève-tôt étaient encore dans
leur lit.

Le policier de garde somnolait sur sa chaise, à l'angle des deux
couloirs. En apercevant Natalya, il sembla reprendre vie. Il la salua
d'un bref signe de la tête. La femme lui répondit par un signe d'une
égale discrétion, puis elle emprunta l'escalier qui menait à l'étage
supérieur.

Tout le temps qu'elle monta l'escalier, elle sentit les yeux du
policier fixés sur elle. C'était excellent. Ce dont il se souviendrait,
ce serait l'allure presque caricaturale de son apparence.

En haut de l'escalier, elle constata avec satisfaction qu'il n'y
avait aucune surveillance. C'était ce qu'elle espérait. La suite 2414
se répartissait sur deux étages. La chambre était située un étage plus
haut que les autres pièces et elle disposait de son propre accès sur le

couloir supérieur. Ou bien les policiers ne l'avaient pas réalisé, ou bien ils n'avaient pas jugé utile de faire surveiller cette porte.

Natalya se dirigea vers la porte de la chambre. Pour entrer, elle utilisa un passe de sa fabrication. Plus tôt dans la journée, elle avait cloné celui d'une femme de chambre pendant qu'elle discutait avec elle sous prétexte de lui demander un renseignement. Le petit appareil dans son sac à main n'avait pris que quelques secondes à enregistrer les informations contenues sur la carte magnétique.

Une fois entrée, Natalya descendit immédiatement dans l'immense pièce à aire ouverte qui tenait lieu à la fois de hall d'entrée, de salon, de salle à manger et de bureau.

Un examen systématique ne lui apprit rien.

Son regard s'attarda un instant sur le piano. S'il y avait une chose dont elle était certaine, c'était que Prose ne jouait d'aucun instrument de musique. Pour quelle raison aurait-il demandé un piano ? Il fallait croire qu'il y en avait un d'office dans ce genre de suite.

Elle remonta à l'étage pour fouiller la chambre. Ce fut en enlevant les tiroirs qu'elle découvrit quelque chose. Une enveloppe scotchée sous le tiroir du fond. Un classique.

Les classiques restaient souvent les cachettes les plus sûres. À preuve, les policiers qui avaient examiné la pièce n'avaient pas trouvé l'enveloppe.

Natalya la mit dans son sac de voyage. Elle refit ensuite le tour de la pièce pour s'assurer de n'avoir rien raté et elle remit tout en l'état.

Puis elle sortit.

Pour éviter de passer une nouvelle fois devant le policier de garde, elle poursuivit son chemin jusqu'au bout du couloir et tourna à gauche. Pour descendre, elle utiliserait un autre escalier.

De retour dans sa chambre, elle s'empressa d'ouvrir l'enveloppe.

Elle contenait quatre feuilles quadrillées sur lesquelles elle reconnut l'écriture de Prose. C'était un texte dont chacune des parties avait pour titre un nom de ville suivi d'un nom d'hôtel.

Paris / Hôtel du Cadran

Partout, je me suis toujours couché tard. Le plus tard possible.

À vrai dire, je ne me couche pas. Je m'écroule. Comme si le sommeil me terrifiait. Que je le repoussais autant que je le peux. Que je ne voulais pas être seul avec lui dans la pièce.

Les chambres me font l'effet d'une prison. Surtout dans les hôtels. J'étouffe. L'espace me manque. Je n'ose pas fermer les yeux de peur que les murs en profitent pour se rapprocher. Pour m'enfermer dans un espace encore plus restreint.

Pas de doute, c'était le style de Prose. On y retrouvait aussi son aversion pour les chambres d'hôtel. Le texte était bien de lui. Et les lieux dont il parlait étaient situés dans les villes où sa présence avait été signalée.

Bien sûr, quelqu'un d'autre aurait pu coller ce texte sous le tiroir pour l'impliquer. Mais cette personne aurait-elle été jusqu'à imiter son écriture et son style? Jusqu'à reprendre ses obsessions? Y aurait-elle même songé? Pour quelle raison se serait-elle donné tout ce travail?

Quant à la question de savoir pourquoi Prose aurait collé un tel texte sous le fond d'un tiroir, elle restait entière. Était-ce simplement pour le récupérer plus tard? Était-ce un message codé destiné à un agent quelconque?

Il devenait de plus en plus difficile de croire que Prose n'était pas impliqué dans cette histoire, ce qui posait à Natalya un dilemme auquel elle préférait ne pas penser: que ferait-elle si elle le trouvait? Le livrerait-elle aux autorités?

Cela lui semblait hors de question. En même temps, le protéger allait contre tout ce qu'elle avait fait depuis qu'elle avait quitté la Roumanie. Depuis qu'elle avait cessé d'être un assassin d'État.

LECTURE TROUBLÉE

Chase avait de la difficulté à dormir. Depuis qu'il s'était réveillé, le visage de sa femme semblait collé sous ses paupières. Aussitôt qu'il fermait les yeux, il réapparaissait.

Le fait qu'elle l'ait quitté depuis longtemps et qu'il la voyait rarement ne changeait rien à l'affaire.

Résigné, il se leva, alluma la télé, fit défiler les chaînes et s'arrêta sur LCN. Tout en écoutant les informations, il se rendit au minuscule coin-cuisine de la chambre et entreprit de se préparer un café.

Il avait à peine allumé la cafetière qu'il entendit la trame musicale de *Rabbi Jacob*.

Le temps de se retourner, l'image de Rabbi Jacob était remplacée par le titre :

Gaza PQ

- III -

Rabbi Schlomo lit un livre

Suivit une séquence en noir et blanc semblable à celle des deux premières vidéos. Cette fois, le rabbin était assis dans un fauteuil et il lisait. Le déroulement accéléré du film donnait une apparence heurtée à ses mouvements de tête quand il passait du haut au bas de la page. Ou d'une page à l'autre.

Ses gestes de la main pour tourner les pages donnaient la même impression de mouvement saccadé.

La trame musicale, exécutée comme les fois précédentes sur ce qui semblait être un piano mécanique, accentuait le côté frénétique de la lecture.

Cela excepté, tout semblait calme dans la pièce.

Dans les secondes qui suivirent, des coups de feu en rafales fracassèrent la vitre du salon. Le rabbin leva brusquement la tête.

Des bulles crépitèrent dans l'image. On pouvait y lire : KAPOW !… CRASH !… OUCH !… KLONK !… POW !…EEERRRKK !… ZWAPP !… THUNCK !… Cela rappela à Chase les épisodes de la série télévisée *Batman*. Celle des années 1960.

Une seconde rafale fit voler un miroir en éclats. L'un d'eux toucha le rabbin à la joue. Il n'en semblait cependant pas incommodé. Il se penchait plutôt vers sa jambe, où ses mains tâchaient de contenir une tache de sang en expansion.

Chase téléphona à Natalya pendant que le message final se déroulait à l'écran, récité par la même voix d'enfant.

> Vous voulez savoir ce qui se passe à Gaza ? Prenez cette vidéo et multipliez-la par dix mille, par cent mille...

Après avoir échangé quelques mots avec Natalya, Chase éteignit son téléphone et se dépêcha de s'habiller.

TREMBLAY TREMBLAY

—C'est maintenant l'heure de la grande déconstipation ! annonça comme chaque soir l'animateur.

Il laissa passer la vague d'applaudissements préenregistrés. Puis il reprit :

—Comme toujours, nous irons ce soir au-delà de la rectitude politique et du politiquement correct. Au-delà du *cute*, du convenu et de l'ennuyant télévisuel ! De vrais points de vue, par de vraies personnes, sur de vrais débats de société.

La formule ne changeait pas. L'idée générale de l'émission — son « concept », comme disait la promotion — était d'interviewer des gens qui avaient un point de vue différent sur l'actualité. Par différent, il fallait entendre : surprenant, spectaculaire, tordu ou simplement grossier, stupide. Les cotes d'écoute avaient leurs exigences.

Il s'agissait d'une émission à budget minimum : un animateur, une caméra, des lignes téléphoniques et un décor minimal emprunté à une autre émission. Histoire de maximiser la rentabilité, l'émission était rediffusée pendant les heures creuses de fin de soirée et les plages horaires ingrates de la nuit ou du matin.

—Ce soir, déclara l'animateur, nous avons la chance d'avoir avec nous une des personnalités les plus pittoresques du Québec. Un homme politique à la retraite qui n'y va pas par quatre chemins. La langue de bois, il ne sait même pas à quoi ça pourrait ressembler. Avec lui, aucun danger de se noyer dans le consensus mou et le prêt-à-porter intellectuel. Je parle de monsieur Tremblay Tremblay, un Québécois comme il s'en fait peu. Patriote au point de changer son prénom en "Tremblay" parce que c'est le nom le plus porté par les Québécois… Nous l'avons rejoint par téléphone à son domicile. Voici l'entrevue qu'il nous a accordée.

La photo d'un homme souriant vêtu d'un costume trois pièces de style conservateur apparut à l'écran. L'entrevue débuta en voix *off*.

— Monsieur Tremblay, que pensez-vous de cette vidéo qui circule sur Internet, dans laquelle on voit un rabbin prisonnier dans une maison où il risque sans cesse d'être tué ?

— Vous parlez du curé juif qu'on n'est même pas capable de prononcer son nom ?

— C'est un rabbin. Il s'appelle Silas Eckstein. Ce n'est quand même pas si difficile à prononcer.

— Je n'aime pas ces gens-là, qui arrivent ici pis qui établissent leurs règles. Si je vais chez vous, moi, est-ce que je vais vous dire où placer vos meubles dans votre maison ?

— Mais ici, on parle de violence, de meurtre !

— C'est sûr, je ne suis pas d'accord qu'on fasse de la violence à des personnes qui viennent de loin. On peut leur dire notre façon de penser sans les frapper.

— Et pourquoi faudrait-il leur dire notre façon de penser ?

— Parce que nous, les Canadiens français, on est des mous. On laisse le monde qui arrive d'ailleurs nous dicter comment se comporter. Un moment donné, faut réagir. Essayez, pour voir, d'aller leur dire chez eux comment faire : vous verrez comment ils vont vous recevoir. Avec une brique pis un fanal. Eux, ils n'ont pas des lois pour les empêcher de défendre leur religion et leurs traditions.

— Au-delà des différences culturelles, est-ce que vous ne trouvez pas que cet enlèvement est quelque chose de condamnable ?

— C'est sûr, torturer quelqu'un, on peut pas être pour ça. Mais le vrai responsable de cette affaire-là, ça reste le curé juif qui ne veut pas s'intégrer. S'il s'était habillé comme tout le monde, comment ils auraient fait pour le reconnaître ? Ils n'auraient même pas pu l'enlever ! Encore moins le torturer !

> — Vous savez que la plupart des journalistes ont une opinion différente de la vôtre, n'est-ce pas?
>
> — C'est normal. Ces gens-là, ils pensent pas. J'en rencontre partout, des journalistes, des intellectuels pis des séparatistes. Toutes les affaires en istes. C'est des athées. Tout du monde qui a été à l'école trop longtemps. Toutes les fois, avant de les rencontrer, je me dis: "Ils savent rien." Et en partant, je me dis: "C'est encore pire que ce que je pensais. C'est des cruches. Ils savent vraiment rien."

DÉCALAGE TEMPOREL

Norbert Duquai tentait de s'adapter. Au cours de l'heure précédente, il avait fait l'expérience intensive du décalage horaire.

Son réveil avait beau indiquer 5 heures 52, son corps était persuadé qu'il était plutôt 11 heures 52. Pas question de dormir : il avait faim.

Réalisant qu'il ne servait à rien de discuter avec son propre métabolisme, Duquai se leva et s'habilla. Quand il se jugea convenablement vêtu, il examina l'image que lui renvoyait le grand miroir en face du lit. Satisfait de ce qu'il voyait, il approuva d'un léger hochement de la tête. Il pouvait sortir de la chambre.

Il se dirigea vers la cafetière Nespresso, choisit dans l'assortiment une capsule modérément forte, l'inséra dans l'appareil, rabattit la poignée et appuya sur le bouton de mise en marche.

Pendant que le liquide noir coulait dans la tasse, il alluma la télé et zappa jusqu'à ce qu'il trouve RDI. C'était ce qui lui apparaissait le plus proche de France Info.

Il reconnut tout de suite la voix d'enfant. Sauf qu'elle s'exprimait cette fois en français.

L'instant d'après, il était assis devant la télé et regardait le texte défiler.

> Tout ça parce que, dans un texte écrit il y a des milliers d'années par un nabi porté sur les hallucinations, il est dit que Dieu a donné cette terre à une tribu de Sémites et à ses descendants.

Il devait y avoir eu une nouvelle vidéo, songea Duquai. Il n'avait jamais vu ce texte.

Tout en continuant d'écouter, il alla chercher son café, qui était maintenant prêt.

> Au nom de l'interprétation littérale de ce texte, on démolit des maisons, on exproprie, on gruge du territoire. Au nom de ce texte, on réprime, on blesse et on tue...

Sur ce point, il était difficile de lui donner tort, songea Duquai. Il y avait un certain décalage entre la réalité du monde moderne et celle de l'époque où le texte avait été écrit.

Un instant, il se demanda si les gens qui interprétaient ce texte de manière littérale accepteraient de se faire soigner en appliquant d'une façon aussi scrupuleuse les remèdes de cette époque révolue.

Sans doute pas.

Mais ils n'étaient pas les seuls à vivre dans un passé imaginaire sans réaliser toutes les contradictions dans lesquelles ils s'empêtraient.

Il y avait, bien sûr, l'ensemble des religions, mais aussi toutes ces croyances supposément laïques, qui appliquaient inconsciemment la mécanique dépassée des croyances religieuses. La race, la nationalité ou l'identité sexuelle, pour ne nommer qu'elles, engendraient régulièrement le même type de délire supposément argumenté.

De fait, c'était dans tout l'écosystème de la pensée humaine que la rationalité avait le statut d'espèce menacée.

> On sabote les processus de paix et on bafoue les accords votés à l'ONU parce qu'ils ne sauraient prévaloir sur la parole de Dieu...

Duquai regarda sa montre. Six heures et quatre minutes. Encore trop tôt pour téléphoner à Théberge. De toute façon, avant de le voir, il fallait qu'il parle à Leclercq.

Natalya venait de réécouter le message qui terminait la troisième vidéo. On pouvait le trouver facilement sur Internet.

Les dernières phrases l'avaient particulièrement frappée.

> Les fondamentalistes prennent les textes sacrés au sérieux. Comme rabbi Schlomo, ils vivent dans la certitude de détenir la vérité. Et cette vérité tue. Comme à Gaza. Comme dans la maison du rabbin. Parce qu'avec la vérité, on ne discute pas. On se conforme ou on tombe dans l'erreur. Et l'erreur doit être éliminée, n'est-ce pas?

À quelques nuances près, c'étaient des paroles que Prose aurait pu écrire. Elle l'avait déjà entendu expliquer que rien n'était plus dangereux que la certitude d'avoir raison. Que rien ne recélait un plus grand potentiel de violence que la détention assurée de la vérité. Surtout chez les personnes déterminées à faire du bien aux autres.

Décidément, il devenait de plus en plus difficile de croire que Prose n'avait rien à voir dans cette affaire. Les indices continuaient de s'accumuler.

Il y avait d'abord toutes les traces de son implication dans les deux meurtres de New York. Il y avait aussi le texte qu'elle venait de découvrir dans la suite du Bonaventure, qui semblait confirmer sa présence dans les hôtels reliés aux crimes. Il était peu probable qu'un sosie puisse les avoir écrits… Et si c'était vraiment Prose qui était venu à Montréal et non un sosie, cela signifiait qu'il était libre de se déplacer. Pourquoi alors n'avait-il contacté personne? Ni elle, ni Théberge, ni ses amis montréalais…

Et maintenant, l'hypothèse d'une attaque contre les religions se confirmait, justifiée par une façon de voir le phénomène religieux que n'aurait pas désavouée Prose.

Il fallait qu'elle parle à Théberge.

Pendant qu'elle composait son numéro, elle continuait de penser au message qu'elle venait de réécouter.

Pris isolément, il pouvait être interprété comme une charge contre la politique d'Israël et les fondamentalistes juifs. Mais quand on le mettait en relation avec les autres, il devenait évident que la cible était l'ensemble des religions. Ou, plus exactement, l'ensemble des religions du Livre, comme on les appelait : celles qui, inspirées de la Bible, partageaient la croyance en un Dieu unique.

Un archevêque, un imam, un rabbin. Un seul Dieu, une seule vérité, une seule religion… C'était le facteur commun : l'unicité.

C'était évident : la cible n'était pas une religion particulière. C'était la croyance religieuse, principalement dans sa prétention à détenir une vérité exclusive. Unique… Et cela, ça rendait beaucoup plus plausible la culpabilité de Prose.

Théberge répondit à la troisième sonnerie.

— Oui.

— Monsieur Théberge ? Ici Natalya.

— Le son de votre voix est de la musique à mes oreilles.

Natalya ne put s'empêcher de rire un peu.

— Plusieurs seraient en désaccord avec vous, répondit-elle.

Elle songeait à tous ceux dont elle avait abrégé l'existence. Tous ceux qui avaient eu comme dernier souvenir l'explication qu'elle leur avait donnée des raisons pour lesquelles elle allait les tuer.

— Ce sont certainement des gens dont les goûts sont lamentables !

Difficile de mieux dire ! Toutes ses victimes étaient, à divers degrés, des monstres. En d'autres termes, des gens ordinaires qui avaient glissé, souvent sans trop s'en apercevoir, sur la pente de la monstruosité. Des gens que l'utilisation des autres avait fini par conduire à ne plus voir leurs semblables comme des êtres humains, mais simplement comme des moyens à utiliser. Des obstacles dont il fallait disposer…

Or, c'était précisément ce qu'elle avait fait avec eux, ce qui la renvoyait à sa propre monstruosité…

C'est néanmoins sur un ton rempli de bonne humeur qu'elle demanda à Théberge :

— Est-ce que je peux profiter de vos bonnes dispositions pour vous inviter à dîner ?

— Manger avec vous sera un plaisir. J'imagine que vous voulez me parler de cette déplorable affaire.

— Vous êtes devin.

Après avoir raccroché, elle fixa son attention sur la télé. Un membre de la communauté juive expliquait à un intervieweur réticent qu'il ne fallait pas rapprocher cet attentat des deux précédents. Même s'ils avaient été perpétrés par le même groupe de personnes, ce qui n'était d'ailleurs pas encore prouvé.

> — Ceci n'est pas un acte antireligieux comme les autres. Il ne faut pas le banaliser et en faire un simple élément d'une série de meurtres.
>
> — Il y a quand même des similitudes troublantes. Chaque victime a été mise à mort d'une façon qu'on peut associer à sa religion.
>
> — Ce point est secondaire. Ce qu'il faut retenir, c'est que cet attentat vise un Juif. Donc tous les Juifs. Il les vise en tant que Juifs.
>
> — Les messages de revendication montrent pourtant que…
>
> — Dans l'histoire de l'Occident, il existe une longue tradition de persécutions qui visent les Juifs parce qu'ils sont Juifs. Le danger, c'est de ne pas le reconnaître. Tout ce qui atténue l'unicité de ces persécutions renforce le discours antisémite. C'est comme ces gens qui insistent continuellement sur le fait que les victimes de la Shoah n'étaient pas seulement des *Juifs*.
>
> — Mais il y a quand même eu, parmi les victimes, des milliers de Roms et de Noirs, toutes sortes de gens que les nazis considéraient comme des races inférieures.
>
> — Cet amalgame banalise la Shoah. Il lui enlève son caractère symbolique en diluant la persécution des Juifs dans toute une série d'autres persécutions. Je veux bien que ce ne soit pas toujours conscient, mais force est d'admettre que cette forme de négationnisme qui s'ignore est de plus en plus répandue.

Natalya ne put s'empêcher de remarquer certaines expressions. « Ce qu'il faut retenir », « Force est d'admettre que »… Elle imaginait ce qu'aurait été la réaction de Prose.

Sam alluma son ordinateur et examina les images que diffusaient les caméras. Elles couvraient toutes les pièces de la maison où le rabbin était retenu prisonnier.

Pour l'instant, la victime reposait sur son lit.

Sam ne faisait que regarder. Quelqu'un d'autre s'occupait de déclencher les événements prévus à l'horaire. Un véritable croyant, celui-là. Il pensait sincèrement défendre la foi de ses ancêtres et contribuer à la libération de son peuple… Comment pouvait-on vivre à ce point dans l'illusion ?

Chaque fois que Sam voyait une des vidéos ou qu'il regardait le rabbin dans cette maison piégée, il pensait à Ashley. À sa manière, elle était également prisonnière. Elle vivait une existence tout aussi programmée. Par sa dépendance à la drogue, d'abord. Et par l'emprise de Garrett, son *dealer*.

Ce dernier l'avait progressivement poussée vers cet état de servitude. Cela lui avait permis de contrôler sa vie tout aussi sûrement que le jeune militant contrôlait celle du rabbin avec sa télécommande.

À la réflexion, songea Sam, existait-il des gens qui n'étaient pas piégés par quelque chose ou par quelqu'un ? Après tout, il était lui-même contrôlé de façon extrêmement efficace par son employeur. Quand ce dernier avait découvert à quel point il tenait à sauver Ashley, il n'avait eu qu'à utiliser ce besoin pour le manipuler.

Est-ce que tout le monde était aussi manipulable ? Est-ce que tout le monde vivait dans un univers aussi piégé ?

Y avait-il, quelque part, des manettes qui permettaient de contrôler des groupes d'individus ? Était-ce à cela que servaient les croyances ? Étaient-ce des manettes universelles permettant de manipuler des populations entières ?

Était-ce là le message que s'efforçait de marteler son employeur ?

Ruth Miller

Il y a 14 minutes

Plus de doute. C'est clairement un attentat antisémite. On s'acharne sur un Juif, on le blesse et on est censé trouver ça drôle. Sans parler du message qui se moque de nos textes sacrés !

Afficher la suite

J'aime   Commenter   Partager

Ahmed Nourdine, Henriette Bilodeau, Mordechai Grossman et 26 autres personnes aiment ça.

Afficher 6 autres commentaires

Ibrahim Goldstein   Et les deux autres qui ont visé un évêque et un imam ? C'est de l'antisémitisme ? Il y a bien assez d'antisémitisme dans la réalité sans en imaginer partout.

Il y a 13 minutes   J'aime

Ruth Miller   Ça n'a aucun rapport avec ce qui s'est passé à New York. Ils ont mis quelques ressemblances avec ces meurtres horribles pour brouiller les pistes. Les antisémites sont de plus en plus retors.

Il y a 12 minutes   J'aime

Grégoire Laurendeau   Moi, je pense que c'est Roland Courtaud qui a raison. C'est une pub pour une télésérie, ce truc-là. C'est un nouveau concept pour mettre du suspense dans la pub.

Il y a 12 minutes   J'aime

Max Bernier   C'est un complot du Mossad. Pour les affaires tordues, c'est les champions. Ils assassinent un rabbin et ils gagnent un capital de sympathie mondial. En plus, ça amoindrit le courant de sympathie envers les musulmans qu'a entraîné la décapitation de l'imam.

Dick Blaney   Ça pourrait aussi être des fanatiques de la charte. Ils ont pris comme couverture les attentats de New York pour faire peur aux immigrants. Ils espèrent les forcer à quitter le Québec. C'est comme en Serbie ou au Kosovo. Comme en Ukraine.

Ruth Miller   C'est quoi ce délire? Pas besoin de chercher midi à 14 heures. Quand un attentat vise des Juifs, c'est un attentat anti-Juifs. C'est trop compliqué pour vous autres?

DISCOURS AUX COÏNVESTISSEURS

Dès le début de son mandat, le premier ministre avait pris l'habitude de se faire accompagner de deux ou trois ministres lors de ses conférences de presse. Il voulait ainsi souligner le caractère collectif du travail que le gouvernement avait entrepris pour remettre le Québec sur le chemin de la rentabilité.

Cette fois, il était seul. Comme s'il avait voulu donner un caractère exceptionnel à la rencontre.

Chers amis, j'allais dire chers coïnvestisseurs…

Le premier ministre s'interrompit le temps d'un petit rire. Des sourires entendus lui répondirent.

C'était une de ses marottes. Pour lui, chaque Québécois était un coïnvestisseur dans le Québec de demain. Et son rôle à lui, comme chef du gouvernement, était de faire fructifier cet investissement collectif.

Il utilisait toutes les tribunes pour rappeler aux électeurs que la situation économique de la province était précaire et que l'état des finances exigeait d'être redressé.

Chères concitoyennes, chers concitoyens, plusieurs d'entre vous s'inquiètent du fait que le Québec est présentement la victime d'un attentat terroriste.

Pour l'instant, la menace est circonscrite à un individu. Mais les gens ont raison de s'inquiéter. Cet attentat ne vise pas seulement la communauté juive : il attaque la communauté québécoise dans son ensemble. Pour reprendre une formule bien connue, aujourd'hui, nous sommes tous le rabbin Silas Eckstein.

Dans le Québec que nous voulons construire, il n'y a pas de place pour des divisions, pour des confrontations, pour des droits accordés à certains et pas à d'autres. Il faut savoir dire non à ces privilèges.

Nous sommes tous Québécois. Quand on s'en prend à un Québécois, quel qu'il soit, ce sont tous les Québécois que l'on agresse.

Heureusement, je suis en mesure de vous annoncer que les policiers du SPVM ont progressé dans leur enquête. Ils n'ont pas encore trouvé l'endroit où le rabbin Eckstein est retenu prisonnier, mais ils sont sur la piste du responsable de son enlèvement.

Son identité est connue. Il s'agit d'un écrivain proche des milieux écologistes radicaux. Son nom est Victor Prose. Il y a quelques années, plusieurs de ses collègues militants sont morts dans des circonstances qui n'ont pas été complètement éclaircies.

Ce monsieur Prose a également trempé, semblerait-il, dans des opérations secrètes en Europe. Bien qu'arrêté à quelques reprises, il n'a jamais été condamné.

Le premier ministre se permit de faire une pause. Il avait maintenant l'attention entière des journalistes.

C'était une bonne ligne, songea-t-il. «Bien qu'arrêté, il n'a jamais été condamné.» Ça laissait en suspens les motifs de cette non-condamnation... Des magouilles? Une histoire de corruption? Des protections en haut lieu?

Il restait maintenant à canaliser les soupçons.

Après avoir parcouru la salle du regard, il reprit:

Ce monsieur Prose serait également proche des milieux séparatistes. Il aurait gravité dans l'orbite des promoteurs de chartes qui veulent réglementer la vie privée des citoyens.

Rêver d'une indépendance illusoire, oublier que nous habitons une province qui ne peut survivre sans l'assistance des autres, se fantasmer comme peuple isolé dans un monde de plus en plus mondialisé, de plus en plus interdépendant, ce n'est pas seulement stupide : c'est criminel.

Pourquoi ? Parce que des espoirs irréalistes engendrent nécessairement des frustrations. Et que ces frustrations peuvent devenir source de violence. Qu'elles peuvent favoriser la recherche de boucs émissaires et conduire à des gestes comme celui-ci.

Dans le pays que nous travaillons à construire, il n'y a pas de place pour ce radicalisme, pour cette intolérance, pour ces comportements terroristes.

Ces obsédés du rejet des autres veulent détruire le pays réel pour promouvoir un Québec imaginaire, qui n'existe que dans leurs fantasmes. Il faut refuser ces rêveries qui dégénèrent si facilement en intolérance, en exclusion et en violence.

Il faut savoir dire non au pays de leurs fantasmes meurtriers.

Le premier ministre s'arrêta de nouveau et regarda les journalistes. Plusieurs d'entre eux prenaient des notes. Les autres le regardaient fixement, attendant qu'il continue.

Voilà ce que tout ce que nous savons pour l'instant. Si vous avez des questions…

La première vint d'un journaliste du *Devoir*.

#attentatséparatiste

Camille Cazeneuve@camikaze
Enlèvement du #RabbinEckstein,
un #attentatséparatiste. Prose,
un terroriste radical. http://blog.
camikaze.com/attentatseparatiste/

TÉMOIN IMPORTANT

Le journaliste du *Devoir* revint à la charge.

—Mais quelle preuve avez-vous que Victor Prose est bien le principal suspect dans cette affaire?

—Excellente question, monsieur Lévesque, répondit le premier ministre. Sans entrer dans les détails, je vous dirai que des indices le relient clairement aux deux attentats de New York et à l'enlèvement du rabbin Eckstein.

—Je ne comprends pas l'intérêt des nationalistes à commettre ce genre de crime. Si leur but est de séparer le Québec du Canada, pourquoi perpétrer des attentats à New York?

—Pour égarer les soupçons, peut-être. Ou pour rendre service à un groupe terroriste américain. Ce ne serait pas la première fois qu'il y aurait ce genre de collaboration entre terroristes de différents pays. Peut-être même que, dans leur "stratégie", ils s'imaginent qu'ils vont décourager les Américains d'intervenir en cas de soulèvement.

—S'ils sont les auteurs de l'attentat, pourquoi est-ce qu'ils ne le revendiquent pas clairement, à votre avis? Pourquoi est-ce qu'ils laissent courir toutes ces rumeurs?

—Je ne suis pas dans leur tête, vous savez… Ils veulent peut-être instaurer un climat de violence. Susciter des mesures de sécurité qu'ils pourront interpréter comme de la répression. À moins qu'ils attendent simplement le moment qu'ils estimeront le meilleur pour se manifester.

Une journaliste de QMI prit le relais.

—Donc, selon vous, ce n'est pas un attentat antisémite?

—Je n'ai jamais affirmé une telle chose! répliqua rapidement le premier ministre.

Il importait de ménager la clientèle de l'ouest de l'île de Montréal.

—Au contraire, expliqua-t-il, cela me semble assez probable qu'un esprit faible, s'il cherche à exprimer ses frustrations identitaires, s'en prendra à un groupe souvent victime de comportements racistes. Cela lui semblera plus facile, exigera moins d'analyse. Il n'aura qu'à adopter des préjugés courants. L'antisémitisme a toujours séduit les esprits faibles.

Puis il conclut avec un sourire:

— Mais là, je m'avance un peu au-delà de ma discipline. Je laisserai aux psychiatres le soin de statuer sur cette question.

— Est-il vrai que Victor Prose est présentement à Montréal ? demanda la journaliste de LCN.

— Des indices nous laissent croire que ce serait possible. Vous donner plus de détails pourrait compromettre l'enquête en cours.

— Est-ce que l'inspecteur Théberge est sorti de sa retraite pour collaborer à l'enquête ?

La question venait du journaliste de *La Presse*.

— Au moment où on se parle, l'ex-inspecteur Théberge n'est impliqué dans cette enquête qu'à titre de témoin important. Comme vous le savez sans doute, monsieur Théberge était un ami proche du terroriste Prose. C'est pour cette raison qu'il a été convoqué aux locaux du SPVM, pour être interrogé comme l'aurait été n'importe quel proche d'un terroriste.

— Est-il considéré comme suspect ?

— Je ne peux pas répondre à cette question.

CHEZ ROBERTO

Quand Natalya arriva chez Roberto, on la fit monter à l'étage. Théberge était déjà arrivé. La discussion sur le menu et la carte des vins accapara les dix premières minutes.

Une fois que le serveur eut pris leur commande, Natalya aborda sans transition le sujet qui l'avait poussée à demander une rencontre.

— Selon vous, est-il possible que ce soit vraiment Prose qui ait loué la chambre au Bonaventure ?

— À première vue, ce serait étonnant. Pourquoi me posez-vous la question ?

— À cause de ceci.

Elle sortit une enveloppe de son sac à main, l'ouvrit et tendit à Théberge les feuilles qu'elle contenait.

Ce dernier les parcourut, entrecoupant sa lecture de fréquents coups d'œil à Natalya.

Quand il eut terminé, elle lui demanda :

— Vous pensez que c'est le genre de choses qu'il aurait pu écrire ?

— Ce qui est sûr, c'est qu'il détestait les chambres d'hôtel.

— Vous avez remarqué le nom des villes et des hôtels ?

— Ça voudrait dire que…

— Les indices de sa présence sur les lieux des attentats se multiplient. Et il aurait pu signer plusieurs des phrases qui se trouvent dans les messages de revendication.

— Ça, c'est sûr. Il n'a jamais été un grand amateur de religion. Il a toujours dit que tout ce qui encourageait les comportements de croyance était l'ennemi de l'humanité.

— Sans compter ses chroniques sur son blogue…

— Les médias étaient la seule chose qu'il critiquait autant que la religion.

— Pourquoi, à votre avis ?

— Une question de bon sens, qu'il disait. Quand on décourage la pensée à long terme, les réponses complexes et le questionnement, quand on refuse de tolérer l'incertitude et l'ambiguïté… on travaille contre l'humanité.

— À votre avis, son opposition à la religion et aux médias, est-ce que ça aurait pu tourner en une sorte de religion ? Un genre de religion à l'envers ?

Théberge éclata de rire.

— Il vous aurait sûrement répondu que c'était tout aussi stupide. Que c'était comme la religion de l'athéisme. Un refus de penser… Ce qui ne l'empêchait pas de dire qu'il était athée. Mais un de ses meilleurs amis est un moine bénédictin. Il a aussi des amis musulmans et de religion juive. Pas beaucoup, mais il discutait régulièrement de mystique avec eux. Il m'a déjà dit qu'ils faisaient partie des rares esprits libres qu'il avait rencontrés.

Ils se plongèrent ensuite chacun dans leur entrée. Des *antipasti* pour Théberge, *prosciutto e melone* pour Natalya.

Après un moment, la jeune femme lui demanda :

— Au SPVM, pour quelle raison se méfient-ils autant de vous ?

—Par manque d'imagination! maugréa Théberge.

Puis, quelques instants plus tard, il ajouta sur un ton plus calme:

—Ce n'est même pas leur faute. C'est la nouvelle tendance. Ils se méfient de tout ce qui n'est pas bureaucratiquement correct… Tous les dirigeants de la nouvelle administration sont super éduqués. Ils connaissent le moindre article de tous les codes existants ou en projet. Ils ont des maîtrises ou des doctorats sur le comportement et la réhabilitation des criminels. Le seul problème, c'est qu'ils n'en ont jamais rencontré un dans la réalité. Encore moins affronté un dans la rue… Ils n'ont aucun instinct, aucune intuition. Ils ont délégué ça aux ordinateurs!

Natalya le regardait en souriant.

—On voudrait vous caricaturer en vieux réac, dit-elle, on ne ferait pas mieux!

—Je sais.

—Mais je comprends ce que vous voulez dire.

—En plus, ils ont été traumatisés par tous les scandales que les médias ont révélés. Tout le monde ne pense qu'à se protéger.

Le serveur vint enlever leurs assiettes. Quand il se fut éloigné, Natalya ramena la discussion sur Prose.

—Pour le texte que j'ai découvert, qu'est-ce que vous feriez?

—Rien. Mais je pense qu'il est urgent de trouver Prose.

—Je suis entièrement d'accord.

—Ou bien il s'est laissé embrigader, et on va pouvoir s'assurer qu'il ait droit à un procès au lieu d'être descendu à vue. Ou bien…

Théberge se fit couper la parole par la sonnerie de son téléphone.

—Vous permettez? dit-il sur un ton d'excuse. C'est peut-être mon épouse.

Natalya fit signe qu'elle comprenait. Compte tenu de l'état de santé de sa femme, Théberge devait pouvoir être joint en permanence.

—Oui… Tu es sûre?… D'accord.

Après avoir éteint son appareil, il regarda Natalya sans parler pendant un moment.

—C'était mon épouse, finit-il par dire.

— Elle a un problème ?

— Non. Elle va bien.

— Qu'est-ce qui ne va pas ?

— Une de ses sœurs qui ne va pas bien. Elle va peut-être devoir aller s'en occuper.

http://www.lapresse.ca/actualites/politique/projet...

> PROJET DE LOI CONTRE L'ANTISÉMITISME
>
> Se disant indigné par la série de vidéos intitulées Gaza PQ, le premier ministre Hunter a déclaré qu'il présenterait sous peu un projet de loi pour criminaliser l'exploitation de l'antisémitisme dans les œuvres artistiques, qu'il s'agisse de vidéos ou de fictions mettant en scène des gestes antisémites.
>
> «Il y a une limite à se cacher derrière l'alibi de la fiction ou de l'art pour propager des fantasmes violents que la morale réprouve», a-t-il déclaré.
>
> Interrogé à savoir si la loi s'appliquerait également à l'islam et aux différentes religions chrétiennes, il a répondu qu'il entendait protéger toutes les grandes religions. «L'art ne peut plus servir de prétexte à des comportements délinquants, a-t-il déclaré. L'épisode de Charlie Hebdo nous a clairement montré à quelles violences peuvent mener les abus irresponsables de la liberté d'expression...»

DUQUAI EN MISSION

Norbert Duquai prit le retour d'appel de son chef, Gonzague Leclercq, avec soulagement.

Il détestait appeler quelqu'un pour régler un problème et devoir attendre. Pendant tout le temps qui s'écoulait entre la question et la réponse, la réalité devenait incertaine. L'ordre qu'il tentait de sauvegarder dans sa vie était menacé. Tout son horaire des heures suivantes était plongé dans le flou.

L'attente, pour lui, c'était la possibilité imminente du chaos.

Il détestait que la planification de sa vie dépende du hasard qui régentait celle des autres.

— Ici Duquai.

— Alors ? Comment vont les vacances ?

— Ce ne sont pas des vacances, c'est du travail.

— Je comprends.

— J'ai trouvé une façon de faciliter la transition.

— Je vous écoute.

— Si je travaillais avec Théberge ?

— Il est à la retraite.

— Ça veut dire qu'il a tout son temps.

— Sur quoi travailleriez-vous ?

— L'affaire Prose. Je n'arrive pas à comprendre comment il a pu faire les choses dont on l'accuse. Ça ne lui ressemble pas.

— Spontanément, je serais plutôt d'accord avec vous. Mais, compte tenu de tous les indices qui ont été…

— Je veux sauver le soldat Prose.

À l'autre bout du fil, Gonzague Leclercq comprit que cette tentative maladroite d'humour dénotait chez Duquai un état intérieur de grande agitation.

— Qu'est-ce que vous entendez faire ?

— Découvrir qui sont les vrais coupables.

— D'accord. Contactez Théberge. Et Natalya. Elle s'occupe de cette affaire depuis un certain temps déjà.

— Vous allez autoriser mon accès au dossier ?

— À tout ce qu'on a. Et si la rumeur que je viens d'entendre se confirme, vous allez avoir une vraie surprise !

QUATRE CORPS

Chase avait offert à Natalya de se rendre avec lui sur la scène de crime. La police venait de découvrir plusieurs corps dans un appartement du Mile-End. Chase avait été averti dans le cadre de la collaboration entre la police des deux villes.

Quand ils arrivèrent au 395 Saint-Joseph Ouest, le directeur de l'escouade des crimes majeurs, Camille Dubuc, les attendait devant l'entrée de l'édifice.

—C'est au deuxième, dit-il en se dirigeant vers l'escalier. Appartement 21.

Arrivé devant la porte, sur le palier du deuxième étage, Dubuc les mit en garde.

—L'équipe technique est encore sur place. On peut regarder, mais on ne peut pas entrer.

Il ouvrit la porte. Elle donnait sur la salle à manger.

On pouvait apercevoir plusieurs victimes autour de la table. Deux hommes avaient le haut du corps sur la table, comme s'ils s'étaient brusquement écroulés dans leur assiette. Un autre était tombé par terre. Le quatrième était affalé sur sa chaise.

—Ceux-là ont été empoisonnés, les informa Dubuc.

—Il y en a d'autres?

—Un cinquième. Dans le salon.

Une femme dans la trentaine traversa la salle à manger et se dirigea vers eux.

Dubuc s'empressa de la présenter.

—Laurie Kenny, dit-il avec un large sourire. Notre nouveau médecin légiste.

Il présenta ensuite Chase et Natalya.

—On me dit qu'ils ont été empoisonnés, fit Chase.

—C'est exact. Ces quatre-là, du moins…

D'un geste, elle désigna les corps dans la salle à manger.

Pendant qu'ils parlaient, deux techniciens continuaient de prélever des indices sur les victimes et autour d'elles.

—Et l'autre? s'informa Chase.

—Deux balles derrière la tête. À moins que vous considériez cela comme une forme radicale d'empoisonnement au plomb…

Chase revoyait l'appartement de New York où ils avaient découvert les corps des Soldats du Christ.

—Ceux qui ont organisé la crucifixion de Feelgood ont été tués de manière semblable, dit-il. Par empoisonnement.

—Est-ce qu'on peut visiter avant qu'ils emportent les corps? demanda Natalya.

Tous les regards se tournèrent vers elle.

—Je suis sûr que les techniciens ont soigneusement photographié la scène de crime, répondit Dubuc. Qu'ils ont tout pris en vidéo. Sous tous les angles.

—J'en suis persuadée, répondit Natalya. Mais voir directement les lieux, l'agencement des corps…

Chase enchaîna, comme pour compléter la phrase qu'elle avait laissée en suspens.

— Ça peut être un parfum, un détail d'éclairage. On ne sait jamais ce qui peut servir de déclencheur.

Avant que Dubuc ait le temps de répondre, la médecin légiste leur tendit des gants de latex et des couvre-chaussures.

Dix minutes plus tard, ils avaient terminé.

—Au moins quatre des meurtres sont résolus, déclara Chase en ôtant ses gants.

Natalya approuva d'un geste de la tête.

Dubuc les regardait sans comprendre. Chase entreprit de lui expliquer :

—Quatre hommes costauds. Visiblement habitués au travail physique. Empoisonnés simultanément. Puis un serveur tué de deux balles dans la tête. Si on exclut que l'une des victimes l'ait tué et laissé sur place pour ensuite aller s'empoisonner elle-même dans la pièce d'à côté en portant le premier toast avec ses amis…

—Le premier toast ?

—Une seule bouteille a été ouverte.

—Donc…

—Avez-vous trouvé l'arme du crime ? demanda brusquement Natalya.

—Non.

—Vous voyez ! Le serveur empoisonne les invités. Puis il se fait tuer par quelqu'un qui emporte l'arme dont il s'est servi. On efface les traces, puis on efface celui qui a effacé les traces.

Dubuc semblait perdu.

—De quelles traces parlez-vous ?

Chase et Natalya se consultèrent du regard. Chase fit discrètement signe à Natalya d'y aller.

— La maison dans laquelle le rabbin est enfermé a subi de nombreuses modifications, dit-elle. Je ne serais pas surprise que vos quatre victimes travaillent dans le domaine de la construction.

— Vous voulez dire que ces ouvriers auraient…

— Ça mérite d'être examiné, non ?

— Vous avez raison, reconnut Dubuc. Et pour celui qui a tué le serveur, avec tous les tracts séparatistes qui traînent dans la maison, on sait dans quelle direction chercher.

Natalya et Chase se regardèrent de nouveau. L'Américain le mit en garde.

— À votre place, je ne mettrais pas trop d'espoir dans cette piste.

— C'est pourtant clair !

— Pourquoi s'en prendre à un rabbin ? Et pourquoi un rabbin américain ?

— Parce que ça leur permet d'égarer les soupçons. Ils profitent du fait que tout le monde s'intéresse à ces meurtres pour faire parler d'eux.

— Ils n'ont pas encore revendiqué le crime. S'ils avaient voulu se faire de la publicité…

— À mon avis, ils attendent d'avoir fait disparaître les preuves.

— Vous avez peut-être raison. De toute manière, il ne faut négliger aucune piste. Pendant que vous vous occuperez de l'hypothèse du groupe séparatiste, madame Mougins et moi-même examinerons d'autres possibilités. Après tout, il serait contreproductif de tous faire la même chose et de se marcher sur les pieds.

— Quelle autre piste avez-vous en tête ?

Ce fut Natalya qui répondit.

— Examiner les similitudes entre les deux premiers crimes et celui-ci.

— C'est exactement ce que j'allais dire, renchérit Chase.

— Cependant, ce qui me frappe le plus, poursuivit Natalya, c'est une similitude qu'on ne retrouve pas.

Dubuc les regarda à tour de rôle, attendant que l'un d'eux termine l'explication.

— Comme l'inspecteur Chase l'a mentionné, poursuivit Natalya, aucun groupe n'a encore officiellement revendiqué la responsabilité de cette vidéo. On a éliminé les cinq hommes de façon voyante, comme pour attirer l'attention sur le fait qu'ils sont un groupe, mais ils n'ont pas de nom. On ne fait pas mention d'eux dans les vidéos. Et ils n'ont pas encore envoyé de messages de revendication aux médias.

— Pas encore…

RDI

> … sur le massacre du boulevard Saint-Joseph. Les corps découverts dans l'appartement seraient ceux de séparatistes appartenant au groupe qui a enlevé le rabbin Silas Eckstein. Des informations trouvées sur les lieux le confirment.
>
> Étrangement, les quatre victimes ont pour nom de famille Tremblay. Il s'agit de Pierre Tremblay, Paul Tremblay, Jean Tremblay et Jacques Tremblay. Ils n'auraient aucun lien de parenté. Toujours selon nos sources, c'est du nom collectif de Tremblay-Tremblay qu'ils entendaient signer leur attentat.
>
> Mis au courant de la situation, le premier ministre Trahan a offert son entière collaboration à la Ville de Montréal. Il a de plus annoncé…

QUATRE TREMBLAY

Chase se présenta chez Théberge au moment où celui-ci ouvrait une bouteille des Fiefs d'Aupenac 2013.

— C'est à cela qu'on reconnaît le flair d'un policier, blagua Théberge en l'accueillant. Juste à temps pour l'apéro.

Il l'entraîna au salon où il lui servit d'office un verre de vin blanc.

Chase le goûta d'une façon que Théberge jugea un peu distraite mais, avec tous les événements en cours, il avait des circonstances atténuantes.

— J'arrive du boulevard Saint-Joseph, dit Chase. Vous êtes sans doute au courant de ce qui s'est passé.

— Natalya m'a donné un coup de fil.

Après une hésitation, Chase réalisa que Natalya était un autre des pseudonymes de l'agente de la DGSI. Il continua comme si de rien n'était.

— J'aimerais vous raconter ce que j'en ai compris.

— Qu'est-ce que vous attendez de moi ?

— Le point de vue d'un policier qui connaît le milieu, qui peut déceler des choses qui échappent à un étranger.

— Je suis sûr que mes ex-collègues des crimes majeurs…

— Je préfère me fier à votre expérience.

Chase lui présenta tous les faits qu'il avait retenus ainsi que les conclusions qu'il en avait tirées. Il lui parla également de la réticence de sa collègue d'Interpol à admettre la culpabilité de Prose.

— J'ai les mêmes doutes qu'elle, répondit Théberge.

— De votre part, c'est compréhensible, vous êtes un ami proche. Mais de la sienne…

— Avez-vous envisagé qu'elle puisse également être une amie proche de Prose ?

— Maintenant que vous le dites…

— Connaître quelqu'un peut créer des liens qui empêchent d'être objectif. Mais cela permet aussi une compréhension plus profonde. On peut davantage juger de quoi il est capable. Ou incapable.

— J'ai considéré cette possibilité, admit Chase. Comme je le disais à madame Mougins, il arrive que l'accumulation des preuves soit… je ne sais pas comment on dit la chose en français… *conspicuous*.

— Je comprends ce que vous voulez dire.

Chase resta songeur un moment, puis il but une gorgée de vin. Cette fois, au grand plaisir de Théberge, il prit le temps de la goûter.

— Je ne suis pas un grand amateur de vin, avoua-t-il. Personnellement, je préfère le rhum et le whisky. Mais cette chose… c'est très bien.

Après une nouvelle pause, il demanda :

— C'est quoi, les Tremblay, au Québec ?

— Bonne question, fit Théberge en riant. C'est un peu comme les Smith en Angleterre ou aux États-Unis. C'est le nom le plus fréquent... Pourquoi ?

— Quatre des hommes retrouvés morts au 395, boulevard Saint-Joseph s'appelaient Tremblay. Ils seraient liés à l'enlèvement du rabbin Eckstein. D'après des textes trouvés sur place, ils entendaient signer leur message de revendication Les Tremblay-Tremblay...

— Vous avez dit Tremblay-Tremblay ?

— Oui. Votre monsieur Dubuc a assez fortement réagi, lui aussi.

— Tout d'abord, ce n'est pas "mon" monsieur Dubuc.

— Désolé.

— Deuxièmement, y avait-il un trait d'union entre les deux Tremblay ?

— Peut-être. Je n'ai pas remarqué. Pourquoi ?

— Tremblay Tremblay sans trait d'union est le nom d'un ancien politicien québécois pour le moins... pittoresque, disons. Il s'est fait une réputation pour des déclarations à la limite du nationalisme farfelu, de la grenouille de bénitier et du fascisme bon enfant.

— De la grenouille, vous dites ?

Manifestement, l'expression n'évoquait rien pour Chase, hormis un quelconque amphibien.

— Imaginez un mélange de Tea Party convaincu, de *new born christian* sur les stéroïdes et de Jim Carrey BCBG.

— C'est possible ?

— Hélas !

— Et ce type a déjà été élu ?

— Les mystères de l'électorat sont insondables. Regardez la popularité de Donald Trump malgré ses déclarations loufoques... l'élection de Sarah Palin...

— D'accord, n'insistez pas ! Et s'il y avait un trait d'union ?

— Le trait d'union pourrait vouloir dire que c'est un nom de famille composé. Possiblement pour s'identifier comme de vrais Québécois de souche. Tremblay par leur père et par leur mère.

— "De souche", vous dites ?

— Techniquement, c'est une expression qui désigne les Québécois dont les ancêtres remontent aux Français qui ont défriché le pays, autrement dit aux Québécois dont les ancêtres ont fait souche ici. Aujourd'hui, c'est devenu une sorte d'expression passe-partout dont le sens dépend de qui l'utilise.

— Et dans quel sens les Tremblay-Tremblay sont-ils de souche ?

— De leur point de vue, j'imagine que c'est pour s'identifier comme de vrais nationalistes qui défendent la culture francophone.

— Et pour les autres ?

— Le plus souvent, l'expression est utilisée de façon péjorative. C'est devenu une sorte d'accusation de racisme et de xénophobie à peine déguisée qui sert à dénoncer ceux qui revendiquent l'indépendance du Québec. Par extension, c'est aussi une insulte pour stigmatiser tous ceux qui s'opposent au multiculturalisme néolibéral débridé.

— Cette idée de nommer le groupe Les Tremblay Tremblay, avec ou sans trait d'union, ça vient donc de quelqu'un qui connaît bien le Québec ?

— Oui.

— Ça pourrait venir de quelqu'un comme Prose ?

— Si ça venait de lui, ce serait dans un but ironique.

— Et cet "artiste" dont parle madame Mougins ?

Théberge ne savait pas quoi répondre. Devait-il lui dire que cet « artiste » était la personne qu'ils soupçonnaient d'avoir enlevé Prose ? Que lui et Natalya craignaient de plus en plus que Prose n'ait été victime du syndrome de Stockholm ? Peut-être le savait-il déjà ?

Il décida de s'en tirer en faisant diversion.

— Vous avez le nom de la cinquième victime ?

— Il n'avait aucun papier d'identité.

— Un tueur anonyme qui fait le ménage, qui élimine les Tremblay, puis qui se fait éliminer par la suite pour effacer les pistes…

— C'est à peu près ça… D'après vous, quel pourrait être est le vrai rôle de Prose dans tout ça ?

Théberge hésita un moment. Il ne voulait pas enfoncer Prose, mais il ne voulait pas induire Chase en erreur.

— Je dirais que c'est le hochet qu'on agite sous notre nez, finit-il par laisser tomber.

ARRESTATION POUR PHOTOGRAPHE

L'homme sortit de l'hôtel Bonaventure menottes aux poings.

Les policiers ne se hâtèrent pas de le faire entrer dans leur véhicule, ce qui laissa amplement le temps au photographe de *La Presse* de le mitrailler.

Le journal avait reçu un coup de fil d'un chasseur de l'hôtel. De nombreux policiers surveillaient les corridors et les ascenseurs. Personne ne savait de quoi il s'agissait, mais c'était quelque chose de gros. On allait probablement arrêter quelqu'un.

Le photographe avait attendu dans le hall d'entrée. À l'instant où le prévenu était sorti de l'ascenseur, encadré par les policiers, il avait reconnu l'homme dont la photo était dans tous les médias.

Victor Prose…

C'était décidément une bonne journée, songea le photographe en rangeant son appareil. Il fallait maintenant qu'il se hâte de proposer ses clichés.

#RabbinEckstein

Camille Cazeneuve@camicase
#RabbinEckstein alias #rabbischlomo
enlevé et torturé par des terroristes
québécois : les Tremblay-Tremblay.
Prose serait leur chef.

ENFIN PROSE

Une fois arrivé à son lieu de détention, le prisonnier ne fit aucune difficulté pour admettre qu'il était Victor Prose. Il attendit ensuite un long moment dans la salle d'interrogatoire pendant que Meilleur et ses adjoints l'observaient derrière un miroir sans tain.

Le directeur du SPVM ne cachait pas sa satisfaction.

— J'ai toujours su que c'était lui.

Paquin, pour sa part, était perplexe.

— C'est curieux, il n'a pas du tout résisté à son arrestation. Il n'avait pris aucune précaution pour se protéger. Il n'avait pas d'armes pour se défendre.

— Il était trop sûr de lui. Son arrogance l'a perdu.

— Allez-vous avertir les Américains?

— Rien ne presse. Pendant qu'ils s'amusent sur la piste des Tremblay, on va interroger le vrai coupable. Ce serait bien, non, de les appeler une fois l'affaire résolue? Avec un coupable sous les verrous et des aveux… C'est un coup à nous faire obtenir de l'avancement.

Il fut interrompu par l'arrivée d'un inspecteur.

— Aucun ordinateur dans sa chambre, déclara ce dernier.

— Et son téléphone? demanda Meilleur.

— Ils sont en train de l'examiner. Ils n'ont encore rien trouvé.

— Il faut admettre qu'il est fort…

UN PETIT SERVICE

Alex rejoignit Leonard Brodine au café Starbuck du 1241, Mont-Royal. Il était venu de New York pour la rencontrer.

L'homme était un professionnel. Plus de quinze ans dans l'entretien et la réparation des systèmes de sécurité. Auparavant, vingt ans au DCPD, le service de police du District of Columbia. Spécialité: écoutes et surveillance. Il avait même dirigé le service pendant les onze dernières années.

Cette expérience avait été le facteur décisif lors de son engagement par son employeur actuel: sa connaissance du matériel et des techniques de surveillance était un atout. Sans compter ses contacts dans le milieu policier. On pouvait difficilement espérer un employé plus fiable, croyait le directeur de SecPro.

Il n'avait pas tort. Enfin, pas entièrement. Car Alex avait réussi à trouver une façon de neutraliser la conscience professionnelle de Brodine.

Dans ce type de situation, la règle d'or est de chercher les vulnérabilités des gens qu'on veut utiliser. Souvent, la recherche s'arrête au premier niveau : leur avidité en fait des victimes toutes désignées pour la moindre tentative de corruption un peu sérieuse.

Dans les cas plus difficiles, il y a toujours la menace de s'en prendre aux êtres chers ; peu de gens résistent à ce type de chantage. Mais cela exige l'exercice de violences préalables convaincantes. Pour établir le sérieux de la menace. Or, toute violence, surtout si elle est assez sérieuse pour être convaincante, augmente les risques de dérapage : un témoin imprévu, une réaction irrationnelle de la victime…

La solution la plus efficace, et c'était l'opinion d'Alex, consistait à leur offrir quelque chose qu'ils désiraient vraiment. Quelque chose qu'ils ne pouvaient pas se procurer. Par exemple, le moyen de sauver un être cher.

Dans le cas de Leonard Brodine, la réponse s'était imposée d'emblée : il avait un fils. Trente-sept ans. Et son fils avait un cancer du foie. Sans transplantation, il allait mourir avant la fin de l'année.

Brodine aurait pu réunir la somme nécessaire à l'opération, mais il fallait un organe. Ce qui impliquait des listes d'attente. Et la plupart des patients mouraient sur ces listes d'attente. Car il manquait d'organes. De plus, il y avait des critères pour déterminer qui vivrait, qui mourrait.

En vertu de ces critères, le fils de Brodine n'avait aucune chance. Entre un infirme sans conjoint ni enfants et une mère célibataire, un jeune dans la vingtaine ou un père de famille, l'infirme n'avait qu'une solution : prendre des billets de loto et espérer gagner assez d'argent pour aller en Inde, dans une clinique spécialisée.

Ce qui était exactement ce qu'Alex avait proposé à Brodine.

— Comme vous pouvez le constater, dit-elle, tout peut s'arranger.

La veille, Brodine avait reçu par la poste deux billets d'avion pour Bangalore. Dans l'enveloppe, il y avait aussi des instructions indiquant le nom et l'adresse de la clinique où son fils devait se présenter ainsi que la date à laquelle on l'attendait.

Brodine avait également reçu un courriel de la clinique indienne : on lui confirmait le rendez-vous au nom de son fils. Pour une cure de remise en forme. C'était l'expression qu'ils utilisaient.

— Le feu vert pour opérer sera donné aussitôt que vous nous aurez rendu le "petit service" dont nous avons parlé, reprit Alex.

L'expression amena un sourire ironique sur le visage de Brodine. Le petit service en question n'était rien de moins que de leur donner accès au système informatique de Shedas Communications. Peu connue du public, cette entité gérait une myriade d'entreprises opérant dans toutes sortes de secteurs. Les avoirs sous sa gestion se comptaient en dizaines de milliards.

Voyant qu'il ne répondait pas, Alex lui demanda :

— Vous êtes prêt ?

— Oui.

— Et il n'y aura aucune trace que le système a été pénétré ?

— Je vais désactiver le système de surveillance vidéo avant d'entrer dans le bureau du vice-président. Quand tout sera terminé, je vais combler les vides sur les bandes vidéo par des copies des enregistrements faits la semaine dernière.

— Vous êtes sûr que personne ne s'en apercevra ? Si le vice-président a changé son code d'accès à la dernière minute et que ça déclenche une alarme...

Brodine l'interrompit.

— Aucun danger de ce côté-là. Quand le VP remplace son code, il m'en donne une copie parce qu'il n'arrive pas à s'en souvenir. Il a déjà provoqué deux fausses alertes en essayant d'entrer des codes erronés ! Tout le monde s'est moqué de lui : un spécialiste des chiffres qui n'est pas capable de retenir un code ! Croyez-moi, avant même de changer le code, il va me prévenir.

— Bien.

— La seule question, c'est de savoir si votre programme est fiable.

— Par expérience, je peux vous dire qu'il l'est.

Elle lui tendit une clé informatique qu'il s'empressa de mettre dans la poche gauche de son veston.

— Combien de temps faut-il laisser la clé ? demanda-t-il.

— Quatre minutes maximum. Peut-être moins. La lumière au bout de la clé va devenir verte pour indiquer que c'est terminé.

EMPREINTES DE DOUTE

Le directeur de l'escouade des crimes majeurs, Camille Dubuc, tenait à mener l'interrogatoire lui-même.

Quand il s'assit devant Prose, il le regarda avec un sourire de contentement et il laissa le silence se prolonger. Il entendait profiter à fond de l'expérience.

Dissimulés derrière un miroir sans tain, le directeur du SPVM et son adjoint, Yvon Paquin, assistaient à l'interrogatoire. Les voix leur parvenaient légèrement déformées par le haut-parleur.

— Votre nom ?

— Victor Prose.

— Citoyenneté ?

— Canadienne. Mais ça, vous le savez déjà. Vous avez mon passeport.

— Domicile ?

— Montréal. Mais j'ai beaucoup voyagé au cours des dernières années.

— Vous savez pour quelles raisons nous vous avons arrêté ?

— Tout dépend de ce que vous entendez par là. Si vous parlez de vos motifs, la réponse est oui. Par contre, si vous faites référence à des actes que je pourrais avoir commis et qui seraient susceptibles de justifier mon arrestation, la réponse est non.

Prose avait l'air décontracté. Il répondait sans la moindre nervosité. Il semblait même prendre plaisir à l'interrogatoire.

— Selon vous, qu'est-ce qui nous motive ?

—Vous croyez que je suis responsable de ces œuvres-événements plutôt spectaculaires qui ont été produites à New York.

—Juste pour que tout soit parfaitement clair, vous parlez bien des meurtres de monseigneur Feelgood et de l'imam al-Shammari?

—Exactement.

—Pour vous, ce sont des œuvres d'art?

—Dans l'esprit de celui qui les a conçues, il est évident qu'elles le sont. Le propos de ces œuvres est d'ailleurs lui-même limpide. Vous ne trouvez pas?

—J'aimerais quand même l'entendre formulé dans vos propres mots. Quel est le propos, comme vous dites, de ces œuvres?

—La religion et la mort marchent main dans la main. Ou, en termes plus simples: la religion, ça sert à tuer.

—C'est donc votre théorie?

—C'est ce qui se dégage de ces œuvres.

—Vous semblez très bien connaître cet artiste.

—Je l'ai étudié.

—Cet artiste, est-ce que c'est vous?

Prose éclata de rire avant de répondre.

—Bien sûr que non.

Derrière le miroir sans tain, Meilleur et Paquin étaient de plus en plus perplexes. C'était quoi, ce suspect qui semblait prendre l'interrogatoire pour une partie de plaisir?

—Un grand nombre d'indices vous relient à ces deux crimes. Et à celui de Montréal.

—Le rabbin Eckstein est décédé?

—L'enlèvement et la torture sont des crimes.

—Oui, bien sûr. Mais je ne suis pas inquiet. Ni pour cet enlèvement, ni pour les deux meurtres commis à New York.

—Votre image apparaît sur les enregistrements de nombreuses caméras de surveillance.

— Ce ne seraient pas les premières caméras à être trafiquées.

— Plusieurs témoins vous ont reconnu. Par exemple, ceux qui vous ont vendu le matériel utilisé pour ces meurtres.

— Les témoins, vous savez… Bien des gens ont été exécutés à la suite de témoignages qui se sont par la suite révélés erronés. Je suis sûr qu'en vérifiant soigneusement ces témoignages, vous allez découvrir qu'il s'agissait de quelqu'un d'autre que moi.

Chez le directeur du SPVM, la perplexité avait fait place à une certaine consternation.

— Je n'ai jamais vu un système de défense pareil, dit-il à son adjoint. Il se contente de nier les preuves ! Et il n'a même pas l'air inquiet !

— À mon avis, il est complètement disjoncté.

— Tu ne trouves pas qu'il a quand même beaucoup d'aplomb, pour quelqu'un de disjoncté ?

Pendant ce temps, dans la salle d'interrogatoire, Dubuc s'impatientait.

— Écoutez, monsieur Prose, je veux bien discuter avec vous pendant des jours et des jours. J'ai une patience infinie pour écouter les témoins jusqu'à ce qu'ils se contredisent. Personnellement, j'ai tout mon temps. Malheureusement, un homme est prisonnier dans une maison piégée. Lui, il n'a plus beaucoup de temps. Il risque d'être victime d'une bombe d'un moment à l'autre. Alors, vous me dites où il est… Ensuite, on pourra poursuivre cette discussion aussi longtemps que vous le voudrez.

— C'est malheureusement impossible.

— Vous refusez ? Ça ne vous dérange pas que cet homme soit torturé à cause de vos lubies artistiques ?

— Je n'ai pas dit que je refusais, j'ai dit que c'était impossible. Parce que je n'ai rien à voir dans cette histoire. Je n'ai pas la moindre idée de l'endroit où il est emprisonné. Et quant au fait que cela me soit indifférent, si c'était le cas, je n'aurais pas utilisé le terme "malheureusement".

— Monsieur Prose, les preuves techniques ne mentent pas. Vos empreintes ont été relevées sur la scène de crime. Elles correspondent à celles qui sont dans votre dossier.

— Je ne suis pas sûr de vous suivre. Comment pouvez-vous avoir mes empreintes sur la scène de crime, si vous n'avez pas encore découvert l'endroit où le rabbin est retenu prisonnier ?

— Nous avons celles des scènes de crime de New York.

— Je me disais, aussi… Toute la question est donc de savoir si mes empreintes correspondent à celles qui sont dans mon dossier.

En faisant cette remarque, Prose tendit les mains vers le policier qui l'interrogeait.

— Ça vaudrait la peine de vérifier, non ?

— Êtes-vous en train de suggérer que quelqu'un aurait falsifié vos empreintes dans toutes les banques de données policières ?

— Prenez mes empreintes. Si elles ne correspondent pas à celles que vous avez en filière, vous aurez votre réponse.

— Vous cherchez seulement à gagner du temps.

— C'est vous qui en perdez. Ce que je vous demande ne prend que quelques minutes.

LCN

Le SPVM vient d'annoncer l'arrestation de l'un des criminels canadiens les plus recherchés. Responsable présumé des meurtres spectaculaires de l'archevêque Feelgood et de l'imam al-Shammari à New York, Victor Prose aurait aussi organisé l'enlèvement du rabbin Silas Eckstein.

Le suspect serait également soupçonné d'avoir empoisonné les quatre individus retrouvés morts dans un appartement du 395 Saint-Joseph. Ces derniers, qui avaient tous comme nom de famille Tremblay, lui auraient servi d'hommes de main dans l'enlèvement et la séquestration du rabbin new-yorkais. Le groupe entendait revendiquer l'attentat contre le rabbin Eckstein sous le nom des Tremblay-Tremblay.

Tenu au secret dans un lieu non identifié, l'individu Prose aurait refusé jusqu'à maintenant de révéler l'endroit où est détenu le rabbin. De la même manière, il n'aurait pas voulu révéler combien de membres du groupe terroriste sont encore en liberté.

La mise en ligne, il y a quelques instants, d'une quatrième vidéo laisse penser que...

THÉBERGE SE MOBILISE

Théberge venait juste de s'asseoir dans son fauteuil pour regarder les informations de RDI quand il entendit l'annonce de l'arrestation de Prose. Paradoxalement, la nouvelle lui procura un certain soulagement : on allait enfin savoir à quoi s'en tenir.

Il regarda distraitement la fin de l'émission tout en réfléchissant aux options qui s'offraient à lui. Puis il se leva et se rendit dans son bureau.

Dix minutes plus tard, il avait réussi à obtenir le numéro du portable personnel du directeur du SPVM.

— Ubald Meilleur.

— Gonzague Théberge. J'aimerais avoir des nouvelles de Prose.

— Comment avez-vous eu ce numéro ?

— Aujourd'hui, on trouve n'importe quoi sur Internet.

— Je ne veux pas vous parler. Et surtout pas de Prose.

— Vous avez sûrement besoin de quelqu'un pour l'identifier.

— C'est inutile. Il admet lui-même qu'il est Victor Prose.

— Et vous êtes certain que c'est vrai ?

— Nous n'avons aucune raison d'en douter.

— S'est-il reconnu coupable des deux meurtres et de l'enlèvement ?

— Il est totalement exclu que je discute de cette affaire avec vous. Non seulement vous ne faites plus partie du SPVM, mais il est possible que vous soyez son complice.

— Vous êtes ridicule.

— Écoutez, Théberge, je veux bien reconnaître que je ne pense pas sérieusement que vous êtes complice de ces meurtres. Même si, théoriquement, ce n'est pas exclu. Néanmoins je pense que vous êtes un foutu emmerdeur. Vous vous êtes toujours moqué de la procédure. Mais il y a des règles. Et l'une de ces règles, c'est qu'on ne discute pas d'une enquête en cours avec des civils. Surtout pas s'ils ont des liens avec le prévenu.

— Est-ce que je peux voir Prose ?

— Pas avant que vous soyez officiellement exclu comme suspect.

— Vous allez le garder au secret pendant les quarante-huit heures que vous accorde la loi ?

— Pour les cas de terrorisme, la nouvelle loi permet beaucoup plus que quarante-huit heures.

— Vous pensez sérieusement que Prose est un terroriste ?

— Je ne pense rien. Je ne fais que suivre les preuves.

— C'est exactement le problème, vous ne pensez pas !

— Puisque vous le prenez sur ce ton, je me dois de conclure qu'aucune discussion n'est possible.

— Mais vous ne voyez donc pas que toute cette histoire de Tremblay est une élucubration sans queue ni tête ?

— Au revoir, monsieur Théberge.

— C'est une fumisterie pour amuser les…

La tonalité de l'appareil indiqua à Théberge que Meilleur avait raccroché. Il coupa à son tour la communication. Puis il composa le numéro de Natalya.

Leur conversation fut brève.

Après avoir écouté le résumé que Théberge lui fit de son échange avec Meilleur, elle lui apprit qu'une quatrième vidéo venait d'être mise en ligne. On y voyait le rabbin subir de nouvelles blessures. Le toit de sa chambre s'était en partie écroulé sur lui pendant qu'il dormait.

Ils convinrent que Théberge appellerait Duquai et qu'elle s'occuperait de Chase. Ils se rappelleraient plus tard en soirée pour décider de ce qu'ils feraient.

8

S'HABITUER À NE PAS EXISTER

Ils étaient quatre dans le salon de Théberge. Des croissants, des amandines, des cafés et un thé recouvraient la petite table devant les fauteuils. La séance de cinéma maison avait lieu à l'initiative de Chase.

Ce dernier avait obtenu la vidéo de l'interrogatoire de Prose. Meilleur s'était senti obligé de lui en fournir une copie. Au nom de l'excellente collaboration entre leurs deux départements, avait-il tenu à préciser.

Duquai avait pris le fauteuil à droite de Théberge. Chase et Natalya partageaient le divan. Ils regardaient l'interrogatoire depuis plus d'une demi-heure. La première partie venait de se terminer avec la demande de Prose de vérifier ses empreintes.

— La deuxième partie est plus intéressante, fit Chase.

À l'écran, Dubuc se rassit et regarda l'horloge murale.

— Reprise de l'interrogatoire à 21 heures 10.

Son attitude avait changé. Quand il s'adressa à Prose, il semblait non pas tendu, mais circonspect.

— Monsieur Prose, il semblerait que vous ayez raison : vos empreintes ne correspondent pas à celles qui sont dans notre banque de données. Par contre, le programme de reconnaissance faciale persiste à vous identifier comme étant Victor Prose.

— Être ou ne pas être Victor Prose...

— Vous ne croyez pas qu'il serait temps de jouer cartes sur table ? Le complot pour modifier vos empreintes dans les banques de données, on pourrait facilement penser que c'est vous qui l'avez orchestré.

— Pourquoi aurais-je fait une telle chose ?

— Pour qu'il y ait un doute raisonnable qui empêche un jury de vous condamner.

— Le seul problème, c'est que je n'ai pas la compétence pour réaliser ce type d'exploit.

— Pas besoin de compétence. Il suffit de payer quelqu'un qui possède l'expertise nécessaire.

— Vous n'êtes visiblement pas très au courant de ma situation financière.

— L'instigateur de ces crimes dispose clairement de vastes moyens financiers. Alors, si vous êtes cet instigateur, la question des moyens financiers ne se pose pas.

— Si je suis l'instigateur, j'ai d'importants moyens financiers. Et si j'ai d'importants moyens financiers, je suis l'instigateur... Ça ressemble à un cercle vicieux, vous ne trouvez pas ?

À la demande de Natalya, Duquai arrêta l'enregistrement.

— On dirait à la fois que c'est Prose et que ce n'est pas lui, dit-elle. C'est sa façon de se tenir et, en même temps, ce n'est pas tout à fait ça.

— Le logiciel de reconnaissance faciale l'a formellement identifié, répliqua Chase.

— Je partage le malaise de madame Mougins, fit Duquai. Habituellement, monsieur Prose n'a pas ce type de détachement. Enfin, pas exactement.

Ils discutèrent pendant un moment de la question. Puis ils reprirent le visionnement.

— D'accord, parlons de vos moyens financiers. J'aimerais que vous m'expliquiez une chose : comment se fait-il qu'il n'y ait aucune trace de dépôt ou de retrait dans votre compte bancaire depuis près de deux ans ?

— C'est une expérience que j'ai voulu mener. Est-il possible de disparaître ? De vivre en échappant à l'œil de Big Brother ? Peut-on vivre sans que sa présence soit constamment enregistrée quelque part ? Et pendant combien de temps ?

— De quoi avez-vous vécu, sans argent ?

— J'ai bénéficié de la générosité d'un ami. Il a bien voulu financer cette expérience.

— Cet ami a un nom ?

— Ce serait trahir sa confiance. De toute façon, je ne l'ai vu qu'une fois, au tout début. Et je n'ai aucune idée de l'endroit où il se trouve. Ni même s'il évolue encore sous le même nom.

— Que voulez-vous dire, s'il évolue… ?

— C'est un adepte du changement.

— Combien de temps comptiez-vous poursuivre cette expérience ?

— On s'habitue à ne pas exister, vous savez.

Cette fois, ce fut Chase qui interrompit la vidéo. Il se tourna vers Théberge.

— Vous qui le connaissez bien, dit-il, vous y croyez, à cette expérience pour échapper au regard de la société ?

— Ça pourrait expliquer qu'il ait coupé tout contact.

Visiblement, il n'était pas convaincu.

— Et cet ami auquel il a fait allusion ? Celui qui aurait financé son expérience ?

— Ça, répondit Duquai, ça pourrait être une référence au mystérieux commanditaire qui était derrière le meurtre des petits hommes blancs.

— Une façon de faire allusion à lui de façon voilée ?

— Possible.

Chase fit redémarrer la vidéo.

— Pourtant, vous avez senti le besoin de reprendre votre blogue.

— Un moment de faiblesse.

— Deux moments de faiblesse.

— C'est vrai. Deux.

— Et qui sont liés aux deux meurtres de New York.

— Oui. J'ai entendu tellement de commentaires stupides sur ces deux meurtres que je me suis senti obligé de réagir. De replacer un peu le débat.

— Quel genre de commentaires stupides ?

— Que c'était une guerre de religion… Un complot des islamistes ou du Mossad… Une attaque contre les États-Unis…

— Et ce n'était pas ça ?

— Ce sont des œuvres d'art. Elles stigmatisent le caractère essentiellement violent de la religion. De toute religion. Les réactions provoquées dans la population par ces œuvres n'ont fait que confirmer leur message : quand la croyance est quelque part, surtout s'il s'agit d'une croyance religieuse, la violence n'est jamais loin.

— Pour vous, ce sont donc des œuvres d'art légitimes ?

— Sur le plan artistique ? Bien sûr.

— Malgré leur caractère violent et immoral ?

— Ce n'est pas moi qui ai proclamé que l'art devrait être au-dessus de la morale. C'est tout l'art du xxe et du xxie siècle.

Quand la vidéo de l'interrogatoire fut terminée, ils restèrent tous les quatre silencieux.

— Dans les textes publiés sur le blogue de Prose, dit finalement Natalya, les deux meurtres de New York ont aussi été présentés comme des œuvres d'art.

— Vous avez raison, approuva Théberge. C'est Prose… et ce n'est pas lui.

— Il y a une autre explication à tout ça, déclara alors Duquai. Il faut que je vous parle du texto que j'ai reçu pendant qu'on regardait l'interrogatoire.

#faireparlerprose

Maxime Weber@maxweb
24 heures que Prose a été arrêté.
Qu'est-ce qu'ils attendent pour lui
faire dire où est le rabbin ?
#faireparlerprose

Maurice Jobin@majob
@maxweb C'est ce qu'ils font.
Ils négocient.

Bernard Bérubé@berber
@majob Rien à négocier. C'est des
terroristes. cc @maxweb

Maxime Weber@maxweb
@majob @berber Prose doit
demander des accusations réduites
pour dire où est le rabbin.

Bernard Bérubé@berber
@majob @maxweb Ils devraient
laisser le Mossad s'en occuper. Ça se
règlerait vite. ;-)

Maurice Jobin@majob
@berber On ne va quand même pas
torturer des gens. cc @maxweb

Bernard Bérubé@berber
@majob @maxweb Non. On aime
mieux laisser les terroristes le
faire. ;-))

GAMBIT

Valentin Cioban lut le message, remit le téléphone dans sa poche et se servit un verre de *slivovitz*, qu'il but d'un trait.

Quand il posa le verre vide sur le comptoir du bar, il souriait sans raison apparente. Il n'avait aucun client à mettre en confiance, aucun interlocuteur dont il fallait endormir la méfiance. Le bar était vide.

Chez Cioban, ce sourire équivalait à la plus débridée des expressions de joie.

En quelques mots, Sarah venait de lui apprendre qu'elle avait infiltré le réseau informatique de Shedas Communications. Et elle avait identifié la personne qui contrôlait l'entreprise : il s'agissait de Demarkus Shades lui-même.

En d'autres termes, elle venait probablement de trouver un accès à un deuxième membre de la Liste XIII. Et, ce faisant, elle donnait à Cioban une occasion de régler un autre problème : celui que posait Natalya.

Malgré le fait qu'il lui ait sauvé la vie, la jeune femme ne lui pardonnait pas d'avoir laissé tuer sa famille. Elle refusait de comprendre la situation dans laquelle il avait été. À ses yeux, il ne l'avait pas sauvée en la faisant travailler pour lui, quitte à laisser exécuter une grande partie de sa famille. Elle le voyait plutôt comme celui qui les avait tous tués pour ensuite exploiter l'enfant qu'elle était en la transformant en assassin professionnel.

Si elle avait accepté une collaboration ponctuelle sur cette affaire, c'était uniquement dans l'espoir que cela l'aide à retrouver Prose. C'était le principal atout de Cioban. Mais il risquait d'être bientôt privé de cette collaboration. De l'autre côté de l'océan, les événements se précipitaient.

Compte tenu de ce que venait de lui apprendre Sarah, Cioban avait maintenant les moyens de jouer une des cartes qu'il détenait contre les membres de la Liste XIII. Ce serait une sorte de gambit. Comme aux échecs. Sacrifier une pièce pour gagner un avantage de situation.

Il envoya un texto à Alex lui demandant de communiquer avec lui.

Avec un peu de chance, il y aurait probablement moyen de libérer Prose et de satisfaire Natalya. Mais ce sauvetage ne pourrait évidemment pas être total. Bien que sauvé, Prose continuerait à avoir besoin de son aide. Ce qui maintiendrait Natalya en situation de dette envers lui.

UNE TABLE ÉQUILIBRÉE

Ubald Meilleur avait cru marquer un coup en envoyant chercher Théberge chez lui pour un nouvel interrogatoire. Quand il le vit arriver dans son bureau, il ne s'attendait pas à ce que l'ancien policier soit accompagné de Chase, de Natalya et d'un homme qu'il ne connaissait pas.

— Ils étaient tous avec lui, expliqua un des deux policiers qui était allé chercher Théberge. Ils ont insisté pour venir.

Meilleur les regarda à tour de rôle. Puis il s'adressa à Chase.

— J'ai l'impression que je vais devoir clarifier certains problèmes de juridiction avec votre supérieur, dit-il.

— Si vous désirez l'appeler immédiatement, je peux vous donner son numéro. Vous pourrez lui expliquer que c'est dans un esprit de collaboration que je suis venu vous informer de nos récentes découvertes… Découvertes que je dois en grande partie à mes collègues ici présents.

— Quelles découvertes ?

La question permettait à Meilleur de paraître conciliant sans devoir avouer qu'il avait peut-être formulé un jugement hâtif.

— Vous connaissez déjà monsieur Théberge et madame Mougins, répondit Chase. À sa gauche, c'est monsieur Duquai. Je me contenterai de vous dire qu'il est en quelque sorte un collègue.

— En quelque sorte ?

— Monsieur Duquai n'est pas un spécialiste du travail de terrain. Plutôt un analyste. C'est lui qui a eu l'idée de mettre cette expérience sur pied.

Pendant qu'il posait la question, Meilleur vit l'« analyste » rajuster la position du bloc-notes qu'il avait laissé sur le coin de son bureau, se reculer pour l'examiner puis le repositionner pour que les deux côtés soient parfaitement alignés sur les deux arêtes de la surface du meuble.

— C'est mieux, fit Duquai pour lui-même, mais assez fort pour que les autres l'entendent.

Il s'adressa ensuite à Meilleur.

— Je suis désolé. Je travaille beaucoup mieux dans un environnement ordonné.

Chase poursuivit comme si l'intervention de Duquai n'avait pas eu lieu.

— Vous avez sans doute assisté à l'interrogatoire de l'homme qui a été arrêté sous le nom de Victor Prose.

— Ne vous laissez pas avoir par ses pirouettes. Il s'agit bien de Victor Prose.

Puis, après un regard en direction de Théberge, Meilleur ajouta :

— Vous êtes sûr qu'il est prudent de discuter de cette question en la présence d'un éventuel complice ?

— Sa présence est indispensable, c'est l'un de mes deux témoins experts !

— Experts en quoi ?

— En Prose… Comme je vous l'ai dit, j'aimerais que l'on fasse ensemble une petite expérience.

— Vous croyez vraiment que c'est nécessaire ? L'enquête est pratiquement close. Il reste seulement à lui faire avouer où est détenu le rabbin.

— Seulement, oui. Il y a aussi cette histoire d'empreintes digitales. Et le nom de ses complices. Il serait étonnant qu'il ait agi seul. Or, je pense être en mesure d'éclaircir une bonne partie de ces problèmes. Vous allez voir, ce ne sera pas très long.

— Cette expérience, c'est quoi ?

— Pouvez-vous faire installer un écran quelque part, avec une connexion Internet ? J'ai quelque chose à vous montrer.

Une vingtaine de minutes plus tard, ils étaient dans une salle de conférences. Meilleur avait demandé à son directeur adjoint, Dubuc, de se joindre à eux.

Duquai avait insisté pour être exactement en face de l'écran et demandé aux gens présents de se mettre de chaque côté de lui, par groupe de deux, à distance à peu près égale les uns des autres.

— Pour avoir une table équilibrée, avait-il expliqué.

Chase activa la connexion Internet. Une image figée de Prose apparut. Il était derrière une table, dans une salle d'interrogatoire différente.

— C'est Prose ! s'exclama Meilleur.

— En effet, répondit Chase.

— Qu'est-ce qu'il fait là ?

— Je vous demande un peu de patience. Je vous promets que tout s'éclaircira.

L'image s'anima. L'interrogateur était hors champ. On entendait ses questions en voix *off*.

— Votre nom?

— Victor Prose

— Domicile?

— Ces dernières semaines, j'ai beaucoup voyagé. Mais j'ai conservé une résidence à Montréal.

— Nationalité?

— Je suis Canadien. Vous avez sûrement vérifié mon passeport.

Meilleur hésitait entre la colère et l'incompréhension.

— C'est une copie de l'interrogatoire que nous avons mené!

— Pas exactement, répondit Duquai. Le contenu est assez semblable, mais la formulation est différente. Il y a aussi les voix. Portez attention à celle de l'interrogateur.

— Vous savez pourquoi vous êtes là?

— Oui, si vous parlez des raisons que vous croyez avoir de m'arrêter. Mais je n'ai commis aucun crime qui pourrait justifier une arrestation.

— Et nos raisons, selon vous, quelles sont-elles?

Duquai demanda à Chase d'interrompre la vidéo et se tourna vers Meilleur.

— Qu'en pensez-vous?

— C'est vrai, admit ce dernier, le contenu est à peu près le même, mais le texte est différent. La voix de l'interrogateur aussi est différente. Celle de Prose, par contre…

— Je pense que vous commencez à comprendre notre problème.

— Quel problème? Je ne vois pas ce que cette mystification…

— Vous ne pouviez pas choisir un meilleur mot. L'extrait de l'interrogatoire que vous venez de regarder a eu lieu à Paris, il y a environ vingt-quatre heures.

— Paris…

— Victor Prose a été interpellé hier à Bruxelles. Il a rapidement été transféré à Paris, où il a été interrogé par la DGSI.

— Il y aurait deux Victor Prose?

Chase jugea bon d'intervenir.

— Peut-être pas. Si vous le voulez bien, nous allons passer à l'étape décisive de notre expérience. Nous allons effectuer un test.

— Quelle sorte de test?

— Nous allons interroger ce déconcertant monsieur Prose, de Bruxelles.

— En direct?

— Rassurez-vous, fit Chase, j'assume tous les frais. Nous nous apprêtions à le faire chez monsieur Théberge quand vos hommes sont arrivés. Je vous aurais bien sûr apporté une copie de l'enregistrement, mais quand j'ai vu l'opportunité de réaliser l'expérience en direct avec vous...

— Vous voulez dire que vous avez accès à Prose?

— Grâce à notre ami ici présent, Norbert Duquai.

Juste avant d'activer la liaison, Chase remit une enveloppe cachetée à Meilleur.

— Pour notre test, dit-il. Ce sont les réponses à la question que nous allons poser à monsieur Prose. Les deux répondants l'ont rencontré dans des circonstances complètement différentes et aucun des deux ne connaît la réponse de l'autre.

Puis, après une pause, il ajouta :

— C'est madame Mougins qui va mener l'interrogatoire. Vous comprendrez tout à l'heure pourquoi.

POÈTE SOUS PROSE

En sortant de sa cellule, le prisonnier était satisfait de lui. Jusqu'à maintenant, il avait livré une bonne performance.

Ce serait son troisième interrogatoire. Il y en aurait sûrement d'autres, mais le plus difficile était fait. Il avait établi les paramètres de ses réponses. Il lui suffisait maintenant d'élaborer, de préciser des détails. De mettre de la chair autour de l'os, comme aurait dit son employeur.

Les choses ne traîneraient pas. On le lui avait assuré. Dans quelques mois tout au plus, ce serait terminé. Ils ne pouvaient rien contre lui.

Les responsables de l'interrogatoire avaient l'air tellement sérieux avec leurs questions! Tellement sûrs de leur stratégie!

Il avait presque pitié d'eux. Ils s'agitaient, reposaient les mêmes questions de différentes manières. Il y avait eu deux morts, disaient-ils. Il y en aurait bientôt un troisième. Il était temps que cela cesse. Cette chose n'avait aucun sens.

Aucun d'eux ne pensait à la sienne, sa mort. Aucun d'eux ne pensait qu'ils y passeraient tous. Certains plus rapidement que d'autres. Et tous, plus rapidement qu'ils l'espéraient.

Il était aussi probable que lui-même les précèderait tous…

D'ici là, il lui suffisait de continuer à tenir son rôle. De toute manière, ce ne serait pas très long. Et quand il serait mort, ce serait la fin des problèmes financiers pour son épouse et son enfant.

Tenir son rôle… Ce n'était presque plus un rôle, tellement il s'y était plongé. Tellement il avait regardé de vidéos de celui qu'il incarnait. Tellement il avait parcouru ses textes, regardé des photos de son environnement.

En entrant dans la salle d'interrogatoire, le prisonnier vit qu'on avait ajouté un écran sur le mur en face de l'endroit où il s'assoyait. Sans doute quelqu'un voulait-il l'interroger à distance.

Quelques minutes plus tard, une femme aux cheveux noirs apparut à l'écran. Les traits de son visage étaient marqués. Curieusement, ses yeux étaient bleus.

Il ne la connaissait pas.

Un instant, il se demanda si c'était une tactique pour le déstabiliser. Si la femme n'était pas simplement dans une autre pièce de l'édifice.

— Monsieur Prose, commença la femme à l'écran, j'aimerais que vous répondiez à une question.

— Seulement une?

— Oui. J'aimerais savoir pour quelle raison, à côté de la porte d'entrée de votre domicile, juste en dessous de votre nom, vous avez indiqué "poète"?

Le prisonnier recula un peu sur sa chaise. Puis il eut le réflexe de sourire pour gagner du temps. Il se rappela son amusement quand il avait examiné les photos de la résidence de Prose et qu'il avait vu cette inscription.

Pourquoi diable Prose avait-il fait une telle chose?

— C'est curieux, dit-il, j'avais complètement oublié… Juste sous le bouton du carillon.

Ce détail prouverait qu'il savait avec précision de quoi il parlait, puisque la femme ne l'avait pas mentionné dans sa question.

— C'est exactement l'inscription dont je parle, confirma la femme.

— C'est une sorte de boutade. Et si je creuse un peu, c'est peut-être à cause de mon vieux rêve d'écrire de la poésie. Des aspirations poétiques inavouées… et inavouables, compte tenu de mon manque de compétence en la matière. L'humour comme expression de désirs inconscients insatisfaits.

— Monsieur Prose, je vous remercie.

— Vous n'avez pas d'autres questions?

— Votre réponse a été très satisfaisante.

En retournant à sa cellule, le prisonnier se demandait s'il devait se fier à la dernière réponse de la femme aux cheveux noirs.

Sans doute…

C'était probablement une sorte de test pour le déstabiliser par une question incongrue. Car si ce n'était pas ça, à quoi pouvait bien rimer une telle question? Dans tout ce qu'il avait lu sur Prose, il n'y avait aucune mention de poésie.

http://rue89.nouvelobs.com/rue89-monde…

TERRORISTE EXTRADÉ EN DOUCE

Un dangereux terroriste aurait été arrêté hier dans un chic hôtel de Bruxelles. Sitôt après son arrestation, il aurait été transféré en secret à un endroit inconnu. Selon les rumeurs, la police fédérale belge aurait travaillé de concert avec la DGSI sur cette affaire. La traque aurait duré plusieurs semaines et aurait mobilisé…

POURQUOI DES SOSIES

Dans la salle de conférences du SPVM, les sentiments étaient partagés. Natalya, Théberge et Duquai affichaient une mine modérément satisfaite. Meilleur et son adjoint, pour leur part, étaient déconcertés.

— C'est tout? demanda Meilleur.

— Voilà une bonne chose de faite, se contenta de répondre Duquai. Maintenant, si vous le voulez bien, nous allons poser la même question à votre monsieur Prose.

— Ça risque d'être compliqué. Il est dans une cellule haute sécurité.

— Il suffit d'apporter dans sa cellule un ordinateur portable muni d'une caméra. Ou une tablette électronique.

Paquin téléphona à la prison pour que l'on prenne les arrangements nécessaires.

Une demi-heure plus tard, Prose répondait à la question de Natalya.

— C'est une plaisanterie. J'en avais assez des gens qui pensaient me faire une blague hilarante en me demandant si j'étais poète. J'ai décidé de les devancer.

Lorsque l'écran s'éteignit, Duquai fut le premier à prendre la parole.

— Nous savons maintenant que ce n'est pas Victor Prose. Ni lui ni celui de Paris. C'était le but de cette expérience.

Meilleur ne paraissait nullement convaincu.

— Comment pouvez-vous conclure une telle chose?

Chase lui répondit.

— Lisez le contenu de l'enveloppe que je vous ai remise.

Meilleur décacheta l'enveloppe et prit connaissance du premier texte.

Prose a mis «poète» sous son nom à la suite d'un pari avec un de ses amis. L'ami en question venait de publier un recueil de poésie et il avait dit à Prose qu'il n'en vendrait pas cent exemplaires. Prose lui avait parié qu'il en vendrait plus de cent. S'il se trompait, il écrirait «poète» sous son nom.

Le directeur du SPVM releva les yeux du texte.

— Qu'est-ce que c'est que cette histoire?

— Lisez le deuxième texte, se contenta de répondre Duquai.

Meilleur sortit l'autre feuille de l'enveloppe.

C'est à cause d'un pari avec un de ses amis poète. S'il ne vendait pas cent exemplaires de son recueil…

Le directeur du SPVM ne termina pas sa lecture. Il regarda brusquement Duquai.

— D'accord, les réponses se ressemblent. Je comprends ce que vous voulez faire. Mais comment pouvez-vous en conclure que ce sont les deux Prose qui se trompent?

— Le fait qu'il y ait deux Prose ne plaide pas en leur faveur.

— C'est juste, concéda Meilleur. Mais l'un d'eux est sûrement le vrai.

— Je peux admettre que ma conclusion relève de la probabilité plutôt que de la certitude, concéda Duquai. Mais il s'agit d'une probabilité élevée. Alors que les réponses des deux Prose diffèrent totalement, les deux réponses de l'enveloppe convergent. Et je peux vous certifier que les deux répondants ne se sont pas concertés avant de répondre. Il s'agit de monsieur Théberge et de madame Mougins.

— Vos fameux spécialistes en Prose!

— Exactement. Quelle était la chance, selon vous, qu'ils inventent la même histoire sans s'être consultés?

— Vous êtes sûr qu'ils ne l'ont pas fait?

— J'ai d'abord demandé privément à monsieur Théberge de formuler une question à laquelle seul Victor Prose pouvait répondre. J'ai ensuite posé cette question à madame Mougins sans qu'ils se soient parlé.

— Et pourquoi avoir posé cette question à madame Mougins?

— Parce qu'à une époque, elle a déjà été assez proche de Prose. À cause de son travail.

— Je reconnais que c'est assez particulier, cette similitude des réponses, mais…

— Ajoutez à cela que ni votre prisonnier ni celui de Paris n'ont les empreintes digitales de Prose… Vous me dites qu'il y en a forcément un qui est un imposteur. Je crois plus probable que les deux le soient.

— Vous croyez que Prose utilise des sosies comme alibi ?

— Ce n'est pas impossible. Ce sont peut-être les sosies arrêtés à Bruxelles et à Montréal qui ont loué des chambres d'hôtel sous son nom… Ça peut même être un troisième sosie…

Meilleur mit un moment à répondre.

— Vous voulez dire que Prose aurait tout fait effectuer par des sosies ?

— Admettez que c'est possible.

— Pourquoi aurait-il fait ça ? Tant qu'à se donner tout ce mal pour faire effectuer le travail par d'autres, pourquoi attirer l'attention sur lui en utilisant des sosies ?

— C'est exactement la question que je me suis posée. Et puis, il y a un dernier détail : aucun des deux n'a reconnu mademoiselle Mougins, qui a pourtant travaillé avec Prose pendant plusieurs mois. Comment expliquez-vous cela ?

CHEZ LÉVÊQUE

Sam marchait avenue Laurier. Il lui restait plus d'une demi-heure avant son rendez-vous. Inutile de se presser. Le restaurant n'était pas loin. Quelques minutes plus tôt, il était passé devant.

Au coin de l'avenue du Parc, il tourna à gauche et remonta vers le nord de la ville. Après deux intersections, il revint sur ses pas. En marchant, il regardait les enseignes des commerces. Le français y dominait malgré la présence de plusieurs noms anglophones.

Drôle d'endroit, Montréal. Bien que minoritaires dans la ville, les francophones s'acharnaient à y imposer leur langue.

Une fois revenu avenue Laurier, il se dirigea vers l'ouest et entra dans un restaurant qui s'appelait Chez Lévêque.

Il sourit pendant quelques secondes, le temps de se demander si le prochain rendez-vous serait Chez l'Imam ou Chez le Rabbin. Puis il aperçut Alex.

Il était à peine assis devant elle qu'on lui apportait la carte.

— On a tout notre temps, déclara Alex. À moins que vous n'ayez de mauvaises nouvelles.

— Tout s'est bien passé. La quatrième vidéo est en ligne.

— J'ai vu.

— Tout est prêt pour la prochaine.

— Excellent. Vous serez bientôt dégagé de vos obligations.

— Et pour nos arrangements ?

— Inutile de vous faire du souci. Notre part de l'entente sera remplie, comme promis. Je vais y veiller personnellement.

Elle ouvrit la carte que Sam avait posée devant lui.

— Allez ! dit-elle. Je vous invite. C'est la dernière fois que nous nous voyons pour le travail. Ça se fête.

— Je fêterai quand Ashley sera libérée.

— On y est presque. Aussitôt que vous avez terminé, vous retournez à New York. Là-bas, quelqu'un vous aidera à régler le problème de votre nièce d'une façon durable.

Puis, sans lui laisser le temps de répondre, elle fit signe au serveur.

— On peut voir la carte des vins, s'il vous plaît ?

Pendant qu'elle se plongeait dans l'exploration du répertoire des vins, Sam suivit les indications du serveur et monta à l'étage. Il découvrit que, chez Lévêque, même les toilettes participaient à la thématique religieuse : elles étaient baignées de chant grégorien !

http://facebook.com/marceldecourval

Marcel de Courval

Il y a 14 minutes

Il y a deux Prose. C'est le nouveau buzz dans les réseaux sociaux. Un autre individu répondant au nom de Victor Prose a été arrêté à Bruxelles et confié aux services secrets français. Ce deuxième Prose a immédiatement été conduit dans un lieu inconnu pour être interrogé.
On en parle ce soir à #oncauseoncause.

Afficher la suite

J'aime   Commenter   Partager

Marc Imbeault, Jean-Guy Marsan, André Desjardins et 86 autres personnes aiment ça.

Afficher 27 autres commentaires

Mario Rivest   C'est la preuve qu'il est innocent. Ceux qui ont fait les attentats se sont déguisés en Prose pour lui faire porter le chapeau.
Il y a 12 minutes   J'aime

Frédéric Veilleux   C'est plutôt la preuve qu'il est coupable. Il utilise des sosies pour avoir un alibi.
Il y a 12 minutes   J'aime

Denis Lavallée   S'il y en a deux, qu'est-ce qui empêche qu'il y en ait trois? Ou quatre?
Il y a 11 minutes   J'aime

Stéphane Corriveau   C'est quand même pas l'Ombre jaune avec sa machine à fabriquer des clones!;-))
Il y a 11 minutes   J'aime

Denis Lavallée   Bob Morane! On voit ton âge!
Il y a 10 minutes   J'aime

Stéphane Corriveau   Après l'invasion des
zombies, l'invasion des sosies!

Il y a 10 minutes   J'aime

UN MOINDRE MAL

Natalya décida de visionner une fois de plus la quatrième vidéo du rabbin Eckstein.

Cette fois, on le voyait simplement dormir dans son lit. C'était un film en accéléré qui permettait de regarder en moins d'une minute les mouvements du dormeur pendant plusieurs heures.

Suivirent cinq secondes de silence et d'immobilité. Puis un bruit d'explosion retentit. Au même instant, le plafond s'écroulait sur le rabbin.

On le voyait ensuite s'extraire maladroitement des décombres à gestes saccadés, essuyer la saleté et les traces de sang qui maculaient son visage, puis sortir en titubant de la chambre.

Comme les fois précédentes, Natalya ne découvrit aucun indice permettant d'identifier l'endroit où était retenu le rabbin.

Elle regarda sa montre. Seize heures dix-huit. Il était temps de descendre au café-bar de l'hôtel.

Quand elle arriva, Alex l'y attendait, à la table du coin, au fond de la salle.

— J'ai de bonnes nouvelles pour vous, annonça immédiatement Alex.

— Vous avez découvert où est Prose?

— Exactement.

Natalya mit quelques instants à répondre. Elle croyait lancer une boutade ironique. La réponse l'avait laissée sans voix.

— Il est en Suisse, continua Alex.

— Où, exactement?

— Dans une résidence appartenant à l'homme qui a orchestré ces meurtres. Et ceux des petits hommes blancs, à Paris.

— Est-ce que vous comptez me donner l'adresse?

— Cioban a une proposition à vous faire.

— Bien sûr. J'aurais dû y penser.

— Je vous assure, vous pouvez lui faire confiance.

— Lui faire confiance ? À lui ? Il a tué presque toute ma famille, mes plus proches amis…

— Sauf votre mère et vous.

— Parce qu'il avait besoin de moi. Et qu'il fallait que ma mère reste en vie s'il voulait me faire chanter.

— C'est vraiment ce que vous croyez ?

— Est-ce que vous n'avez pas vécu la même chose ?

— Non. Ma situation était différente.

Natalya hésita avant de répondre. Puis sa voix se fit méprisante.

— Vous voulez dire que vous faites ça volontairement ? Qu'il n'a pas eu besoin de massacrer votre famille et qu'il ne vous a pas fait chanter ?

— Non. Il n'a pas eu à tuer mon père et mes frères. C'était déjà fait.

Natalya hésita de nouveau. Quand elle reprit, sa voix avait perdu son agressivité. Elle ne conservait plus qu'une pointe d'ironie.

— Vous n'allez quand même pas me dire qu'il a fait cela par grandeur d'âme ?

— Je veux dire que j'ai d'abord fait l'école de prostitution. Quand j'y suis entrée, on a tué ma famille. Sauf ma mère. C'est elle qui est allée voir le barman. Pour lui demander de me sortir de cette école.

Alex fit une pause, comme si elle était accaparée par les souvenirs qu'elle évoquait.

— Il lui a fallu six mois, reprit-elle. Le seul moyen qu'il a trouvé, c'est de me faire entrer dans la sienne. Il nous a expliqué, à ma mère et moi, ce qui nous attendait. Ce serait difficile, mais mes chances de survie seraient meilleures si j'allais dans son école plutôt que dans l'autre. Et il m'aiderait…

— C'est par compassion qu'il a fait de vous un assassin !

Il restait de l'ironie dans la voix de Natalya, mais elle n'arrivait plus à être totalement convaincante.

— Vous, combien de temps auriez-vous tenu à l'école de prostitution, pensez-vous ? Un enfant sur trois se suicidait ou était éliminé dans les six premiers mois. Il y avait aussi les accidents, à cause des clients adeptes de pratiques violentes. Avez-vous une idée de ce que vous auriez vécu ? Croyez-moi, il y a une différence entre devoir tuer des ordures et être obligée de se soumettre à tous leurs désirs.

— Ceux que vous avez tués n'étaient pas tous des ordures.

— C'est vrai… Mais il y avait aussi l'obligation de se tuer soi-même, jour après jour, en ne disposant pas de son corps. En étant filmée chaque fois qu'on était violée. Parce que c'est toujours un viol. Même si on a été entraînée à ne plus rien ressentir. Et même à paraître aimer ça.

— Tuer aussi laisse des traces.

— Bien sûr. Pensez-vous que je ne le sais pas ? Mais je peux quand même dire que le barman m'a sauvé la vie. Sans lui, je me serais suicidée. Même si ça signifiait que ma mère serait aussitôt exécutée… Je pense qu'il vous manque une perspective globale.

— À savoir ?

— On célèbre comme des héros les nazis qui ont sauvé des Juifs pendant la guerre, au risque de leur vie, même si, dans leur travail quotidien, ils contribuaient à l'effort de guerre de leur pays.

— La comparaison est douteuse.

— Le barman n'avait pas le choix. Il a été assigné à ce travail. Il avait le choix entre refuser et être exécuté, ou faire son travail et se servir de son poste pour sauver des gens… Nous ne sommes pas les seuls enfants qu'il a protégés de cette façon. Ne pensez pas seulement à vous, tenez aussi compte des autres, quand vous le jugez.

— D'accord, je vais réfléchir à ce que vous me dites. Qu'est-ce que vous avez à me proposer ?

— Il veut vous faire la proposition en personne. Vous avez un vol pour Bucarest demain. Possiblement demain matin. Au plus tard en début d'après-midi.

— Cette affaire n'est pas terminée.

— Presque. De toute façon, votre véritable objectif, c'est retrouver Prose, pas de résoudre cette affaire.

— Vous m'accompagnez, je présume ?

— Non. Quelqu'un d'autre le fera. Je dois demeurer ici quelques jours encore. Un ou deux problèmes à régler.

EXPLOSER UN RABBIN

Tout au long de la journée, les nouvelles s'étaient bousculées. Les médias avaient d'abord annoncé l'arrestation d'un deuxième individu soupçonné d'être Victor Prose. Une sorte de sosie. Les réseaux sociaux s'étaient emparés du sujet. Les interprétations les plus farfelues avaient circulé.

Des cocktails Molotov avaient ensuite été lancés contre la résidence de Prose, à Lachine. L'incendie avait pu être maîtrisé, les dommages étaient mineurs. Mais les réseaux sociaux s'étaient de nouveau enflammés et cet incendie-là continuait de faire rage.

À New York, un individu ressemblant à Victor Prose avait été attaqué en pleine rue. Son agresseur avait crié « *Allah Akbar !* » avant de se jeter sur lui, une machette à la main. Après avoir été maîtrisé par deux policiers, il avait déclaré avoir voulu venger la mort de l'imam al-Shammari.

Et comme si tout cela n'était pas assez, voici qu'on venait de mettre en ligne l'épisode final de *Gaza PQ*. On y voyait un crépitement de scènes d'explosion, puis un plan final dans lequel une caméra balayait une maison en ruine.

Après avoir regardé des extraits de la vidéo aux informations, Duquai avait appelé Théberge et il s'était invité chez lui.

Ils avaient brièvement discuté de l'existence d'autres cellules de Tremblay-Tremblay, une rumeur à cet effet s'étant propagée dans les réseaux sociaux. Les médias traditionnels commençaient même à y faire écho.

Ils avaient ensuite visionné la plus récente vidéo, à la recherche d'indices.

— C'est bizarre, fit remarquer Théberge. On ne voit aucune autre maison. Seulement des ruines. On dirait qu'il n'y a pas de cour, pas de pelouse, pas de trottoir… Pas de rue visible. Pas de clôture pour délimiter la cour, pas de voisins… On dirait une maison au milieu de rien.

— Ils ont peut-être trafiqué la vidéo avant de la mettre en ligne, nettoyé les images.

— Si c'est trafiqué à ce point-là, on n'est pas près de retrouver la maison.

— Ou bien, contrairement à ce que leur message laisse entendre, elle n'est pas située à Montréal. Elle est peut-être dans un endroit désert. En pleine campagne.

— Une campagne où il n'y a pas d'arbres, pas de végétation? objecta Théberge.

— Dans le désert…

— Un désert où il n'y a pas de sable, pas de rochers?

— Une maison perdue dans le vide…

— On appelle ça un parlement, grommela Théberge.

— Une maison nulle part… Je sais où c'est!

Théberge regarda Duquai, à la fois intrigué et sceptique.

— Ce n'est pas une maison réelle, expliqua Duquai.

— Tu penses qu'il s'agit d'effets spéciaux?

— Pas du tout!

Deux minutes plus tard, Théberge laissait un message à la secrétaire de Meilleur, lui indiquant à quel endroit il avait de fortes chances de trouver la maison dans laquelle le rabbin Eckstein était retenu prisonnier. Ou, du moins, ce qu'il restait de la maison. Pour le rabbin, on ne pouvait pas savoir. Il était probablement quelque part, sous les décombres.

Quand il eut terminé, Théberge se rendit à la cuisine préparer deux cafés. Duquai le suivit.

Il replaça les chaises autour de la table pour que leur position soit symétrique avant de s'asseoir. Quand les cafés furent prêts, Théberge lui donna sa tasse et prit place en face de lui, s'efforçant de ne pas modifier la position de son siège.

— Je ne vois pas ce qu'on peut faire de plus, dit-il.

— Vous avez raison.

— Quelque chose de neuf sur Prose?

— Le vrai? Non. Dans les réseaux sociaux, par contre...

— Ma femme me tient au courant.

— Si on le retrouve, que pourra-t-on pour lui? Sa photo est partout.

— C'est simple, il faut trouver le vrai responsable de ces meurtres.

— Il y a déjà des rumeurs comme quoi les autorités vont produire un faux coupable pour l'innocenter. Parce que Prose ferait partie des services secrets. En échange de son immunité, il aurait accepté de ne rien dire de ce qu'il sait.

— C'est ridicule.

— Le ridicule n'a jamais empêché une idée d'être populaire, répliqua Duquai.

— Ils n'ont pas le moindre début de preuve!

— Et alors? C'est justement pour ça qu'ils sont sûrs d'avoir raison: les services secrets les ont fait disparaître, les preuves! C'est même une règle dans les milieux conspirationnistes: moins il y a de preuves, plus le complot est certain.

— Prose m'avait parlé de cette règle-là.

— Pour eux, les sosies font partie du complot. Ils servent à embrouiller les gens, à semer le doute. Et quand il va y avoir assez de confusion, les autorités vont sortir un coupable qui a essayé de tout mettre sur le dos de Prose!

— Tu te rends compte? s'exclama Théberge.

Il commençait à entrevoir toutes les implications de ce que lui révélait Duquai.

— Même si c'est vraiment un complot contre Prose, poursuivit-il, même si on a des preuves, personne ne voudra jamais croire qu'il est innocent.

— Il y a des sites qui ont été mis sur pied uniquement pour discuter de ça. Et pour contrer la désinformation des services secrets... Il y a même un blogue qui s'intitule "Kill Prose?" Ils ont mis un point d'interrogation pour éviter les poursuites. Dans la présentation, ils précisent que c'est par prévention qu'ils veulent recenser toutes les façons possibles de le tuer et toutes les raisons de le faire… Si jamais Prose échappe à celui qui l'a enlevé, il va quand même être coincé entre les fatwas des islamistes et le lynchage des médias sociaux.

— À sa place, je ne suis pas sûr que je voudrais être libéré !

— Même s'il est reconnu innocent et qu'il cesse d'être sur la liste du FBI des criminels les plus recherchés, il va être aussi prisonnier qu'avant. Sinon davantage.

RDI

> … a annoncé la mort du rabbin Silas Eckstein. Son corps a été retrouvé sous les décombres, dans les ruines de la maison où il était retenu prisonnier.
>
> Les restes de la victime ont été acheminés au Laboratoire de sciences judiciaires et de médecine légale de Montréal. Des spécialistes américains sont attendus dans les prochaines heures pour assister à l'autopsie…

LE STUDIO INCENDIÉ

Natalya avait fini de préparer ses bagages pour le lendemain. Ce n'était jamais très long. Elle venait de poser son unique valise dans l'entrée de la suite quand on frappa à sa porte.

Chase.

— Vous partez ? demanda-t-il en apercevant la valise.

— Demain matin.

— À cause de la vidéo ? Vous pensez qu'on perd désormais notre temps à chercher ici ?

— Je pense que Prose n'a jamais été ici.

— Vous avez un tuyau sur le lieu du prochain attentat ?

— Non. D'après les informations dont je dispose, cette série d'attentats est terminée.

— Autrement dit, il s'en tire bien.

— Si vous parlez de Prose, vous dites une connerie.

Puis, avant que Chase ait le temps de réagir, elle ajouta :

— Mais si vous parlez de l'assassin, non, je vous promets qu'il ne s'en tirera pas.

Chase hésita une fraction de seconde, le temps de retenir la réplique agressive qui lui était montée aux lèvres, puis il demanda, l'air tout à fait intéressé :

— Vous avez une autre piste ?

— Possiblement.

— Si vous avez quoi que ce soit…

— C'est promis, je vous tiens informé.

Chase la regarda un moment, perplexe. Il se demandait quelle foi il pouvait accorder à cette promesse.

Voyant sa perplexité, elle ajouta :

— Si c'est possible, je viendrai personnellement vous en informer. Ou je vous appellerai pour en discuter.

— Comme vous ne partez que demain, vous avez le temps de m'accompagner. Ils ont découvert la maison où le rabbin était retenu prisonnier.

— Vous êtes dans les bonnes grâces du SPVM, maintenant ?

— Meilleur n'avait pas trop le choix. Je lui ai parlé de la bonne coopération entre nos deux départements… ce genre de truc…

Quarante minutes plus tard, ils pénétraient dans un immense studio de tournage situé dans le Technoparc. Au centre du studio, les restes de la maison étaient immédiatement visibles.

Un ruban jaune formait un périmètre resserré autour de l'amoncellement de débris. Le toit, presque intact, avait été déplacé à côté du reste des décombres.

À l'extérieur de l'espace protégé, c'était le vide.

Meilleur vint à leur rencontre.

— Comment l'avez-vous trouvée ? demanda Chase. Les ravisseurs vous ont appelé ?

— Oui, il y a quelques instants. Mais Théberge nous avait donné un coup de fil bien avant.

— Vous pensez que c'est un indice de sa complicité avec Prose ?

— Pour être honnête, je ne sais pas. Il avait un raisonnement qui se tenait, fondé sur l'analyse des vidéos. Il était sûr que c'était un entrepôt industriel vide ou un local de tournage pour le cinéma. Comme il y a moins de studios de cinéma que d'entrepôts, on a commencé par là.

— Et le rabbin ?

— Une fois le tout enlevé, les techniciens n'ont pas eu besoin de déplacer beaucoup de débris pour dégager son corps. Ils ont tout photographié avant de…

Natalya l'interrompit.

— Ils ont utilisé des bombes à impact dirigé. Tous les débris ont été soufflés vers le centre. Et le toit est presque intact, ce qui veut dire qu'il est fabriqué avec un matériau plus résistant que le reste.

Elle se déplaça de quelques pas, puis elle reprit :

— En fait, les explosions n'étaient pas seulement dirigées vers le centre, mais vers le bas. Le toit, qui était plus massif et plus solide, a tout écrasé et limité la dispersion des débris. Il est tombé comme une sorte de couvercle sur l'ensemble… Des explosifs directionnels étaient probablement intégrés aux murs extérieurs.

Meilleur la regardait sans parvenir à dissimuler une certaine stupéfaction.

— Vous êtes experte en explosifs ?

— Pas experte, mais j'ai vu plusieurs sites d'explosions. Je vous ai présenté l'hypothèse la plus probable. Ça explique notamment l'absence de dispersion des débris. Vos experts pourront sûrement vous donner une explication plus précise.

http//blog.laprosedumonde.com/la-religion-tue…

LA RELIGION TUE — UN TRIPTYQUE CRITIQUE

C'était prévisible. Cette troisième œuvre complète les deux premières. Avec elle s'achève le triptyque sur les religions. Il serait inutile d'en réaliser une autre. La redondance détruirait l'équilibre de l'ensemble.

Une fois encore, le message est le même : la religion tue.

Le caractère meurtrier de la religion choisie, le judaïsme, est amplement démontré par son histoire. Il n'y a qu'à lire la Bible. L'histoire du peuple juif est émaillée de violences et de guerres religieuses.

Dieu lui-même est mis à contribution : il lance les plaies d'Égypte contre le pharaon, il détruit Sodome et Gomorrhe, il arrête même le soleil pour donner à Josué le temps d'achever le massacre qu'il a entrepris.

Cela dit, cette troisième œuvre diffère formellement des deux précédentes. L'artiste a choisi de réaliser un *work in progress*. Et il a intégré une composante politique, qui est absente des deux premières. Pourquoi ? Après une crucifixion et une décapitation halal, pourquoi ne pas avoir choisi de mettre en scène un meurtre kasher ?

Sans doute est-ce lié au fait que la religion juive est la plus ancienne des trois religions du Livre, qu'elle a eu davantage le temps d'évoluer. Tout comme le christianisme, et plus encore que lui, elle a eu le temps de perdre sa virulence missionnaire. Elle s'est, en quelque sorte, civilisée.

Mais une religion, particulièrement une religion monothéiste, est incapable de renoncer à la violence, car ce serait renoncer à son essence : un ordre fondé sur l'exclusion. Il y a les croyants, le peuple élu, les vrais serviteurs de Dieu… et il y a les autres.

C'est pourquoi la violence religieuse ne peut pas disparaître totalement. Mais elle peut se civiliser. Elle peut passer dans l'ordre civil, où il est possible de la canaliser vers des débouchés jugés plus acceptables. Par exemple, vers des objectifs politiques.

Voyez ce qui se passe en Palestine. S'autorisant d'une promesse faite par Dieu il y a quatre mille ans, un peuple en expulse un autre. Un peuple grignote petit à petit le territoire de l'autre.

Telle est la raison pour laquelle l'artiste a fait de cette troisième œuvre un *work in progress*. Pour témoigner de cette transformation de la violence purement religieuse en violence qui s'efforce de paraître purement politique.

Un indice de ce fondement religieux qui persiste sous la violence politique, c'est le poids des partis ultra religieux dans la politique israélienne.

Ce qui ne change pas, c'est la même certitude d'avoir raison, d'être le propriétaire exclusif de la vérité. Ainsi conçue, la vérité, quel que soit le domaine où elle prétend régner, devient à la fois le moyen d'assujettir les autres et la justification de cet assujettissement.

Il peut s'agir d'une violence qui semble purement politique, comme pour les fondamentalistes juifs; d'une violence surtout morale, mais qui s'approche de la politique, comme chez les fondamentalistes chrétiens américains; ou d'une violence culturelle globale, qui prétend régenter toutes les formes de la culture humaine, comme chez les fondamentalistes islamiques.

La différence entre ces trois formes de violence religieuse et sa prétention à asservir le réel? L'usure du temps.

Il faut aussi souligner que ces trois œuvres n'ont pas qu'une dimension négative. Elles sont authentiquement critiques. Comme toute véritable œuvre d'art, ce triptyque propose une alternative à la violence religieuse.

Cette alternative, on peut la lire en creux dans les modes de mise à mort choisis. Il s'agit de la morale de Kant: ne pas faire aux autres ce qu'on ne veut pas qu'on nous fasse. Les œuvres mettent en scène des autorités religieuses qui subissent ce que leur religion prêche de faire aux autres.

Pour deux des victimes, le rapport est assez évident. Pour la crucifixion, par contre, on peut objecter que l'Église catholique ne prêche plus de l'infliger aux autres. Le temps est maintenant loin où l'on brûlait les sorcières, torturait les hérétiques et crucifiait des chats.

Mais la crucifixion est ici une métaphore de la culpabilité, de la négation de la vie et du plaisir, de la valorisation de la souffrance, qui demeure le fonds de commerce d'un certain fondamentalisme chrétien.

Un exemple suffira: les conséquences réelles de la position du Vatican sur le contrôle des naissances. Autrement dit, l'asservissement du corps de toutes les femmes à des objectifs de reproduction déguisés en principes religieux. Pour le christianisme, si je peux me permettre cette métaphore, toutes les femmes doivent demeurer crucifiées à leur fonction reproductive.

En terminant, une telle œuvre permet aussi de comprendre pourquoi il est éminemment stupide d'être antisémite, antimusulman ou antichrétien.

La violence religieuse n'a rien à voir avec le fait d'être juif, chrétien ou musulman. Mais elle a beaucoup à voir avec le phénomène de la croyance. Car la croyance a pour triple effet: de remettre la vérité entre les mains de quelques-uns; de soustraire cette vérité réputée inaltérable à la critique et au jugement des individus; et de pourfendre tous ceux qui refusent de se soumettre à la vérité révélée.

De plus, elle offre un instrument rêvé à tous ceux qui ont les moyens de l'instrumentaliser à des fins individuelles ou collectives.

Le vrai défi de toute religion est de surmonter les croyances qui ont présidé à sa naissance.

SANS SON ÂME SŒUR

Quand le directeur du SPVM vit Chase arriver seul, il fut surpris.

— Vous avez perdu votre âme sœur?

— Elle suit une autre piste.

— Entre nous, je ne pense pas que ce soit une grande perte.

Chase réprima la réponse au vitriol qui lui vint spontanément à l'esprit. Meilleur était un bureaucrate, il ne pouvait comprendre que des arguments de bureaucrate. Mieux valait saisir la perche qu'on lui tendait et de jouer la carte de la solidarité professionnelle.

— Ce sera effectivement plus simple d'avoir des discussions entre policiers, répondit Chase.

— Je l'ai toujours soupçonnée d'être ici uniquement pour sauver Prose. Même si cela devait nous empêcher de résoudre cette affaire.

— Puisque vous en parlez, y a-t-il eu des développements?

— Quelques-uns. D'abord le studio: l'individu qui a signé tous les documents pour la location semble bien être Prose ou un de ses sosies. On a interrogé l'employé qui a procédé à la location. Il a reconnu sa photo.

— Bien.

— Les empreintes digitales relevées sur les documents correspondent à celles de Prose. Je parle de celles que nous avons dans nos dossiers. Et la carte de crédit avec laquelle a été payée la location est au nom de Vector Prosi... Je suis toujours confondu par le manque d'intelligence des criminels.

— À moins que ce ne soit volontaire.

— Bien sûr que c'était volontaire ! Il a voulu exprimer sa supériorité parce qu'il croyait qu'on ne découvrirait pas son artifice. Encore un criminel qui se pense tellement plus intelligent que nous !

— Probablement… Au fait, comment expliquez-vous que Prose ait publié une troisième chronique sur son blogue alors qu'il est sous les verrous ? Dans deux villes différentes ?

— Un comparse. Un autre sosie, comme vous l'avez suggéré. Ou même une publication programmée pour se mettre en ligne à tel moment précis.

— C'est possible. Vous avez découvert autre chose ?

— J'attends les analyses du labo.

— Et l'autopsie ?

— Je pensais que vous aviez le rapport. Comme elle a été conduite conjointement avec des gens du FBI…

— Je ne sais pas comment sont vos rapports avec la police fédérale, mais chez nous…

Meilleur sourit.

— Pas besoin d'expliquer. Je comprends… La première explosion a tué la victime sur le coup. La bombe était sous le lit. Alors, pour l'autopsie, ils ont fait ce qu'ils ont pu avec ce qu'ils avaient. Comme dit la médecin légiste, il n'a probablement rien senti.

— C'est déjà ça.

— Vous avez raison.

Puis, après une courte pause, Meilleur reprit, sur un ton plus impersonnel :

— Les autres explosions étaient plus faibles. Elles avaient pour but de détruire ce qu'il restait du décor.

— Vous avez retracé l'origine des explosifs ?

— Pas encore.

— Écoutez, je dois repartir dans quelques heures pour New York. Si vous trouvez quoi que ce soit, j'aimerais que…

Meilleur n'attendit pas qu'il ait terminé sa phrase.

— Si je trouve quoi que ce soit, je vous contacte.

— Bien. Et si jamais vous passez par New York…

« C'est ce qu'il ne faut surtout pas dire », songea aussitôt Chase. Mais la réponse de Meilleur le surprit.

— Bien sûr. Je vous donnerai un coup de fil. Mais je ne voudrais pas que vous fassiez quoi que ce soit qui puisse être interprété comme une faveur.

— Non, bien sûr.

— Nous servons le bien public. Il faut savoir demeurer au-dessus de tout soupçon.

— Cela va de soi.

RÉPUTATION À PROTÉGER

Chase regarda l'afficheur de son téléphone et fut tenté de ne pas répondre. Mais plus il attendrait, pire ce serait.

— Et alors ? fit la voix de Roberts. Où est-ce que vous en êtes ?

— On a retrouvé l'endroit où le rabbin a été tué.

— Et les auteurs de l'attentat ?

— Morts.

— Ça inclut Prose ?

— Aucune nouvelle de lui.

— Une fois de plus, il a coupé les pistes en éliminant les exécutants.

— Si c'est bien lui…

— Je sais, votre mystérieux "artiste"…

— Je vais rentrer.

— Et votre agente de la DGSI ? Vous savez où elle est ?

— À sa chambre, à l'hôtel Bonaventure. Elle est censée partir demain matin. Maintenant que le rabbin est mort…

— Il vous reste donc toute la nuit pour la récupérer.

— Vous croyez encore utile de l'arrêter ?

— Votre enthousiasme est touchant.

Puis, avant que Chase ait le temps de répondre, il en remit :

— Ce n'est pas utile, c'est nécessaire. J'ai la responsabilité de protéger la réputation du département.

— Les Français ne se laisseront pas faire.

— Bien sûr qu'ils ne se laisseront pas faire. Et plus ils vont protester, plus le public sera de notre côté. Allez, préparez-vous à recevoir un appel du SPVM. Je vais insister pour que ce soit une opération conjointe.

— Vous allez les appeler à cette heure-ci ?

— J'ai le numéro personnel de Meilleur. Je vais lui demander de l'arrêter le plus discrètement possible pour que vous la rameniez à New York sans interférence des médias.

— Mais…

— Ne vous inquiétez pas, je vous couvre. Je leur dirai que vous étiez en mission d'infiltration auprès d'elle. Mais qu'au rythme où Prose élimine ses adjoints, on ne veut pas courir le risque qu'elle disparaisse, elle aussi. On l'arrête et on la met à l'abri pour la questionner.

— Avec les règles canadiennes pour l'extradition…

— Rien de tout ça n'a besoin d'être officiel.

— Vous croyez que Meilleur va accepter ?

— Je vais lui promettre de mentionner sa contribution à la solution du meurtre du rabbin dans les médias nationaux.

— Je ne suis pas certain que ça va fonctionner. Il est très à cheval sur les règlements.

— Je vais sûrement trouver quelque chose. Restez près de votre téléphone…

http://facebook.com/dickblaney…

Dick Blaney
Il y a 11 minutes

Il est clair que le rabbin Eckstein est mort. Sinon, pourquoi ils auraient fait sauter la maison ?

Afficher la suite

J'aime   Commenter   Partager

Eugénie Arcand, Gérard Berthiaume, Adrien
Lanctot et 26 autres personnes aiment ça.

Afficher 6 autres commentaires

Denis Lepire Peut-être qu'il n'est pas
mort? Peut-être que la police l'a secouru à
temps et qu'ils l'ont caché quelque part pour
le protéger?
Il y a 10 minutes   J'aime

Dick Blaney C'est logique qu'il soit mort.
Les deux d'avant ont été tués.
Il y a 10 minutes   J'aime

Christiane Pommier Moi, je pense que
c'est un stunt publicitaire pour les
séparatistes.
Il y a 9 minutes   J'aime

Denis Lepire Si c'est le même qui a tué
l'archevêque et l'imam, qu'est-ce que ça a à
voir avec le séparatisme?
Il y a 9 minutes   J'aime

Dick Blaney Ils se mettent sur la mappe.
Il y a 8 minutes   J'aime

Denis Lepire Ça, c'est à supposer qu'il a
vraiment été enlevé. C'est peut-être
seulement une sorte de montage d'effets
spéciaux.
Il y a 8 minutes   J'aime

Christiane Pommier Tous les médias ont
repris la nouvelle. Ils ne peuvent pas tous se
tromper.
Il y a 8 minutes   J'aime

Dick Blaney Christiane a raison. C'est
probablement les séparatistes. Ils détestent
tout ce qui est étranger. Ce sont des
malades.
Il y a 8 minutes   J'aime

La musique d'orgue accompagnait leurs pas. Ils avaient suivi le long tapis rouge menant à l'escalier, gravi les cinq premières marches.

La main gauche de Natalya tenait le bras droit de Prose. À chaque marche, elle sentait l'effort alterné dans ses genoux. Sans voir Prose, elle savait qu'il marchait exactement au même pas qu'elle, la tête droite, les yeux fermés. Il lui faisait confiance.

Elle avançait sans aucun contrôle de ses gestes, comme si elle était une mécanique qui suivait sa programmation.

À chaque pas, la certitude de se diriger vers une horreur sans nom se renforçait en elle. Mais elle n'y pouvait rien. Ni s'arrêter. Ni crier. Ni prévenir Prose.

Une fois parvenus au centre de la plateforme, Prose et elle s'immobilisèrent, puis ils se tournèrent d'un même geste l'un vers l'autre.

Natalya réalisa alors que Prose n'avait pas les yeux fermés. Il n'avait simplement plus d'yeux. Plus du tout. Rien à voir avec les yeux noirs que l'on voit dans les films d'horreur, songea-t-elle. Il y avait simplement deux trous noirs.

Et Prose souriait. Comme s'il n'avait aucune idée de ce qui allait arriver.

La musique s'interrompit.

Sans savoir pourquoi, Natalya leva la tête. Elle aperçut la corde qui descendait. Elle aurait voulu hurler, crier à Prose de s'enfuir. Mais, d'un geste calme et posé, elle saisit la corde malgré elle, élargit le cercle du nœud coulant, le passa autour du cou de Prose et le tira pour l'ajuster.

Une deuxième corde descendit devant Natalya. Elle la saisit de la même manière et passa le nœud coulant autour de son propre cou.

La musique reprit. Cette fois, il s'agissait d'une chanson de Muse.

Watch our souls fade away
And our bodies crumble
Don't be afraid…

Natalya eut vaguement connaissance que la trappe s'ouvrait sous leurs pieds pendant que la musique continuait.

Elle eut le temps de réaliser que le visage de Prose paraissait immobile devant elle parce qu'ils tombaient tous les deux à la même vitesse.

Puis le noir claqua dans sa tête avec un bruit métallique. Ses poumons se vidèrent de leur air. Tout s'éteignit… Et se ralluma aussitôt.

Une lumière éblouissante lui brûlait les yeux.

Elle était tombée de son lit. Dans son effort inconscient pour se relever, son visage s'était immobilisé à six pouces de la lampe de chevet.

9

L'ESPIONNE AUX MILLE VISAGES

Natalya le savait d'expérience. Après un cauchemar, il était inutile d'essayer de se rendormir. Elle entreprit de parcourir Internet.

Dans un premier temps, elle s'intéressa aux sites des médias québécois. Plusieurs faisaient de l'attentat contre le rabbin Eckstein une pure question d'antisémitisme, sans aucune référence aux deux premiers meurtres qui visaient les chrétiens et les musulmans.

Elle se rendit ensuite sur des sites de médias américains. Assez rapidement, elle tomba sur l'article de Joseph Yardley, du *New York Times*. Sa propre photo coiffait l'article. Plus précisément, une photo d'elle lorsqu'elle avait l'identité de Laurence Parraud.

> L'ESPIONNE AUX MILLE VISAGES
>
> Qui est cette femme ?
>
> Selon des sources proches du NYPD, elle serait la complice de Victor Prose. Son passeport est au nom de Laurence Parraud. Mais ce n'est pas sous ce nom qu'elle est entrée aux États-Unis. Et ce n'est probablement plus sous ce nom qu'elle y séjourne maintenant.
>
> Ce qui complique les choses, c'est qu'il s'agit d'une espionne française. Et là, une foule de questions se posent.
>
> Que fait une espionne française dans les rues de New York ? Et surtout, pour quelle raison est-elle proche de Prose ? A-t-elle pour mission d'infiltrer son groupe terroriste en collaborant à ses projets ?

423

> Et puis, finalement, pourquoi le NYPD l'a-t-il laissée participer à l'enquête sur le meurtre de Mgr Feelgood? Y a-t-il eu négligence? Y a-t-il eu des tractations secrètes? Est-ce la raison pour laquelle on n'a toujours pas arrêté le responsable des meurtres de l'archevêque Feelgood et de l'imam al-Shammari? A-t-on sacrifié la sécurité des New-Yorkais pour des magouilles d'espions?
>
> Ces questions exigent des réponses. Des réponses que, pour le moment, les autorités refusent de donner.

Le style et l'analyse n'étaient pas à la hauteur des grands reportages du *New York Times*, songea Natalya, mais l'effet de l'article n'en serait pas moins dévastateur.

Heureusement qu'elle partait le lendemain. Malgré son effort pour donner à Véronique Mougins une allure différente de celle de Laurence Parraud, il était inévitable que quelqu'un finisse par effectuer le rapprochement.

Elle acheva de faire ses bagages et les posa à côté de la porte. Puis elle brancha son iPhone sur le système de son et choisit la *playlist* de Muse. La fonction *random* sélectionna *Follow Me*.

> When darkness falls
> And surrounds you
> When you fall down
> When you're scared
> And your lost
> Be brave

En entendant frapper à la porte, elle se dit que ça ne pouvait pas être quelqu'un de l'hôtel. La musique n'était pas assez forte pour déranger les autres clients.

Un instant, elle se demanda si c'était Prose. Puis elle sourit de son irrationalité… Évidemment, ce n'était pas lui. Ça ne pouvait pas être lui. Il était retenu prisonnier quelque part. En Europe, s'il fallait en croire Alex.

La seule personne qui pouvait venir la relancer au milieu de la nuit, c'était elle. Ou Chase… Il avait peut-être découvert une nouvelle piste.

Par réflexe, elle jeta un regard par l'œilleton de la porte. C'était bien Chase. Il était accompagné de deux policiers et de Paquin, le directeur adjoint du SPVM.

Pour qu'ils viennent à une heure pareille, il fallait qu'il se soit produit quelque chose de grave.

Elle allait ouvrir quand elle remarqua l'air tendu des policiers. Chase lui-même semblait mal à l'aise. Elle pensa alors à l'article du *New York Times*. Peut-être venaient-ils l'arrêter. Ça pouvait expliquer la présence de deux policiers en uniforme.

Autant jouer de prudence.

— Une seconde, lança-t-elle sur le ton le plus naturel qu'elle put. J'enfile une robe de chambre et j'ouvre.

Elle se précipita vers son ordinateur et tapa une série de sept touches. Puis elle rabattit le couvercle. Il lui restait dix minutes pour annuler les instructions qu'elle venait d'entrer.

Elle alla ensuite ouvrir.

Les deux policiers en uniforme se précipitèrent vers elle et l'immobilisèrent pendant que Paquin s'empressait de faire le tour de la chambre.

Natalya jeta un regard à Chase, qui était resté sur le seuil de la porte.

— Je n'ai rien pu faire, dit-il à voix basse.

Il semblait vraiment désolé.

— Inutile de vous inquiéter, répondit Natalya. C'est un simple désagrément passager.

— Je vous le souhaite.

Sa voix laissait cependant percevoir son manque de conviction.

LCN

> ... alimentant les spéculations que ce serait Prose lui-même qui s'expliquerait sur son blogue. Cet auteur, qui signe ses textes du nom de Victor Morane, a maintenant publié une interprétation « artistique » de chacun des trois meurtres.

> Le premier ministre du Québec a pour sa part qualifié le meurtre du rabbin Eckstein d'acte barbare et scandaleux. Déplorant les dérives violentes et terroristes auxquelles conduisent trop souvent les fixations identitaires, il a promis que son gouvernement...

MORPHÉE/ORPHÉE

Gonzague Leclercq était dans le café où il prenait presque chaque jour son petit déjeuner quand le signal le rejoignit.

Deux mots s'affichèrent sur son téléphone portable.

> Morphée / Orphée

Le premier terme signifiait que Natalya venait de mettre en sommeil son ordinateur et son téléphone portable. Elle n'avait plus aucun moyen de le joindre. Tous les documents classés dans le dossier « Urgence » avaient été joints au message. C'était à lui de prendre la relève.

Le deuxième voulait dire que sa situation personnelle était analogue à celle d'Orphée : une descente aux enfers dont elle ne connaissait pas l'issue. Autrement dit, elle avait besoin d'aide.

Leclercq songea d'abord à contacter Duquai, puisqu'il était sur place. Puis il jeta un coup d'œil rapide aux dossiers que Natalya lui avait envoyés.

Après quelques minutes de lecture rapide, il comprit que Duquai ne pouvait pas agir. Le simple fait qu'il appartienne à la DGSI aggraverait la situation.

Il fallait une action immédiate, par quelqu'un qui était déjà informé des faits et qui n'était pas associé à une agence officielle. Surtout pas une agence française.

La solution lui sauta aux yeux.

Il composa un numéro que Natalya lui avait déjà donné pour qu'il ait une piste, au cas où il lui arriverait quelque chose.

Après quelques secondes, une voix légèrement enrouée lui répondit.

—Oui ?

—Je suis heureux de vous trouver sur place.

—Le bar n'est pas encore ouvert.

—Je sais. Cela facilitera les choses. Je vous appelle parce que je suis inquiet pour Natalya.

—Je n'ai aucune idée de qui vous parlez.

—Cela n'a pas d'importance. Je voulais simplement vous prévenir qu'elle est dans une situation difficile et qu'elle m'a envoyé un signal de détresse. Je pense que vous êtes le mieux placé pour intervenir rapidement.

—Écoutez, je suis un simple barman…

—C'est le métier idéal pour écouter tout ce que les gens racontent.

—Et vous êtes ?

Après une pause, Leclercq décida d'opter pour la franchise. C'était encore le meilleure stratégie.

—Je suis Gonzague. Et vous êtes le barman. Chacun à notre façon, nous nous faisons du souci pour madame Circo, semble-t-il.

—À quel endroit est cette madame Circo dont vous parlez ?

—À Montréal. Selon toute apparence, sa situation exige des mesures urgentes.

LE DEVOIR

QUAND LA RÉALITÉ CALQUE LE MAUVAIS CINÉMA
François Lévesque

Coup de théâtre digne d'un mauvais film noir. Victor Prose n'est pas Victor Prose ! Ce serait un sosie. L'individu arrêté par le SPVM serait une autre victime du machiavélique criminel.

Ce sosie, dont la police a refusé de dévoiler le vrai nom, aurait été enlevé il y a plusieurs années et transformé malgré lui en sosie de Victor Prose. En plus de devoir se soumettre à de nombreuses chirurgies plastiques, on lui aurait imposé des mois d'entraînement pour imiter la démarche et la voix de son modèle.

> Si l'on en croit ses déclarations, son rôle était d'apparaître à certains endroits, à des moments précis, et d'y tenir le rôle de Prose. De la sorte, il pouvait lui fournir un alibi.
>
> Ce n'est qu'après avoir appris le meurtre de l'archevêque Feelgood que le sosie a réalisé dans quel plan criminel s'inscrivaient toutes les petites tâches que lui avait assignées Prose.
>
> Quant à l'existence possible d'autres sosies...

LE CIMENT

Les policiers avaient enfermé Natalya dans une cellule d'isolation dès son arrivée.

Aucun interrogatoire. Aucune explication. L'isolement complet.

On voulait sans doute la déstabiliser. L'isolement était un des moyens classiques, qui avait l'avantage de ne pas laisser de traces physiques. Il n'y avait rien de plus efficace que le fait d'enfermer un individu, seul, sans qu'il sache pour combien de temps il était là. Sans qu'il connaisse les raisons de son enfermement. Sans même qu'il ait la moindre idée de ce que les autorités savaient de lui. Automatiquement, son cerveau se mettait à battre la chamade et il s'épuisait à tenter de trouver des explications...

Bien sûr, c'était illégal. Mais il fallait être en mesure de prouver que cela s'était effectivement produit.

La meilleure solution était d'utiliser ce temps pour se reposer, songea Natalya. De la sorte, elle serait en meilleure possession de ses moyens quand viendrait le temps de l'interrogatoire.

Elle s'allongea sur la banquette qui servait de lit et se mit à réfléchir à ses différentes options. Tout dépendait du temps que Leclercq prendrait à réagir.

Ce qui l'intriguait le plus, c'était la réaction de Chase. Manifestement, il n'était pas très à l'aise quand il était venu l'arrêter en compagnie des policiers montréalais. Il était probablement en service commandé. La décision devait venir de plus haut que lui. C'était même évident, à bien y penser. Parce que si son arrestation avait été décidée unilatéralement par les Canadiens, il n'aurait pas été présent...

Le sommeil dans lequel elle tomba l'empêcha de développer plus avant son hypothèse.

Quand elle s'éveilla, elle était enfoncée jusqu'à la taille dans une flaque de ciment qui achevait de durcir. Ses jambes ne pouvaient pratiquement plus bouger. Cela faisait une sorte d'étang gris pâle au milieu de la forêt.

Une coulée de ciment sortait d'un mur de végétation pour alimenter l'étang. On aurait dit un ruisseau dont le débit aurait été ralenti. Cet apport ininterrompu de matière vaseuse expliquait sans doute que la surface de l'étang ne soit pas complètement durcie.

Tout autour, une forêt luxuriante bruissait de multiples cris d'animaux, comme dans les films de jungle. Avec l'obscurité qui tombait, cela rendait l'atmosphère de plus en plus inquiétante.

Qu'est-ce qu'il lui avait pris de s'enfoncer dans cette jungle ?

Elle n'avait aucun moyen de se défendre. Elle allait mourir de façon absurde, figée dans cette vase durcie. Peut-être en partie dévorée par des animaux.

Bêtement piégée… Inutile… Incapable d'aider Prose, comme elle s'était pourtant juré de le faire.

#prosetueencore

Guilian Delaney@guide
#Prosetueencore. Il continue de faire des victimes. Cette fois, il élimine ses complices. 2 sosies ont été tués.
Voir : http://blog.guide.com/
Prose-continue-de-faire-des-victimes

CRÂNER MALGRÉ TOUT

Natalya observait le directeur du SPVM, Ubald Meilleur, qui était assis devant elle. Tout son être irradiait l'autosatisfaction.

Pour sa part, elle voyait surtout une colossale incompétence, renforcée par une aisance à la hauteur de cette incompétence. Compte tenu de ses fonctions, et de son radical manque d'expérience en matière d'interrogatoire, c'était une bourde de l'interroger personnellement au lieu de laisser la place aux spécialistes.

— Vous manquez de travail ? ironisa-t-elle au moment où il s'apprêtait à lui poser une question. Vous venez vous désennuyer en menant l'interrogatoire ?

— Vous pouvez crâner autant que vous voulez, mais vous avez perdu.

— Perdu quoi ?

— Tout. Nous savons que vous vous êtes livrée à des activités illégales, autant ici qu'aux États-Unis.

Tout en l'écoutant, Natalya se demandait ce que faisait Leclercq. Comment allait-il la tirer de là ? Et surtout : combien de temps cette mascarade allait-elle durer ? Allait-il pouvoir agir avant que l'affaire éclate dans les médias et que tout se complique ?

Quoique, à la réflexion, le danger d'une campagne médiatique n'était sans doute pas imminent. L'isolement dans lequel elle était maintenue pouvait très bien avoir pour but de garder son arrestation secrète… À l'hôtel, Paquin n'était accompagné que de Chase et de deux policiers en uniforme ; l'opération s'était déroulée en pleine nuit, à l'abri du regard des médias. Par la suite, en arrivant au poste de police, on l'avait immédiatement mise en isolement sans la faire passer par les étapes habituelles de l'enregistrement. Pour le moment, il n'y avait aucune trace d'elle dans le système du SPVM.

— Quand nous en aurons terminé avec vous, poursuivit Meilleur, plein de gens vont prendre la relève.

— Qu'est-ce que vous voulez ?

— Les noms de ceux qui vous ont aidée à commettre ces attentats. Et l'endroit où on peut trouver Victor Prose.

— Je n'en ai aucune idée.

— C'est impossible.

— Pourquoi ?

— Parce que vous travaillez avec lui.

— Je ne sais rien de l'endroit où se trouve le monsieur Prose dont vous parlez. Tout comme vous, je le cherche. Nous en avons d'ailleurs déjà discuté.

— Pour quelle raison, alors, le NYPD m'a-t-il demandé de procéder à votre arrestation ? Pourquoi tiennent-ils tant à vous récupérer ?

Ainsi, ça venait des Américains. Meilleur entendait probablement la remettre à Chase en dehors des canaux officiels pour qu'il la ramène aux États-Unis. C'était pour quoi les policiers cherchaient à minimiser les traces de son passage dans les locaux du SPVM. Et cela expliquait aussi le comportement embarrassé de Chase.

Elle songea de nouveau à la une du *New York Times*. L'histoire avait dû être reprise par les autres médias et les réseaux sociaux. L'opinion publique réclamait des explications. Les dirigeants du NYPD s'arrangeaient pour être en mesure de leur donner quelque chose à se mettre sous la dent ; elle serait ce quelque chose.

— Pourquoi ? insista Meilleur.

— Pourquoi ? Sans doute parce qu'arrêter l'espionne des Français va leur permettre de faire oublier qu'ils n'ont pas réussi à arrêter le responsable des meurtres de Mgr Feelgood et de l'imam al-Shammari.

Tout en répondant aux questions, Natalya pensait à son dernier cauchemar. Elle s'était piégée elle-même. Elle s'était enfermée dans une situation qui lui enlevait toute possibilité d'action. Et, ce faisant, elle avait précipité sa perte et celle de Prose.

Qu'est-ce qu'il lui avait pris ? Pour quelle raison n'avait-elle même pas eu la prudence élémentaire de changer d'hôtel ? D'y louer une chambre sous un autre nom ?

Meilleur la ramena à la réalité.

— Nous ne sommes pas dans un roman d'espionnage, madame Mougins.

— Ça, c'est certain. On n'aurait jamais une arrestation pour des motifs aussi loufoques !

Avec Meilleur, Natalya avait beau jeu de crâner. Elle n'avait pas grand-chose à craindre de sa part. Mais une fois entre les mains des Américains, ce serait une autre histoire. Eux, ils ne seraient pas faciles à berner. Et ils auraient les moyens de fouiller dans son passé. Qu'est-ce que faisait donc Leclercq ?

http://facebook.com/gabrielmorneau

Gabriel Morneau
Il y a 41 minutes

Prose est vraiment un génie du crime ! Se fabriquer des sosies pour avoir des alibis, faut le faire !

Afficher la suite

J'aime   Commenter   Partager

Mario Lamontagne, Steve Racine, Josée Émond et 37 autres personnes aiment ça.

Afficher 6 autres commentaires

André Gagnon   Pour l'instant, il n'y a rien de prouvé. C'est peut-être seulement quelqu'un qui lui ressemble.
Il y a 35 minutes   J'aime

Gabriel Morneau   On n'invente pas des histoires comme ça.
Il y a 30 minutes   J'aime

Sophie Gamache   Il y a un deuxième sosie en Europe. Il a été arrêté par les services secrets. Lui aussi dit avoir été fabriqué par Prose.
Il y a 30 minutes   J'aime

André Gagnon   Je n'ai rien vu dans les médias.
Il y a 29 minutes   J'aime

Sandrine Lazure   C'est partout sur
Facebook.

Il y a 29 minutes   J'aime

André Gagnon   Autrement dit, c'est juste
une rumeur.

Il y a 28 minutes   J'aime

Gabriel Morneau   Il paraît qu'ils en ont
trouvé un troisième à New York. C'est sorti
sur TOXX. Il aurait été arrêté par le NYPD.

Il y a 27 minutes   J'aime

André Gagnon   Il y a quelque chose qu'il va
falloir m'expliquer. Comment un prof de
littérature à la retraite peut se mettre à se
fabriquer des sosies à la chaîne?

Il y a 26 minutes   J'aime

Sophie Gamache   Il peut avoir engagé des
experts pour le faire.

Il y a 12 minutes   J'aime

Gabriel Morneau   Si c'est un génie, il peut
manipuler les gens. Peut-être que d'être
prof, c'était sa couverture. Peut-être qu'il
s'est monté un empire secret.

Il y a 25 minutes   J'aime

André Gagnon   Sûr... Et c'était un autre
sosie qui enseignait à sa place!

Il y a 24 minutes   J'aime

Gabriel Morneau   En fait, il n'existe pas. Il
n'y a que des sosies. ;-))

Il y a 22 minutes   J'aime

UN PRÉTEXTE

Chase achevait de dîner au restaurant de l'hôtel. Alex s'assit
devant lui.

— J'aime beaucoup cette table, dit-elle. Tout le confort de l'intérieur et toute la vue sur les jardins. Quand il fait beau, ils laissent la
porte de la terrasse ouverte. On a l'air frais de l'extérieur.

— Et vous êtes ? demanda Chase.

— La personne qui va vous fournir un prétexte pour sauver madame Mougins. Avec mon aide, vous allez réparer la gaffe de vos supérieurs.

— J'ai mal saisi votre nom.

Alex continua comme si de rien n'était :

— Nous irons la chercher ensemble au SPVM, puis nous allons la conduire à un avion à destination de l'Europe.

— Vous pensez sérieusement que je vais être complice d'une évasion ?

— Je sais que vous l'appréciez. Et puis, vous pourriez le faire par reconnaissance. Sans elle, vous n'auriez pas avancé aussi vite dans l'affaire des trois meurtres.

— Qui croyez-vous être, pour que je discute avec vous de madame Mougins ?

— Je ne suis pas venue ici pour "discuter", mais pour vous aider à régler un problème.

Elle posa une photo devant Chase, qui la regarda pendant plusieurs secondes.

Jane…

— Je suis certain que le sort de cette personne vous importe énormément, reprit Alex. Si elle disparaissait, la fin de vie de beaucoup de gens serait plus pénible. Elle effectue un travail remarquable. J'estime essentiel qu'elle puisse le poursuivre en paix.

Une expression de fureur contrôlée apparut sur le visage de Chase.

— Si jamais il lui arrive quoi que ce soit…

— Vous devriez porter davantage attention à ce qu'on vous dit. Je vous ai simplement annoncé que je vous fournirais un prétexte pour sauver Natalya. Un prétexte. Rien d'autre.

« Si c'était ça la retraite, songeait Théberge, vivement le retour au travail. » Depuis vingt-quatre heures, les médias le talonnaient comme aux pires moments de ses enquêtes.

La déclaration du premier ministre avait mis le feu aux poudres. Après avoir affirmé que l'ex-policier était l'ami du terroriste Prose, il avait ajouté, en réponse à une question d'un journaliste, qu'il ne pouvait pas écarter l'idée qu'il soit suspect.

Moins d'une heure plus tard, un journaliste avait sonné à sa porte, accompagné d'un caméraman qui le filmait. Il voulait faire une entrevue de fond sur ses rapports avec le terroriste Prose. Et lui donner une chance de s'expliquer, de donner son point de vue.

Théberge lui avait fermé la porte au nez tout en sachant que ce serait l'extrait qui passerait à la télé.

Le téléphone s'était ensuite mis à sonner. Tous les médias semblaient s'être donné le mot pour le relancer. Et comme si tout cela n'était pas suffisant, Chase l'avait appelé pour lui apprendre l'arrestation de Natalya. Il en était désolé, mais il n'avait rien pu faire. Tout s'était décidé au-dessus de sa tête...

Après s'être préparé un sandwich de rôti de porc en guise de dîner, Théberge avait allumé la télé. Il était curieux de savoir si les médias avaient appris l'arrestation de Natalya.

Pas un mot sur le sujet, ni à RDI ni à LCN.

Il parcourut alors les sites Internet des principaux journaux et de quelques radios : rien non plus. Par contre, presque partout, on parlait de lui. Pour le désigner, plusieurs employaient l'expression utilisée par le premier ministre : « l'ami du terroriste Prose ».

Plusieurs rappelaient que sa carrière « n'avait pas été sans incident », qu'il avait été « au cœur de crises marquantes » pendant son passage au SPVM et que des « allégations de traitement de faveur » avaient été formulées à son endroit... À croire qu'ils avaient tous pris leurs informations à la même source !

On évoquait également ses liens avec les services secrets français ainsi que les remerciements officiels qu'il avait reçus de la France pour les services qu'il avait rendus à ce pays, mais on rappelait que la nature exacte de ces services n'avait jamais pu être éclaircie. Était-il un espion au service des Français ? Avait-il espionné pour leur compte au Québec ?

L'excellence apparente de son dossier, en termes d'enquêtes résolues, était également mentionnée. Mais on s'interrogeait sur un éventuel rapport entre son taux de réussite et ses relations pour le moins surprenantes avec un terroriste et des espions.

Bref, n'ayant rien, les médias rabâchaient de vieilles informations et les présentaient de façon à pouvoir spéculer.

Sans trop de surprise, Théberge découvrit qu'il était le sujet de la tribune téléphonique de Radio-Canada.

> — Moi, je ne trouve pas ça normal qu'on ait parlé aussi souvent de lui dans les médias. Un policier, ça devrait faire son travail au lieu de courir les journalistes pour faire les manchettes.
> — Là, je vous arrête. En toute honnêteté, on ne peut pas reprocher à l'ex-inspecteur-chef Théberge de trop courir les journalistes. En fait, c'est plutôt le contraire qui pose problème : il refuse systématiquement de les rencontrer pour répondre aux questions que se pose la population.

Théberge regarda le sandwich dont il était sur le point de prendre une autre bouchée, puis il le reposa dans l'assiette.

Il songea alors à Natalya. Aussitôt après son arrestation, il avait appelé Leclercq. Incapable de le joindre, il lui avait laissé un message. Il avait reçu une réponse laconique par courriel, moins d'une demi-heure plus tard.

> J'ai pris des dispositions pour remédier à la situation. Je t'en reparle bientôt.

À la télé, une auditrice demandait maintenant qu'on lui explique pourquoi la police n'avait pas encore arrêté Théberge. S'il était en contact avec un terroriste, il savait certainement des choses. Qu'est-ce qu'on attendait pour le faire parler ?

> Est-ce qu'ils attendent de le prendre la main dans le sac ? La corruption, ça peut se comprendre. Des flics corrompus, il y en a toujours eu. Mais des flics terroristes ?

Théberge n'attendit pas la réponse de l'animateur. Il éteignit la télé, puis il jeta le reste de son sandwich dans le bac de compost.

Si on en était à réclamer son arrestation dans les tribunes téléphoniques, où l'animateur était censé modérer les discussions, il n'osait même pas imaginer ce qui se disait à son sujet dans les réseaux sociaux.

ÉVASION

Natalya enregistra automatiquement la présence de Meilleur et de Chase dans la pièce. C'était prévisible. Par contre, voir Alex se tenir entre les deux hommes, c'était tout sauf normal. Autant attendre d'en savoir plus avant de réagir.

— Je vous présente l'adjointe du directeur Roberts, fit Chase en désignant Alex. Elle est responsable du service de renseignement du NYPD. Dinah Rivers.

— Ubald Meilleur, fit ce dernier en lui tendant la main. Je suppose que c'est vous qui allez ramener la terroriste aux États-Unis.

La femme se contenta de lui serrer la main et d'acquiescer brièvement, dans un mauvais français.

— C'est ce qui est prévu.

C'était donc pour ça qu'ils l'avaient emmenée dans le bureau du directeur plutôt que dans une salle d'interrogatoire, comprit Natalya. On la transférait sans attendre aux Américains.

Mais pourquoi Alex était-elle là ? Que signifiait cette fausse identité sous laquelle Chase l'avait présentée ? Et pour quelle raison Chase avait-il l'air moins tendu qu'au moment où on l'avait arrêtée ?

Ses réflexions furent interrompues par Meilleur, qui semblait vouloir profiter de l'occasion pour la prendre une dernière fois à partie.

— Je vous l'avais dit, il y a là-bas des gens qui sont très désireux de vous parler. Quelque chose me dit que vous allez vous ennuyer de notre hospitalité, quand vous serez à Guantanamo.

En guise de commentaire, Alex haussa légèrement les sourcils. Chase, quant à lui, regarda brièvement ses souliers.

L'instant d'après, Meilleur les guidait à travers un dédale de corridors qui avaient comme principale caractéristique d'être déserts. Après plusieurs bifurcations, ils débouchèrent dans un garage. Une limousine aux vitres opacifiées y était stationnée.

— Une voiture va vous amener à l'aéroport, dit Meilleur à l'intention de Natalya. Un avion privé vous y attend. Nolisé spécialement pour vous. Je pense que nous n'entendrons plus parler de vous pendant un bon moment.

Alex s'installa à l'arrière avec Natalya. Chase prit le volant.

Aussitôt qu'ils furent sortis des locaux du SPVM, Alex enleva les menottes que Natalya avait toujours aux poignets.

— Un avion vous attend effectivement, dit-elle, mais sa destination n'est pas celle que croit le directeur Meilleur. Le plan de vol est pour la Roumanie.

— Je ne me souviens pas avoir accepté votre invitation.

— Compte tenu du fait que c'est le barman qui a organisé votre libération, à la demande pressante d'un certain Gonzague, je pense que vous lui devez au moins une conversation.

Puis, après un moment, elle ajouta, comme s'il s'agissait d'un détail qu'elle avait oublié :

— Votre ordinateur, votre portable et toutes vos affaires sont dans le coffre arrière de la voiture. Il va de soi que vous allez tout récupérer.

Victor Prose avait d'abord cru que sa réclusion tirait à sa fin. Non seulement Morane lui avait-il annoncé que les trois œuvres avaient été réalisées avec succès, mais il lui avait octroyé un accès Internet, ce qu'il lui avait toujours refusé.

Malheureusement, Prose n'avait pas tardé à comprendre le caractère pervers de cette autorisation. La première chose qu'il avait réalisée en parcourant le web, c'était qu'on le considérait à peu près unanimement comme le monstre responsable des crimes de Morane.

Il était sur la liste des criminels les plus recherchés par le FBI et Interpol, sa photo avait fait la une des principaux médias internationaux, trois fatwas avaient été lancées contre lui et les médias sociaux s'enflammaient, le gratifiant des pires intentions.

Sur son blogue, où avaient été publiés les textes que Morane lui avait demandé d'écrire pour l'aider à expliquer et à justifier ses œuvres, il y avait plus de dix mille messages : la plupart haineux, selon ce qu'il avait pu constater en procédant à un échantillonnage.

Prose n'avait jamais cru que les textes étaient destinés à la publication. Ils étaient censés être des notes pour aider Morane à résumer son argumentation.

Par ailleurs, son implication dans tous les meurtres religieux était attestée par une foule d'indices. On lui attribuait même la fabrication des sosies. On était sûr qu'il s'en était servi pour brouiller les pistes.

Comment tout cela était-il possible, Prose n'en avait aucune idée. Mais la conséquence, elle, était évidente. Morane n'avait même plus besoin de le retenir prisonnier ! Dès qu'il mettrait les pieds dehors, il aurait l'univers entier contre lui.

Il en était réduit à espérer que son enfermement se prolonge, le temps que la tempête médiatique se calme, ce qui ne serait pas trop long, et qu'on l'oublie, ce qui risquait de prendre beaucoup plus de temps…

Pourquoi lui? Pourquoi Morane l'avait-il choisi comme victime de cette mystification? Prose en était encore à se poser la question quand quelqu'un frappa à la porte de son appartement.

Lorsqu'il ouvrit, ce fut son propre visage qu'il aperçut.

Morane!

Pourquoi persistait-il à utiliser ce masque pour le rencontrer?

— Heureux d'avoir retrouvé votre liberté Internet? s'enquit Morane sur un ton amusé.

— Qu'est-ce que vous avez fait?

— Je vous ai rendu immortel.

Sur ce, Morane parut s'étouffer. Il sortit un inhalateur et prit deux profondes inspirations après avoir appuyé sur la détente de la pompe.

— Vous manquez d'inspiration? ironisa Prose.

— Ne vous inquiétez pas pour moi, répliqua Morane après un moment. L'œuvre dépasse toujours l'artiste. Elle me survivra.

http://facebook.com/kimbeyond

Kim Beyond
Il y a 14 minutes

Les choses sont plus claires. À la tête du complot, il y a Prose et une espionne française. Autrement dit, deux Français. Pourquoi viennent-ils faire des attentats chez nous? Pour provoquer une guerre de religion. C'est la réponse la plus simple.

Et pourquoi veulent-ils provoquer une guerre de religion chez nous? Pour nous forcer à embarquer dans leurs guerres à eux. En Syrie, en Irak, en Libye. Un peu partout en Afrique et au Moyen-Orient... Ils veulent qu'on envoie nos soldats se faire tuer pour eux!

On en reparle à la prochaine de #PTWL. En attendant, laissez-moi vos commentaires. Parce que c'est vous qui êtes le cœur de cette émission.

J'aime   Commenter   Partager

Rob Clover, Isabella Hernandez, James Little
et 88 autres personnes aiment ça.

Afficher 8 autres commentaires

Lawrence Lester   De la part des mangeurs
de grenouilles, on ne peut pas s'attendre à
autre chose. Si on n'avait pas été les sauver
en 1944, ils seraient encore pris avec les
nazis.
Il y a 11 minutes   J'aime

Dotty O'Shaughnessy   Ou avec les
communistes!
Il y a 10 minutes   J'aime

Quinton Cobbs   Des communistes, ils en
fabriquent eux-mêmes. Ils en ont de toutes
sortes. Des socialistes. Des gauchistes. Des
écolos.
Il y a 9 minutes   J'aime

Dotty O'Shaughnessy   On pourrait leur
envoyer nos élus démocrates!;-))
Il y a 9 minutes   J'aime

Darth Reader   C'est quoi, ce délire? Prose
n'est même pas Français, il est Canadien. Et
on attend toujours les preuves de
l'implication des Français.
Il y a 8 minutes   J'aime

Quinton Cobbs   Pour Prose, la police a
sûrement des preuves. Autrement, ce ne
serait pas dans les médias!
Il y a 7 minutes   J'aime

Darth Reader   Prose, peut-être. Mais pas
les 66 millions de Français! Et encore moins
le gouvernement français.
Il y a 6 minutes   J'aime

Lawrence Lester   Les rats, quand t'en vois
un, il y en a des centaines d'autres qui sont
cachés!;-))
Il y a 5 minutes   J'aime

Dotty O'Shaughnessy   66 millions?
Vraiment? Il y en a tant que ça?

Il y a 5 minutes   J'aime

Darth Reader   Si je suis ton raisonnement,
comme il y a des catholiques radicaux qui
ont été mêlés à la mort de Feelgood, il y en a
des centaines d'autres qui sont prêts à faire
des attentats. Et le Vatican est dans le
coup... Même chose pour les anciens
militaires des Patriots for Peace...

Il y a 4 minutes   J'aime

Dotty O'Shaughnessy   Tu dis encore
n'importe quoi. On ne peut pas raisonner
avec des catholiques et des soldats comme
avec des Français. Eux, c'est pas des
Américains.

Il y a 3 minutes   J'aime

DOLICHOCÉPHALE

En apercevant l'homme qui l'attendait dans l'avion, Natalya mit quelques secondes à réagir.

— Dolicho?

— Lui-même.

— Tu as survécu?

— Toi aussi, on dirait.

Dolicho... Il était arrivé au camp quelques mois avant qu'elle parte. Dès le lendemain de son arrivée, le barman l'avait appelé ainsi. À cause de la forme de sa tête. Le surnom lui avait immédiatement collé à la peau. Sans doute à cause du caractère insolite du mot.

Dolicho ne l'avait pas eue facile. Sans doute parce qu'il était spécial et qu'il paraissait vulnérable. Mais, curieusement, il était toujours parvenu à s'en tirer. Il avait un don pour ne pas attirer l'attention. Et pour éviter les pièges qu'on lui tendait.

À quelques reprises, on avait même retrouvé le corps de ceux qui avaient cru pouvoir le persécuter. On n'avait jamais rien pu prouver, mais la rumeur s'était répandue qu'il était préférable de le laisser tranquille.

Natalya reprit sur un ton exagérément désinvolte :

— J'aurais pu ne pas survivre ?

— À Venise, j'étais un peu inquiet. Mais le barman avait raison, tu pouvais t'en tirer toute seule... Notre avion décolle dans trois quarts d'heure.

Il lui tendit un passeport diplomatique.

Natalya l'examina :

— Caroline Ladrière. Citoyenne suisse. Experte en traitement de l'information et organisation d'événements.

— Toujours se tenir près de la réalité, fit Dolicho en guise d'explication.

Traiter de l'information, se dit Natalya, c'était effectivement une grande partie de son travail. Et pour l'organisation d'événements, on pouvait dire que c'était un euphémisme.

Elle attendit qu'ils aient pris leurs sièges et que l'avion ait décollé pour l'interroger.

— On fait quoi, à Bucarest ?

— Tu rencontres le barman. Si tu acceptes ce qu'il te propose, on va libérer Prose.

— Vous savez vraiment où il est ?

— Tu penses que le barman te proposerait de le libérer s'il ne le savait pas ?

— Tu lui fais confiance ?

— Au barman ? Bien sûr.

— Pourquoi ?

— Parce que je suis en vie.

— Il t'a sauvé, toi aussi ?

— Oui. Comme toi, comme Alex... Comme beaucoup d'autres.

— Tu penses vraiment qu'il nous a sauvés ?

— Je sais. Alex m'a dit... Tu penses qu'il s'est seulement servi de nous. Mais est-ce que ça fait une différence ?

Natalya le regarda, interdite.

443

— Toi aussi, continua Dolicho, tu peux te servir de lui. Tu veux sauver Prose et il te propose de t'aider à le faire : où est le problème ?

— C'est aussi simple que ça ? On oublie tout et on passe à autre chose ? Il a tué ma famille, mais c'est un détail.

— On n'oublie rien, répondit doucement Dolicho. Mais on ne se laisse pas enchaîner par ses souvenirs. Tu n'as aucune idée de ce qu'il a vécu. Personne n'a jamais eu autant de raisons de se venger. Mais il ne l'a pas fait. Il a analysé la situation, il a examiné les possibilités qui s'offraient à lui et il a choisi. Il a agi... Il n'a pas réagi, il a agi. Il ne s'est pas laissé asservir par son besoin de vengeance.

La conversation fut interrompue par l'arrivée de l'agent de bord, qui leur apportait une coupe de champagne.

Après son départ, le silence se poursuivit.

— Tu as l'air d'en savoir beaucoup sur Cioban, dit Natalya au bout d'un moment.

Toute agressivité avait disparu de sa voix.

— C'est vrai. Avec moi, il a beaucoup plus parlé qu'avec les autres.

— Tu sais pourquoi ?

— Il dit aux gens ce qu'ils ont besoin de savoir. C'est un de ses principes.

— *Need to know...* S'il t'a dit autant de choses, il doit te préparer à prendre sa relève. Tu devais être son préféré !

Le rire de Dolicho surprit Natalya.

— Non, dit-il après un moment, je n'étais pas son préféré. C'était plutôt le contraire. Je lui ressemblais trop... Tu vois, le *need to know*, pour lui, ce n'est pas seulement de révéler à un agent le strict nécessaire pour l'opération en cours. C'est aussi lui dire tout ce qui peut être utile pour lui permettre de devenir un meilleur agent. Même si ça n'a aucun rapport avec les opérations.

Natalya en était encore à réfléchir aux paroles de Dolicho quand il suggéra de mettre à profit le temps du voyage pour se reposer.

— Les prochains jours risquent d'être éprouvants, ajouta-t-il en guise d'explication.

Natalya acquiesça. Mais, intérieurement, c'était la dernière chose qu'elle souhaitait : dormir et s'exposer à ce qu'il soit témoin de ses cauchemars.

Elle mit ses écouteurs. La musique était ce qui avait le plus de chances de la garder éveillée.

SA TÊTE À LA UNE

— Pour en revenir à ce que je vous disais, fit Morane, je m'occupe activement de votre publicité. Regardez.

Il tira du porte-documents qu'il avait apporté avec lui une copie du *New York Times* et la tendit à Prose.

À la une, ce dernier aperçut son propre portrait en gros plan. Sous la photo, le titre s'étirait sur quatre colonnes : « *Machiavelic Mastermind ?* »

Prose nota le point d'interrogation, qui permettait au journal d'afficher ce qu'il voulait comme titre sans risquer d'être poursuivi.

— Vous êtes célèbre ! déclara Morane. Vous allez faire partie des auteurs les plus lus. N'est-ce pas ce que vous désirez ? Les gens vont s'arracher le moindre texte que vous allez publier sur votre blogue. Tous vos anciens écrits vont trouver une seconde vie. La moindre de vos notes, fût-elle griffonnée sur un menu de restaurant, va devenir une explication potentielle de vos actions.

Tout en écoutant distraitement Morane, Prose parcourait en diagonale l'article sous le titre.

La police avait de très nombreux indices le reliant à la crucifixion de l'archevêque Feelgood et à la décapitation de l'imam al-Shammari. On faisait de lui le cerveau de ces crimes et on lui prêtait l'intention de vouloir déclencher une guerre de religion entre chrétiens et musulmans à New York. À les croire, il était une sorte de Machiavel mercenaire, probablement au service des islamistes. Mais peut-être, aussi, servait-il d'autres intérêts encore difficiles à percevoir.

— Vous vous rendez compte ? s'insurgea Prose en jetant le journal sur le bureau. Je ne pourrai plus mettre un pied dehors sans avoir toutes les polices de la planète à mes trousses.

— Où est le problème ? Vous avez ici tout ce qu'il vous faut pour créer.

— Je n'ai pas l'intention de mourir ici.

— Qui parle de mourir ? Vous êtes ici pour vivre ! Vous ne manquez d'absolument rien.

— Sauf de liberté.

— Tout de suite les grands mots.

— J'étouffe à l'intérieur de cette villa.

— Alors, partez… Mais, comme vous dites, il y a toutes ces polices. Et quand je pense à la somme d'indices vous impliquant dans les meurtres de New York…

— Vous m'avez piégé pour que je ne puisse plus jamais partir.

— Vous faites également l'objet de plusieurs fatwas. Cela aussi vous classe parmi les écrivains les plus célèbres.

— Vous êtes méprisable.

— Laissez ces catégories bassement morales aux gens sans imagination. Vous méritez mieux. Vous êtes un artiste !

— Je suis prisonnier.

— Je sais, vous manquez d'espace. Vous êtes un peu claustrophobe. Mais qu'importe l'espace, je vous offre du temps. L'éternité, même… D'accord, soyons modeste : une certaine éternité. Celle de l'art. En tant que critique privilégié de mon œuvre, vous serez associé à ma gloire. Vous pouvez même la réclamer pour vous seul, si vous le souhaitez… Et puis, je vous offre l'opportunité de créer. Ici, tous vos besoins sont satisfaits. Je ne vous demande que quelques textes de temps à autre. Tout le reste de votre temps vous appartient. Peu de gens peuvent en dire autant. Qu'est-ce que vous attendez pour créer l'œuvre qui vous immortalisera ?

V

Qui est vraiment le policier à la retraite Gonzague Théberge ? Un policier qui s'est laissé entraîner dans le milieu du terrorisme ? Un agent dormant des services secrets français ? Un naïf, victime de son amitié avec Prose ?

Nos spécialistes ont consulté son dossier. Nous en parlons ce soir. Mais auparavant…

IMPLICATIONS PERSONNELLES

Chase posa sur le bureau de Roberts la photo que lui avait donnée Alex. Le directeur du NYPD y jeta un coup d'œil. Puis il fixa le policier.

— C'est ça, votre explication ?

— C'est une photo de ma femme, répondit Chase.

— Votre ex-femme.

— Nous sommes seulement séparés. Pas divorcés. Alors, légalement…

— D'accord, d'accord.

— Elle est médecin. Elle accompagne les mourants dans les dernières heures de leur vie.

— Je sais qui est votre femme. Et je sais que ce qu'elle fait est admirable. Mais je ne vois pas en quoi cela justifie que vous ayez désobéi à un ordre direct.

— J'ai eu à choisir entre la vie de ma femme et collaborer à l'exfiltration de l'agente de la DGSI. J'ai choisi.

Puis, après une légère pause, il ajouta :

— Je me suis dit qu'à ma place, vous auriez pris la même décision.

Le regard de Roberts s'assombrit.

— Je vous conseille très sérieusement de laisser ma vie personnelle en dehors de ça.

— J'ai seulement pensé que, si quelqu'un pouvait comprendre la situation dans laquelle j'étais, c'était vous. Je dis bien : comprendre. Pas accepter, comprendre.

Chase faisait allusion à la mort de la femme de Roberts, qui avait été abattue sur l'ordre d'un chef de gang jamaïcain. Celui-ci avait cru l'intimider et le forcer à oublier une enquête qui le visait. Quelques mois plus tard, il y avait eu une descente au domicile du caïd jamaïcain. Dans le feu de l'action, une balle perdue s'était égarée dans la région cardiaque du caïd. Cela n'avait évidemment pas ramené la femme de Roberts à la vie, mais il avait recommencé à mieux dormir.

— Je m'attends à des sanctions, reprit Chase. Et je suis prêt à les accepter. Mais je ne pouvais pas faire autrement. Vous comprenez, n'est-ce pas?

— Je comprends, dit Roberts après un moment. Et pour la merde dans laquelle nous sommes, on fait quoi?

— Êtes-vous en mesure d'attendre un ou deux jours de plus? Trois, au maximum?

OBLITÉRER

10

LE CONTRAT

Contrairement à ce qu'elle croyait, Natalya n'eut pas à se rendre dans un lieu secret pour rencontrer Cioban.

À peine une demi-heure après qu'elle eut pris possession de sa chambre, au Grand Hôtel Continental de Bucarest, il frappait à sa porte. Dolicho l'accompagnait.

La première chose qu'elle remarqua, c'était qu'il avait vieilli. Puis elle prit conscience qu'il n'avait pas d'arme. Du moins, s'il en avait une, elle était soigneusement dissimulée. Il ne semblait craindre aucune réaction violente de sa part.

Était-ce le rôle qu'il avait confié à Dolicho : profiter du vol pour désamorcer son agressivité ? Était-ce la raison de tout ce que ce dernier lui avait raconté ?

— Je sais, dit le barman. J'aurais dû entrer une arme à la main. Vous auriez été moins désorientée.

Natalya fit une moue. C'était énervant, cette façon qu'il avait de deviner ce qu'elle pensait. Déjà, lors de leurs précédentes rencontres…

— Rassurez-vous, poursuivit-il sur un ton où il y avait un peu d'amusement, je ne lis pas dans vos pensées.

Puis il ajouta, redevenu sérieux :

— Dolicho m'a dit que je ne risquais rien. Du moins pour le moment. Parce que votre priorité est de retrouver Prose.

— C'est vrai.

— En quel sens voulez-vous le libérer ?

— Que voulez-vous dire ?

— Le libérer de la résidence où il est retenu est une chose assez facile. Mais le libérer du rôle dans lequel il est enfermé… Pour presque tout le monde, il est un fou meurtrier. Les médias vont le traquer, les réseaux sociaux le harceler, la population va exiger qu'il soit poursuivi, arrêté, condamné. Les services policiers et de renseignement vont se mettre de la partie. Les politiciens vont y voir une occasion de se faire du capital auprès des électeurs.

— Il suffit qu'on arrête le coupable.

— Vous croyez ? Dans l'opinion publique, c'est lui, le coupable. L'affaire est jugée. Il ne manque que l'arrestation et l'exécution de la sentence. Le sosie de Montréal a déclaré que c'est Prose qui l'a enlevé et transformé malgré lui pour qu'il puisse lui servir d'alibi. Les deux autres sosies arrêtés ont raconté la même histoire avant de se faire éliminer.

— C'est ridicule.

— Le vrai problème, c'est de libérer Prose de l'image que les médias et les réseaux sociaux ont construite de lui. C'est à ça que vous devriez réfléchir.

— Parce que vous, vous avez une solution ?

— Peut-être.

— Vous savez où il est ?

— Prose ? Bien sûr. C'est la partie du problème facile à régler… J'ai une proposition à vous faire.

— Vous avez besoin de faire exécuter quelqu'un ?

Le barman répondit à l'ironie de Natalya sur un ton amusé.

— Si la chose vous intéresse, dit-il, je peux aisément vous fournir une liste d'individus sans lesquels l'humanité se porterait mieux. Après tout, c'est votre spécialité, non ?

Natalya avança vers lui. Le barman fit un geste pour empêcher Dolicho de s'interposer.

Natalya s'arrêta d'elle-même.

— Vous cherchez à me provoquer…

— Exactement. Et je me réjouis de la maîtrise de vous-même dont vous faites preuve. Je n'étais pas vraiment inquiet, mais je tenais à le vérifier.

— Pourquoi ?

— Parce que je veux vous donner carte blanche pour agir au mieux quand vous aurez libéré Prose.

— Et vos conditions ?

— Je suis sûr que vous allez les accepter. Au fond, il n'y en a qu'une. Je veux être ajouté à la liste des clients dont vous acceptez des contrats. J'aimerais que vous considériez chacune de mes demandes au mérite, comme n'importe quelle autre. Selon vos propres critères.

— Où est le piège ?

— Le piège, c'est vous. Si vous échappez à votre programmation affective et morale, vous allez m'envoyer promener. Mais j'ai confiance en vous. Je parie sur votre besoin de continuer à réparer ce que vous appelez vos erreurs passées.

Natalya dut faire un effort pour ne pas exploser. C'était intolérable, cette façon qu'il avait de mettre à jour ses blessures les plus intimes pour la manipuler.

— Si je voulais vraiment vous manipuler, enchaîna le barman, croyez-vous que je vous dirais tout ceci aussi clairement ?

— Ça pourrait être une excellente stratégie pour désamorcer ma méfiance.

Le barman sourit.

— Vous avez évidemment raison. Alors, il ne me reste qu'une seule solution : moi, je vais vous faire confiance.

Il prit une enveloppe dans la poche intérieure de son veston et la tendit à Natalya.

— Vous y trouverez toutes les informations nécessaires pour libérer Prose de sa prison physique.

— Vous me donnez ça sans la moindre condition ?

— C'est la ruse ultime, répondit-il en souriant. On ne peut rien contre la confiance.

Cette fois, Natalya resta sans réponse.

— Dolicho vous aidera, reprit le barman. Il est à votre service. À deux, vous ne devriez pas avoir trop de difficultés.

Natalya hésitait encore. Quelque chose la tracassait.

— Les contrats que vous voulez me proposer plus tard, de quoi s'agit-il ?

— D'affaires qui entrent dans votre domaine général d'expertise.

— Vous ne pouvez pas être plus précis ?

— Essentiellement, c'est lié à la Liste XIII. Vous avez rencontré un de ses membres. Hadrian Killmore. Alias Darian Hillmorek. Alias Hilliard K. Morane. Par rapport aux autres membres de la liste, c'est un amateur.

— Un amateur ? Quelqu'un qui rêvait de détruire l'humanité et qui avait sérieusement entrepris de le faire ?

— Pas la détruire. La réformer. Lui donner une chance de survivre. Même ses œuvres actuelles sont encore une tentative de réforme. C'est un incorrigible donneur de leçons. Ce qu'il appelle son art est une tentative désespérée et absurde d'ouvrir les yeux des gens.

— Et les autres, en quoi peuvent-ils être pires ?

— Ceux-là n'ont aucune volonté de réformer l'humanité. Ils veulent simplement prospérer sur ses décombres. Ce sont eux, les vrais ennemis. Et pour l'instant, ils ont réussi à passer inaperçus.

APPORTEZ VOTRE VIN

Théberge les avait invités au restaurant. Le prétexte était d'aider Duquai à élargir le cercle de ses relations.

Soucieux de respecter la vulnérabilité de Duquai à l'inattendu, il avait choisi de lui présenter un seul de ses amis à la fois. De cette manière, ce serait plus facile pour lui de s'adapter à chacun d'eux.

Le premier était Pamphyle, son ami médecin légiste, lui aussi retraité.

Pour l'occasion, Théberge avait choisi un restaurant où l'on pouvait apporter son vin. Le Margaux.

Le concept même de ce type de restaurant intriguait Duquai. Théberge lui expliqua les mœurs fiscales du Québec ainsi que les pratiques dont la SAQ était coutumière. Ce à quoi il fallait ajouter la quote-part quasi usuraire de certains restaurateurs.

— Et les gens acceptent ça! s'étonna Duquai.

— C'est un monopole d'État, que veux-tu qu'ils fassent? Sans compter que ces pratiques sont fondées sur le vieux fond puritain, version janséniste, des Québécois. Il est de bon ton de taxer les plaisirs: l'alcool, le jeu et le tabac. Aux États-Unis, ils appellent ça les *sin taxes*... Les restos "Apportez votre vin", c'est la réponse des consommateurs pour limiter les dégâts.

Voyant arriver le serveur, il ouvrit le menu:

— Allez, on choisit.

Cinq minutes plus tard, le serveur leur avait expliqué la carte régulière, avait enchaîné sur les spéciaux affichés sur l'ardoise, s'était enquis de leurs désirs, avait soigneusement noté leurs commandes, puis il était reparti en direction de la cuisine.

— Des nouvelles de Natalya? demanda Théberge.

— Je sais seulement qu'elle est en Europe, répondit Duquai. Elle pense savoir où Prose est retenu prisonnier.

— Si c'est le cas, elle a sûrement un plan pour le libérer... Elle croit toujours qu'il n'a pas été retourné?

— D'après le court message qu'elle a fait parvenir à monsieur Leclercq, elle semble penser que toute cette affaire est un coup monté, qu'il s'agit d'une stratégie pour incriminer Prose. Elle pense que celui qui l'a enlevé veut l'obliger à demeurer avec lui.

— Si c'est vrai, c'est complètement délirant... On ne monte pas une opération de cette envergure seulement pour piéger quelqu'un!

Le silence qui suivit fut interrompu par l'arrivée des mises en bouche. Après le départ du serveur, Pamphyle résuma le sentiment général.

—Je me demande vraiment comment Prose va pouvoir s'en sortir.

—Il y a eu une nouvelle tentative d'incendie de sa résidence, fit Théberge. C'est une question de temps avant que ça réussisse.

Lorsque les entrées arrivèrent, Pamphyle commençait à leur communiquer les résultats de l'autopsie du rabbin Eckstein. Il s'interrompit, le temps que le gâteau de crabe et les deux trilogies de foie gras soient servis.

Théberge ouvrit la demi-bouteille de Torcolato pour les amateurs de foie gras et une bouteille de chablis pour Pamphyle. Avec lui, il était difficile de se tromper sur le vin, il prenait presque toujours des fruits de mer ou un poisson.

Pamphyle prit le temps de goûter son gâteau de crabe avant de poursuivre.

—J'ai parlé à ma jeune remplaçante, dit-il. L'autopsie a confirmé toutes les blessures qu'on avait vues sur les vidéos.

—De quoi est-il mort? demanda Duquai.

—Probablement tué sur le coup par l'explosion. Son corps était criblé d'éclats par une bombe à fragmentation directionnelle.

—Une Claymore?

—Quelque chose du genre.

—Tu as eu des nouvelles de ce qui se passe au SPVM? s'enquit Théberge.

—Leur principal souci est d'expliquer qu'ils ne sont pas responsables de la mort du rabbin.

—Comme je suis surpris!

PRESQUE TROP FACILE

La propriété était presque invisible de la rue. La végétation dissimulait l'essentiel de la maison, comme c'était souvent le cas dans cette section de la route de Genève.

La seule voie d'accès était percée dans un mur de pierre qui séparait la propriété de la rue.

Une grille de métal bloquait l'entrée. Dolicho pianota sur le pavé numérique incrusté dans le mur, à droite de la grille.

Elle s'ouvrit.

Natalya et Dolicho empruntèrent le sentier pavé qui sinuait à travers la végétation.

Elle avait beau savoir qu'Alex y était venue à plusieurs reprises et que les codes d'accès devaient leur permettre de se rendre jusqu'à l'intérieur sans encombre, Natalya n'arrivait pas à chasser une certaine appréhension. Les codes pouvaient avoir été changés, des caméras pouvaient les avoir repérés et avoir activé une alerte silencieuse…

Ils pénétrèrent dans la maison sans la moindre difficulté et se rendirent jusqu'au fond du hall d'entrée.

Natalya jeta un regard à Dolicho. Tout se déroulait comme prévu. C'était presque trop facile.

Contrairement à ce qu'ils croyaient, la porte menant aux étages n'était pas verrouillée. Elle ouvrait sur un escalier. Natalya et Dolicho s'y engouffrèrent.

Se fiant au plan que leur avait fourni Alex, ils montèrent à l'étage supérieur. C'était là qu'étaient censés être les appartements personnels de Prose.

Ils le trouvèrent dans sa chambre, étendu sur son lit.

Prose se leva d'un bond.

—Natalya? C'est vraiment toi?

Elle ne répondit pas immédiatement. Elle regardait, l'un après l'autre, les portraits sur les murs de la chambre. Tous des gros plans. En format de plus d'un mètre carré.

Théberge, sa femme, Pamphyle, Leclercq…

Il y en avait trois autres qu'elle ne reconnut pas. D'autres personnes proches de lui, probablement.

Les photos étaient intégrées à même la tapisserie. Par-dessus chacune, on pouvait voir, finement tracés, les cercles concentriques d'une mire ainsi que la petite croix, au centre.

—Oui, dit-elle finalement en ramenant son regard vers lui. C'est bien moi.

Elle se demandait si ses pires craintes ne s'étaient pas réalisées. Prose avait-il décidé d'éliminer tous les gens qui étaient près de lui ? Puis elle se demanda pourquoi sa propre photo n'y était pas.

Prose la regardait examiner la galerie de portraits.

— C'est la raison pour laquelle je ne peux pas partir, expliqua-t-il. Si je fuis, ils seront tués. Je ne peux pas bouger d'ici.

http://www.lapresse.ca/actualites/... un-génie-meurtrier.php

> PORTRAIT D'UN GÉNIE MEURTRIER
>
> À mesure que les policiers de différents pays recoupent les informations qu'ils ont obtenues, c'est le portrait d'un véritable génie du crime qui se dessine.
>
> N'hésitant pas à enlever des gens et à les transformer en sosies, Victor Prose aurait...

SAUVER SAM

Quand Sam prit connaissance du courriel d'Alex, il se précipita à l'extérieur de chez lui, à la recherche d'un taxi. Il lui restait quarante minutes pour se rendre au lieu de rendez-vous, dans le Queens.

En arrivant au Sweet Leaf Café, il trouva Alex assise devant un cappucino.

— Je suis heureuse de vous voir, dit-elle en posant sa tasse dans la soucoupe. Mais je pense que vous allez être encore plus heureux que moi.

Sam s'assit devant elle.

— Votre travail est terminé, lui annonça Alex.

— Je suis libre ? Je n'aurai plus de commande ?

— Ce n'est pas ce qui vous a été promis. Mais je sens que vous n'êtes pas tout à fait assuré de notre bonne foi.

— Des maîtres chanteurs de bonne foi ? Vous avez un curieux sens de l'humour.

— Nous ne sommes pas des maîtres chanteurs. Nous avions simplement besoin de votre collaboration.

— Et si, un jour, vous avez encore besoin de moi ?

— Nous vous ferons une proposition. Vous serez libre de la refuser.

— Et d'en subir les conséquences ?

— La seule conséquence sera de perdre un contrat extrêmement payant. Vous auriez un statut semblable au mien : contractuel.

— Ça veut dire que j'aurai à tuer des gens ?

— Ce n'est pas impossible. Mais notre travail est beaucoup plus varié que vous semblez le penser.

— Et si je refuse toutes vos propositions ?

— Votre travail est terminé.

Sam la regardait, ne sachant s'il devait la croire.

— Il est terminé à un petit détail près, précisa Alex après un moment.

— Il me semblait, aussi.

— Il vous reste à libérer Ashley.

— Vous savez que c'est impossible. Si elle quitte son *dealer*, les preuves de ce qu'elle a fait...

— Ces preuves n'existent plus depuis environ quarante minutes.

— Donc elle ne pourra pas être poursuivie pour avoir...

— Tué un rival de son *dealer* ? C'est désormais impossible. Tous les enregistrements ont été détruits.

— Il reste les témoins.

— Un seul. Le *dealer*.

— Mais elle l'aime !

— Pour le moment. Mais ces choses-là peuvent changer.

Sam la regardait, intrigué.

— Qu'est-ce que vous avez fait ? finit-il par demander.

— Il s'agit plutôt de savoir ce que vous, vous allez faire.

Elle glissa un papier devant lui, sur lequel était inscrite une adresse.

— C'est tout près d'ici. À votre place, je ne perdrais pas de temps.

— Je ne comprends pas.

— Son *dealer* envisage un changement de carrière. Il a décidé qu'il n'a plus besoin d'elle.

— Et alors ?

— Si vous lui sauvez la vie, il est possible que votre nièce reconsidère ses jugements sur un certain nombre de points.

Après le départ de Sam, Alex se demanda une fois de plus si le plan allait fonctionner sans anicroche. Il suffisait que le *dealer* ne suive pas exactement les instructions qu'on lui avait données pour que…

Puis elle balaya ces idées, prit une dernière gorgée de café et se leva. Le *dealer* avait trop à perdre, s'il n'exécutait pas scrupuleusement les ordres qu'il avait reçus.

UN HÔTE IMPATIENT

Quand ils arrivèrent aux limites de Morges, Prose leur fit prendre un chemin qui traversait un paysage rural et les guida vers une villa située à quelques kilomètres de la route.

Autour de la villa, il y avait près d'un kilomètre carré de végétation en apparence sauvage. On aurait dit un parc soigneusement entretenu pour ressembler à un espace naturel.

— C'est là qu'il habite, indiqua Prose en montrant la maison. J'y suis venu à quelques reprises.

— Jolie villa, répondit Dolicho.

— Ne vous fiez pas aux apparences. Ce que vous voyez ne représente même pas dix pour cent de la résidence. Une partie est dissimulée par la végétation et l'essentiel est sous terre.

— Vous êtes sûr qu'on ne devrait pas d'abord demander des renforts ?

— Il faut agir avant qu'il réalise que j'ai disparu de la résidence. Si jamais il s'en aperçoit et déclenche une alerte…

Dolicho et Natalya acceptèrent la décision de Prose. C'était la vie de ses amis à lui qui serait en danger s'ils se faisaient prendre. Et c'était lui qui avait assumé le risque de cette opération.

Curieusement, rien ne vint entraver leur progression sur le chemin qui menait à la résidence de Morane. Pourtant, tout le long du parcours, Natalya et Dolicho avaient repéré plusieurs caméras de surveillance.

Sans doute leur préparait-on une réception pour leur arrivée.

— Ça ressemble à un piège, murmura Dolicho.

Natalya acquiesça d'un hochement de tête.

Ils poursuivirent leur progression plus lentement. Mais, contrairement à leurs attentes, ils ne rencontrèrent aucun obstacle. Aucun piège, aucun tireur embusqué, aucun champ de mines ne vinrent entraver leur route.

Quand ils arrivèrent devant l'entrée principale de la résidence, ils découvrirent que la porte n'était pas verrouillée.

Une fois entrés, à l'instant où la porte se refermait derrière eux, une série de flèches lumineuses se découpa sur le plancher.

Visiblement, on les attendait.

Ils avancèrent avec prudence en suivant le tracé, tournant dans les couloirs, montant les escaliers lorsque le sentier de flèches les y invitait.

— Il sait que nous venons, dit Natalya.

— Sûrement, approuva Dolicho.

Les deux s'arrêtèrent et se tournèrent vers Prose.

— À ton avis, lui demanda Natalya, pour quelle raison nous laisse-t-il approcher de lui ?

— Parce qu'il s'ennuie. Il a besoin d'interlocuteurs. Et c'est encore mieux, j'imagine, quand il s'agit de nouvelles personnes.

— De là à prendre ce genre de risque…

— Il est sûr que nous ne pouvons rien contre lui.

— Espérons qu'il se trompe.

— Sur sa propre sécurité, ça m'étonnerait.

Une voix résonna subitement, comme si elle provenait de partout dans la pièce :

Frères humains qui après nous vivez,
N'ayez contre nous les cœurs endurcis,
Car si pitié de nous pauvres avez
Dieu en aura plus tôt de vous mercis.

Un immense éclat de rire suivit. Puis la voix reprit, sur un ton qui n'avait plus rien de déclamatoire :

— Si vous ne vous hâtez pas, vous n'aurez pas l'occasion de me rencontrer.

FIN DE CONTRAT

— C'est une nouvelle méthode d'injection, expliqua Garrett en désignant son pistolet. Le produit fait effet plus rapidement. Ils ont dit que ça te calmerait de façon définitive.

Ashley le regardait sans comprendre. Il la tenait en joue avec un pistolet. Il avait l'air de trouver très drôle ce qu'il venait de dire.

— Qui ça, ils ?

Elle fit un pas vers lui.

— Ne bouge pas.

Il avait presque crié. Son bras s'était tendu pour mieux la viser.

— Pourquoi ? demanda Ashley, qui n'arrivait plus à contenir ses larmes.

— Parce que tu es une conne ! Penses-tu que je serais resté avec toi si on ne m'avait pas payé pour le faire ? La seule chose qui est plus grande encore que ta bêtise, c'est ta vanité. Tu t'imagines être une top modèle, tu es seulement une junkie qu'on peut encore reconstruire le temps d'un défilé. Toute ta carrière est une fabrication.

— C'est faux !

— Au début, tu aurais pu avoir une carrière, c'est vrai. Mais la drogue l'a bouffée. La drogue et tes crises de diva ! Ta seule chance, c'est que tu as toujours eu de la dope *clean*. Ça ne t'a pas trop abîmée.

Maintenant Ashley pleurait sans retenue.

— Pourquoi ? Pourquoi tu me dis ça ?

— Parce que, maintenant, je suis libre de dire ce que je pense. Mon contrat est terminé.

— Pourtant… Entre nous…

— Entre nous, il y a ton ego, tes caprices et tes crises de diva. C'est tout ce qu'il y a, entre nous.

Garrett était mal à l'aise. Il avait beau avoir pesté intérieurement tout le temps qu'il avait été avec elle à cause de son sale caractère et de son narcissisme, sa douleur faisait pitié à voir. Mais il n'avait pas le choix. Contrairement à ce qu'il venait de lui affirmer, il n'avait jamais été aussi peu libre de ce qu'il lui disait.

— Tu ne peux pas me faire ça ! Pas après ce que nous avons vécu !

— Tu vois, tu penses encore que tu es irrésistible. Mon travail, c'était de te donner assez de drogue pour que tu sois de plus en plus dépendante, mais de faire en sorte que tu restes fonctionnelle. Autrement, tu aurais perdu toute utilité.

— Tu es une ordure !

Paradoxalement, Ashley paraissait maintenant plus calme. Comme si la brutalité des paroles de Garrett avait fini par éveiller en elle une rage froide qui l'aidait à reprendre la maîtrise d'elle-même.

— Je fais simplement ce pour quoi on me paie.

— On te paie pour rester avec moi ?

— On me payait. Maintenant, c'est terminé.

— Qui ?

— Je ne sais pas. Tout a été négocié par Internet.

— Tu veux dire que ce que nous avons vécu résulte d'un contrat ?

— C'est si difficile à croire ? Pense à toutes les scènes que tu as faites. À tous tes caprices. Tu crois sérieusement que quelqu'un aurait pu endurer ça sans être payé ?

— C'est complètement fou. Pourquoi quelqu'un t'aurait payé pour faire ça ? Qu'est-ce que j'ai fait ?

— Absolument rien. Tu n'as pas grand-chose à voir dans tout ça.

— Quoi !

— Tu vois ! Tu penses que tu es le centre du monde. Que tout ce qui arrive est fonction de toi.

SARCOPHAGE POUR UN ESTHÈTE

Bien que perplexes, les trois visiteurs avaient repris leur exploration de la maison. Natalya ouvrait la marche et Dolicho la fermait, de manière à mieux pouvoir protéger Prose d'éventuels dangers.

Quelques minutes plus tard, ils entraient dans une pièce qui ressemblait à une chambre funéraire.

Au centre de la pièce, sur un lit roulant recouvert d'un drap doré, Morane était allongé. Une cage de verre isolait complètement le lit.

— Je suis désolé de ne pas vous accueillir de façon convenable, s'excusa Morane. Mes forces me trahissent. Je n'en ai plus pour très longtemps.

Les trois visiteurs s'approchèrent du lit autant que la cage de verre le leur permettait.

Le visage de Morane était encore caché par le masque de Prose. Dolicho et Natalya se tournèrent vers ce dernier.

— Je ne l'ai jamais vu autrement, expliqua Prose. Il avait toujours ce masque.

La main droite du gisant reposait à proximité d'une tablette électronique, laquelle était fixée à un support qui lui permettait de voir l'écran sans avoir à relever la tête plus que ne le faisaient les deux oreillers.

— Monsieur Prose est mon plus beau projet, annonça Morane. Bien sûr, il y en a d'autres. Plusieurs autres. Mais c'est le plus réussi. Le seul qui soit conscient de la nature artistique de mes "œuvres".

Puis il ajouta, avec de courtes pauses, comme si parler exigeait de lui un effort :

— Je croyais que Mme Delcourt serait avec vous. Avec tout ce qu'elle a fait pour vous conduire jusqu'à moi… Dites-lui tout le plaisir que j'ai eu à la regarder manœuvrer… pour m'arracher les secrets de mon domaine.

— Pourquoi ne pas le lui dire vous-même ? demanda Dolicho.

— Compte tenu du temps qu'il me reste, je doute que ce soit possible… Me prolonger implique trop d'efforts. Je suis las de tous ces médicaments… Maintenant que vous êtes ici, je peux arrêter cette mascarade de paraître en relative bonne santé.

Morane n'avait donc pas l'intention de les tuer, songea Natalya. Il leur parlait de ce qu'il attendait d'eux.

— Vous saviez que nous viendrons ? demanda Prose.

— Bien sûr. Je ne savais pas exactement qui viendrait, mais il allait de soi que quelqu'un essaierait de vous libérer.

— Cela ne semble pas vous inquiéter.

— La seule chose qui m'inquiétait, c'était qu'ils mettent trop de temps à arriver. J'aurais été désolé de procéder à cette rencontre seul avec vous. Votre triomphe mérite un public.

Le ton de Prose se fit plus agressif.

— Quel triomphe ? Je ne peux plus aller nulle part sans risquer d'être arrêté ! Ou même tué !

— C'est vrai. Si vous sortiez, vous seriez impitoyablement pourchassé. Mais vous avez la possibilité de demeurer dans cette villa. De prendre ma succession. Imaginez tout ce qui sera à votre disposition !

— Vous êtes un monstre !

— Pas un monstre, un libérateur. Je vous ai libéré à vie de tous les soucis vulgaires de l'existence. Vous pouvez maintenant vous consacrer à sauver votre chère humanité. Ne serait-ce qu'en lui expliquant mes œuvres.

— Quelles œuvres ?

— Vous ne pensez tout de même pas en avoir fini avec moi !

Une quinte de toux sèche l'interrompit. Puis Morane revint à son explication.

— Rappelez-vous les dispositions dont je vous ai parlé, au début de votre séjour… Pour le cas où je mourrais…

Il eut un petit rire qui s'éteignit dans une nouvelle quinte de toux.

— Pour le cas où je mourrais, répéta Morane sur un ton de dérision. Comme s'il y avait le moindre doute. L'esprit humain a décidément beaucoup de difficulté à envisager sa propre disparition. Il se pense immortel… C'est pour cette raison qu'il n'arrive pas à croire qu'il est en train de détruire la planète. Et qu'il va disparaître avec elle… Il faut l'éduquer. C'est le rôle des œuvres d'art. L'obliger à voir ce qu'il refuse de regarder… Croire, mon cher Prose, est la source de toutes les violences. Ça ne tue pas que des gens, ce qui ne serait pas bien grave. Avec la surpopulation qui ne cesse de s'aggraver, ça pourrait même constituer un mécanisme de régulation… Mais ça tue l'intelligence. La croyance est le plus grand danger. C'est pour cette raison que j'ai consacré ma première grande œuvre à la religion… Mais vous savez tout ça, mon cher Prose. Nous en avons si souvent discuté.

Il fit un faible geste de la main gauche.

— Allez, soupira-t-il. Il est temps de prendre congé. Vous trouverez dans mon testament toutes les informations dont vous avez besoin.

Il appuya un doigt sur l'écran de la tablette électronique.

Aussitôt, la lumière diminua à l'intérieur de la cage de verre. Un extrait du *Requiem* de Mozart explosa dans la pièce. Puis un hologramme de la tête de Morane apparut sur la cloison de verre.

Prose et les autres reculèrent de deux pas. La musique diminua ensuite d'intensité et la tête se mit à parler d'une voix claire et forte.

Mon cher Prose, j'ai fait de vous mon exécuteur testamentaire.

À ce titre, vous héritez d'une autre charge : vous devenez le curateur de mon musée. Ce sera une tâche accaparante. Mais puisque toute existence publique vous est désormais interdite sous peine d'être accusé de plusieurs meurtres abominables, vous aurez amplement le temps de vous en acquitter.

Je sais que ce que je vous demande est exigeant. Voyez-y un témoignage de l'estime que j'ai pour vous. Vous êtes la seule personne que j'ai trouvée — et croyez-moi, j'ai cherché — la seule personne qui soit à la hauteur de cette fonction.

Dès le moment où mon sarcophage sera fermé, un message apparaîtra sur votre ordinateur. Vous y trouverez les codes vous permettant d'accéder à des moyens financiers qui vous aideront à mener vos tâches à terme.

Je vous laisse également le soin de disposer de mon corps. Une crypte a été prévue à cet effet au sous-sol, devant l'entrée du musée. L'ascenseur au fond de la salle vous y mènera directement. Il suffit d'y pousser le lit sur lequel je suis couché.

Une fois sur place, vous n'avez qu'à me déposer dans le sarcophage : il se fermera lui-même de façon hermétique.

Pas besoin d'embaumement ni de toutes ces coquetteries visant à nous faire croire que nous ne disparaissons pas complètement. Après avoir composé la plus grande partie des œuvres dont j'ai rêvé, je veux pouvoir me décomposer en paix.

Je sais que j'ai été, et que je demeure un ami exigeant. Voyez-y un témoignage de la haute considération dans laquelle je vous tiens.

Cela dit, et malgré toute l'estime que j'ai pour vous, je me suis néanmoins autorisé à prendre un certain nombre de précautions, au cas où votre résolution à suivre mes directives faiblirait. L'amitié n'exclut pas la prudence.

La première précaution est simple : toute apparition publique de votre part amorcera le processus des exécutions. Seule votre mort suspendra la menace qui pèse sur la vie de vos amis.

Par ailleurs, toutes les issues de la résidence sont maintenant scellées. Le compte à rebours est amorcé. Si je ne suis pas dans le sarcophage qui m'attend d'ici une heure, la maison explosera. Seul le fait de me déposer dans le sarcophage et de le refermer arrêtera le compte à rebours.

Sachez que discuter avec vous fut toujours un plaisir, malgré vos rigidités morales qui vous empêchaient d'adhérer entièrement à mon projet artistique.

Je ne vous souhaite pas bonne chance, mais simplement la patience et la force de durer, sans vous laisser décourager par la folie des hommes.

Il suffit désormais d'attendre. L'apocalypse viendra, qui détruira cette civilisation impossible. Plus les hommes réussiront à en repousser l'échéance, pire sera la destruction. Puis l'humanité, ce qu'il en restera, fera une nouvelle tentative. J'en suis sûr. Même si cette croyance n'est pas entièrement rationnelle.

Quand on regarde l'aventure du vivant, on ne peut qu'être ébloui par sa capacité à s'adapter aux pires environnements. C'est la seule raison d'espérer.

Entretemps, pour vous distraire, vous pourrez observer mes prochaines œuvres et, je l'espère, les expliquer à la population.

Bon courage, mon cher Prose. Et restez lucide. C'est la seule chose qui peut nous préserver de la folie des croyances.

L'hologramme disparut. La lumière revint dans la pièce et la cage de verre monta vers le plafond, dégageant le lit roulant où reposait Hilliard K. Morane. Alias Darian Hillmorek, créateur des Dix petits hommes blancs.

Au fond de la salle, un carré lumineux encadra la porte de l'ascenseur.

LA DERNIÈRE DOSE

Ashley avait commencé à reprendre le contrôle d'elle-même. Elle pleurait avec moins d'intensité et son ton de voix avait baissé.

— Tu étais juste un moyen commode d'atteindre quelqu'un d'autre, lui expliqua Garrett.

— Atteindre qui ?

Elle semblait totalement incapable d'imaginer un début de réponse. Garrett se mit à rire.

— Tu vois ! Tu es tellement centrée sur toi-même que tu ne vois rien de ce qui se passe autour.

— Tu peux continuer à m'insulter, si ça te fait plaisir.

Il raffermit la prise sur son arme.

— Ton oncle, dit-il d'une voix ferme. Sam. Qui d'autre accorderait la moindre importance à ce qui t'arrive ?

— Tu veux dire que tout ça est sa faute ?

La rage était perceptible dans sa voix.

— Tu n'es vraiment qu'une sale petite imbécile !

La réplique, et surtout le ton sur laquelle Garrett l'avait dite, la laissa sans voix.

— Ce n'est pas "à cause" de ton oncle, poursuivit Garrett. C'est parce qu'il est assez stupide pour t'aimer. Pour se soucier de ce qui t'arrive. S'il se foutait de toi, comme le ferait n'importe qui de sensé, on ne pourrait pas le faire chanter en menaçant de s'en prendre à toi. Tu es juste un instrument.

— Je ne suis pas un instrument !

— Oh si ! Sauf aux yeux de ton oncle. Lui, il est assez crétin pour tenir à toi, vouloir te protéger. Tu es sa principale faiblesse. Alors, des gens s'en sont servis pour le faire chanter.

— C'est ridicule. Mon oncle ne s'intéresse pas à moi. C'est un stupide militaire. Je n'ai rien à voir avec lui.

Garrett ricana.

— Le *deal* avec ton oncle était simple : tant qu'il obéit aux ordres et qu'il fait ce qu'on lui demande, il ne t'arrive rien. Tu continues de défiler, ta drogue reste de bonne qualité et ta consommation est contrôlée. Mais s'il refuse de faire ce qu'on lui ordonne, tous tes contrats sont annulés, ta dope est coupée et tu es mise à la porte de l'appartement... Comme tu ne sais rien faire pour gagner de l'argent, ton seul moyen de te payer de la dope serait de faire le trottoir. Tu tomberais probablement sur un recruteur. Pour casser ton sale caractère, il n'aurait pas le choix : il te battrait.

Incrédule, Ashley fixait l'homme qu'elle croyait encore aimer, quelques instants plus tôt. Il semblait lui décrire avec une satisfaction joyeuse l'enfer auquel elle était promise. Comment quelqu'un pouvait-il changer à ce point ?... C'était sûrement un cauchemar.

— Tu ne peux même pas imaginer ce qu'il a dû accepter de faire pour te protéger, conclut Garrett.

Puis il s'interrompit brusquement. Dans son oreillette, il venait d'entendre une voix lui dire : « Il arrive ».

— C'est maintenant le temps de ta dernière dose, dit-il en braquant le pistolet vers elle avec plus de précision. Ce trip-là, tu n'en reviendras pas.

BIBLE-TV

> ... une diminution marquée de la violence à caractère religieux au cours de la dernière nuit.
>
> Le directeur du NYPD a par ailleurs confirmé que le terroriste Prose faisait l'objet d'une traque internationale. Il a dit avoir bon espoir que...

PLUS PERSONNE

Garrett continuait de braquer son pistolet sur Ashley. Au moment où l'on défonçait la porte, il lui cria :

— Bon voyage !

Et il tira deux coups. Un qui l'atteignit à l'épaule gauche. L'autre qui lui érafla la cuisse droite.

Puis il s'apprêta à encaisser le choc. Même avec une veste pare-balles, il risquait d'avoir des côtes cassées. Ou même des blessures internes, s'il était malchanceux.

Son front absorba le premier impact. Toute pensée s'éteignit aussitôt dans son esprit. Il n'y avait plus personne pour s'étonner qu'on ne l'ait pas visé au corps. Plus personne pour enregistrer l'impact des trois autres coups de feu qui achevèrent d'effacer son visage.

Il n'y avait plus personne à qui on aurait pu expliquer que Sam avait été prévenu qu'il portait une veste pare-balles. Qu'il lui faudrait viser la tête pour être sûr de le neutraliser.

Il n'y avait plus personne… sauf Ashley. Qui n'était plus en état de comprendre quoi que ce soit.

DEVOIR DISPARAÎTRE

Dans un premier temps, Prose, Natalya et Dolicho conduisirent la dépouille de Morane à la crypte, où l'attendait son sarcophage. C'était la meilleure façon de s'assurer qu'aucun contrat ne soit lancé contre les proches de Prose.

Avant de le mettre dans le sarcophage, Prose lui enleva son masque. On aurait dit Hadrian Killmore. Mais il s'agissait d'une version vieillie de lui. Avec un visage singulièrement émacié… L'âge ne pouvait pas être le seul responsable d'une telle détérioration.

Natalya s'approcha et lui coupa une mèche de cheveux.

— Autant s'assurer que c'est bien Killmore, dit-elle.

Dolicho la regarda avec étonnement.

— Vous pensez qu'il pourrait s'agir d'un clone ?

— Ça m'étonnerait. Mais un sosie…

Aussitôt le corps déposé dans le sarcophage, celui-ci se referma et s'enfonça dans la crypte. Sous le regard médusé des trois témoins, il se redressa ensuite en position verticale. Puis le mur du fond se referma sur ses contours jusqu'à ce qu'il soit parfaitement encastré.

— Si on a besoin de lui, on saura où le trouver, déclara Dolicho avec un léger sourire.

Ils reprirent tous les trois l'ascenseur.

Prose leur fit ensuite visiter le musée de Killmore. À commencer par l'immense salle des Visages de l'Humanité. Plus d'un millier de visages y étaient exposés, qui avaient été arrachés à des gens de toutes les ethnies, de tous les âges, de toutes les conditions sociales.

Soigneusement prélevés par un chirurgien, ils avaient été traités et montés sur des supports pour leur assurer un aspect le plus vivant possible. Tous leurs yeux, par contre, avaient été remplacés par des billes noires, censées représenter l'obscurité du domaine qu'ils contemplaient désormais, celui de la mort.

— C'est donc ici qu'ils se sont retrouvés, fit Natalya.

— Ils sont tous ici, confirma Prose.

— Et le médecin qui a effectué les prélèvements ?

— Mort… Killmore a alors décidé d'abandonner l'exposition dans l'état où elle était. Il voulait consacrer tout son temps à ses nouveaux projets.

Prose les guida ensuite à travers les autres salles, où étaient montées différentes parties de corps humains, à l'image de ces fragments de sculptures grecques où il ne reste qu'un bras, qu'un torse…

— C'est le rêve fou des mormons, dit Prose. Un échantillonnage complet de l'humanité. Mais organique. Pas seulement généalogique.

Leur visite se termina par la salle des peaux tatouées, où étaient exposés une grande quantité de tatouages prélevés sur les gens ainsi que des peaux humaines complètes intégralement tatouées.

— C'est de ce musée que tu es le curateur ? demanda Natalya.

— Oui.

— Tu penses pouvoir retrouver ceux à qui appartient… tout ça ?

— Probablement. Killmore était très méticuleux dans la tenue de ses archives.

— Il y en a pour des années, fit remarquer Dolicho.

La visite du musée les avait plongés dans une atmosphère intemporelle. Lorsqu'ils revinrent dans les appartements de Killmore, les problèmes quotidiens, momentanément oubliés, s'imposèrent de nouveau à eux.

La décision la plus urgente concernait Prose. Que pouvait-il faire ?

— J'y ai beaucoup réfléchi ces derniers jours, fit le principal intéressé. Je suis dans une situation impossible.

Il leur exposa comment il voyait celle-ci.

S'il réapparaissait, il serait aussitôt arrêté. Les pays se disputeraient la priorité pour le juger. Toute tentative d'explication pour le disculper serait reçue comme une forme de manipulation qui l'enfoncerait davantage.

Et si jamais il finissait par être libéré, après des années de détention préventive, les médias le traqueraient.

S'il s'établissait quelque part, des groupes de citoyens couvriraient son quartier d'affiches pour prévenir les gens de sa présence… Des fanatiques tenteraient de l'assassiner pour appliquer des fatwas.

— Il n'y a qu'une solution, conclut-il. Il faut que je disparaisse.

11

FÊTE EN BÉMOL MAJEUR

Natalya et Chase se faisaient face. Dans l'autre axe de la table, Duquai était devant Théberge. Ce dernier les avait invités à dîner.

Une façon civilisée de clore une enquête, avait décrété le policier à la retraite.

Ils en étaient à l'entrée : un foie gras au torchon sur pain brioché légèrement grillé. Avec une coupe de champagne en accompagnement. Charbaux Frères, brut rosé. Le préféré de Prose.

— Il l'avait découvert au Toast, crut bon de préciser Théberge. Il m'en a offert une demi-caisse, le jour de mes soixante-cinq ans.

— Comment va-t-il ? demanda Duquai.

Ce fut Natalya qui répondit.

— Bien, étant donné les circonstances.

— Dans combien de temps pourra-t-on le voir ?

— Pas avant un an ou deux. Il y a trop de risques que ses proches soient surveillés dans l'espoir de remonter jusqu'à lui.

— Et vous ?

— Dans mon cas, c'est moins risqué : je ne faisais pas partie des gens que Killmore avait identifiés comme ses proches. Et puis, de toute façon, avant d'aller le rejoindre, je vais prendre une nouvelle identité.

Elle se tourna vers Théberge :

— Pour vous, par contre, et pour monsieur Duquai, tous les contacts passeront par un intermédiaire avec qui il n'a jamais eu de relations.

— J'imagine que c'est quelqu'un à qui vous faites totalement confiance.

— Totalement.

Jamais Natalya n'aurait cru pouvoir dire une telle chose. Le seul intermédiaire entre Prose et ses amis, pour toute la durée de sa « transition », comme il l'appelait, serait Dolicho.

Le barman lui-même lui avait proposé l'arrangement. Dolicho servirait de contact et disposerait de tous les moyens nécessaires pour s'assurer que la réinsertion de Prose se déroule au mieux.

S'il s'était agi de quelqu'un d'autre, Natalya n'aurait probablement pas accepté. Mais il s'était passé quelque chose entre eux. Dolicho l'avait touchée. Elle le considérait un peu comme un frère plus jeune, mais qui aurait paradoxalement eu le temps d'accumuler plus de sagesse.

— Et sa résidence ? demanda-t-elle.

— J'achève de ranger les effets personnels qu'il a demandé de conserver. Ses vêtements ont été donnés à une œuvre de bienfaisance. Même chose pour les meubles, sauf les deux commodes antiques, la patère et l'horloge grand-père.

— Les tableaux ?

— J'ai récupéré ceux qu'il désirait garder. Ils sont entreposés chez moi, dans une pièce du sous-sol. Les autres ont été achetés par un revendeur. Il a tout emporté… Même chose pour ses livres. J'ai récupéré les Pléiades, la collection Bouquin. Simenon. Sa collection de poésie québécoise… Tout le reste a été donné à Éco-livres.

Chase, qui avait suivi la conversation sans intervenir, s'adressa à Natalya :

— Combien de temps, sa transition ?

— Un an et demi à deux ans et demi. Tout dépend de la façon dont il va récupérer. S'il y a des complications…

— J'avoue que je serais curieux de le rencontrer.

— Chez vous, au NYPD, comment les choses se passent-elles ? lui demanda Duquai.

— Le directeur a officiellement déclaré l'enquête close. Tous les exécutants ont été tués et le cerveau de l'affaire est mort en Suisse. Le seul survivant était le troisième sosie et il a été assassiné hier, lors de sa comparution en cour. L'événement a créé un nouveau scandale qui a ranimé l'intérêt des médias pour l'affaire. Mais ça ne devrait pas durer plus d'une semaine.

Constatant que tout le monde avait terminé l'entrée, Théberge entreprit de ramasser les couverts. Natalya se leva pour l'aider.

Une fois qu'ils furent dans la cuisine, elle lui demanda :

— Votre épouse ? Je pensais qu'elle serait avec nous. Elle n'est pas malade, au moins ?

— Son état est à peu près stable. Hier, elle est partie voir sa sœur aînée. Elle est dans une résidence pour personnes âgées autonomes et semi-autonomes, à Trois-Rivières. Elle ne va pas très bien.

— Elle est maltraitée ?

— De façon tout à fait légale. Ils ont établi comme règle que les résidents ne peuvent pas avoir leurs repas servis dans leur chambre plus de trois jours consécutifs. Sans quoi, ils perdent leur logement et sont déménagés d'office dans une autre résidence. Pour personne non autonomes, celle-là. Au lieu d'avoir un petit appartement, ils sont réduits à une chambre… C'est une sorte de mécanisme pour "filtrer" les non autonomes. Le problème, c'est que la sœur de ma femme est sujette à des pneumonies. Et ses pneumonies durent plus de trois jours…

— Elle ne peut rien faire ?

— Ça fait partie du contrat qu'elle a signé. Comme il manque de place dans les résidences, les personnes âgées n'ont pas trop le choix. Ou bien elles acceptent le contrat, ou bien elles n'ont pas d'endroit où aller.

— Elle ne peut pas déménager ?

— Pour aller dans cette résidence, elle en a quitté une autre où elle était demeurée quatorze ans. Elle y était bien. Elle s'était fait des amies. Mais le propriétaire a décidé du jour au lendemain de ne plus offrir le service d'infirmières et les soins pour les personnes semi-autonomes. C'était plus rentable pour lui de forcer ceux qui avaient besoin de soins spéciaux à partir et de transformer l'immeuble en édifice à condos… Pour la sœur de Bertha, quitter cet endroit a été un véritable deuil. Elle n'a pas encore fini de le faire. Et elle ne veut rien savoir d'un autre déménagement.

GLOBAL NEWS CHANNEL

> … la mort de Victor Prose. Il serait décédé dans l'explosion qui a détruit la résidence où il se cachait, près de Genève.
>
> Compte tenu de la puissance de l'explosion, la police doute de pouvoir récupérer des indices qui lui permettraient de retrouver les membres de l'organisation que Prose avait mise sur pied…

MARCUS AURELIUS KILLMORE

Après un bref passage à la cuisine, Théberge revint avec une grande soupière qu'il posa au milieu de la table.

— Potage aux champignons.

Une fois que tout le monde fut servi, Duquai profita d'une pause dans la conversation pour prendre la parole.

— Nous avons également quelque chose à vous annoncer, dit-il en jetant un regard à Natalya. Les tests d'ADN confirment qu'il s'agit bien de Killmore.

— Enfin, une chose de réglée! s'exclama Théberge.

— Mais pas de Hadrian Killmore, enchaîna Natalya. Il s'agit de son frère jumeau. Marcus Aurelius Killmore.

Ils restèrent tous un moment sans réagir.

— Ça pourrait expliquer son obsession des masques, reprit Duquai. Et des sosies. S'il a toujours vécu dans l'ombre de son frère…

— Ça pourrait aussi expliquer sa manie des acronymes, poursuivit Natalya. Et les pseudonymes qu'il imposait à ses collaborateurs… Il était Hadrian Killmore sans l'être.

— Où ira sa fortune ? demanda Chase.

— Prose en a récupéré une grande partie.

— Et le reste ?

— D'ici quelques semaines, il devrait être transféré dans des comptes qui échappent à l'ancien réseau de Killmore.

— Il y avait deux Killmore… soupira Théberge, songeur.

— Quand le premier est mort dans l'explosion de son bateau, reprit Natalya, le deuxième a hérité de lui. Pas seulement de sa fortune, mais aussi de ses convictions sur la décadence de l'humanité. Il était totalement subjugué par son frère, il vivait dans son ombre. Il a voulu poursuivre sa tâche. Mais ses propres obsessions ont pris le dessus. Il a cru qu'il serait plus facile de transformer l'humanité par l'art. D'où l'idée du musée de l'humanité. Pour laisser un témoignage… C'est aussi ce qui explique sa relation avec Prose. Le Killmore d'origine n'aurait pas consacré autant de temps à correspondre avec lui. Il aurait considéré cela comme une perte de temps.

— Et comment peut-on être sûrs qu'il n'y a pas un troisième Killmore ? demanda Chase.

— Le troisième, c'était censé être Prose. On sait qu'on n'a rien à craindre de sa part.

— Et ces autres "œuvres" dont Killmore a parlé à Prose ?

— Il ne lui a donné aucun détail. Simplement qu'elles seraient évidentes.

— Il y a quand même une chose que j'aimerais comprendre. Vous, comment avez-vous appris tout ça ?

— Dans les dossiers qu'il a laissés à Prose, il y avait une sorte de journal.

— Il lui a laissé un journal pour lui raconter sa vie ? Lui qui a tout planifié pour que ses œuvres futures demeurent secrètes jusqu'au moment de leur réalisation !

Chase n'en revenait pas.

— Je sais, ça peut paraître curieux, répondit Natalya. Mais je crois deviner pourquoi il l'a fait. Il y avait une citation au début du journal. Je ne sais pas de qui elle est… Si je me souviens bien, ça dit à peu près ceci : "Se raconter est un effort désespéré pour ne pas disparaître. C'est illusoire, bien sûr. Mais qu'est-ce qui peut apaiser notre angoisse, sinon des illusions ?"

http://facebook.com/madeleinecayer

Madeleine Cayer
Il y a 14 minutes

Vous y croyez, vous, qu'il est mort, Prose ? Vous ne trouvez pas que ça a l'air arrangé, cette histoire-là ? Il meurt dans l'explosion de sa résidence, en Suisse. Tous les sosies sont morts. Il ne reste aucun témoin vivant.

Afficher la suite

J'aime   Commenter   Partager

Jean-Pierre Madore, Louis Bourgeois, Jean Marchais et 23 autres personnes aiment ça.

Afficher 6 autres commentaires

Denis Jacques   Moi, je pense qu'il était subventionné par des terroristes et que c'est eux qui l'ont fait disparaître pour l'empêcher de parler.
Il y a 12 minutes   J'aime

Françoise Simoneau   Pourquoi ils feraient ça ?
Il y a 11 minutes   J'aime

Louise Lauzon   Tous ces meurtres font partie d'une expérience de la CIA. Ça sert à conditionner la population.
Il y a 11 minutes   J'aime

Léo Dupont   C'est évident qu'il n'est pas mort. Il va avoir une nouvelle identité et passer le reste de sa vie au bord d'une plage.
Il y a 10 minutes   J'aime

Jean Marchais   C'est ça. Sur la même île qu'Elvis, Kennedy et Michael Jackson.
Il y a 10 minutes   J'aime

Prose attendait, étendu sur le lit blanc. Un drap le couvrait jusqu'à la taille.

Sur son corps, différentes lignes étaient tracées, similaires mais non identiques à celles que Aïsha avait dessinées, la première fois qu'il l'avait rencontrée.

Cette fois, les marques ne servaient pas à enregistrer ses mesures pour produire des sosies. C'était lui qui serait opéré. Les tests avaient pris plusieurs semaines. Ils étaient maintenant terminés.

— Vous êtes prêt ? demanda Aïsha.

— Oui.

— Je vous promets que vous ne souffrirez pas.

Il allait disparaître. C'était la seule solution.

Après en avoir discuté avec Natalya et Dolicho, il les avait guidés dans le dédale de couloirs de la résidence de Killmore jusqu'aux appartements d'Aisha, la femme médecin qui avait supervisé la fabrication des sosies.

*En échange de son impu*nité, elle n'avait fait aucune difficulté pour accepter l'offre de Prose : elle en ferait quelqu'un d'autre. C'était, pour lui, la seule façon de retrouver sa liberté.

Elle avait aussi posé comme condition que l'impunité soit aussi étendue à l'anesthésiste, à l'infirmière qui l'assistait et aux médecins spécialistes dont l'aide serait requise, notamment les orthopédistes.

Quand l'anesthésiste posa le masque sur son visage, Prose n'avait plus aucune pensée pour toutes ces tractations. La seule idée qui occupait son esprit, c'était qu'il allait disparaître. Et, avec lui, une grande partie de tout ce qui avait constitué sa vie.

D'une certaine façon, Morane avait gagné. Il avait détruit tout ce qu'il était, tout ce qui constituait son existence, son identité. Même son apparence physique. Il n'y avait pas moyen de détruire autant quelqu'un à moins de le tuer.

Dans sa vie, la seule chose que Morane n'avait pas réussi à toucher, c'était Natalya. Elle passerait avec lui tout le temps qu'elle aurait entre ses contrats. Et elle n'avait pas l'intention d'en accepter à moins de circonstances exceptionnelles. Car elle aussi, à sa manière, elle voulait disparaître. Effacer ce qu'elle était.

Il pensa au roman de Yôko Ogawa, Cristallisation secrète, qui décrivait si bien un monde où tout s'effaçait progressivement. Ou tout disparaissait. Sauf que, dans son cas, ce serait plus brutal. Presque toute son existence serait oblitérée d'un coup.

Sa dernière pensée fut de se demander si tout cela n'avait pas été une illusion, une sorte de mise en scène mentale. Si son oblitération totale n'était pas simplement en voie de s'achever.

REMERCIEMENTS

Merci d'abord à Lorraine, qui m'a accompagné et supporté pendant l'écriture de ce roman.

Merci à mes premiers lecteurs, pour leurs suggestions et leurs questions souvent embêtantes.

Merci enfin à l'équipe de Hurtubise, pour son professionnalisme.

J'oubliais...

Merci aussi, paradoxalement, à tous ces croyants « mortellement sérieux », dont la bêtise, religieuse ou politique, banale ou spectaculaire, squatte quotidiennement les informations. Leur acharnement et leur bonne conscience ont compté pour beaucoup dans les motivations qui m'ont poussé à écrire ce roman.

Suivez-nous

Achevé d'imprimer en octobre 2015
sur les presses de l'imprimerie Marquis-Gagné
Louiseville, Québec